DIANA

Das Buch

Obwohl die bekannte Schauspielerin Carol Drinkwater längst nicht mehr an die große Liebe geglaubt hat, verliebt sie sich eines Tages doch Hals über Kopf – und das gleich zwei Mal! Sie entdeckt ihre Leidenschaft für den attraktiven TV-Produzenten Michel und ein wunderschönes Gut im Süden Frankreichs, das einen einzigartig passenden Namen trägt: Appassionata. Von nun an gibt es nur noch einen Traum in Carols Leben, nämlich zusammen mit Michel Appassionata wieder in Stand zu setzen, zu bewirtschaften und dort ein ausgefülltes, glückliches Leben zu führen. Die beiden können eine Anzahlung auf die Olivenfarm leisten, jedoch mit der Auflage, dass das Gut an die Besitzer zurückfällt, falls Carol und Michel nicht pünktlich die Restschuld begleichen.

Mitreißend und poetisch schildert die Autorin, wie sie sich trotz der anfänglichen Probleme und Missverständnisse in die Dorfgemeinschaft einleben und wie sie den kostbarsten Schatz des Gutes, die uralten Olivenbäume, pflegen und gegen die Naturgewalten schützen. Trotz ihres unermüdlichen Engagements scheinen Carol und Michel jedoch eines Tages vor dem Aus zu stehen: Als eine Produktionsfirma einem gemeinsamen Fernsehprojekt der beiden plötzlich die finanziellen Mittel entzieht, besteht kaum mehr die Chance, Appassionata zu retten. Ein Lebenstraum droht zu zerbrechen …

Die Autorin

Neben ihrer Arbeit als Schauspielerin – berühmt wurde sie durch ihre Rolle in der beliebten Fernsehserie »Der Doktor und das liebe Vieh« – hat Carol Drinkwater bereits mehrere Drehbücher und Romane verfasst. Sie lebt zusammen mit ihren drei Hunden abwechselnd in London und auf ihrem Gut in Südfrankreich.

Inhalt

Danksagungen

Dieses Buch hätte es ohne Michel nie gegeben. Deshalb möchte ich ihm als Erstem danken, für seine Ermutigung, Großzügigkeit und unermessliche Liebe. Besonderer Dank gilt auch unseren Familien und den Freunden, die in diesem Buch vorkommen.

Ebenfalls äußerst dankbar bin ich meiner Agentin und Freundin Sophie Hicks, Maggie Phillips, Hitesh Shah und Grainne Fox, die mir bei der Bewältigung meines Berufslebens geholfen haben, und den alten Kumpels Chris Brown und Bridget Anderson, die in der Stunde der Not immer zur Stelle waren.

Meine tiefe Dankbarkeit gilt dem großartigen Team bei Little, Brown in England, darunter Caroline North für das Lektorat, und besonders Alan Sampson, weil er das Buch gekauft und mich inspiriert und gelenkt hat.

Für Michel, der das Leben bunt macht.
Eine persönliche Geschichte, die ich laut erzähle.

Je t'aime.

Zu viel von etwas Gutem kann
wundervoll sein.

Mae West

Südwärts in ein
sonnendurchglühtes Anderswo …

W. H. Auden

Vorwort

Die Mädchen blicken sich entsetzt um.

»Ist das die wundervolle Überraschung, Papa?«, fragte Vanessa.

Michel nickt.

Papa hatte ihnen eine Villa mit einem Swimmingpool versprochen. Leider hatte Michel in seiner Begeisterung vergessen zu erwähnen, dass der Pool knochentrocken ist. Das Innere ist nicht nur aufgeplatzt und bröckelt vor Trockenheit ab, ein großer Teil des Bodens ist auch von Efeu überwuchert.

»Ich will schwimmen gehen!«, jammert Clarisse.

»Morgen schneiden wir das Efeu zurück und am Sonntag lassen wir Wasser hinein, ich verspreche es euch.«

Ich seufze, als ich mit Pappkartons voller uralter und praktisch nutzloser Küchengeräte aus meiner Wohnung in London beladen vorbeistolpere. Michel macht dieses Versprechen ja in guter Absicht, aber ich habe das Gefühl, er könnte es bedauern. Was ist, wenn wir entdecken, dass der Pool Löcher hat? Ich beschließe, nichts zu sagen, so lange die Mädchen in Hörweite sind. Vielleicht sehe ich die Dinge ja nur deshalb so negativ, weil ich eine schlaflose Nacht hinter mir habe.

Wir sind die Nacht durchgefahren, um den Hauptferienverkehr zu vermeiden, der seit gestern alle wichtigen Durchgangsstraßen verstopft. Gegen halb neun abends erreichten wir den Stadtrand von Lyon und mussten feststellen, dass mittlerweile auch die *Péage* zum Ferienziel geworden war. Die Wartezeit wurde mit zwei Stunden angegeben. Also nutzten die Franzosen auf typisch französische Art die Gelegenheit, zu Abend zu essen, was die Dinge natürlich noch mehr verzögerte.

Es war ein buntes, faszinierendes Schauspiel. Eine kilometerlange Schlange von Fahrzeugen, vor denen auf Campingstühlen ganze Familien mitsamt ihren Haustieren saßen (die weniger organisierten breiteten einfach Decken auf dem Asphalt aus), die dreigängige Menüs und beachtliche Mengen an Alkohol zu sich nahmen. Abgesehen von unserer allgemeinen Frustration fand ich es höchst unterhaltsam. Ich spazierte an der Schlange entlang und beobachtete, wie Fahrzeughalter andere Reisende von ihrem regionalen Wein probieren ließen, wie üppige Mahlzeiten am Straßenrand aufgetischt, bunte Desserts weitergereicht und Ratschläge und Rezepte ausgetauscht wurden. Nach dem Essen wurden Karten hervorgezogen und der Kaffee wurde von ein oder zwei Calvados begleitet. Die Franzosen nutzen einfach jede Gelegenheit, um ihr gutes Essen zu genießen.

Als sich der Stau auflöste, sah ich Familien, die in dieser Zeit die besten Freunde geworden waren, Adressen austauschen, als ob sie ein oder zwei Wochen am gleichen Ferienort verbracht hätten.

Als wir erst einmal durch Lyon hindurch waren, ging es zügig weiter und wir hielten nur noch einmal kurz an, um auf einem Parkplatz auszuruhen. Der arme Michel versuchte, etwas zu schlafen, während die dicke Pamela mit ihrer Leine an seinem Knöcheln festgebunden war, damit sie nicht weglief. Vor Einbruch der Dämmerung brachen wir wieder auf und frühstückten außerhalb von Fréjus, wo bereits die halbe einheimische Bevölkerung sich in den Bars tummelte und den ersten Cognac des Tages genoss.

Und jetzt sind wir nach sechzehn Stunden endlich angekommen. Pamela ist von ihrer Leine gelassen worden und hechelt neben mir. Warum hat dieser grässliche Hund nur so einen Narren an mir gefressen? »Der Hund braucht Wasser!«, rufe ich, aber niemand nimmt Notiz davon.

»In zwei Tagen haben wir also einen Pool?« Vanessa nimmt immer alles peinlich genau.

Michel nickt und legt seinen Töchtern die Arme um die Schultern. »Na, gefällt es euch hier? Das Haus und das Grundstück? Ich weiß, es ist noch viel Arbeit, aber die Sonne scheint und es ist heiß …« Der Rest des Satzes geht in der Mittagshitze unter und die beiden Mädchen blicken zu ihm auf, als habe er allein eine ganze Galaxie von Sonnen geschaffen. Nach der ersten Enttäuschung scheinen sie jetzt glücklich zu sein und ich bin mächtig erleichtert.

Ich finde einen Wasserhahn an der Garage und blicke mich nach einem geeigneten Gefäß um, um die verdurstende Kreatur zu versorgen. Schließlich erspähe ich eine hellgelbe, schmutzverkrustete Angelegenheit aus Plastik – es sieht aus wie der Deckel einer Thermoskanne –, die am Fuß einer der Zedern im Unkraut liegt. Ich eile darauf zu und Pamela watschelt keuchend neben mir her. Sie macht den Eindruck, als ob sie gleich zusammenbrechen würde. Mit dem Becher kehre ich zum Wasserhahn zurück.

In der Zwischenzeit haben Michel und die Mädchen die Matratzen aus dem Kofferraum meines VWs gezerrt. Zwei Matratzen für vier Personen. In dieser Hitze. Sind wir wahnsinnig?

»Wohin sollen wir die bringen?«, ruft er mir zu.

»Das kannst du dir überlegen.« Ich kämpfe mit dem verfluchten Wasserhahn, der sich nicht drehen lässt. »Muss schon eine Weile her sein, seit er das letzte Mal benutzt worden ist«, murmele ich, aber niemand hört mir zu. Nicht einmal Pamela. Sie liegt im Schatten von zwölf großen Zypressen, die im Halbkreis um die Auffahrt herumstehen, hechelnd auf der Seite. Dort ist die Erde kühl und locker und sie wirkt wie ein gestrandeter Wal, der friedlich vor sich hinschnarcht.

Ich zerre so fest an dem Hahn, das er fast aus der Wand bricht. Eine kleine grüne Eidechse huscht aus einem Spalt in der Mauer und gleitet davon. Mir bricht der Schweiß aus. Von der Anstrengung ist mir ganz schwindlig und mittlerweile bin ich diejenige, die etwas zu trinken braucht. Pamela hat ihren Durst schon völlig vergessen.

Ganz langsam lässt sich der Hahn bewegen, wobei er ohrenbetäubend quietscht. »Ein Tropfen Öl«, sage ich mir, der erste Punkt auf einer Liste, die ich im Geiste erstelle, und die am Ende länger als das Leben sein wird. Der alte Wasserhahn dreht sich und dreht sich, aber es kommt immer noch kein Wasser. »Der Wasserhahn hier funktioniert nicht richtig oder …« Es ist jedoch niemand in Sicht, dem ich diese Information mitteilen kann. Ich beschließe, es woanders zu versuchen.

Innen ist die Villa kühl und mit Insekten verseucht. Die erstickende, trockene Hitze draußen betont noch die dumpfe Feuchtigkeit im Inneren des Hauses. Der Geruch erinnert mich an widerliche Besuche in meiner

Kindheit bei alten Verwandten, die allein in ungelüfteten Räumen lebten.

Die Moskitonetze, die sich von den Fenstern wegwellen als ob sie ans Licht strebten, machen das Wohnzimmer zu einem düsteren Gefängnis. Einzelne Sonnenstrahlen werfen rechteckige Muster auf die Terracotta-Fliesen auf dem Boden und enthüllen Staubberge und ein wimmelndes Miniatur-Reptilien-Treiben. Michel steht mit *les filles*, die sich entsetzt und angeekelt umschauen, mitten im Zimmer.

»*C'est dégueulasse, Papa!*« Vanessa kämpft mit den Tränen.

»Das machen wir schon sauber«, ermutigt er sie mit schwindendem Enthusiasmus.

»Bevor oder nachdem wir den Pool in Angriff genommen haben?«, giftet eine von ihnen und marschiert schmollend nach draußen.

»*Chérie!*«

»Michel?« Ich wage es kaum, meinen Satz anzufangen, weil ich weiß, dass dies ein ungeeigneter Moment ist, um ihm solche drastischen Nachrichten mitzuteilen.

»*Oui?* Schau nach deiner Schwester«, weist er seine andere Tochter an.

»Ich habe den schleichenden Verdacht …«

»Was?« Er sieht erschöpft aus, niedergeschlagen. Die Fahrt von Paris hierher, in einem stickigen Auto, voll beladen mit Gepäck und Hund auf Straßen, die von den Abgasen und der Augusthitze flimmerten, war endlos. Keiner von uns hat richtig geschlafen. Die Nerven sind zum Zerreißen gespannt. Sogar das ständige Zirpen der Zikaden, das ich sonst romantisch und exotisch finde, geht mir auf die Nerven.

Auf einmal sehe ich all dies nicht mehr als Abenteuer

zweier Liebenden, sondern mit den Augen der Kinder. Das sind ihre Sommerferien. Ich bin nicht ihre Mutter. Sie kennen mich kaum. Es ist schon eine Weile her, seit sie mit ihrem Vater zusammen waren, und der Ort, an den er sie gebracht hat, gehört ihm und seiner anderen Frau, die noch nicht einmal ihre Muttersprache richtig beherrscht. Hinzu kommt noch, dass die Villa unbewohnbar ist und wir kein Geld haben, um sie in Ordnung bringen zu lassen.

»Die Mädchen sind enttäuscht«, gesteht er. Ich höre die Erschöpfung und das Bedauern in seiner Stimme und bemühe mich, mich nicht selbst in die Rolle des Außenseiters zu drängen.

»Michel, ich weiß, das ist jetzt nicht der geeignete Moment, aber …«

»Vielleicht war es ein Fehler, sie mitzunehmen. Aber schließlich war es doch unser Traum.«

War? denke ich, spreche es aber – noch – nicht aus.

»Michel?«

»Was?«

»Wir haben kein Wasser.«

»Was?«

»Kein Wasser.«

»Du hast ja noch gar nicht den Haupthahn aufgedreht«, fährt er mich an und eilt auf die Terrasse, wo er nach seinen Töchtern ruft. Ich bleibe inmitten des Staubs und der Schatten zurück. Durch die deckenhohen Terrassentüren beobachte ich sie: zwei schlanke Mädchen, die wild gestikulierend auf ihren schlaksigen, gut aussehenden Vater einreden, während er versucht, sie zu beruhigen und zu beschwichtigen. Ich wende mich ab und mache mich daran, das Auto weiter auszuladen.

Als die Mädchen nicht mehr so aufgebracht sind und

Michel nicht mehr bestürmen, kommt er zu mir. »Ist die Garage abgeschlossen?«

»Ich habe sie nicht aufgesperrt«, erwidere ich. Ich versuche gerade, den Besen zu reparieren, weil Stiel und Kopf unter den schweren Kisten im Kofferraum getrennt worden sind.

»Wahrscheinlich befindet sich der Haupthahn dort.«

Er verschwindet in der Garage und findet dort auch einen Hahn, den er aufdreht, aber es kommt immer noch kein Wasser. Schweigend schenkt er sich ein Glas Wein ein und überlegt. Ich gehe wieder ins Haus. Als er zurückkommt, sagt er: »Das Wasser wird wahrscheinlich von einem Außentank gespeist, der ausgetrocknet ist.«

»Von wo gespeist?«

»Ich weiß nicht genau. Wenn ich den Tank erst einmal gefunden habe, kann ich es dir sagen. Madame B. hat was über einen Brunnen erzählt. Ich habe geglaubt, sie meint damit eine zusätzliche Wasserquelle, aber vielleicht ja auch nicht. Geht's den Mädchen gut?«

Ich nicke. »Sie erforschen das Gelände.«

»Gut. Du brauchst dir wegen ihnen keine Sorgen zu machen. Sie werden sich schon eingewöhnen. Ihnen gefällt es hier. Wirklich.«

Flüchtig blicken wir einander an. Die letzten Tage waren hektisch gewesen und wir hatten keine Zeit füreinander gehabt. Ich kehre angestrengt weiter das Wohnzimmer und versuche zumindest, die oberste Schmutzschicht von den Fliesenböden zu entfernen, weil ich Angst habe, wenn ich aufhöre, erkennt Michel, wie verletzt ich bin. Ich will jetzt nicht darüber sprechen; ich weiß, es wird vorübergehen, weil es dumm ist. Wir sind alle müde und nicht ganz bei uns. Aber er tritt auf mich zu und streichelt mir über die Haare, den Nacken. Ich konzentriere mich auf meine Aufgabe, aber der Staub wird nur aufgewirbelt und setzt sich ein paar Zentimeter weiter wieder fest. Ich verschwende meine Zeit. Das ganze Haus müsste von oben bis unten gründlich mit heißem Seifenwasser geputzt werden.

»*Je t'aime*«, sagt er. »Vergiss das bitte nicht.« Dann geht er wieder.

Wie sind wir da nur hineingeraten? denke ich.

Mein ganzes Leben lang habe ich davon geträumt, ein verfallenes, heruntergekommenes Haus mit Blick aufs Meer zu kaufen. Im Geiste habe ich mir einen paradiesischen Winkel vorgestellt, wo man mit Freunden zusammensitzt, schwimmt, sich entspannt, diskutiert, wenn es sein muss, auch übers Geschäft redet, frisches Obst direkt vom Baum isst und dampfende Platten mit Essen aus einer Küche im Freien gereicht und im Kerzenschein auf einem riesigen Tisch aufgetragen werden. Ein Utopia, wo Alkohol und Honig fließen und Gäste herzhaft essen und trinken, leise Musik hören und sich die Zeit unter einem sternenübersäten Himmel bis zum Morgengrauen vertreiben. Ich stelle mir einen Zufluchtsort vor, wo man die Zwänge des Stadtlebens ablegen kann und wo sich Künstler, Durchreisende, Kinder, Liebende und die ganze Familie zusammenfinden. Und in diesen friedlichen, lebhaften Stunden schlüpfe ich in mein eigenes Zimmer voller Bücherregale, ausgebreiteter Landkarten und Wörterbücher, schalte meinen Computer an und setze mich hin, um zu schreiben.

Ja, ich und meine verrückten Chimären haben uns in diese Lage gebracht.

Aber wer hat nicht schon mal einen nassen, grauen Winternachmittag mit einem solchen Traum zugebracht?

Appassionata

Vier Monate früher

»Sollen wir mal hineinschauen?«, schlägt Michel vor und steigt die Treppe zum Haupteingang hinauf, der an der Nordwestseite der oberen Terrasse liegt. Der Immobilienmakler, M. Charpy, gesteht, er habe keinen Schlüssel.

»Keinen Schlüssel?«

Erst jetzt gibt er zu, dass er eigentlich den Verkauf nicht abwickelt, aber er versichert uns eilig, dass er alles Notwendige veranlassen kann, wenn wir wirklich interessiert seien.

Wir befinden uns im Süden von Frankreich, blicken auf das nicht so weit entfernte Mittelmeer und verlieben uns gerade in ein abgelegenes Olivengut. Das einst elegante Anwesen, jetzt nicht viel mehr als eine Ruine, steht mit zehn Hektar Land zum Verkauf.

Früher einmal, erzählt uns M. Champy, war es eine feudale Residenz gewesen. Und Land gehörte dazu, soweit das Auge reichte. Er breitet seine Arme aus und schwingt sie hin und her. Als ich ihn ungläubig anblicke, zuckt er nur mit den Schultern. »Nun ja, zumindest das Tal hier vor uns und der Wald da rechts, aber, *hélas*« – noch einmal zuckt er mit den Schultern – »der größte Teil wurde verkauft.«

»Wann?«

»Vor Jahren.«

Ich frage mich warum, weil sonst nichts gebaut worden ist. Die Villa steht immer noch ganz allein auf ihrem Hügel, und die prächtigen, terrassenförmig angelegten Olivenhaine, die Charpy uns versprochen hat, haben sich in einen Dschungel aus wucherndem Unkraut verwandelt.

»Ein Olivengut mit Weinberg und Swimmingpool«, beharrt er.

Wir blicken auf den Pool. Er sieht aus, wie ein überdimensionales, ausrangiertes Spülbecken. Hier und dort stehen blühende Obstbäume und ein paar sehr schöne italienische Zypressen, aber nirgendwo ist ein Anzeichen für einen Weinberg zu erkennen. Im Kaufpreis enthalten sind jedoch zwei Häuschen. Das Torhaus, am Fuß des Hügels, ist verriegelt und verrammelt, aber selbst von außen kann man deutlich erkennen, dass es dringend einer größeren Renovierung bedarf. Das andere Häuschen, in dem wahrscheinlich der Gärtner oder der Weinbauer gewohnt hat, ist völlig überwuchert. Soweit man sehen kann – näher als auf zweihundert Meter kommt man nämlich nicht heran – stehen nur noch die Grundmauern.

»Die Villa wurde 1904 erbaut und von einer reichen, italienischen Familie als Sommerresidenz genutzt. Sie haben sie ›Appassionata‹ getauft.« Ich lächle. Appassionata ist ein Ausdruck aus der Musik und bedeutet »mit Leidenschaft«.

»*Les pieds dans l'eau*«, fährt Charpy fort.

Ja, mit dem Auto ist man in zehn Minuten am Meer. Von den zahlreichen Terrassen aus liegt die Bucht von Cannes, mit den beiden Îles de Lérins, die wie Eidechsen in der Sonne im Wasser schlafen, verführerisch nahe.

Hinter dem Haus ist ein Pinienwald. Die meisten anderen Sträucher und Bäume kenne ich nicht, das heißt, die, die nicht abgestorben sind. Michel fragt, ob der kleine Orangenhain und der Mandelbaum, der wie ein vertrockneter Besenstiel vor der halb eingestürzten Garage steht, an Wassermangel eingegangen sind.

»*Je ne crois pas*«, sagt M. Charpy. »Es war zu kalt. Der letzte Winter war äußerst hart. Er hat Rekorde gebrochen.« Trübe betrachtet er die vier Bougainvilleas, die sich früher einmal an den vorderen Säulen hoch rankten. Jetzt liegen sie wie Betrunkene auf der Veranda. »Außerdem hat das Haus vier Jahre lang leer gestanden. Und davor war es an eine Ausländerin vermietet, die Hunde gezüchtet hat. Offensichtlich hat sie sich um den Garten nicht gekümmert.«

Die Jahre der Vernachlässigung und dazu die jüngsten Wetterbedingungen haben sicher ihren Tribut gefordert. Und doch fühle ich mich zu seiner verblichenen Eleganz hingezogen. Es ist immer noch anmutig. Es strahlt Schönheit aus. Und Geschichte. Selbst die verkrüppelten Olivenbäume sehen so aus, als stünden sie schon seit tausend Jahren auf diesem Hügel.

»Der *propriétaire* wird froh sein, es los zu werden. Ich kann einen guten Preis für Sie herausschlagen.« Charpys Tonfall klingt verächtlich. Seiner Meinung nach ist jede Summe, die man für eine solche Ruine zahlt, skandalös.

Ich schließe die Augen und stelle mir vor, wie wir im Sommer auf den Pfaden spazieren gehen, die wir unter dieser üppigen Vegetation bestimmt entdecken werden. Michel betrachtet die Fassade. Der vanillegelbe Anstrich blättert bei der leisesten Berührung ab. Er klopft gegen Fenster, rüttelt an Türen.

Charpy läuft ihm aufgeregt nach. Ich bleibe lächelnd

zurück. Michel und ich kennen uns erst seit ein paar Monaten, aber ich weiß schon, dass er sich von einem unwichtigen Detail wie dem Fehlen eines Schlüssels nicht abhalten lässt.

Das Grundstück ist nicht eingezäunt. Es gibt kein Tor und die Grenzen sind nicht festgelegt. Es gibt nichts, was Jäger oder Wanderer fernhalten könnte. Überall sind Fensterscheiben zerbrochen.

»Komm mal her und sieh dir das an«, ruft Michel von der anderen Seite des Hauses. Mit seinem geübten Auge hat er die Überreste eines Gemüsegartens entdeckt.

»Landstreicher. Es kann noch nicht so lange her sein. An allen drei Türen sind die Schlösser aufgebrochen worden. Es sollte eigentlich ziemlich leicht sein, hereinzugelangen. Monsieur Charpy, *s'il vous plaît*.«

Und wir sehen zu, wie der lächerlich arrogante M. Charpy in seinem tadellosen Armanianzug immer wieder gegen die solide Holztür rammt.

Drinnen müssen wir uns durch ein Meer von Spinnennetzen kämpfen. Überall Gestank. Ein beißender, muffiger Geruch, der uns den Atem nimmt. An den Wänden hängen Drähte herunter. Die Räume sind hoch. Die Tapeten hängen in Streifen von den Wänden. Winzige vertrocknete Reptilien knacken unter den Füßen. Völliger Verfall. Langsam schreiten wir voran, bleiben hier und dort stehen, schauen uns alles an. Wenn man alle verrosteten und verbogenen Moskitogitter von den Fenstern reißen würde, wären die Räume strahlend hell. Sie sind gut proportioniert, nicht zu groß. Flure, verborgene Winkel, riesige, rostfleckige Badewannen in geräumigen Badezimmern. Im Hauptsalon ist ein großer, eichengerahmter Kamin. Es hat Atmosphäre. Eine *chaleur*.

Unsere Stimmen und Schritte hallen in den Räumen wider und ich spüre die Leben, die hier gelebt worden sind. Ich zerre ein Moskitogitter beiseite und schneide mir dabei in den Finger. Dann bietet sich mir eine großartige Aussicht über Land und Meer und die Berge im Westen. Sonnendurchtränkte Sommer am Mittelmeer. Appassionata. Ja, es nimmt mich gefangen.

Charpy beobachtet uns ungeduldig und säubert Ärmel und Schulter seines Jacketts, während wir Türen öffnen, lange vergessene Schränke öffnen, mit den Fingern durch Staubschichten und tote Insekten fahren und an Schaltern und Hähnen drehen, die allesamt nicht funktionieren. Er versteht unsere Begeisterung nicht. »*Beaucoup de travail*«, betont er.

Als wir wieder draußen in der warmen, einladenden Vormittagssonne stehen, blicke ich Michel an, und ohne ein Wort sagen mir seine Augen, dass er sieht, was ich sehe: eine wüste, aber bezaubernde Anlage. Aber selbst wenn wir das Geld zusammenkratzen könnten, um den geforderten Preis zu bezahlen, wäre es doch Wahnsinn, weil die Renovierung unsere Mittel bei weitem übersteigen würde.

Wir fahren in eine Bar, in die Michel im alten Hafen von Cannes immer geht. Der *patron* begrüßt ihn und sie schütteln sich die Hände. »*Bon festival?*«, fragt er. Michel nickt und der *patron* ebenfalls. Damit scheint das Gespräch beendet zu sein, bis Michel meinen Arm ergreift und mich vorstellt. Meine zukünftige Frau, sagt er. »*Mes félicitations! Félicitations!*« Der *patron* schüttelt uns heftig die Hand und lädt uns auf Kosten des Hauses auf ein Getränk ein. Wir setzen uns an einen Tisch an der Straße und ich spüre die Hitze der Mittagssonne auf meinem Gesicht.

Obwohl es erst Ende April ist, sind schon zahlreiche, mit Einkaufstüten beladene Touristen unterwegs. Einige winken Michel zu und stellen die gleiche Frage wie der *patron*: »*Bon festival?*« Er nickt. Gelegentlich steht er auf, um jemandem die Hand zu schütteln oder, nach französischer Manier, jemanden leicht auf die Wangen zu küssen. Die meisten dieser flüchtigen Begrüßungen betreffen Managertypen in gut sitzenden Blazern, hellen Hosen und weichen italienischen Lederloafers. Sie reden vom Geschäft. Es ist der letzte Tag des Frühlingsfernsehfestivals, das dem international berühmten Filmfestival von Cannes vorausgeht. Beide Ereignisse werden beherrscht von den Messen, die parallel dazu stattfinden. Die Welt des Fernsehens, das Filmen scheint mir mit diesen Messen wenig zu tun zu haben. Ich staune immer wieder darüber, wie Michel in solch einem Milieu leben kann und werde wieder einmal daran erinnert, dass wir noch viel übereinander lernen müssen.

Ein Kellner bringt uns unseren Côte de Provence rosé und Porzellanschälchen voller Oliven, Scheiben tiefroter Würstchen und Chips. Wortlos stellt er alles auf unseren Tisch und verschwindet wieder. Wir stoßen an und trinken schweigend unseren Wein, in Gedanken bei unserem morgendlichen Besuch. Beide sinnen wir über unseren Fund nach, der in den pinienduftenden Hügeln, weit weg von den schicken Hotels liegt.

»Ich wünschte, wir könnten es uns leisten«, sage ich schließlich.

»Ich glaube, wir sollten es versuchen. Sie wollen das Haus los werden, also lass uns ein Angebot machen.«

»Aber wie sollen wir denn jemals …«

Michel zieht seinen Füller hervor, breitet seine Serviette aus und beginnt zu rechnen. Die Tinte verschwimmt auf dem weichen Stoff. Die Antwort ist eindeutig. Es liegt weit über unserem Preislimit. Schließlich gilt es auch noch, Vanessa und Clarisse, Michels Töchter aus seiner ersten Ehe, zu berücksichtigen.

»Aber das Pfund ist stark«, sage ich. »Das wirkt sich zu unseren Gunsten aus. Allerdings ist es immer noch weit mehr, als wir uns leisten können.« Ich blicke zur Uhr auf dem Kirchturm oben in der Altstadt. Es ist nach eins. Charpys Immobilienbüro an der Croisette ist über das Wochenende geschlossen. Aber das ist egal. Wir müssen am Montag sowieso fahren. Ich muss zurück nach London, wo es regnet; Michel nach Paris. Ich blicke die Straße entlang, die zum alten Fischmarkt führt, und lege den Kopf in den Nacken. Nur die Gipfel der grünen Hügel sind hinter den Häusern zu sehen. Ich kann nicht sagen, in welchem Appassionata liegt. Ich weiß jedoch, dass das Leben auf diesem Olivengut in einer ganz anderen Welt stattfinden würde als in dem geldhungrigen Cannes, genauso wie die Fernsehmesse nichts mit den Erfahrungen des Filmemachens zu tun hat.

»Lass mich am Montag mit Charpy sprechen«, sagt Michel. »Ich habe eine Idee.«

»Was?«

»Vielleicht verkaufen sie es ja portionsweise.«

»Natürlich nicht.«

Von unserer Pension aus blickt man auf den alten Hafen. Ich verbringe den Nachmittag damit, mir das Kommen und Gehen der Yachten und der Fähren zu den Inseln anzuschauen. Michel hat einen letzten geschäftlichen Termin nach dem Festival. Er kommt erst am Abend zurück. Ich würde am liebsten noch einmal in die Hügel fahren, weiß aber, dass ich alleine im Auto den Weg nie finden würde. Stattdessen lese ich und mache mir Notizen auf meinem Memoblock.

Ich war nicht nach Cannes gefahren, um ein Haus zu suchen. Michel musste für das Festival dorthin fliegen und hatte mich eingeladen, mit ihm eine Woche dort zu verbringen. Aber da ich ständig an »mein Haus am Meer« denke, wenn ich an der Küste bin, egal ob in Finnland, Australien, Afrika oder Devon, schaue ich mir dann immer die Auslagen der Maklerbüros an und besichtige ab und zu ein Haus, immer auf der Suche nach etwas Unerwartetem, nach einem Platz, an den ich gehöre. Und noch nie zuvor habe ich so stark empfunden, irgendwo hinzugehören. Aber trotzdem wäre es Irrsinn, Appassionata zu kaufen. Jeden Penny, den ich verdient hatte, hatte ich in Reisen gesteckt, hatte alles Geld ausgegeben, um durch die Welt zu streifen. Immer war ich ruhelos umher gezogen, wollte hundert Leben zugleich leben. Nie habe ich mich irgendwo niedergelassen. Ich besitze kein nennenswertes Kapital, spreche die Sprache nicht fließend, sondern muss mit meinem Schulfranzösisch auskommen. Und was Landwirtschaft angeht: die Familie meiner Mutter hat einen Hof in Südirland, wo ich als Kind immer die Ferien verbrachte, und in einer Fernsehserie habe ich einmal die Frau eines Tierarztes auf dem Land gespielt. Wohl kaum ausreichende Kenntnisse in der Landwirtschaft. Und doch, dieses alte Olivengut zu restaurieren, dieser Blick zum Meer. Wurzeln schlagen und dann mit diesem Mann …

Aber er ist ein Mann, den ich kaum kenne, ein Mann, der mir schon nach einem Tag einen Heiratsantrag gemacht hat. Ein *Coup de foudre*, hat er gesagt. Und, ja, seit wir uns begegnet sind, ist das Leben schwindelerregend. Es hat uns überwältigt. Es mag zwar unlogisch sein, aber es fühlt sich *richtig* an.

Ich beginne, ein paar Dinge auf eine Erledigungsliste zu schreiben, was ich normalerweise nicht tue. Es ist einfach ein Versuch, meine Aufregung in Schach zu halten, zu begreifen, wie riesig dieses Unternehmen ist. Eine Übung, um sich an den Gedanken zu gewöhnen, um das Fieber zu beruhigen.

Als schließlich gegen sechs Uhr Abends die Kirchenglocken die erste Sonntagsmesse einläuten, die am Samstagabend gefeiert wird, und ich alle Möglichkeiten durchgespielt habe, gehe ich an den Strand zum Schwimmen. Das Wasser ist angenehm und ich bin allein, was mir gefällt. Ich schmecke den salzigen Geschmack auf meinen Lippen, lasse mich auf dem Rücken treiben und blicke zur Küste, die sich bis Cap d'Antibes und die Hügel dahinter erstreckt. Ich nehme ihre Fremdheit in mich auf. Die creme- und lachsfarbenen Gebäude, das weiche Licht, das so viele Maler angezogen hat. Das Observatorium auf einem der Hügel zur Rechten fällt mir zum ersten Mal auf. Ich versetze mich in die Rolle eines *habitant*. Könnte ich hier wirklich leben? Ja. Ja! Obwohl Millionen von Menschen es vor mir schon gemacht haben, fühlt es sich mutig und abenteuerlustig an. Ich begebe mich in die Rolle der Abenteurerin, die ihre Träume wahr macht, statt nur in den Tag hineinzuträumen. Ich fühle mich ungeheuer stark und kraule von der Küste weg. Allein wäre ich natürlich nicht so risikobereit. *Wir*. Im tiefen Wasser tauche ich.

Am Sonntag fahren wir aus der Stadt hinaus ins Umland, zum hübschen alten Städtchen Vence, das auf dem Gipfel eines Hügels liegt. Michel will mir die Chapelle de la Roseraie zeigen, die Henri Matisse im Auftrag für die Kongregation der dominikanischen Nonnen von Monteil (Aveyron) neu gestaltet hat, als er in Cimiez, einem eleganten Viertel in den Hügeln über Nizza, gewohnt hat. Aber als wir ankommen, ist sie geschlossen. Was für eine Enttäuschung. Ich hatte erwartet, dass gerade Messe ist. Mönche und Weihrauch. Wir drücken unsere Gesichter an die Gitter, um wenigstens einen Blick auf Garten und Gebäude zu erhaschen, und Michel macht mich auf ein hohes Eisenkreuz und auf das Dach der Kapelle aufmerksam. Die Dachziegel sind von einem strahlenden Azurblau. So einfach, so unwahrscheinlich und so rein.

Und dann fahren wir, wie von einem Magneten angezogen, zur Villa.

Ohne Charpy, der uns im Nacken sitzt, können wir die Anlage gründlicher erforschen. Auf der geteerten Auffahrt finde ich ein paar Patronenhülsen von Jagdgewehren. Was mögen sie wohl geschossen haben, frage ich mich. Kaninchen?

»Wildschweine«, vermutet Michel.

Ich lache. »So nahe an der Küste? Bestimmt nicht.«

Auf der obersten Terrasse angelangt, beschließen wir, dieses Mal nicht hineinzugehen. Wenn Charpy die Tür aufbricht, ist das etwas anderes. Alleine wollen wir es lieber nicht riskieren. Stattdessen drücken wir uns die Nasen an den schmutzigen, zerbrochenen Fensterscheiben platt und versuchen, hindurchzuspähen. Die braunen Läden sind verwittert und die Farbe blättert ab.

»Wir streichen die Läden in der Farbe von Matisses Kapelle«, sagt Michel. Azurblau. Côte d'Azur. Die blaue Küste. Ich blicke zum Himmel. Blauer Himmel. Kobaltblau. Vanillefarbene Wände und blaue Fensterläden.

Ich versuche, es mir vorzustellen. Eine kühle, aber strahlende Kombination.

»Ja, das machen wir«, murmele ich.

Viele Latten sind zersplittert oder kaputt, aufgebrochen von Landstreichern oder Einbrechern. »Wir müssen sie erneuern«, sage ich.

»Alles muss erneuert werden. Hier ist nichts intakt.«

Einen seltsamen Anblick bietet ein monströser Brotofen, der aussieht wie ein riesiger Bienenstock. Gestern ist er uns gar nicht aufgefallen. Er steht neben dem Hauptkamin auf der oberen Terrasse. »Der funktioniert bestimmt noch!«

»Bestimmt!«

»Wir waren noch gar nicht in der Garage.«

»Ich wette, sie ist verschlossen.« Sie ist es. Daneben befinden sich zwei Ställe, deren obere und untere Türen lose in den Scharnieren hängen. Ich erwarte eigentlich, dass es hier drin nach Heu riecht, aber sie sind vollgestopft mit Pappkartons voller Papiere und Aktenordner. Auf dem Boden liegen ein paar Gartengeräte und eine zerbrochene Tasse ohne Henkel. An den Wänden steht eine Reihe staubiger, dunkelgrüner Flaschen. Ich frage mich, zu wessen Leben diese Dinge gehört haben. Was mag wohl aus dieser Person, aus diesen Leuten geworden sein?

Ein Haus ist viel mehr als ein Haus. Und ein Haus in einem fremden Land treibt diese Erkenntnis noch viel weiter. Es verspricht, die Psyche zu erweitern. Die innere Reise. Michel und ich machen uns gemeinsam auf diesen Weg. Frisch verliebt, fasziniert voneinander. Das Haus, das M. Charpy uns gestern gezeigt hat, und das potenzielle Gut, der Wiederaufbau, den wir uns vorstellen, sind zwei verschiedene Behausungen. Wir erwerben einen Traum, investieren in die Liebe, ineinander. Wir nähren diesen Traum, indem wir die Bäume beschneiden und das Obst ernten. Wir werden unsere Vereinigung feiern, indem wir Freunde und Familie hierher einladen.

In der Nachmittagssonne sitzen wir am Rand des Pools nebeneinander und lassen die Beine in das riesige, leere Becken baumeln. Wir gehen die Stufen hinunter, stellen uns hinein, lassen unsere Stimmen widerhallen. Immer wieder rennen wir darin herum, bis wir außer Atem sind. Über uns tanzen Schwalben im Himmel. Wir schließen die Augen und lauschen auf die Stille. Ich bin noch nie zuvor durch einen leeren Swimmingpool gelaufen. Mit den Schuhsohlen schieben wir dicke Efeuranken aus dem Weg und finden Pfützen von schlammigem Regenwasser, das bis in die tiefsten Spalten des Beckens gesickert ist. Ertrunkene schwarze Insekten treiben zwischen den gefleckten Efeublättern. Die Wände sind viel höher als wir. Ich drücke mich mit dem Rücken an den ausgebleichten blauen Zement und habe das Gefühl, im Herz – nein, wir sind das Herz –, im wässerigen Bauch des Anwesens zu sein. Wir küssen uns und unser Puls rast. Wir sehen uns an, lächelnd, überwältigt, zwei winzige, aufgeregte Menschen in diesem tiefen, riesigen Becken. Ich denke an Jules Verne, *Reise zum Mittelpunkt der Erde*. Ich fühle mich so klein wie der Däumling. Ich bin Alice im Wunderland. Das Abenteuer, die Herausforderung haben uns, wie Alice, schrumpfen lassen, damit unsere Reise beginnen kann. Wenn wir hier wohnen, werden wir wieder größer werden, und wir werden uns neu entdecken, wenn wir alles restaurieren.

Ich liebe diesen Ort bereits. Ich liebe diesen Mann neben mir, der mit mir zusammen in diesen verrückten Traum eingetaucht ist. Er scheint genauso wie ich zu wollen, dass es funktioniert. Und er scheint genauso überwältigt und voller Energie zu sein wie ich.

Obwohl wir uns erst seit ein paar Monaten kennen, fühle ich mich bei Michel sicher. Ich vertraue ihm. Er liebt übermäßig, mit vollem Risiko, und er ist zärtlich. Genau das, was ich brauchte. Ich hatte den Glauben an die Liebe verloren. Nach einer Reihe kurzlebiger Affären, einer ziemlich öffentlichen Beziehung, lebte ich sehr isoliert. Ich verlor mich selber. Ich war verletzt. Unabhängig, getrieben und allein.

Die Sonne ist nach rechts gewandert und wird bald hinter den Hügeln verschwinden. Der Himmel verändert seine Farbe, überzieht sich mit blass orangefarbenen, pastellroten und weichen Purpurtönen. »Wo ist das?«, frage ich. »Wo die Sonne untergeht?«

»Mougins.«

Wir sind wieder auf der oberen Terrasse. Michel raucht eine Zigarette – ich wünschte, er täte es nicht –, und es ist Zeit zu gehen.

»Wir fahren nach Mougins und essen dort zu Abend. Es ist noch zu früh, um nach Cannes zurückzufahren.«

Ja, zu früh für Cannes, seine funkelnden Lichter und sein protziges Nachtleben während des Festivals.

Langsam gehen wir die Einfahrt hinunter, vorbei an den Oliventerrassen rechts und links von uns. Ich entdecke Blüten auf den Ästen, winzige weiße Flecken, zart wie Spitze. Zart wie Liebe.

Am Eingang zu dem Hügelort Mougins, wo Autos nicht erlaubt sind, finden wir ein einladendes Hotel-Restaurant. Es hat eine Terrasse mit einem weiten Blick über das tiefe Tal bis hin zum Meer. Der *patron* weist uns auf seinen Parkplatz auf der anderen Seite der schmalen Straße hin.

Wir setzen uns auf die Terrasse.

»*Ca, c'est mon parking*«, betont er voller Besitzerstolz, als er uns mit großer Geste seine Speisekarten überreicht. »Mein Privatparkplatz.« Ich betrachte gebannt sein haselnussbraunes Toupet und seinen Goldschmuck, seine schmale Gestalt und seine hautengen beigefarbenen Hosen. Jeden Moment erwarte ich, dass er anfängt zu tanzen.

Michel bestellt uns *deux coupes*. Unser Gastgeber nickt zustimmend und eilt davon. Uns fällt ein handgeschriebenes Schild auf, auf dem steht: »*140 f la chambre, parking inclus.*« »Das ist nicht teuer.« Weniger als vierzehn Pfund. »Wir müssen uns dieses Hotel für das nächste Mal merken. Es liegt näher am Haus, ist ruhiger als Cannes und billiger.« Der *patron* kehrt mit unseren beiden Gläsern Champagner zurück. »Ich bin der Einzige, *le seul*, im Ort, der einen eigenen Parkplatz besitzt«, sagt er wieder.

Wir nicken ermutigend und versuchen, nicht zu kichern, als er davoneilt, um Neuankömmlinge willkommen zu heißen und sie mit großartiger Geste auf seinen Parkplatz aufmerksam zu machen. »Monsieur Parking«, flüstert Michel und damit hat er seinen Namen weg.

Das Essen ist hinreißend. Ein köstliches Menü für 70 f. Ich beginne mit warmem Ziegenkäse auf getoastetem Baguette und wildem Rucola-Salat, während Michel sich für *une petite omelette au briccio* entscheidet, ein Omelett mit Ziegenkäse und Minze. Danach esse ich *gigot d'agneau*, rosa gebraten, mit *tian de pommes de terre*, Kartoffeln und Tomaten, die mit dem Lamm zusammen gekocht werden. Michel bestellt *veau aux olives noires à la sauge*, Kalbsbraten mit schwarzen Oliven und Salbei. Monsieur Parking empfiehlt einen roten Bandol, einen Wein aus der benachbarten Var-Region, zu unserem Essen. Michel ist zwar ein treuer Bordeaux-Trinker, aber er beschließt, wir sollten es mal versuchen. Der Wein ist vollmundiger, als ich es erwartet hätte, aber er passt hervorragend zu unserem Essen und unserer Entdeckerlaune. Zum Abschluss wählt Michel *brie de Meaux* und dann *tarte au citron et aux amandes*. Ich lasse den Käse aus, versuche aber ein Dessert, das ich noch nie zuvor probiert habe: verführerische Lavendel-Crème brulée. Es schmeckt himmlisch, eines der sinnlichsten Gerichte, die ich jemals gegessen habe.

Satt und glücklich brechen wir auf. Monsieur Parking hat unseren Gaumen erfreut und unsere Herzen erobert. Als wir gehen, stellt er uns zu meinem Erstaunen seiner äußerst eleganten Frau vor. Sie, verkündet er stolz, sei die eigentliche Chefin.

Am Montag führen wir einige Telefongespräche mit M. und Mme B. in Brüssel, den Besitzern, und wir werden uns einig. Wir werden das Haus und die Hälfte des Grundstücks sofort kaufen und eine Zusage für die anderen fünf Hektar unterschreiben, die innerhalb von vier Jahren nach Unterzeichnung des Kaufvertrags für die Villa ebenfalls von uns erworben werden müssen. Hinzu kommt, dass Michel den ursprünglichen Preis um fast ein Viertel gedrückt hat. M. Charpy ist nicht glücklich über den Vertrag und verabschiedet sich von uns, als hätten wir ihn um seine kostbare Freizeit am Wochenende gebracht.

Jetzt müssen wir den Süden Frankreichs verlassen. Wir sind schon einen Tag länger geblieben als geplant, um den Kauf des Hauses in Gang zu setzen. Obwohl wir die Sonne, das Meer und das geschäftige Leben am Mittelmeer verlassen und ich heute Abend in Paris für einige Wochen *au revoir* zu Michel sagen muss, fliegt mein Herz wie ein Vogel. Ein Haus in einem fremden Land. Mehr als ein Haus, die Restaurierung eines heruntergekommenen Guts, eine Leinwand, die bemalt werden will, der Beginn eines neuen Lebens und jemand, der es mit mir teilt. Im Geiste sehe ich schon, wie wir Olivenöl produzieren und wie flüssiges Gold in Flaschen abfüllen.

Wieder in England kann ich meine Erregung kaum zügeln, bis ein Freund mit mir zum Mittagessen geht und mir ein paar gut gemeinte Ratschläge erteilt. Er listet entsetzliche Dinge auf: französische Steuergesetze, Eigentumsgesetze, Verordnungen, die schwarzen Löcher des Napoleonischen Systems. Und sollte sich jemals herausstellen, dass das Ganze ein Irrtum sei und ich wieder verkaufen wolle, sei ich mir eigentlich im Klaren darüber, dass die Franzosen dann fünf Jahre lang mein Geld nicht herausrücken würden? Ich gehe geschockt und mit weichen Knien aus dem Restaurant. Auf das Mittagessen folgt die Begegnung mit einem weiteren alten Freund, der mir den Rest gibt, indem er zu mir sagt, das käme von zu viel Heimlichtuerei. Als nächstes ist meine Familie an der Reihe. Sie warnen mich vor übereilten Schritten. »Hast du dir die Fallstricke überlegt?«, fragt mein Vater und entwickelt Szenarien von Korruption und Täuschung. »Du bist viel zu ungestüm. Du willst doch nicht wirklich die Katze im Sack kaufen?«

Ich versuche immer noch, wieder zu mir zu kommen, als meine Mutter anruft und mir erzählt, dass sie weinend zusammengebrochen sei, als sie mit meiner Schwester in der Bond Street eingekauft habe. »Sie musste mit mir in Fenwick's Coffee Shop gehen, ich konnte mich nicht mehr auf den Beinen halten.«

»Was ist denn los?«, frage ich aufrichtig besorgt.

»Du.«

»Ich?«

»Wie konntest du das tun? Wir sind irische Katholiken«, jammert sie.

Ich schweige. Was soll ich dazu sagen?

»Und er ist Ausländer. Du warst immer schon so. Du hast einfach keinen Gemeinsinn.«

Ich lege den Hörer auf. Unsicher beginne ich zu grübeln. Ja, ich bin ungestüm und wahrscheinlich habe ich auch keinen Gemeinsinn. Mir war nicht klar, dass ich besonders heimlichtuerisch vorgegangen bin und ganz sicher habe ich mir nicht die Mühe gemacht, die Fallstricke des französischen Rechtssystems zu erforschen. Hinzu kommt, dass wir uns das Gut gar nicht leisten können. Es ist eine unrealistische Fantasie, genährt von einer stürmischen Affäre, die wahrscheinlich genauso enden wird wie alle anderen. Ich sollte die Finger davon lassen. So stehe ich am Rand der Hysterie, als Michel aus Paris anruft, um mir mitzuteilen, dass er einen Anruf aus Brüssel erhalten hat.

»Was?«, ist meine verliebte Begrüßung.

»Madame besteht auf vorheriger Zahlung von zehn Prozent des Kaufpreises in bar.«

»Das kann sie nicht. Das ist illegal.«

Ich habe gehört, dass diese Forderung bei Hausverkäufen in Frankreich ganz normal ist. Man nennt sie »Depot«. Der Käufer bezahlt einen gewissen Prozentsatz des vereinbarten Preises in bar und der Verkäufer setzt einen niedrigeren Verkaufspreis in den Vertrag. Damit werden die astronomischen Steuern, die von Käufer und Verkäufer verlangt werden, geringer gehalten.

»Das ist Schwarzgeld!«, schreie ich. »Das kann sie nicht machen!«

»Leider ist es eine allgemein akzeptierte Praxis.«

Ich weigere mich, darüber zu diskutieren. Ich weigere mich überhaupt, weiter zu sprechen, und lege den Hörer ein wenig zu abrupt auf. Aber ich weiß, wenn wir das nicht tun, verlieren wir das Gut. Eine Entscheidung, die mir noch vor einem Monat ganz natürlich erschien, bringt mich jetzt an den Rand des Zweifels. Buchstäblich alles, was ich besitze, einschließlich meiner einziger Versicherungspolice, die ich mir – gegen den Willen meines Steuerberaters – auch auszahlen lassen muss, wird in dieses Unternehmen gesteckt. Und wenn alles schief geht? Wenn alles, was meine Freunde und meine Familie mir erzählen, wahr ist? Ich schlafe schlecht, habe Albträume, schleppe mich durch die Tage. Entsetzen hat mich befallen.

Jetzt ist es Hochsommer. Wegen des Albtraumes an Bürokratie in Frankreich schwindet die Hoffnung, dass der Kaufvertrag vor den Ferien geschlossen werden kann. Und während sich Komplikationen wie die Aufteilung des Grundstücks auftürmen, fällt das Pfund und unsere ganzen schönen Berechnungen sind dahin. Auf Grund des Wechselkurses ist das Anwesen bereits zwanzig Prozent teurer geworden. Wenn es noch schlimmer wird, werden wir es lassen müssen. Ich raufe mir die Haare. Michel bewahrt die Ruhe. Der Bastille-Tag kommt. Wir fahren durch ein feierndes Frankreich, um das verlassene Anwesen noch einmal zu besichtigen, aber vor allem, um meine finanziellen Ängste zu beschwichtigen, bevor wir unwiderruflich zusagen.

Bei unserer Ankunft steht ein prächtiger Baum an der obersten Terrasse in voller Blüte. Erschöpft nach der zwölfstündigen Fahrt, bei der wir uns abgewechselt haben, um nicht im Hotel übernachten zu müssen, setzen wir uns wie zwei schiffbrüchige Seeleute neben den majestätischen Baum. Er blüht elfenbeinfarben und die Blüten verströmen einen so schweren Duft, dass der ganze Hügel davon eingehüllt ist. Ich liege erschlagen mit dem Kopf auf Michels Brust und weiß, dass dieser Duft mir in jede Pore dringt. Er wird mich für immer an den Süden Frankreichs und an meine große Liebe erinnern.

Als der Tag anbricht, betören mich die Gerüche, die Aussicht und das heiße, klare Wetter und Michel und seine stille Kraft beruhigen mich. Ich sehe meine Zweifel ganz deutlich; ich gehe etwas Unbekanntem entgegen, verlasse mein altes Leben, um ein neues zu führen. Ängste, real oder unlogisch, und Aufregung gehören dazu. Wir begraben alle Bedenken und fahren zum Strand, wo wir unsere müden Glieder im Mittelmeer baden, den Nachmittag verträumen und uns schließlich Salz und Sand von der Haut waschen, um bei Monsieur Parking ein Abendessen und ein Bett zu suchen.

Als es Abend wird und wir im Kerzenschein auf seiner Terrasse dinieren, explodiert am Himmel über dem Meer ein Feuerwerk, das die ganze Bucht erstrahlen lässt. Natürlich findet es zu Ehren der französischen Unabhängigkeitserklärung statt, aber tief im Herzen will ich glauben, dass es nur für uns ist.

Hier in Frankreich ist der vierzehnte Juli, der Jahrestag der Erstürmung der Bastille und der Revolution, der wichtigste nationale Feiertag.

Fröhlich ruft Michel früh am nächsten Morgen bei den Verkäufern in Belgien an. Er bestätigt, dass wir die geforderte Summe bar im Voraus bezahlen, wenn sie und ihr Mann uns im Gegenzug dafür erlauben, dass wir schon vor Zustandekommen des endgültigen Kaufvertrags in die Villa einziehen dürfen.

»Ah, Sie wollen mit den Renovierungsarbeiten in der trockenen und heißen Jahreszeit beginnen, *n'est-ce pas*?«

Ja, sicher, das würde durchaus zutreffen, wenn nicht die Vorauszahlung jeden Penny aufgezehrt hätte, den wir besitzen. Und Michel hat Vanessa und Clarisse, seine dreizehnjährigen Zwillingstöchter, eingeladen, den Sommer mit uns zu verbringen. Er möchte, dass sie mich ein bisschen besser kennen lernen und mit uns die Begeisterung teilen, die Villa in Besitz zu nehmen. Sie sterben vor Neugier, das Haus endlich zu sehen, erzählt er mir. Außerdem hätten wir gar kein Geld, um mit ihnen woanders hinzufahren.

Mme B. willigt ein, *en principe*, besteht aber darauf, dass wir alles noch einmal beim Mittagessen in Brüssel detailliert besprechen. Bevor sie auflegt, bietet sie Michel an, das Geld entweder vor unserem Treffen in Brüssel auf ein Schweizer Konto zu überweisen, oder aber die vereinbarte Summe an dem Tag bar mitzubringen.

Ich könnte an die Decke gehen. Ich will nichts davon wissen, dass auch nur ein Sou von meiner einzigen Versicherungspolice samt Zinsen auf einem unbekannten Schwarzgeldkonto in der Schweiz verschwindet, ohne dass etwas besprochen und unterschrieben ist. Warum können wir ihnen nicht einfach einen Scheck für ihr vermaledeites Schweizer Konto überreichen?

»Vermutlich fürchtet sie, dass er nicht gedeckt ist.«

»Typisch! Im Moment vertraut keiner keinem!«

Ich wüte und rase, bis ich völlig erschöpft bin. Michels Lachen und seine sanften blauen Augen bewahren mich vor einem hysterischen Anfall.

Und so arrangieren wir alles.

Zwei Wochen später, zu Beginn der französischen Massenflucht von Norden nach Süden – für eine Nation von Individualisten führen sie sich auf wie die Lemminge, sobald die Feriensaison einsetzt –, beladen wir mein schwarzes VW-Cabrio mit alten Matratzen, Bettzeug, überzähligen Küchengeräten aus meiner Wohnung in London und brechen nach Brüssel auf.

Wir wollen bei den belgischen Besitzern einen »guten Eindruck« machen, die *promesse de vente* unterzeichnen, unser schwer verdientes Geld, das in Michels Brieftasche in braunen Umschlägen verborgen ist, überreichen (es sei denn, wir können sie dazu überreden, dass wir es doch erst später bezahlen müssen) und nach dem geschäftlichen Teil direkt nach Paris weiterfahren, wo *les filles* auf uns warten.

Michel findet es unangebracht, in einem Auto, das vor alten Möbelstücken fast aus allen Nähten platzt, vor dem Haus der Verkäufer vorzufahren. Außerdem könnte es Vorurteile schaffen. Also stellen wir, als wir in der Stadt ankommen, den Wagen in der Tiefgarage des Hilton Hotels ab und gehen zu Fuß zu der Adresse, die uns Madames Sekretärin angegeben hat. Ich nehme die Straßen kaum wahr und merke es gar nicht, als wir auf der breiten, baumbestandenen Avenue ankommen, die den Namen trägt, nach dem wir suchen. In meinem Kopf kreisen die Gedanken. Wenn nun diese Leute über uns herfallen und uns ausrauben oder mit anderen gewaltsamen Mitteln versuchen, uns das Geld abzunehmen? Woher sollen wir denn wissen, dass sie keine Gauner sind? Selbst wenn wir diesem Schicksal entrinnen, es gibt immer noch Papiere, die wir unterzeichnen müssen …

Auf einmal bleiben wir wie erstarrt vor zwei imposanten Eisentoren stehen, die so hoch sind wie eine durchschnittliche Eiche. »Gott sei Dank sind wir nicht mit dem Auto hierher gekommen«, flüstere ich und greife nach Michels Hand. Minutenlang bleiben wir stehen und betrachten das Anwesen, das wie ein Miniatur-Versailles aussieht.

»Na los«, sagt er schließlich und drückt noch einmal meine Hand, bevor er läutet.

Die Tore gleiten auf und wir gehen über eine knirschende Kiesauffahrt, einen Plattenweg entlang, eine Marmortreppe hinauf und stehen schließlich vor hoch herrschaftlichen Türen. Sie werden von einem Butler in Livree geöffnet. Michel sagt ihm unbeeindruckt unsere Namen.

Der Butler nickt hoheitsvoll und sagt mit starkem belgischen Akzent: »Madame kommt sofort.« Ich kann ihn kaum verstehen. Bei der Aussicht auf die bevorstehenden Verhandlungen stoße ich einen Seufzer aus. Mit einem höflichen, aber gleichgültigen Nicken führt uns der Butler durch eine prachtvolle schwarzweiße Marmorhalle mit leuchtend roten Gladiolensträußen in einen weitläufigen *salon*, den er als »Madames Schreibzimmer« bezeichnet.

»Ich bin im falschen Film, ich trage das falsche Kostüm«, murmele ich, als wir uns auf zwei vergoldeten Louis-Irgendwas Stühlen niederlassen.

Als sich die Tür hinter dem Butler wieder geschlossen hat und wir alleine sind, stehe ich auf und trete an die Fenster, die auf einen perfekt gepflegten Park gehen. Ich zähle ein halbes Dutzend Gärtner, die an den zahlreichen prächtigen Blumenbeeten umgraben und pflanzen. Im Zentrum der sich kreuzenden Kieswege steht ein antiker italienischer Marmorbrunnen. Zufrieden blicke ich auf seine kristallklare Fontäne, bis sich die Tür hinter uns öffnet und eine furchterregende, streng frisierte, schmallippige Frau mit zahlreichen Schichten von orangefarbenem Gesichtspuder eintritt: Mme B. Sie wird von einer weiteren, nur unbedeutend jüngeren Frau mittleren Alters begleitet, die wie ein nervöses Vögelchen zuckt, und die sie als ihre Privatsekretärin Yvette Pastor vorstellt. Mme B. entschuldigt sich für die Abwesenheit ihres Gatten, der, wie sie erklärt, *malade* ist. Rasch schreitet sie in die Halle und fordert uns auf, ihr zu folgen. Mein Herz sinkt. Ich sehe unseren sorglosen Sommer rascher dahin schmelzen als belgische Schokolade.

Wir setzen uns an einen ovalen Walnusstisch, an dem leicht zwanzig Personen Platz finden. Auf einem Silbertablett wird eine Magnumflasche Champagner gebracht. Über den Butler lässt Madame ihrem Mann eine Botschaft zukommen, mit der sie ihn unmissverständlich bittet, sofort aufzustehen und herunterzukommen; es müssen Papiere unterschrieben werden. Ich widerstehe dem Verlangen zu protestieren.

Das Geschäft beginnt. Ich verstehe kaum einen Satz und starre in blinder Panik auf sechs Seiten juristisches Französisch, die mir über den Tisch zugeschoben werden: eine Kopie des verbindlichen Dokuments, unter das ich meinen Namen setzen werde.

Kurz darauf geht die Tür auf und ein zerbrechlicher alter Mann erscheint, zitternd und bleich. Er trägt elegant sportliche Kleidung und schwere, teure Schmuckstücke an seinen Händen und Handgelenken, die zart und durchscheinend wie Pergament sind. Er entschuldigt sich weitschweifig für seine Krankheit. Mitleidig schütteln wir die Köpfe, weil uns die Worte fehlen. Er sieht so aus, als würde er jeden Moment auf dem Marmorboden zusammenbrechen. Madame befiehlt dem

41

Butler, Monsieur ein Glas Champagner einzuschenken. Monsieur lehnt ab. Madame besteht darauf. *Le pauvre.* Schließlich stimmt Monsieur zu und trinkt auf unsere Gesundheit und ein glückliches Leben in Appassionata. »Mit dem Garten werden Sie viel Arbeit haben«, sagt er.

»Wie albern, jetzt vom Garten zu sprechen«, tadelt sie ihn. Monsieur verstummt, nimmt Madames Füller entgegen und unterschreibt zitterig und unleserlich.

Dann bin ich an der Reihe. Ich trinke den letzten Schluck aus meinem Champagnerglas und kritzele mit feuchten Händen und klopfendem Herzen überall dort meine Initialen und/oder meinen Namen, wo Madame mit ihren ringgeschmückten, manikürten Fingern hinzeigt. Schwach lächelnd werfe ich Michel einen Blick zu. Ich bete zu Gott, dass er weiß, was er tut, ich weiß es nämlich nicht, und er überreicht schließlich die Umschläge.

Als die Formalitäten vorüber sind, erhebt sich Michel und küsst Madame auf beide Wangen. Sie ist offensichtlich bezaubert von seinem Charme und seinem geschäftlichen Scharfsinn. Bei den Verhandlungen haben die beiden eher wie Sparringspartner gewirkt. Monsieur und ich haben kein einziges Wort hervorgebracht, das heißt, er hat sich bei der erstbesten Gelegenheit entschuldigt und sich wieder in sein Zimmer zurückgezogen.

»*Mais non*, wir können Sie doch jetzt nicht fahren lassen! Wir müssen miteinander zu Mittag essen!«

Wir haben bereits zu fünft eine Magnumflasche Champagner konsumiert – Yvette, die auf einem Stuhl hinter Madame saß, hat unablässig auf unser zukünftiges Glück getrunken – und wir haben noch eine dreistündige Fahrt vor uns, aber Michel und ich spüren, ohne ein Wort zu wechseln, dass es ungezogen wäre, die Einladung abzulehnen, weil es die zukünftigen Verhandlungen vielleicht erschweren würde.

Wir nicken und heucheln Begeisterung. »*Pourquoi pas?*«

»*Très bien*. Ich schlage das 'ilton vor.« Sie entschuldigt sich und befiehlt uns, vor dem Haus zu warten.

»Nun?«, frage ich Michel flüsternd, als Madame das Zimmer verlassen hat.

»Nun was?«

»Haben wir jetzt die Genehmigung oder nicht?«

»*Chérie*, hast du nicht verstanden, was gesagt worden ist?«

»Nicht jedes Wort«, gebe ich zu.

Michel grinst. »Wir haben die Genehmigung unterschrieben und besiegelt, die Villa den Sommer über zu bewohnen – faktisch von diesem Augenblick an, bis sie uns offiziell gehört.«

»Wirklich?«

»Ja, nun, aber unter einer Bedingung.«

»*Was für eine Bedingung?*«

»Schscht, *chérie*, schrei nicht so. Wenn wir den gesamten Kaufpreis nicht bezahlen können, ganz gleich aus welchem Grund, behalten sie alles.«

»Was? Jeden Penny, den wir ihnen heute gegeben haben?«

»Und alles, was wir für das Haus ausgeben. Wir können dann keinen Franc mehr davon beanspruchen.«

»Oh, mein Gott! Warum hast du dem nur zugestimmt?«

»*Chérie*, der Termin für den endgültigen Kaufvertrag ist nächstes Jahr im April. Du brauchst dir also keine Sorgen zu machen.«

»Nächster April. Das ist fast noch ein ganzes Jahr.

Ja, bis dahin haben wir das Haus lange gekauft.« Ich seufze erleichtert.

Draußen fragt Madame nach unserem Auto. Einen Moment lang geraten wir beide aus der Fassung, beim Gedanken an meinen mit Möbeln für »unser Haus« vollbepackten Golf, der in der Tiefgarage des »'ilton« steht. Wie immer rettet Michel kaltblütig die Situation. »Wir haben es außerhalb geparkt, *chère* Madame, weil wir Angst hatten, den Weg in der Stadt nicht zu finden.«

Madame nickt verständnisvoll und mustert mich dann prüfend von Kopf bis Fuß. »*C'est bon*«, beschließt sie und befiehlt einem vorbeikommenden Gärtner, ihren Wagen aus der Garage zu holen. »Es ist ein Sportwagen, aber Sie können sich sicherlich hinten hineinzwängen. Es ist nicht so weit, und Sie beide sind ja schlank.« Augenblicke später stehen wir sprachlos vor einem glänzend roten 500 SL Mercedes Sportwagen. Ich hatte ehrlich gesagt etwas Moderateres erwartet.

»Meine Schwäche«, gesteht sie mit der Verletzlichkeit eines Kindes. »Wissen Sie, ich bin in ärmlichen Verhältnissen aufgewachsen.«

Wir klettern ins Auto, Madame setzt sich ans Steuer und saust los wie eine Rakete. Beim Mittagessen im Hilton erfahren wir, dass sie eine der reichsten Frauen Belgiens ist. »Der arme Robert«, erzählt sie uns, »macht sich nichts aus Geld oder Besitz. Ihn interessiert nur der Garten. Er liebt Blumen und Pflanzen. Für mich ist das sehr schwierig, weil ich nicht weiß, was ich mit ihm machen soll. Wir kennen einander, seitdem wir zwölf waren. Wir haben ein Geschäft aufgebaut und sehr hart gearbeitet, und jetzt sind wir so reich, aber er bleibt am liebsten im Bett. Er kann mit der Verantwortung, die das viele Geld mit sich bringt, nicht umgehen. Ich reise überall hin mit Yvette, meiner Sekretärin. Robert fährt höchstens in unser Sommerhaus. Es ist *très tragique*.« Je länger ich sie ansehe, desto mehr ähnelt Mme B. einem Bluthund. Ihr Gesicht sackt herunter, ihr Blick wirkt verloren und verständnislos. Die furchterregende Frau, die ich vor ein paar Stunden kennen gelernt habe, ist verschwunden. Aber die Stimmung währt nicht lange. Bald verlangt sie nach der Rechnung, die sie – Gott sei Dank – unbedingt bezahlen will, und bietet uns dann an, uns zu unserem Auto zu begleiten.

Michel und ich werfen uns verstohlene Blicke zu. In diesem Stadium können wir ihr unmöglich eröffnen, dass unser Auto nur wenige Meter von ihrem entfernt in der Tiefgarage des Hotels steht. Stattdessen streifen wir durch ein paar Straßen, kommen uns unaufrichtig und dumm vor, weil wir unnötige Zeit verschwenden, bleiben aber bei unserer Version, wir wüssten nicht mehr, wo wir das Auto abgestellt hätten.

Schließlich gibt Mme B. auf, winkt nach einem Taxi, das sie die drei Straßen zum Hilton zurückbringen soll, und wünscht uns *bonne chance*. Unser Abschied ist freundlich, fast liebevoll. »Wir sehen uns dann in der Kanzlei des Notars. Ich faxe Ihnen die Adresse«, sagt sie. »Ich freue mich darauf.« Und sie lässt bei Michel ihre Wimpern flattern wie Betty Boop.

Als wir in Paris ankommen, ist es schon spät. Michels Töchter sind mürrisch, sie haben den ganzen Nachmittag auf ihren Papa gewartet. Die Mädchen und ich sind uns erst ein paar Mal begegnet und mir macht ihre schlechte Laune wahrscheinlich mehr aus als Michel. Er verstaut unbeeindruckt ihr Gepäck im Wagen und erklärt ihnen, sie sollten sich beeilen, weil wir sonst den Süden vor dem Ende der Ferien nicht mehr erreichen. »Was ist mit Pamela?«, fragt Clarisse.

Überrascht blicke ich mich um. Wer ist Pamela?

Clarisse zeigt auf das Tor. Ein keuchender, unglaublich übergewichtiger Schäferhund kommt auf uns zugewatschelt. Pamela bringt das sorgfältig konstruierte Gleichgewicht meines bereits gefährlich überladenen Golfs ins Wanken, und was noch schlimmer ist, sie furzt die gesamte Strecke von Paris bis nach Cannes. Es ist eine Sache, eine neue Familie zu lieben, aber als wir in Aix-en-Provence angelangt sind, frage ich mich ernsthaft, ob ich mich wohl an diesen stinkenden Hund gewöhnen kann.

Wassermusik

Die Gegenwart

Die Hitze ist mörderisch. Michel ist den ganzen Tag mit der Suche nach Wasser und dem Brunnen beschäftigt. Vanessa und ich haben uns darangemacht, das Efeu im Swimmingpool zurückzuschneiden. Wir haben nur eine einzige Gartenschere. Das bedeutet, dass immer einer von uns schneidet, bis ihm die Arme wehtun, während der andere die abgestorbenen Ranken aufsammelt. Wir haben einen guten Rhythmus gefunden. Sie ist ein tüchtiges, intelligentes Mädchen und ich bin gern mit ihr zusammen. Die Mädchen sprechen beide kein Englisch, was mich dazu zwingt, mein eingerostetes Französisch einzusetzen. Unsere Gespräche führen deshalb nicht weit, sie beschränken sich auf einen seltsam höflichen Austausch oder ab und zu eine Frage von mir, was dies oder jenes auf Französisch heißt. Von Zeit zu Zeit erlahmt das Gespräch ganz, vor allem wegen der Hitze und der anstrengenden körperlichen Tätigkeit, und wir arbeiten in freundlichem Schweigen.

In der Zwischenzeit läuft Michel wie eine zweibeinige Ziege den Hügel hinauf und herunter und sucht unsere zehn Hektar provenzalischen Dschungel nach Wasserrohren oder Anzeichen für einen Brunnen ab. Seine Beine sind zerkratzt und zerschunden, aber er macht entschlossen weiter. Mme B. hat ihm gegenüber erwähnt, dass es irgendwo auf dem Grundstück eine natürliche Quelle gäbe, aber er ist nicht in der Lage, sie zu finden.

»Wir müssen wahrscheinlich erst mal alles roden, bevor wir sie finden!«, verkündet er bei einem seiner Zwischenstopps in der Villa. »Wo ist Clarisse?«

Vanessa und ich wischen uns den Schweiß von der Stirn. »Wissen wir nicht, wir haben sie seit Stunden nicht mehr gesehen. Du brauchst Gummistiefel und eine Trinkflasche, Michel.«

»Hmm.« Er zuckt mit den Schultern macht sich in seinen Shorts und den Espadrilles aus dem Supermarkt – die sich bereits auflösen – auf, um einen weiteren Weg zu erkunden. Ich verstehe seine Sorge. Wenn jetzt ein komplettes Wassersystem eingebaut werden müsste, dann würde das bedeuten, dass wir das Anwesen für die nächsten Monate verlassen müssten. Keiner von hat allerdings bisher diesen Gedanken ausgesprochen.

Jeden Abend fahren wir in den Ort und füllen ein paar Zwanzig-Liter-Plastikkanister mit Wasser für den nächsten Tag. Ich lerne, dass in Frankreich jeder Ort über eine öffentliche Zapfstelle für Trinkwasser verfügt. In diesem Land gilt es als Grundrecht, dass jeder, ganz gleich wie arm er ist, Anspruch auf kostenloses Trinkwasser hat. *Vive la France*, lache ich, als Michel mir das erklärt. Ich bin der französischen Republik äußerst dankbar für diese Umsicht, denn unsere Vorräte schwinden rasch.

Weil es in der Villa keine Möglichkeiten gibt, sind wir gezwungen, die Mädchen im Hotel unterzubringen. Natürlich entscheiden wir uns für das Etablissement von Monsieur Parking, der Michel einen großzügigen Preis macht.

Jeden Morgen fahren wir nach Mougins, um Vanessa und Clarisse abzuholen, aber bevor wir zur Villa zurückfahren, frühstücken wir zusammen. Sie bestellen das *petit déjeuner*, das in ihrem Zimmerpreis enthalten ist und aus den üblichen Brötchen, Croissants, *confiture* und *café au lait* besteht (*chocolat* für Vanessa, die weder Tee noch Kaffee mag, obwohl sie sich ständig um ihre hübsche, schlanke Figur sorgt), während Michel und ich uns mit einer Tasse Kaffee begnügen. Ich stopfe die übrig gebliebenen Brötchen in meine Tasche, damit wir etwas zu Mittag haben, und wir genießen den Sonnenschein auf Mr. Parkings Terrasse. Wenn er und seine Frau mit den Rechnungen abreisender Gäste beschäftigt sind, schleichen Michel und ich auf Zehenspitzen über die schmale, gewundene Treppe in das Zimmer der Mädchen und duschen. Noch nie war heißes Wasser so köstlich und unrechtmäßig. Am dritten Tag lässt Mr. Parkings Freundlichkeit schon beträchtlich nach und er beäugt uns misstrauisch. Der Gedanke, wie er uns erst Ende des Monats behandeln wird, bereitet mir Unbehagen.

Michel stattet der *mairie*, dem Rathaus, einen Besuch ab und fragt nach Plänen für das Bewässerungssystem von Appassionata. Aber es ist August und es ist niemand da, um die Akten zu suchen. Ganz Frankreich ist in Ferien. Selbst wenn alle wieder da sind, erfährt er, ist es jedoch unwahrscheinlich, dass die Information registriert worden ist. Das Haus ist zu alt, das Land ist aufgeteilt worden und es ist ein privater Wohnsitz. Wassersystem und Tanks sind nicht meldepflichtig. Wir müssen weiter selber suchen. Verzweifelt hält er an einer Telefonzelle und ruft Mme B. in Brüssel an. »Ich habe ein Becken oben auf dem Hügel gefunden, aber die Rohre, die dorthin führen, verschwinden in der Erde und ich kann ihre Spur nicht verfolgen. Woher kommt denn das Wasser für dieses Becken?«

Madame hat keine Ahnung. Sie haben den Besitz als Geschenk für eine ihrer beiden Töchter erworben, die leidenschaftliche Pferdenärrin war, aber wegen der vielen Terrassen konnte sie dort keine Pferde züchten und deshalb hat sie nie dort gewohnt. »*Hélas*, ich kann mich nicht erinnern, Monsieur. Es ist fast fünfzehn Jahre her.«

»Und die Frau, die es von Ihnen gemietet hat, die dort Hunde gezüchtet hat?«

»Ich habe keine Ahnung, wo sie ist. Sie ist einfach verschwunden und schuldet uns noch Tausende, einschließlich der Wasserrechnungen.«

»Ach! Dann haben Sie also Wasserrechnungen?«

»*Mais, bien sur!*« Zumindest glaube ich das. Sie hat niemals irgendwelche Rechnungen bezahlt. Da bin ich mir ganz sicher.«

»Es ist nur … Sie haben einen Brunnen erwähnt?«

»Ah, *la source*! Ja, ja, ich glaube, es gibt einen Brunnen. Vielleicht hat meine Tochter ja alles aufbewahrt, aber sie ist bis Mitte September verreist. Wir werden natürlich versuchen, alle diese Details zu klären, wenn der endgültige Kaufvertrag zustande kommt. Robert und ich fahren morgen in Ferien, also *bonne chance*.«

Es ist früher Abend. Die Sonne blitzt durch die Olivenbäume und wirft Schatten auf die mit Unkraut überwucherten Terrassen. Wir sitzen allein auf einer staubigen Fläche, die früher einmal ein Rasen war, neben der obersten Terrasse in zwei Gartenstühlen aus dem Supermarkt und teilen uns eine Flasche *Vin de Provence rosé*. Unser Gespräch dreht sich um Wasser, natürlich, und ich entdecke, dass Michel es hasst, sich geschlagen zu geben.

»Wenn hier Landstreicher gewohnt und Gemüse angebaut haben, dann muss es Wasser geben. Sie konnten doch von dem Brunnen gar nichts wissen. Ich werde morgen früh mal zu den städtischen Wasserwerken gehen. Hoffentlich haben sie nicht auch den August über geschlossen.«

»Die Landstreicher haben es vielleicht so gemacht wie wir«, vermute ich und schenke uns noch ein Glas Wein ein.

»Und wie?«

»Sie haben sich ihr Wasser von der Zapfstelle im Ort geholt.«

Während Michel über diese Möglichkeit nachdenkt, erzähle ich ihm, dass ich die Mädchen ins Hotel gefahren und ihnen versprochen habe, dass wir später mit ihnen in Cannes eine Pizza essen. Geldknappheit hin oder her, sie wollen auch mal ausgehen. Ich spüre, dass sie der Mangel an Möglichkeiten ungeduldig macht und unsere spärliche Auswahl an Gerichten, die wir mit unseren begrenzten Mitteln kochen können, sie langweilt.

»Den Mädchen geht es gut. Du bist diejenige, die ausgehen will«, neckt er mich. In diesem Moment erkenne ich einen fundamentalen Unterschied zwischen uns. Wenn ich in meinem alten Leben, meinem *wirklichen* Leben, mit etwas konfrontiert bin, was nicht funktioniert, dann ignoriere ich es und kaufe etwas anderes. »Keine Küche? Gut, dann gehen wir eben aus essen«, ist meine Vorstellung von einer perfekten Lösung. Michel dagegen hat Geduld und die Fähigkeit, Dinge zu reparieren, einen praktischen Nutzen aus etwas zu gewinnen, das für mich nur ein nutzloses Stück Draht oder Holz ist. Ich räume ein: »Vielleicht hast du Recht«, und er bricht in Gelächter aus, als ich ihm gestehe, dass das der erste Campingurlaub meines Lebens ist.

»Nein, nein, du hast schon Recht«, versichert er mir. »Die Mädchen werden glücklicher sein, wenn der Pool erst einmal gefüllt ist.«

Er versichert Clarisse und Vanessa ständig, dass als Erstes Wasser in den Swimmingpool gelassen wird, wenn wir erst einmal die Wasserquelle entdeckt haben und wissen, wie man das Wasser in das Becken oben auf dem Hügel pumpt, damit es zum Haus fließen kann. Ich blicke zu dem leeren Pool und stelle mir kühles, kristallklares Wasser darin vor. Ja, die Tage werden dann angenehmer sein.

»Was ist mit den Nachbarn?«, frage ich Michel. »Hast du mit ihnen geredet?«

»Alle sind weg oder am Strand.«

Der Strand. Wir waren bisher noch gar nicht am Strand. »Verschieb das Wasserproblem. Morgen fahren wir an den Strand.«

»Viel zu viele Touristen.« Michel redet so, als lebe er schon seit hundert Jahren in den Hügeln.

Wir stehen früh auf. Ich bin entzückt, dass ich einen Mann gefunden habe, der genauso gerne früh aufsteht wie ich. Unsere Tage beginnen, wenn die ersten Sonnenstrahlen durch die hoch aufragenden Pinien schimmern und über unsere sonnengebräunten Gesichter huschen.

»Ich fahre ans Meer«, flüstere ich schläfrig, schlüpfe in ein paar alte Sachen und fahre an die Küste. In der Stadt riecht es nach Abgasen und frisch gebackenem Brot. Nach einer einsamen Stunde Schwimmen und einer kalten Dusche am Strand bin ich voller Energie und bereit, den Tag anzugehen. So ist es auch viel besser, weil ich Monsieur Parkings finsteren Blick nicht mehr ertragen kann. Michel lacht darüber und erklärt mir, ich sei zu empfindlich, aber ich bin sicher, er plant bereits unseren Tod, so wie er uns immer ansieht, wenn wir die Treppe zum Zimmer der Mädchen hinaufschleichen. Wieder im Haus trinke ich einen Kaffee, bevor wir los fahren, um Vanessa und Clarisse abzuholen.

Während des Frühstücks erzähle ich davon, wie wunderbar es morgens um sieben am Strand ist. Die Ruhe, keine Touristen, weil sie noch schlafen, kein einziger Fußabdruck im Sand und der Sonnenaufgang. Ach, der Sonnenaufgang! In majestätischer Stille steigt sie hinter den Hügeln auf und bringt Wärme und ein honigfarbenes Licht, das sich auf dem Wasser ausbreitet und das Mittelmeer wie schimmerndes Gold erstrahlen lässt. Und mitten in diesem Wunder schwimme ich.

Als ich mit meiner beseligten Schilderung zu Ende bin, verleiht Vanessa ihrem glühenden Wunsch Ausdruck, mit mir zu kommen. »Morgen«, bettelt sie, »s'il te plaît, Carol, chère Carol?«

Ich trinke einen Schluck Kaffee, um nicht antworten zu müssen. Sie und ihre Schwester würden bis mittags schlafen, wenn wir sie ließen. »S'il te plaît, Carol.« Sie legt einen solchen Eifer an den Tag, dass ich ihr nicht widerstehen kann. Also willige ich ein.

Als wir nach dem Frühstück wieder in der Villa sind, liegen die Hügel im Dunstschleier der Hitze. Die Konturen verschwimmen. Michel macht sich auf den Weg zu den Wasserwerken und Vanessa und ich entfernen die letzten Efeuranken, die noch an den Wänden und dem Boden des Beckens kleben. Als diese anstrengende Arbeit endlich vollbracht ist, bewundern wir das Ergebnis unserer Mühen.

»Er ist rissig und alt«, bemerkt sie.

»Er braucht einfach nur Wasser«, erwidere ich fröhlich, aber er sieht wirklich ziemlich heruntergekommen aus.

In der glühenden Hitze schleppen wir die Berge toter Äste über die Terrassen und türmen sie auf, damit sie später im Jahr verbrannt werden können. Noch viele Monate lang werden wir nicht wagen können, ein Streichholz daranzuhalten. Im Süden Frankreichs ist es per Gesetz verboten, während der Sommermonate Feuer zu entfachen, das Risiko eines Waldbrandes ist viel zu groß. Bei diesen Temperaturen und ohne Wasser würden wir die ganze Küste in Schutt und Asche legen.

Ich sehe mich nach Clarisse um. Sie ist nirgendwo zu sehen.

Michel kehrt mit Baguettes unter dem Arm aus der Stadt zurück. Er wirkt erhitzt und erschöpft. Es war laut und staubig, voller Touristen und Autos, sagt er, und er ist auf eine äußerst wenig hilfsbereite Beamtin gestoßen. Sie hat ihm mitgeteilt, die Wasserwerke könnten nichts über die Lage unserer Wasserquelle sagen, ohne dass er einen Kaufvertrag oder die letzte Rechnung vorlegen könne. Auch seien sie ohne den Namen des letzten Rechnungsinhabers nicht bereit, irgendwelchen Details über die Lage nachzugehen. Der letzte Rechnungsinhaber war wahrscheinlich die Hundedame, die abgehauen ist, ohne je eine Rechnung bezahlt zu haben. Michel hat ihr Madame B.s Namen angegeben, aber die Beamtin hat nur den Kopf geschüttelt. Und dann hat sie ihm erklärt, dass sie im Übrigen vor anderthalb Jahren von Mme B. aufgefordert worden seien, das Wasser abzustellen.

»Warum hat sie das denn getan?«, frage ich.

»In Frankreich werden Strom und Wasser offiziell abgestellt, damit die Eigentümer nicht verpflichtet sind, die Grundstückssteuer zu bezahlen.«

»Und jetzt?«

»Ich gehe morgen noch einmal mit unseren Pässen und unserer von Monsieur und Madame B. unterschriebenen *promesse de vente* hin und bestehe darauf, dass sie das rückgängig machen.«

»*Coo-coo, Papa!*«

»Ah, ihr seid mit dem Pool fertig. Gut gemacht.« Michel eilt ins Haus, um seine Kamera zu holen und Fotos von Vanessa und Pamela zu machen. Sie erforschen den leeren Pool. Am tiefsten Punkt messen sie drei Meter und selbst die fette Pamela wirkt dort ganz winzig. Ich überlege, wie viel Liter Wasser wir wohl brauchen werden, um ihn zu füllen, und wie hartnäckig Michel das alles verfolgt.

Die Tage vergehen und das Grundstück wird immer staubiger. Bei Wind dringt der Staub in alle Ritzen. Er setzt sich in unseren Kleidern, in den Küchengeräten, auf der Haut und zwischen den Zähnen fest. Überall. Was auch immer wir in Angriff nehmen, wird eine heiße, staubige Angelegenheit, aber die Mädchen bleiben, die meiste Zeit jedenfalls, fröhlich und helfen mit auf unterschiedliche Weise bei den Aufgaben, die wir zu erfüllen haben. Sie sind zweieiige Zwillinge, und es macht Spaß, ihre Unterschiedlichkeit zu entdecken. Clarisse, die weniger praktische der beiden, pflückt stundenlang Wildblumen und arrangiert sie in Weinflaschen oder Marmeladegläsern auf unserem improvisierten Esstisch im Freien – ein Holzbrett auf Ziegelsteinen und zerbrochenen Fliesen. Vanessa entdeckt Sprache und Information. Sie hat sich einen gewissen englischen Wortschatz angeeignet, weigert sich aber hartnäckig, ihn auch nur mit einer Silbe bei mir anzuwenden. Warum? frage ich, aber sie schüttelt nur den Kopf und geht weg. Ob es wohl ein tief verwurzelter Widerstand gegen mich ist oder ob es daran liegt, dass wir ihrer Meinung nach in ihrer Heimat auch ihre Sprache sprechen müssen?

Als wir von der Bäckerei zurückkommen, fahren sie und ich an einem Haus vorbei, das Mas de Soleil heißt. Wieder in der Villa, bittet sie mich, ihr mein Wörterbuch zu leihen, damit sie die Bedeutung von *mas* nachschlagen kann. Ich wundere mich, dass ihr als Französin das Wort nicht geläufig ist, aber dann erfahren wir, dass es typisch für diese Region ist und Bauernhaus oder traditionelles provenzalisches Haus bedeutet. Sie schlägt vor, wir sollten unser Haus vielleicht in »Mas des Oliviers« umtaufen.

»Gefällt dir das Haus?«, wage ich einen Vorstoß, aber sie zuckt nur mit den Schultern und geht ihrer Wege. Ich verwickele sie in Gespräche, frage sie nach ihrem Leben in Paris, aber nur, wenn wir zusammenarbeiten, kann ich eine Beziehung zu ihr herstellen. Was jedoch den Erwerb der Villa angeht, bleiben die Mädchen neutral, aber vielleicht haben sie auch noch gar keine Meinung dazu, schließlich sind sie erst dreizehn. Ich liebe sie, weil sie ihrem Vater seine Wahl nicht vorwerfen. Ich habe keine eigenen Kinder, ich war noch nie verheiratet. Das ist mein erster Versuch in dieser Richtung, und ich muss zugeben, ich bin ziemlich nervös und unerfahren. Jeden Tag mache ich Fehler, aber bis jetzt konnten sie alle wieder gutgemacht werden. Trotz aller Frustrationen halte ich uns für einen glücklichen Haufen.

Während Michel sich weiter mit unserem Wasserproblem beschäftigt, kümmern Vanessa, Clarisse und ich uns um die unmittelbare Umgebung des Hauses. Wir schneiden alles zurück, um überhaupt erst einmal feststellen zu können, was da ist. Es ist eine Zeit der Entdeckungen. Leere Flaschen, dicke, alte Bodenfliesen in toskanischen Erdfarben. Hat der ursprüngliche Besitzer des Hauses, dessen Name in unserem Vorvertrag mit Signor Spinotti angegeben ist, sie hierhergebracht? Signor Spinotti, ein Kaufmann aus Mailand, der Schöpfer von Appassionata – der Name gefällt mir. Ich schließe die Augen und stelle ihn mir vor: untersetzt, überschwänglich und großzügig.

Und da ist ein Teich. Clarisse hat einen Teich freigelegt. Michel! Papa! Sieh dir das mal an! Wer hätte das gedacht in diesem dürren Paradies? Er ist nierenförmig, ungefähr zwei Meter lang. Unter einem Dschungel von gestreiften Iris, wilden Lilien und der Himmel weiß was noch für Gewächsen hat er überlebt und ist nicht ausgetrocknet. Aber das Wasser ist so trübe und schlammig, dass wir nicht sagen können, wie tief er ist.

»Ob er wohl von unserem Brunnen gespeist wird?«

Michel kniet sich hin und musterte die schwarze Brühe. »Er ist ganz still, ich bezweifle das. Aber wer weiß?« Er steht wieder auf und blickt nachdenklich auf die Wasserlache.

Am liebsten wäre ich mit den Fingern hindurchgefahren, um das Wasser auf der Haut zu spüren, aber ich zögere. Wer weiß, was unter der Oberfläche lauert, am Ende werde ich noch gebissen. »Oh, mein Gott, sieh mal!« Das Wasser erschauert und wird dann wieder ruhig.

Michel beugt sich darüber, kann aber nichts sehen. Ich auch nicht.

»Irgendetwas hat sich bewegt, das habe ich mit abso-
luter Sicherheit gesehen. Ich glaube, es war ein Fisch.«

Er lacht. »Ein Frosch vielleicht, aber kein Fisch, *chérie*.
Das Haus hat seit Jahren leer gestanden.«

»Nun ja, wenn wir Wasser haben, säubere ich ihn
und dann können wir Fische einsetzen.«

»Hmm. Wenn wir Wasser haben …« Er blickt auf seine Armbanduhr. »Ich muss jetzt los.«

Er überredet M. Charpy, den Immobilienmakler, ihm eine
Bestätigung zu schreiben, die die Wasserwerke zusammen mit den Fotokopien unserer Pässe und der *promesse
de vente* als Beweis dafür akzeptieren, dass wir Wasser erhalten dürfen. Spät am Nachmittag kommt Michel hupend und triumphierend die Einfahrt entlanggefahren. Er
eilt in die Garage, wir drehen wieder einmal den Haupthahn auf, aber es kommt immer noch kein Wasser.

Wir werfen uns einen schweigenden, ziemlich ver-
zweifelten Blick zu. Hat Mme B. deshalb eine so dras-
tische Preisverringerung akzeptiert? Haben wir ein
Gut ohne Wasserversorgung gekauft? Die Katze im
Sack, vor der mich mein Vater gewarnt hat? »Was jetzt?«,
frage ich.

»Morgen kommen die Elektrizitätswerke, um den
Strom anzustellen. Eigentlich dürfte die Wasserversorgung nichts damit zu tun haben, aber vielleicht ist das
ja doch der Fall. Lass uns bis dahin abwarten, *chérie*.
Wenn es dann immer noch kein Wasser gibt … na ja,
wir werden schon sehen.«

Meine ruhigen Morgenbesuche am Strand vor dem
Palm Beach Casino sind hektischen, verrückten Fami-
lienausflügen gewichen. Selbst Pamela begleitet uns
jetzt. Vorbei sind die ruhigen Momente, die mir Kraft

gegeben haben, um mich der Renovierung des Hauses zu stellen. Sie sind ersetzt worden durch ein Auto voller triefender Handtücher, nasser Badesachen und auslaufender Shampooflaschen. Ganz zu schweigen von Pamela, die noch weitere zwanzig Kilo Sand in ihrem nassen Fell mit sich herumschleppt. Statt zu schwimmen, erfrischt den Strand zu verlassen und Michel abzuholen, sind wir nun alle gemeinsam unterwegs und ich bin mürrisch.

»Ich will das nicht mehr!«, bricht es schließlich aus mir heraus. »Das war meine morgendliche Schwimmstunde!« Im Auto herrscht verlegenes Schweigen. In dieser Begräbnisstimmung setzen wir die Fahrt fort und die Mädchen geben keine Antwort mehr, wenn ich mit ihnen rede. Beide schmollen beleidigt.

Später, bei einer Tasse aufgewärmten Kaffees – wir haben kein Wasser mehr und hatten keine Zeit, einen der Plastikkanister auf dem Rückweg in die Villa zu füllen, weil um zehn Uhr dreißig der Elektriker und ein Vertreter der Elektrizitätswerke kommen wollen –, schimpft Michel mit mir. Liebevoll wirft er mir vor, dass ich mich nicht wie ein Mitglied der Familie benehme. »Du bist es einfach nicht gewöhnt, *chérie*. Die Mädchen verstehen das.« Und er gibt mir einen Kuss auf die Nase. Aber offenbar verstehen sie es doch nicht. Sie halten mich für schwachsinnig und ich bin auch wirklich langsam bereit, mich im stinkenden Wasser des Teiches zu ertränken.

In der Zwischenzeit wird der Strom angeschlossen – eine schmerzlose Angelegenheit, verglichen mit der endlosen Suche nach Wasser. In Anwesenheit von M. Dolfo, dem Elektriker, versucht Michel noch einmal, den Wasserhahn aufzudrehen, aber nichts passiert. Noch nicht einmal ein Gurgeln.

»Davon verstehen Sie vermutlich nichts?«, fragt er M. Dolfo, der achselzuckend den Kopf schüttelt.

Um bei Laune zu bleiben, feiern wir unseren ersten Schritt ins normale Leben, indem wir zum größten Hypermarket fahren, den ich je gesehen habe, und einen kleinen, bescheidenen Kühlschrank kaufen. Auf dem Rückweg zeigt Clarisse auf die Plakate, die überall an den Straßenlaternen hängen. Heute Abend findet am Strand von Cannes ein Feuerwerk statt. Sie bittet Michel, mit ihr heute Abend ans Meer zu fahren. Er versucht, es ihr auszureden, indem er sie vor den Tausenden von Leuten warnt, die dort sein werden, und ihr versichert, dass wir es von unserer Terrasse aus genauso gut sehen können, aber sie und jetzt auch Vanessa bleiben hart. Also stürzen wir uns mit Pamela, die wir bei dem Feuerwerk nicht alleinlassen können, weil sie Angst, einen Herzanfall bekommen oder in blinder Panik weglaufen könnte, mitten ins Gewühl. Die Parkplätze sind restlos überfüllt und ich finde keinen Platz für meinen VW. Ich bin schon bereit, den Wagen einfach irgendwo stehen zu lassen und zu gehen, aber Michel schlägt vor, einfach aus der Stadt herauszufahren, uns an einen einsameren Streifen Strand zu setzen und das Schauspiel von dort aus zu beobachten. Und genau das tun wir. Als wir das Auto abgestellt haben, wandere ich zu einem kleinen Steinhaufen und setze mich. Die Mädchen führen ein recht ernstes Gespräch mit Papa und ich beschließe, in diskreter Entfernung zu bleiben und aufs Meer zu blicken. Ich kann der Unterhaltung sowieso nicht folgen, und seit meinem Ausbruch vom Morgen liegen meine Nerven blank. Die Wellen schimmern silbern im Mondlicht. Ruhig und gleichmäßig plätschert das Wasser um meine Füße, aber meinen inneren Aufruhr besänftigt es nicht. Weiter oben an der Küste hat das Feuerwerk jetzt begonnen. Große blaue, weiße und rote Kugeln – die Farben der französischen Fahne – zerbersten am Himmel in lange Streifen, die still herunterregnen. Ich bin eine Ausländerin, eine Außenseiterin. Das Gefühl ist mir nicht unbekannt. Ich reise viel und habe mich oft in den ungewöhnlichsten Situationen befunden, aber dieses Mal hat es eine andere Nuance. Ich habe jeden Penny, den ich besitze, mit einem Mann zusammengelegt, den ich kaum kenne, und bin in den rosigen Sonnenuntergang hineingelaufen, ohne zu wissen, auf was ich mich da einlasse. Jetzt haben wir ein Gut, das wir uns nicht leisten können, kein Wasser und auch keine Aussicht darauf, zwei Mädchen, die mich dulden ...

Clarisse lässt sich neben mir in den Strand plumpsen. Das überrascht mich. »*Tu es très pensive, Carol.* Wollt Papa und du ein Baby haben?«, fragt sie mich unvermittelt.

»Ich weiß nicht. Vielleicht. Warum, hättet ihr damit Probleme?«

Sie denkt eine Minute lang nach und schüttelt dann den Kopf. »Nein. Vanessa und ich haben nur darüber geredet.«

»Ach ja? Und was meint ihr?«

Wieder denkt sie nach und ich warte bange auf ihre Antwort.

»Es wäre besser, wenn es ein Mädchen wäre.«

»Warum?«

»Ihr habt beide so lockige Haare, das könnte bei einem Jungen albern aussehen.« So unschuldig dieser Kommentar auch sein, er rührt mich.

Als wir später zu Bett gehen, frage ich Michel: »Haben die Mädchen mit dir darüber geredet, ob wir ein Baby haben wollen?«

Er blickt mich amüsiert an. »Nein, wie kommst du denn darauf? Sie wollten alles mögliche über den Pool wissen. Sie meinen, wir bräuchten Rat, wie man ihn pflegt.«

»Sollten wir damit nicht warten, bis wir Wasser haben?«, schlage ich ein wenig schnippisch vor.

»Ich habe es ihnen versprochen und ich möchte mein Versprechen halten, wenn es mir irgend möglich ist, damit sie sich auf etwas freuen können.«

»Dann habt ihr euch also so angeregt über den Swimmingpool unterhalten?«

Er blickt mich überrascht an und lächelt müde. Dann legt er sein Hemd über den Pappkarton, der uns als Ankleide dient. »Was ist los?«

Ich krabbele ins Bett. Eine lose Sprungfeder bohrt sich mir in den Rücken und fluchend ziehe ich mir die Decke über den Kopf.

Michel zieht sie mir wieder weg. »Hey, was ist los?«

»Nichts. Ich hasse diese Matratze und ich möchte gerne baden.«

Am nächsten Morgen habe ich, sogar ohne mein tägliches Schwimmen, wieder gute Laune und küsse Michel liebevoll, als er sich auf den Weg in das kleine, vollgestopfte Geschäft an der Straße macht. Es gehört Piscine Azuréenne und er will einen Eimer Chlortabletten kaufen und vielleicht ein paar nützliche Prospekte mitnehmen. Die Frau dort empfiehlt ihm, wir sollten dringend einen Experten zu Rate ziehen, weil unser Pool so lange leer war.

Innerhalb von einer Stunde biegt hupend ein schwimmbadblauer Lieferwagen in unsere Einfahrt und kommt mit quietschenden Bremsen zum Stehen. Ich laufe hin.

»Binden Sie diesen Hund fest oder ich fahre wieder!«, brüllt der Fahrer statt einer Begrüßung. Die arme liebe Pamela, die friedlich schnaufend ihren Tag genossen hat, wird zu einem der Ställe gezerrt, wo ich sie mit einer Schnur an einem der Eisenringe festbinde. Erst da beginnt sie zu bellen.

Zufrieden steigt *l'expert* aus seinem Fahrzeug. Es ist ein stämmiger Bursche in sehr ausgebeulten Hosen, abgetretenen Schuhen, einer Kippe im Mund, rot geränderten Augen, einem mächtigen dunklen Schnurrbart und einer deutlichen Alkoholfahne (es ist erst kurz nach elf Uhr Morgens). Er wirft einen Blick auf den Pool, wirft die Arme in die Luft und fragt spöttisch: »Ist der Pool Ende der Zwanzigerjahre gebaut worden?«

»Ist das ein Problem?«, fahre ich ihn an.

Er kneift die Lippen zusammen, mustert mich und geht dann langsam um den Pool herum. »Handwerklich ist er solide gemacht, aber er hat kein Filtersystem.«

Gott sei Dank sind die beiden Mädchen nicht in der Nähe, weil ich weiß, dass uns jetzt schlechte Nachrichten bevorstehen. Und so ist es auch. Wenn er drei Tage mit Wasser gefüllt wäre, vielleicht noch nicht einmal drei Tage, dann wäre alles voller Algen und bei dieser Hitze würde das eine ernste Gefahr für unsere Gesundheit bedeuten. Kurz gesagt, wir können ihn nicht einfach voll laufen lassen, wie wir es vorhatten, sondern wir müssen erst ein Filtersystem einbauen lassen. Als er uns die ungefähren Kosten dafür nennt, taumele ich fast rückwärts über die Terrasse.

Die Enttäuschung der Mädchen zerreißt uns das Herz, als Michel ihnen beim Mittagessen die Neuigkeit beibringt. Trübe gestimmt machen wir uns wieder daran, das Grundstück zu säubern.

In dem Versuch, uns alle aufzuheitern, ruft Michel: »J'ai une bonne idée!«

»Keine blöden Ideen mehr, Papa, bitte«, erwidert Vanessa. »Das Ganze hier ist eine einzige blöde Idee«, murmelt sie ihrer Schwester zu, und ich spüre einen Kloß im Hals.

»Ein Geniestreich, *mes chéries*«, verkündet er. »So können wir den leeren Pool nutzen.«

Aber sie drehen noch nicht einmal die Köpfe. Ich sehe ihm nach, als er traurig über seine Niederlage davonschleicht. Dann ergreift er seltsamerweise unseren alten Radio-Kassettenspieler und steigt damit die Stufen zum Becken hinunter. Ich bin fasziniert. »Seht mal, euer Vater«, sage ich zu den Mädchen, aber sie reagieren nicht. Als er genau in der Mitte des leeren Beckens steht, stellt er das Gerät auf den Boden und legt eine Kassette ein. Die Stimme von Sting ertönt und hallt bis zu den Terrassen, wo wir drei Mädels arbeiten. Ihre missmutigen Gesichter verziehen sich entzückt. Wir werfen unsere Werkzeuge weg und laufen zur Musik. Michel klatscht im Takt in die Hände. »Jedes Problem hat eine gute Seite«, lacht er und zwinkert mir zu, während Pamela ganz aus dem Häuschen gerät, weil wir tanzen und wie Indianersquaws heulen.

In dieser bizarren Szene taucht ein kleiner, weißer Renault auf. Es ist der Elektriker, M. Dolfo. Er wirft uns einen schiefen Blick zu und tut so, als fielen ihm das Radio, das mitten im leeren Pool steht und der dicke Schäferhund, der uns wie verrückt anbellt, gar nicht auf. Seine Haltung bringt uns nur noch mehr zum Kichern.

M. Dolfo nimmt Michel beiseite und redet ernsthaft und verschwörerisch auf ihn ein.

Gestern Abend, erzählt M. Dolfo Michel, habe er bei einem Glas mit einem Kollegen gesprochen, der Klempner und Schornsteinfeger sei. Zufällig habe er ihm von den Nöten der neuen, wasserlosen Eigentümer des Hauses auf dem Hügel erzählt. *Quelle surprise!* Sein Kollege, der im Dorf geboren und aufgewachsen ist, und als Junge überall herumgestreift ist, weiß genau, wo unser Wasser herkommt. M. Dolfo bietet an, gegen Abend mit dem Klempner, M. Di Luzio, vorbeizukommen. Große Aufregung herrscht. Ich rase in den Ort, um kistenweise Bier zu kaufen und es in unserem neuen, kleinen Kühlschrank zu lagern, damit ich es unseren Rettern anbieten kann. Allerdings versuche ich, nicht zu optimistisch zu sein, da unsere Suche nach Wasser jetzt schon zu lange dauert. Ich hätte nie geglaubt, dass mich die Vorstellung von Wasser, das aus einem Hahn fließt, in einen solchen Freudentaumel versetzen könnte.

Am Spätnachmittag erscheint M. Dolfo in seinem Renault-Lieferwagen (den er nicht wenden kann, wie ich später entdecke) in der Einfahrt, gefolgt von einem knatternden, uralten Fahrzeug in der Größe eines Kleinbusses. Das ist M. Di Luzio. Der Typ, der in einem schmierigen blauen Overall steckt, ist von Kopf bis Fuß mit Ruß bedeckt. Er hat gerade Kamine gekehrt, erklärt er unter brüllendem Gelächter und rollt mit den Augen. Ich schließe ihn und seinen provenzalischen Akzent auf der Stelle ins Herz und biete ihm ein kaltes Bier an. Er klopft sich auf seinen kräftigen Bauch, trinkt die Flasche in wenigen Schlucken leer und murmelt, er sei ungehorsam seiner Frau gegenüber, weil sie ihm eine strenge Diät abverlangt.

Michel berichtet mir später, wie er und die beiden Männer sich zu Fuß auf den Weg gemacht haben. Sie überqueren die Straße und verschwinden in dem Tal, das zwischen uns und einem schmalen Pfad liegt, der zum Ort und zum Meer hinunterführt. Dort im Tal stoßen sie auf ein kleines Steinhaus in der Größe einer Schäferhütte.

»Ihr Wasserschuppen!«, erklärt M. Di Luzio.

Die kleine Hütte ist von unserem italienischen Vorbesitzer, Signor Spinotti, im gleichen Jahr wie Appassionata gebaut worden und gehört immer noch zum Besitz dazu. Früher umfasste das Grundstück auch das Tal und die umliegenden Hügel, heute jedoch gehört diese Parzelle einer Gewerkschaft in Marseille. Das kleine Haus aber, in der sich die Stromanlage, eine Wasseruhr und eine elektrische Pumpe befinden, bleibt Eigentum des Besitzers der Villa, wobei dieser das Wasserrecht sowie das Durchgangsrecht hat. Die schwere Holztür ist verschlossen, aber M. Di Luzio bricht sie einfach auf. Um Michel zu beruhigen weist er darauf hin, dass die Hauptrohre außen über dem Boden liegen und an einem kleinen Bach entlang zur Stadt führen.

Zuerst stellen die drei Männer das Wasser an. Es rauscht sofort in ein ungefähr ein Meter tiefes Zementbecken.

»Und jetzt schalten wir die elektrische Pumpe ein«, fährt M. Di Luzio fort und übergibt an den Elektriker M. Dolfo.

Die Pumpe beginnt zu rotieren wie eine Bauchtänzerin.

»Von hier aus wird das Wasser zu dem Becken oben auf dem Hügel gepumpt und von dort fließt es dann zum Haus«, erklärt M. Dolfo. Michel und die beiden Handwerker betrachten ihr Werk zufrieden, schließen die Tür hinter sich und machen sich wieder auf den Weg zur Villa, um ein zweites, wohl verdientes Bier entgegenzunehmen.

M. Di Luzio nimmt einen tiefen Schluck aus seiner Flasche und blickt zum Hügel. Wir stehen hinter ihm und warten aufgeregt. Ein bemerkenswert großer schwarz-weißer Schmetterling flattert an mir vorbei. »*Deux heures*«, verkündet unser neuer Klempner gottgleich.

Zwei Stunden. Wir flüstern die Worte wie ein Mantra, als sei das Wunder zu unglaublich, um laut ausgesprochen zu werden. In zwei Stunden haben wir Wasser!

»*Quelle heure est-il?*«, fragt Vanessa, die es immer ganz genau wissen will. Clarisse zuckt mit den Schultern. Sie hat ihre Uhr irgendwo beim Blumenpflücken verloren.

»Halb sieben.«

»Um halb neun also? Yippie!«

Es wird halb neun und es wird neun, aber das Wasser kommt nicht. Alle halbe Stunde läuft einer von uns den Hügel hinauf, um in dem schwächer werdenden Abendlicht nachzusehen, ob das Wasser endlich kommt. Aber alle kehren wir nur halb verdurstet wieder und schütteln den Kopf. *Pas encore*. Fünf Stunden später, als wir uns darauf vorbereiten, ins Bett zu gehen, ist immer noch kein Wasser in Sicht.

Am nächsten Morgen kommt M. Di Luzio wieder. Begleitet von Michel, der mittlerweile jeden überwucherten Quadratzentimeter seines Grundstücks kennt, macht er sich mit Sichel und Gartenschere bewaffnet auf die Suche nach geplatzten oder lecken Rohren. Sie finden nichts. Also gibt es, *en principe*, keinen Grund, warum das Wasser nicht ins Becken laufen sollte. Schließlich ergibt ein erneuter Besuch im Steinhäuschen, dass die elektrische Pumpe, die zunächst auf Knopfdruck angesprungen war, nicht mehr funktioniert. Nach so vielen Jahren des Nichtstuns war die Anstrengung einfach zu viel für sie. Bei einem Mittagessen mit M. Dolfo erfahren wir, dass die neue Pumpe samt Einbau ungefähr 10 000 Francs kosten wird. Das sind schlechte Nachrichten. So viel Geld besitzen wir nicht mehr, und außerdem haben wir unsere Rechnung bei M. Parking noch nicht bezahlt. Wir danken M. Dolfo und M. Di Luzio für ihre Hilfe und sagen ihnen, wenn wir das nächste Mal an die Küste kommen, melden wir uns bei ihnen. Sie schütteln uns die Hand und verschwinden diskret. Man sieht ihnen ihre Enttäuschung über uns an.

Freunde treffen in einem Konvoi aus England ein und bringen Möbel mit: unter anderem zwei große Terrakotta-Töpfe, die ich in Kreta gekauft habe und die großartig an der Treppe zum Pool aussehen werden. Aber vor allem bringen sie meine Post mit. Wir können unser Entsetzen über das Wasserfiasko nicht verbergen. Ich richte schnell einen Salat an, und bei einem Aperitif erzählt Michel die unendliche Geschichte, während ich im Schlafzimmer verschwinde, um meine Post durchzusehen. Das meiste ist unwichtig, ein paar Briefe von entfernten Bekannten, die von meinem neuen Leben gehört haben – »Klingt himmlisch, Liebling!« – und schrecklich gerne zu Besuch kommen möchten. Ein Schreiben ist von meinem Agenten. Für gewöhnlich stehen in seinen Briefen zwei Dinge: entweder leitet er Fanpost an mich weiter oder er enthält einen Scheck. Der Umschlag ist dünn, deshalb habe ich große Hoffnungen. Mit zitternden Fingern öffne ich ihn und bete, dass es kein lächerlicher Betrag ist. In dem Brief steht, dass ein Scheck direkt auf mein Londoner Konto eingezahlt worden ist für eine Reihe von Verkäufen und Wiederholungen von *Der Doktor und das liebe Vieh*. Der Betrag ist weit höher als der Preis für die

Wasserpumpe, wahrscheinlich deckt er sogar noch den Einbau der erforderlichen Reinigungsanlage für den Pool ab. Der Tag – nein, unser Sommer – ist gerettet.

Wie eine Verrückte rase ich auf die obere Terrasse und schwenke das Schreiben wie eine Siegesflagge. Alle jubeln und prosten uns zu, als ich die Neuigkeiten verkünde.

Michel springt rasch ins Auto, um M. Dolfo anzurufen, während wir den Tisch decken und eine andere Kassette im Swimmingpool einlegen. Flotte Musik hallt von den Hügeln wider. Unser Wasserproblem hat ein Ende.

Ach, wie viel nehmen wir in unserem Stadtleben doch als selbstverständlich hin! Hier bringen uns einfache Rituale wie uns zu waschen, die Zähne zu putzen und die Haare einzuschäumen schon zum Jubeln. Vanessa entdeckt ein Leck in einem der Rohre, aus dem das Wasser sprudelt wie ein Geysir. Jauchzend und lachend springt sie darüber und lässt sich nass regnen. Ihre Jubelrufe bringen sogar die Zikaden zum Verstummen.

»Das Haus liegt nach Südwesten. Wir blicken über die Bucht von Cannes, das Vorgebirge von Fréjus und den Golf de la Napoule, und wenn wir uns auf die Zehenspitzen stellen oder eine Leiter nehmen und auf unser Flachdach klettern, dann kann man ganz deutlich die beiden Inseln vor der Küste von Cannes im Westen von Antibes sehen, die Îles de Lérins.«

Von der obersten Terrasse sieht es nach Sonnenuntergang, wenn auf der Küstenstraße die Straßenlaternen angegangen sind, so aus, als habe jemand ein kostbares Diamantencollier um den westlichen Horizont gelegt. Manchmal wird das Estérel-Gebirge dunstig blau und ähnelt einer japanischen Zeichnung. Der Himmel färbt sich rosafarben wie Flamingos. Unsere Freunde sind von unserem verfallenen Gut genauso hingerissen wie wir. Wir sind also nicht allein so verrückt.

Dank unserer Gäste, die alle Zimmer belegt haben, ist M. Parkings Hotel voll. Er hängt das Schild »*Complet*« heraus und die kleine Affäre der illegalen Duschen ist vergessen. Wir begleichen unsere Rechnung bei ihm, während die Mädchen ihre Taschen packen, und dann fahren wir mit ihnen zu unserem Gut. Und die Aussicht, bei uns zu wohnen, scheint ihnen Freude zu bereiten.

»*Papa! Papa, viens ici!*«, ruft Clarisse. Wir laufen auf die Terrasse, wo sie mit Vanessa vor dem Teich steht. »*Il y a des poissons!*«

Ich wusste es! Seit jenem quälend heißen Nachmittag, an dem wir den Teich entdeckt haben, habe ich immer wieder versucht, die trübe Wasseroberfläche mit meinem Blick zu durchdringen. Clarisse hat in den letzten Stunden eimerweise Wasser in den Tümpel gegossen, und jetzt schwimmen drei große Fische dicht unter der Oberfläche.

»*C'est incroyable!*«

Auf allen vieren hocken wir um den Teich herum und betrachten die Fische. Es sind Karpfen oder monströse Goldfische. Dann taucht noch ein weiterer auf. Und dann noch einer. Insgesamt zählen wir fünf oder sechs. Möglicherweise sogar sieben – es ist schwer, das genau zu bestimmen, weil sie hin und her schießen. Aber die ersten drei sind die größten.

»Wie mögen sie nur die ganze Zeit überlebt haben?«, staune ich.

»Durch das Plankton, die natürliche Vegetation. Aber ein Wunder ist es doch.«

Und das ist es wirklich. Ein weiteres Beispiel für die Widerstandskraft von Appassionata. Jeden Tag stoßen wir auf neue Wunder.

Aus heiterem Himmel taucht ein ziemlich unangenehmer Gast auf, ein älterer Herr, der nach Michel fragt. Er ist Autor und möchte ihm ein Drehbuch verkaufen. Wie hat er uns bloß gefunden? fragen wir uns, finden aber keine befriedigende Erklärung dafür. Glücklicherweise sind unsere Lebensumstände so offensichtlich primitiv, dass wir uns nicht dafür entschuldigen müssen, ihm kein Bett anbieten zu können, aber Höflichkeit und Michels endlose Großzügigkeit erfordern, dass wir ihn zum Abendessen einladen. Jetzt sind wir schon elf Personen. Das Abendessen bereiten wir auf dem Grill zu. Alle beteiligen sich daran, und wir haben viel Spaß.

Wir essen unter der *Magnolia Grandiflora*. Von dort blicken wir auf Meer und Berge. Meine antike Öllampe, die ich aus England mitgebracht habe, spendet Licht. Das Wasser, das in den Pool tröpfelt, droht Billie Holidays »Easy Living« zu ertränken, aber uns kümmert das nicht. Das plätschernde Geräusch alleine ist schon Musik für unsere Ohren, wenn es bei diesem Tempo auch bestimmt drei Wochen dauert, bis der Pool voll ist. Chris, einer meiner ältesten Freunde, schlägt vor, wir sollten ein paar Schläuche kaufen, und bietet an, sie uns zur Einweihung zu schenken. Darauf trinken wir und versichern ihm, er sei jederzeit wieder als Gast willkommen.

Wir erzählen dem unerwarteten Neuankömmling von unserer Suche nach Wasser und darauf prophezeit er uns wie eine verbitterte alte Kassandra: »Einmal ein Wasserproblem, immer ein Wasserproblem. In meinem Haus in Spanien …« Und dann erzählt er genussvoll seine schrecklichen Geschichten, als wünsche er uns genauso viel Pech. Am Tisch wird es still; nur noch das Plätschern des Wassers im Pool, das ferne Zirpen schlafloser Grillen und die Klänge von »Good Morning Heartache« sind zu hören.

»Aber wir haben das Problem gelöst. Wir haben jetzt Wasser«, werfe ich fröhlich ein.

»Und wir haben immer Wein«, sagt Michel und schenkt allen noch einmal ein.

Später brechen unsere Freunde, gesättigt und trunken, zu Monsieur Parking auf, um dort vielleicht noch ein letztes Glas an der Bar zu nehmen. Es gibt zahlreiche Küsse und Umarmungen, ein paar trunkene Witze, wiederholte Verabschiedungen und das Versprechen, in den nächsten Tagen an den Strand zu fahren oder über einen der zahlreichen Flohmärkte zu bummeln. Und dann, nachdem das letzte Auto losgefahren ist, sind wir endlich allein. *En famille.*

Wir sitzen noch eine Weile draußen und blickten in den Sternenhimmel, ein Mann, seine zwei Töchter und die neue Frau. Eine Schauspielerin aus einem anderen Land, ganz anders als Maman. Wir reden nur wenig, gelegentlich sehe ich Schuldbewusstsein oder Verwirrung in den Augen der Mädchen aufblitzen, wie heute früh etwa, als ein dicker Brief von ihrer Mutter ankommt, den sie sofort an sich reißen und in ihrem Zimmer lesen. Mir ist klar, dass sie sich vorkommen, als sei es ein Akt der Untreue ihrer Mutter oder dem früheren Leben ihrer Eltern gegenüber, wenn sie mich mögen, aber ich spüre, dass wir uns langsam aufeinander zubewegen. Ich wage es, zu glauben, dass wir uns letztendlich akzeptieren werden. Mit einer letzten Umarmung gehen wir zu Bett.

Michel macht sein Rücken zu schaffen, wahrscheinlich das Resultat seiner endlosen Wanderungen durch die Hügel oder der Nächte auf der alten Matratze. Er scheint ihn jedoch nicht vom Schlafen abzuhalten, während ich wach liege und mir tausend Gedanken durch den Kopf gehen, unter anderem auch, dass ich wünschte, wir könnten uns ein richtiges Bett leisten. Und doch bin ich glücklich. Ich liebe den löwenherzigen Mann, der an meiner Seite friedlich atmet. Ich liebe dieses alte Haus, obwohl ich langsam anfange zu begreifen, was noch alles auf uns zukommt. Aber wir haben ja keine Eile. Das ist ja erst unser erster Sommer und offiziell gehört der Besitz uns noch gar nicht. Diese Hürde – o Gott! – muss erst noch genommen werden. Im Moment haben wir schon mal Strom und Wasser. Damit können wir fürs Erste hier leben. Morgen werden wir mit dem Pool-Reinigungssystem beginnen. Wir haben den Grill für den Sommer, frischen Salat vom Markt in Cannes, guten Käse, ofenwarmes Brot und viele Flaschen Wein. Was brauchen wir noch mehr? Wenn wir an Weihnachten zurückkommen, will Michel mir beibringen, über offenem Feuer zu kochen. Ich kuschele mich an ihn und schließe die Augen, um von unserem ersten Winter hier zu träumen – Kaminfeuer, gegrillter Truthahn und Pilze sammeln. Plötzlich höre ich über mir ein Plätschern.

Ich hebe den Kopf und versuche zu ergründen, wo es herkommt. Das Haus hat ein Flachdach. Ist es ein kleines Tier, das hin und her läuft? Ratten? Dann jedoch wird das Geräusch heftiger und schneller und ich merke, dass es regnet. Zum ersten Mal, seit wir hier sind. Ich wickele mich fest in die dünne Decke und lausche auf den Regen. Sommerregen, nach so viele dürren und wasserlosen Tagen. Ein ganz neuer Duft liegt in der Luft. In den Pool plätschert unser dünnes Rinnsal und jetzt hat auch noch der Himmel seine Schleusen geöffnet, als wolle er uns helfen. Ich schlafe ein, als es donnert.

Am nächsten Morgen regnet es nicht mehr. Der Boden ist feucht, es riecht nach Erde und die Luft ist klar.

Ich stehe, ungewöhnlich für mich, als erste auf und stolpere schläfrig in die Küche, um Kaffee zu kochen. Überrascht stelle ich fest, dass der Boden unter meinen Füßen nass und kalt ist. Drei kleine Pfützen haben sich auf den Fliesen ausgebreitet. Zuerst will ich die arme Pamela dafür verantwortlich machen, aber dann dämmert es mir. Ich blicke zur Decke und sehe, dass sie drei Löcher hat. Winzige Löcher, aber tödlich, weil es durch sie hineinregnet.

»Michel! Das Dach ist undicht!«

Wildschweine in den Ferien und Henri

Wir haben keinen Centime übrig, um das undichte Dach zu flicken. Außerdem müssen wir das Haus ja erst noch kaufen. Nachts wache ich schweißgebadet auf, gequält vom Mme B.s Bedingung: »Wenn etwas schief geht, verlieren Sie alles.« Wir haben sicher weit mehr investiert, als wir für dieses Stadium geplant hatten. Aber die erste große Hürde, das Wasser, haben wir ja schließlich genommen, also beschließen Michel und ich, alles Übrige zu ignorieren und es leicht zu nehmen. Wir erlauben es uns, *en vacances* zu sein.

Wir schlafen bei offenen Terrassentüren, um die Morgendämmerung nicht zu verpassen. Unser Zimmer geht auf die hintere Terrasse hinaus, die im Schatten zweier duftender Eukalyptusbäume und einer portugiesischen Eiche liegt, deren silbrige Blätter eher denen des Olivenbaums ähneln. Auf dieser Terrasse sind wir allein. Hier frühstücken wir, während die Mädchen noch schlafen: Toast, frisches Obst, Kaffee. Obwohl es die einzige Terrasse ist, von der aus man nicht aufs Mittelmeer blickt, liebe ich sie: sie gehört ganz uns allein.

Die Sonnenstrahlen, die durch die Baumwipfel dringen, versprechen einen weiteren warmen Tag. Während ich den Kaffee aufschütte, fährt Michel den Hügel hinunter zum Bäcker, der schon seit drei Uhr morgens frisches Brot backt. Er kauft noch warme Baguettes, *pain au chocolat*, das so locker ist, dass es praktisch auf der Zunge zerschmilzt, und einen *sablé*, einen großen runden Mandelfladen, den ich trotz meiner ständigen Sorge um mein Gewicht mit einer Gier verschlinge, angesichts derer selbst Pamela schamrot werden würde.

Ich brauche jetzt morgens nicht mehr ans Meer zu fahren. Stattdessen eile ich zum Pool und steige über die Treppe hinein, weil immer noch zu wenig Wasser darin ist, um hineinzuspringen. Am flachen Ende reicht mir das Wasser jetzt bis an die Oberschenkel. Ich wate zum tieferen Ende, wo ich hin und her schwimmen kann. Ich bemühe mich, nicht zu laut zu plantschen, um die Mädchen nicht aufzuwecken, die erst gegen Mittag ihre Läden öffnen.

Nach der Hektik der letzten zwei Wochen wird das Tempo jetzt langsam gemächlicher, und bereitwillig passen wir uns ihm an. Ich beginne, an meinem ersten Roman zu arbeiten, dessen Plot ich schon fertig gestellt habe. Michel hat ihn mehreren Sendern vorgestellt und er wird Ende des Jahres als Fernsehserie in Australien produziert werden.

Michel ist jetzt nie mehr ohne Kamera unterwegs. Fotografieren ist seine Leidenschaft. Natürlich macht er die üblichen »Vorher – Nachher« Schnappschüsse vom Haus, aber meistens fotografiert er Pflanzen, hauptsächlich Blumen. Er blickt stundenlang durch seine Linse auf die Staubgefäße einer wilden, gelben Rose. Es ist verblüffend, wie viele unterschiedliche Pflanzen in unserem Gartenchaos überlebt haben und ihre Blüten der Sonne entgegenrecken.

Mir fällt die Ähnlichkeit zwischen Clarisse und Michel auf, wenn ich beobachte, wie Vater und Tochter über eine Knospe, die Zeichnung eines Blattes oder die

Form eines Grashalms diskutieren. Stundenlang verschwinden sie gemeinsam auf ihren Entdeckungsreisen in der Natur. Sie sind wahre Kinder der Erde. Trotz unserer Verschiedenheit sind wir das im Übrigen alle – wir sind alle vier Stiere.

In der Stille eines heißen Nachmittags, während Michel und Clarisse forschen und Vanessa Äpfel isst, in der Sonne liegt, lernt oder ihre langen Haare wäscht, beschließe ich, eine Inventarliste anzulegen. Ich beginne mit den Bäumen. Ich zähle vierundfünfzig Olivenbäume auf den Terrassen und auf jeder Seite des Hauses. Weiter oben am Hügel stehen sicher noch mehr, aber in diesem Stadium komme ich an sie noch nicht heran. Ich versuche, mich an Geschichten oder Mythen zu erinnern, die ich über Olivenbäume, sicher eine der ältesten Baumarten, gehört oder gelesen habe. Die Griechen haben sie vor zweitausend Jahren auf ihren Handelsreisen mit in die Provence gebracht.

Ich habe vor, unsere zu ernten. Die Olive ist zunächst bitter und kann nicht direkt vom Baum gegessen werden. Ich kenne vier Arten, sie zuzubereiten. Man kann sie zu Öl pressen, sie in Salzlake einlegen oder marinieren, um sie zu Aperitifs oder im Salat zu servieren, man kann sie in warme Gerichte geben oder sie zu Tapenade verarbeiten, einer Paste, die ein M. Meynier aus Marseille gegen Ende des neunzehnten Jahrhunderts erfunden hat. Der Name kommt von *tapéno*, dem provenzalischen Wort für Kapern. Für Tapenade zerdrückt man die Frucht und mischt sie mit Kapern und Anchovis. Auf warmem Toast mit einem kühlen Wein dazu schmeckt sie köstlich.

Aber vielleicht bergen diese alten Bäume noch ein anderes Geheimnis, das ich erst noch entdecken muss. Ich habe hier auch gelernt, dass Olivenholz im Kamin wesentlich besser brennt als jedes andere Holz. Brennholz werden wir genug haben, da alle Bäume beschnitten werden müssen. Sie sind viel zu hoch und buschig. Ein Olivenbaum ist dann perfekt beschnitten, wenn eine Schwalbe hindurchfliegen kann, ohne sich die Flügel anzustoßen.

Nach und nach sammle ich solche Informationen. Während ich mit meiner Liste in der Hand über das Grundstück laufe, nehme ich mir vor, beim nächsten Mal in Cannes ein Handbuch über Olivenanbau zu kaufen. Auf jeden Fall müssen wir aber auch einen Fachmann auftreiben, der die Bäume beschneiden kann. Hierzulande ist das eine angesehene Beschäftigung. Ich vertraue darauf, dass zum richtigen Zeitpunkt schon der richtige Mann dafür vorbeikommen wird.

Wir haben vier Mandelbäume, der größte von ihnen steht am Swimmingpool rechts vom Haus, hinter dem frostgeschädigten Orangenhain. Auch er muss zurückgeschnitten und verankert werden, bevor der Mistral ihn aus dem Boden reißt. Ich würde ihn ungern verlieren, denn man sieht seine rosafarbene Blütenpracht von allen Terrassen, die zum Meer blicken. Mandelbäume blühen früher als die meisten Obstbäume, die ersten Blüten wird er wohl schon im Februar haben. Später können wir dann die Mandeln aus ihren grünen Hüllen lösen, die aussehen wie weiche, haarige Raupen, und sie über dem offenen Feuer rösten.

Unser winziger Orangenhain gibt ein trauriges Bild ab. Alle sechs Bäume sind tot. Wir werden sie fällen müssen.

Links vom Haus entdecke ich zwei Kirschbäume. Auch sie müssen beschnitten werden und tragen wahrscheinlich, wenn das Filmfestival von Cannes stattfindet. Dann könnten wir während der Filmvorführungen Kirschen statt Popcorn essen. Gegenüber steht ein kleiner Lorbeerbaum, an den ich wegen des Unkrauts nicht herankomme, aber ich schmecke seine Blätter förmlich in den Gerichten, die ich hier zubereiten werde.

Bis jetzt habe ich acht Feigenbäume gezählt, darunter den größten, den ich je gesehen habe. Mit seinem knorrigen, dicken Stamm erinnert er mich an ein prähistorisches Ungeheuer. Er wirft seinen Schatten über unsere steile Einfahrt und verbirgt einen äußerst hässlichen Strommast. Sobald wir Geld übrig haben, werden wir die Leitungen unterirdisch verlegen.

Ein paar der Äste des Feigenbaums reichen bis über den Swimmingpool. Ich stelle mir vor, wie ich mir beim Schwimmen ab und zu eine reife Frucht vom Baum pflücke und sie im Wasser verzehre. Früher mochte ich frische Feigen nicht besonders gerne, aber mein Geschmack ändert sich vielleicht, wenn ich mit ihnen lebe.

Vor vierzehn Tagen habe ich meine Armbanduhr abgenommen und sie seitdem nicht mehr angelegt. Die Zeit bestimme ich nach der Sonne. Sie steigt hinter dem Haus auf, begrüßt uns im Schlafzimmer und frühstückt mit uns. Von dort wandert sie zum Kirschbaum neben dem Haus. Mittags steht sie vor dem Haus und über dem Meer hoch am Himmel, um dann im Westen hinter den Hügeln unterzugehen und den Himmel blutrot zu färben.

Jetzt steht sie hoch über dem Vorgebirge von Fréjus. Vier Uhr nachmittags: Zeit für den Tee. Ich schlendere zum Haus zurück, um das Wasser aufzusetzen, und frage mich, wo die anderen geblieben sind.

Äpfel, Mandarinen, Zitronen; die abgestorbenen Orangenbäume muss ich zurückschneiden und neue Bäume pflanzen. Birnen … nein, einen Birnbaum gibt es; er steht auf der Ebene unter dem Pool, wo wir das Filtersystem für das Schwimmbad hinbauen wollen. Er trägt zahlreiche Früchte, sie sind allerdings wurmstichig. Also muss er auch behandelt werden. Ich wollte immer schon einen Obstgarten haben. Als ich klein war, kauften meine Eltern ein Haus mit einem Obstgarten, wir haben aber nie darin gewohnt. Ich fand das traurig. Bei unseren Besuchen in diesem Haus sah ich meinen Vater zum ersten Mal im Garten arbeiten. Und wie wäre es mit einem bescheidenen Weinberg? Wo hat Spinotti seine Reben hingepflanzt?

So viele Träume. Aber Träume geben dem Leben Nahrung und ich staune darüber, was wir diesen Sommer schon alles erreicht haben. Langsam erwacht Appassionata wieder zum Leben. Formen, Farben und Licht sprechen zu uns.

Michel und ich haben uns bei Dreharbeiten in Australien kennen gelernt. Ein Land, dessen Farben, Licht und unendliche Weite wir beide sehr lieben. Wenn wir nicht beide hier in Europa unsere beruflichen Verpflichtungen hätten, hätten wir uns vielleicht ein Haus in Australien gekauft.

Es ist bekannt, dass die australischen Aborigenes umherwandern. Was ich jedoch vor meinem ersten Besuch dort nicht wusste, war, dass sie damit die Natur wieder zum Leben erwecken wollen. Eine bezaubernde Vorstellung, das Land durch umherwandern zu erwecken, wie ich es heute gemacht habe: Berge, Flüsse, Ströme, Höhlen, Tiere, Insekten, eben die ganze Natur in ihrer prächtigen Vielfalt erwacht zu neuem Leben. Ähnlich geht es mir auch mit unserem Grundstück.

Appassionata war verlassen und dem Verfall preisge-
geben. Das Obst fiel von den Bäumen und verfaulte.
Jeder Baum, jeder Strauch war überwuchert. Das Haus
hatte seine Stimme verloren oder sie blieb ungehört.

In meiner Vorstellung hat alles in der Natur eine
Stimme, und nur wenn man lauscht, hört man ihr Lied.
Das nenne ich, »einen Ort wieder zum Leben erwe-
cken« – indem man alles würdigt, entdeckt man seine
Stimmen.

Die anderen bleiben verschwunden. Ich gebe den Gedanken an Tee, den ich sowieso nicht mag, auf und
schleppe eine Liege auf die oberste Terrasse. Dort mache ich es mir mit Blick aufs Meer gemütlich. Ein schönes Gefühl, stundenlang einfach nur Wasser und Himmel zu beobachten. Das habe ich sehr lange nicht mehr
getan. Zu lange. Die Zeit vergeht und ich entspanne
mich. Ich betrachte und höre zu. Obwohl es still ist,
herrscht um mich herum reges Treiben. Ameisen, Eidechsen, Geckos, Zikaden gehen ihrem Tagwerk nach.
Sie haben keine Ferien.

Aber ich auch nicht, fällt mir plötzlich ein. Kurzfristig gesehen, für ein paar Wochen mit Michel und seinen
Töchtern, schon, aber langfristig nicht. Ich steuere mein
Leben auf einen neuen Kurs. So habe ich es bisher noch
gar nicht gesehen, aber genau das tue ich. Ich nehme
mein Schicksal in die Hand und lasse Träume wahr
werden. Es gibt nichts Kostbareres.

»Was hast du den ganzen Nachmittag gemacht?«

»Ach, hallo. Ich habe Bäume gezählt.«

Clarisse und Michel kommen zurück. Sie sind staubig und verschwitzt. Clarisse zeigt mir eine kleine
Bleistiftzeichnung, die sie gemacht hat. Sie ist beein-
druckend und das sage ich ihr auch. Zufrieden strahlt

sie mich an. »*C'est la lumière*«, erwidert sie bescheiden und Michel wuschelt ihr durch die Haare.

Ja, das Licht hier hat viele Maler angezogen. Wenn man jeden Tag damit lebt, entdeckt man stets neue Besonderheiten. An manchen Tagen von blendender Reinheit, verändern sich die Farben an anderen Tagen ständig durch Wolken, Wind und Hitze. Licht ist hier eine lebendige Erfahrung, wie ich sie sonst nur in Australien erlebt habe. Einfach nur dasitzen und es zu betrachten oder es, wie Michel, in Fotos von Pflanzen einzufangen, ist ein spirituelles Erlebnis.

Pamela zu betrachten ist allerdings etwas ganz anderes. Ich sehe zu, wie sie sich schwerfällig von einem Schattenplatz zum nächsten bewegt, ständig auf der Suche nach Schutz vor der glühenden Sonne. Sie hat ihr ganzes Leben am Stadtrand von Paris verbracht und ich fürchte, das Klima hier bringt sie um. »Ihr Herz hält das nicht aus«, prophezeie ich. Die anderen necken mich deswegen und behaupten, ich sähe die Dinge zu dramatisch, aber ich höre nicht auf sie. Am nächsten Morgen verkünde ich, dass ich den Hund auf strenge Diät setzen werde.

»Carol, warum bist du so streng? Trink deinen Kaffee und lass die arme Pamela in Frieden!«, schimpft Vanessa.

»Findest du meine Bedenken albern?«, frage ich Michel, der nicht zuhört. Er kniet auf dem Boden und starrt konzentriert auf eine Mauer.

»Es wird dir noch Leid tun!«, warnt mich Clarisse.

»Jetzt seht euch mal diese kleinen Kerlchen an!«

Eine Prozession brauner, pelziger Raupen, die alle aneinander hängen, erregt unsere Aufmerksamkeit. Zusammen sind sie länger als ein Meter.

»Sie sehen so aus, als ob sie irgendwo hinwollten.«

Sie bewegen sich zielgerichtet und mit beachtlicher Geschwindigkeit. Kriechen sie in irgendein vorbestimmtes Versteck, wo sie sich in aller Ruhe und Abgeschiedenheit in wunderschöne Schmetterlinge verwandeln können? Fasziniert betrachten wir sie. Eine vierköpfige Familie, die auf allen vieren hockt und wie hypnotisiert auf eine Mauer blickt, muss ein seltsames Bild abgeben.

In den Stunden nach dem Frühstück auf unserer verborgenen Terrasse, wo Michel zum ersten Mal zugesehen hatte, wie die Raupen über eine der Trockenmauern über die Terrasse ins Haus kriechen, beschäftigen sie uns alle. Sie sind jetzt durch das Wohnzimmer – wo sie in all dem Staub eine saubere Spur hinterlassen – zur oberen vorderen Terrasse gelangt, eine der Säulen hinuntergeklettert und bewegen sich auf die Wildnis zu. Werden sie sich in dem dichten Gestrüpp verirren? Oder kehren sie wieder um? Die Distanz, die sie seit heute früh zurückgelegt haben – jetzt ist Siesta-Zeit, es ist glühend heiß und ich bin allein, weil die anderen sich zu einem Schläfchen zurückgezogen haben – ist beachtlich. Sie erinnern mich an einen kleinen Zug, der ins Unbekannte fährt. Ein Traktor, der auf dem Weg nach Russland Sibirien durchquert. Jetzt haben sie das wilde Gelände erreicht und sind darin, ohne auch nur einen Moment lang zu zögern, verschwunden. *Bonne chance!*

Die Schmetterlinge hier sind entzückend. Es gibt zahlreiche davon, in allen Farben und Formen. In ein paar Wochen werde ich mir jeden Schmetterling ganz genau ansehen: Warst du eine der Raupen, die ihre Spur in unserem Staub hinterlassen haben?

Ich bewege mich jetzt fast nur noch in Zeitlupe. Zeit spielt keine Rolle mehr. Eine gute Übung, um mich auf die Details zu konzentrieren, die in meinem normalen Leben, meinem wirklichen Leben, keine Rolle spielen würden.

Der Eimer, mit dem wir die Klos gespült haben, als es noch kein Wasser gab, ist jetzt in der oberen Küche. Na ja, eigentlich ist es gar keine richtige Küche: sie besteht aus einer Aluminiumspüle, Teil einer Einheit, die wahrscheinlich den ersten Geschirrspüler enthält, der jemals gebaut wurde und jetzt auch nicht mehr funktioniert, einem uralten Elektrokessel und einer wurmstichigen Anrichte. Ich habe den Eimer unter die drei Löcher im Dach platziert, weil das, für diesen Sommer zumindest, die wirksamste Methode für uns ist, mit dem lecken Dach umzugehen. Seit dem einen großen Guss ist Gott sei Dank kein weiterer Regen mehr gefallen, und doch verbringe ich viel Zeit damit, die drei winzigen Löcher misstrauisch zu beäugen.

Ich gehe durch die schmutzigen Räume, die von den meterdicken Wänden kühl gehalten werden, und trete auf die obere Terrasse. Dort werde ich von Hitze und Sonnenschein erschlagen. Ich sinke in einen Sessel und lausche. Es gibt hier kleine Vögel, die um die Sträucher herumschwirren. Ihr Gesang erinnert mich an einen australischen Vogel, den ich letztes Jahr bei Dreharbeiten in Melbourne gehört habe. Ich habe keine Ahnung, ob es diese Art auch hier gibt. Gelegentlich verwechsle ich ihr Singen mit dem Läuten des Telefons und stürze ins Haus. Dann fällt mir wieder ein, dass wir ja gar kein Telefon haben.

Es gäbe so viel zu tun. Ich müsste den Roman, den ich begonnen habe, in Angriff nehmen, ich müsste die Wände abscheuern, den verkrusteten Schmutz von den

Fensterrahmen kratzen, mir über Mme B. Gedanken machen und darüber, ob der Vertrag wohl je zustande kommen wird oder ob ich – wir – nur eine Sommerfantasie ausleben, die uns direkt in die finanzielle Katastrophe stürzen wird. Stattdessen sitze ich nur da und tue nichts als Lauschen und Betrachten.

Der Abend kommt und ich erhebe mich träge, um Pamela zu füttern. Ihr Napf steht neben der Garage an den Stallmauern, weit entfernt von unserer Küche und den Lebensmitteln. Sie schlingt das, was ich ihr gebe, in zwei Bissen herunter und blickt mich dann hasserfüllt an. Ich habe unterschätzt, wie sehr Pamela am Fressen hängt, es ist ihre *raison d'être*. Aber ich verhärte mein Herz, weil ich finde, dass sie schon schlanker aussieht. Bis gestern Abend lag sie jeden Tag hechelnd im Schatten, als täte sie jeden Moment ihren letzten Atemzug, aber als Michel heute die Mülltonnen die Einfahrt heruntertrug, trottete sie ihm wahrhaftig hinterher. Dem Himmel sei Dank, sie wird aktiv!

Obwohl unser Haus Appassionata heißt, gibt es im Garten keine Passionsblumen. Zumindest haben wir noch keine entdeckt. Vielleicht werden wir später auf sie stoßen. In der Zwischenzeit fahre ich zur Gärtnerei, um eine zu kaufen und einen Zwanzig-Kilo-Sack Blumenerde dazu. Mein Auge fällt auf einen kleinen Granatapfelbaum, meterweise hängende Geranien und Dutzender Rosen in allen Farben, ganz zu schweigen von Bananen, Zitronen und Palmen. Oh, die Liste ist endlos, aber ich muss mich in Enthaltsamkeit üben. Ich liebe Gärtnereien, die Üppigkeit und die feuchten, tropischen Düfte, die bunten exotischen Blüten, das Treibhausklima und jetzt, mehr denn je, das ständige Plätschern der Bewässerungsanlagen. Glücklich halte ich mich stundenlang dort auf, anstatt im Garten Unkraut zu hacken.

Auf dem Heimweg halte ich im Ort an, um frischen Salat zu kaufen. Ich parke und gehe über die Straße am Platz entlang, wo alte Männer mit Sonnenhüten Boule spielen, in die *crémerie-fromagerie*. Dort kaufe ich für unser Abendessen auf der Terrasse Ziegenkäse und zwei gebratene Hühnchen, köstlich gewürzt mit frischen Kräutern und Knoblauch.

Als ich mich zum Gehen wende, tritt ein Bauer herein. Er hat schon vorher meine Neugier geweckt: In seinem Citroen Kombi, der aussieht, als würde er nur noch von Gummibändern zusammengehalten, wird immer Vieh transportiert. Es ist ein Quieken und Schreien, aber obwohl er die hintere Tür immer offen lässt, versucht nie eines zu entfliehen. Ich bleibe stehen, um ihm zuzusehen. Immer die gleiche Routine: Er lädt drei Holzkisten voll mit kleinen Plastiktöpfen aus. In ihnen befindet sich goldenes Olivenöl mit provenzalischen Kräutern und großen Stücken Ziegenkäse. Die Töpfchen liefert er an die *crémerie-fromagerie*. Dann kommen die Schinken an die Reihe, für gewöhnlich zehn. Große, in bunte Baumwolltücher geschlagene Stücke. Jeder einzelne Schinken wird sorgfältig gewogen. Der bärtige Besitzer des Käseladens und diese Vogelscheuche von einem Bauern mit ungekämmten Haaren und Kleidern, die aussehen, als hätte er darin geschlafen, machen ihre Geschäfte vor den wartenden Kunden, einschließlich desjenigen, der gerade bedient worden ist. Dicke Bündel von Geldscheinen wandern in die Tasche des Bauern und dann geht er in seinen Gummistiefeln, die er selbst bei der größten Sommerhitze trägt, wieder zu seinem Fahrzeug. Warum fährt er mit seinem Vieh durch die Gegend? Als ich ihn das erste Mal mit zwei weißen Ziegen, vier Enten, ein paar Hühnern und schnatternden Gänsen hinten in seinem Kombi gesehen habe, habe ich gedacht, er wolle sie schlachten lassen oder verkaufen. Aber offensichtlich ist das nicht der Fall. Sie sind seine Weggefährten und sie scheinen völlig zufrieden damit zu sein, eng aneinander gedrängt mit ihm durch die Gegend zu fahren. Hat er keine Frau, die sich zu Hause um die Tiere kümmern kann? Seinem Äußeren nach zu urteilen wahrscheinlich nicht. Wenn die Schweine, die er jetzt als Schinken verkauft hat, nicht geschlachtet worden wären, hätte er sie dann auch mitgebracht? Der Besitzer der *crémerie* ist sein regelmäßiger Kunde, also müssen doch auf dem Bauernhof noch mehr Schweine sein, wie sonst könnte er so viel Schinken liefern? Später erfahre ich, dass die Schinken gar nicht von ihm stammen. Er transportiert und verkauft sie für einen Nachbarn, dessen Hof an seinen grenzt. Sie haben eine Vereinbarung getroffen, die seine Benzinkosten abdeckt. Sein eigenes schmales Einkommen bestreitet er mit dem Ziegenkäse in Olivenöl. Und wie ich schon vermutet hatte, hat er keine Frau.

Wieder zu Hause lege ich die mitgebrachten Lebensmittel auf den behelfsmäßigen Tisch in der unteren Küche. Leider vergesse ich in meiner Eile, wieder zum Auto zu kommen und den Sack mit Erde herauszuholen, in die ich meine kleine Kletterpflanze pflanzen will, die Vordertür zu schließen. Als ich zehn Minuten später wiederkomme, liegen die beiden Tüten, in denen die gebratenen Hühnchen waren, zerfetzt auf dem Fußboden. Sogar der Käse ist verschwunden. Ein kurzer Kontrollgang durch den Garten führt mich zu Pamela, die schnarchend und umgeben von abgenagten Knochen unter den Zypressen liegt. Ich will kein Tier schlagen, das nicht mir gehört, also fahre ich wieder in den Ort, um noch einmal Hühnchen und Käse zu kaufen. Das junge Ehepaar in der *crémerie* starrt mich ungläubig an, als ich genau das Gleiche kaufe wie vor einer halben Stunde. Ich murmele etwas von unerwarteten Gästen, weil es mir zu albern vorkommt zu berichten, dass der Hund unser Abendessen vertilgt hat.

Die blassen Strahlen der Nachmittagssonne werden länger. Das hysterische Zirpen der Zikaden lässt nach. Der Tag geht in die stille Dämmerung über. Der Abend bricht herein. Vanessa zündet Anti-Mücken-Kerzen und meine Öllampe an. Auf der Balustrade der Terrasse verbreiten sie einen goldenen Schein. Michel und ich pflanzen die Passionsblume feierlich auf einer der Terrassen im Erdgeschoss neben der Haustür. Eine zarte junge Passionsblume, unser erster Kauf für den Garten. Clarisse gibt ihr reichlich Wasser, und Vanessa macht ein Foto mit Michels Kamera.

Ein Tag in unserem ersten Sommer geht zu Ende, aber dies sind die Momente, die Bestand haben werden. Ich werde immer wieder an sie denken und Glück daraus schöpfen. Ich stehe im Hintergrund, betrachte Michel mit seinen beiden halbwüchsigen Töchtern und frage mich insgeheim, was die Zukunft wohl für uns bereit hält.

Die fügsame Pamela hat mich als diejenige identifiziert, die ihr nichts zu fressen gibt, und mir den Krieg erklärt. Heute früh stelle ich fest, dass unsere Mülltonnen sowie die der beiden Nachbarn geplündert worden sind und alles noch einigermaßen Essbare herausgezerrt wurde. Ich verschwende zwanzig Minuten damit, den ganzen Müll wieder in die Tonnen zurückzustopfen. Auf dem Deckel der Nachbartonne klebt ein

Zettel mit der höflichen Aufforderung, wir sollten unseren Hund an die Kette legen, wenn wir ihn nicht vom Müll fernhalten könnten. Verlegen schreibe ich eine Entschuldigung für die unbekannten Nachbarn, die ich in ihren Briefkasten werfe. Es wird nicht wieder vorkommen, versichere ich ihnen.

Tatsächlich löst sich das Problem von selbst, weil die Mädchen und mit ihnen Pamela abreisen. Was für ein Aufstand! Ein Chaos aus halb gepackten Reisetaschen, kaputten Reißverschlüssen, verlorenen Kämmen, Föns, neu gekauften Badeanzügen, Geschenken für Maman, die *très fragile* sind. Zudem müssen wir das arglose Tier beruhigen, das in einem engen Flugzeugkäfig reisen muss. Aber die hektischen Aktivitäten lenken mich von meiner Traurigkeit ab. Schließlich haben wir alles soweit im Griff und Michel und ich fahren Clarisse und Vanessa zum Flughafen. Diese Fahrt zum Flughafen nach Nizza ist die erste von vielen. Von jetzt an wird mein Leben von Begrüßungen und schmerzlichen Abschieden bestimmt sein. Ich habe Vanessa und Clarisse lieb gewonnen und sehne mich danach, dass sie das Gleiche für mich empfinden. Ich hoffe, dass diese Wochen, dieser prachtvolle Sommer uns einander nähergebracht haben. Ich möchte, dass sie mich lieb haben, nicht als Ersatzmutter, aber als Freundin, als Verwandte. Beim Abschied wird nichts gesagt und Gefühle werden nicht gezeigt. Und doch nehmen sie mich beide verlegen in den Arm und dann gehen sie durch die Zollkontrolle. Dahinter drehen sie sich noch einmal um und schicken ihrem geliebten Papa und vielleicht auch seiner neuen Frau Luftküsse zu.

Diese Abreise ist der erste Hinweis darauf, dass die Sommerferien dem Ende entgegengehen. Nächste Woche kehrt auch Michel nach Paris zurück. Auf mich warten keine beruflichen Verpflichtungen, deshalb habe ich beschlossen, noch zu bleiben und weiter an meinem Roman zu arbeiten. Ich kann mich noch nicht losreißen. Michel wird an den Wochenenden zu mir kommen.

Unsere letzte gemeinsame Woche verbringen wir beide am Schreibtisch und bereiten uns langsam auf das vor, was die Franzosen *la rentrée* nennen, die Rückkehr nach den Sommerferien. Michels Schreibtisch ist ein wackliger Holztisch, den wir in einem der vielen *brocantes* an der Route Nationale 7 in der Nähe von Antibes gekauft haben. Er steht im Schatten der *Magnolia Grandiflora*. Ich habe gelernt, dass diese Bäume ursprünglich aus den Südstaaten Amerikas stammen, wo sie von dem französischen Botaniker Plumier entdeckt wurden, den Louis XIV ausgeschickt hatte, um exotische Pflanzen für seinen Park zu suchen. Die frühesten Beispiele wurden in der ersten Hälfte des achtzehnten Jahrhunderts nach Frankreich gebracht. Sie sind benannt nach Pierre Magnol (1638–1715), der Direktor des botanischen Gartens in Montpellier war.

Im Gegensatz zu Michel kann ich mich in der glühenden Hitze nicht konzentrieren und arbeite lieber drinnen. Ich suche mir eines der Zimmer aus, die wir bis jetzt noch nicht bewohnen und lediglich geputzt und gelüftet haben. Insgeheim habe ich es deshalb als Arbeitszimmer ausgesucht, weil es zwar hell, aber nicht zu sonnig ist. Von den Fenstern aus blickt man über die Einfahrt und die Zypressen. Wenn ich mich nach links beuge, sehe ich sogar das flache Ende des Pools, in dem jetzt klares Wasser schimmert. Nach hinten öffnen sich Terrassentüren auf unsere kleine Frühstücksterrasse. Eine grob behauene Steintreppe führt durch den Pinienwald auf den Hügel hinauf zu unserem Wasserbecken. Hier in diesem Zimmer stelle ich mir einen Tisch auf, für meinen Laptop, die Nachschlagewerke und all meine Unterlagen. Wenn ich gearbeitet habe, lege ich über alles Leintücher, um den Staub abzuhalten. Wenn Michel weg ist, werde ich die Wände neu streichen. Ich werde diese grässliche rosafarbene Blümchentapete abreißen. Ich habe ein gutes Gefühl bei diesem Zimmer; hier kann ich mich richtig auf meine Arbeit konzentrieren. Und durch die Aussicht in zwei Richtungen fühle ich mich auch nicht eingesperrt. Abgelenkt werde ich nur durch ein gelegentliches Rascheln, das ich nicht identifizieren kann. Es scheint von den Rolllädenkästen zu kommen, aber jedes Mal, wenn ich Michel rufe, hört das Geräusch geheimnisvollerweise auf.

Am Nachmittag mache ich eine Pause von der Arbeit und spaziere in das Tal hinter unserem Grundstück, wo ich einer ganz außergewöhnlichen Person begegne, bei deren Anblick mir sofort Minotaurus oder Goliath einfällt. Er stellt sich mir als unser Nachbar, Jean-Claude, vor. Ach du meine Güte! Er hat die Notiz wegen Pamela geschrieben. Ich lächle süßlich. Mit diesem Mann wollen wir uns bestimmt nicht anlegen, er ist gebaut wie ein Ochse. Er hat einen drahtigen schwarzen Bart und schwarze, zu einem Pferdeschwanz zusammengebundene Haare, die ihm bis zur Taille reichen. Er trägt lediglich bizarr geschnittene, rote Popeline-Shorts und hohe schwarze Gummistiefel. Wie ein Milchmädchen hält er in jeder Hand einen leeren Eimer. Ich habe ihm kaum meinen Namen genannt, als er mich andröhnt: »Zu welcher Wasserversorgung gehören Sie?« Ich habe absolut keine Ahnung, sage ihm aber nicht, dass ich noch nicht einmal wusste, dass man sich das aussuchen konnte.

»Fragen Sie bitte Ihren Mann und sagen Sie mir Bescheid.«

Das verspreche ich und, zufrieden mit meiner Antwort, schlägt er vor, wir sollten um sieben auf einen *apéro* zu ihm und seiner Frau Odile kommen. Neugierig, wie ich bin, nehme ich die Einladung an.

»Bringen Sie Ihre Wasserrechnung mit«, ruft er mir nach, als ich weitergehe.

Danach vertiefe ich mich wieder für ein, zwei Stunden in meiner Arbeit und schlage im Oxford Dictionary unter »Olive« nach. Es ist erstaunlich, wie viele verschiedene Arten von Olivenbäumen es gibt.

Gegen sieben schlendern Michel und ich Hand in Hand zu den Nachbarn. Hohe Zypressen säumen die Straße wie römische Legionäre. Morgen früh fährt Michel nach Paris und ich bin ein bisschen wehmütig. Vor dem Tor des stattlichen Steinhauses, auf dessen Schild »Le Verger« steht, ziehen wir an der Klingelkette. In meiner Tasche habe ich unsere beste Flasche Bordeaux verstaut. Sie soll als Friedensangebot dienen, weil der Mann bestimmt etwas über unseren schlecht erzogenen Hund sagen wird. Innerhalb weniger Sekunden wirft sich ein kräftiger Rottweiler mit einem Kopf so breit wie ein Autoreifen gegen das Tor. Er knurrt und bellt wie ein Höllenhund. Wir treten einen Schritt zurück. Es heißt immer, dass Hunde ihren Herrchen ähnlich sehen, und diese Kreatur ist genauso kräftig und furchterregend wie Jean-Claude.

Von einer der Terrassen hinter dem Swimmingpool ertönt ein Brüllen und sofort zieht sich der Hund zurück und legt sich hinter ein Wohnmobil, das in der Einfahrt geparkt ist. Das Tor geht auf und wir gehen über einen Kiesweg an mehreren prachtvollen Agaven vorbei, von denen eine eine große gelbe Blüte trägt. Das Wohnmobil, an dem der Hund lauert, ist genauso verrostet wie M. Di Luzios alter Kombi. Jean-Claude taucht auf, immer noch nur mit roten Shorts bekleidet. Die Gummistiefel hat er jetzt jedoch ausgezogen. Er bittet uns ins Haus.

Der Monsterhund erhebt sich und bleibt uns auf den Fersen. Da wir um unsere Sicherheit fürchten, blicken wir uns alle paar Schritte um. Jean-Claude, der in Begleitung eines pickeligen Jugendlichen ist, begrüßt uns. Der junge Mann, den er uns als seinen Sohn Marcel vorstellt, nickt und verschwindet eilig, als ob selbst dieser winzige menschliche Kontakt ihm zu viel sei. Wir stehen jetzt in einer düsteren, aber geräumigen Küche mit dunkelgrünen Holzschränken und ziemlich extravaganten Metallgriffen.

»Dreihunderttausend Francs«, verkündet Jean-Claude stolz und fügt dieser astronomischen Summe den Namen einer Firma hinzu, die offenbar für die monströse Küche verantwortlich ist. Er will uns sicher damit beeindrucken, aber der Name sagt mir nichts. Eine Frau huscht herein, mit einer Zigarette in der Hand. »Ma femme, Odile«, dröhnt Jean-Claude. Odile hat genauso lange und ungekämmte Haare wie Jean-Claude, aber im Gegensatz zu ihrem Mann trägt sie ein wallendes Gewand und Unmengen von teurem, protzigen Goldschmuck. Sie ist außergewöhnlich schlank und erinnert mich irgendwie an ein Mitglied der Addams Family.

»Ah. Les jeunes«, ruft sie lachend und eilt herbei, um uns beide abzuküssen. Die Begrüßung überrascht mich, denn ich kann nicht glauben, dass sie auch nur einen Tag älter ist als wir. Jean-Claude berichtet ihr, er habe uns die Küche gezeigt. Sie hebt die Hände, als wolle sie sich dafür entschuldigen, dass sie einen so wichtigen Moment unterbrochen habe.

»Haben Sie Ihre Wasserrechnung dabei?«

Ich hole sie aus meiner Schultertasche und überreiche gleichzeitig auch den Wein. »Eine kleine Entschuldigung wegen der Mülltonnen«, murmele ich. Jean-Claude ergreift die Rechnung und ignoriert die Flasche. Schweigend und mit gerunzelter Stirn studiert er die Rechnung und dann verschwindet er, wahrscheinlich um in vollkommener Abgeschiedenheit darüber nachzudenken. Odile erläutert uns weiter die Küche, schaltet Licht ein, zieht Schubladen auf und öffnet Schränke. Wir geben bewundernde Laute von uns. Plötzlich ertönt aus den Tiefen des Hauses Jean-Claudes dröhnende Stimme. Odile zuckt wie ein nervöses Eichhörnchen zusammen und führt uns dann über eine kurze Treppe durch einen sehr dunklen, zugigen Korridor in einen Salon, der uns nach der Küche ziemlich fassungslos macht. Der riesige, hohe Raum erstreckt sich über die ganze Länge des Hauses, das, wie wir später erfahren, dreistöckig ist und über acht Schlafräume verfügt. Obwohl es ein warmer Spätsommerabend ist, glüht ein elektrisches Feuer in einem prachtvollen alten Steinkamin. Der Raum ist spärlich möbliert. Es stehen vier weiße Plastikgartenstühle mit dem dazugehörigen Tisch darin, unter dem der Rottweiler liegt, in der hintersten Ecke steht ein Flügel.

Im Nebenzimmer läutet das Telefon. Jean-Claude nimmt ab. »Zürich!«, bellt er und Odile eilt ans Telefon, wobei sie die Falttür hinter sich zuzieht.

»Sie hört nie auf zu arbeiten. *Asseyez-vous*«, weist uns Jean-Claude an, wobei er unsere Wasserrechnung als Zeigestock benutzt. Er kommt mir vor wie ein Zauberer aus einem Märchenfilm, mit seinen wirren Haaren, den bloßen Füßen und den Popeline-Shorts. Fehlt nur noch der Umhang. Wir setzen uns auf die Plastikstühle. Den Wein hat bisher noch niemand haben wollen, also stelle ich ihn auf den Tisch, wo bereits ein in Plastik verpacktes, in Scheiben geschnittenes Weißbrot liegt – das erste dieser Art, das ich in Frankreich sehe. Außerdem stehen dort eine Flasche Portwein, eine Flasche Whisky, ein leerer Eiskübel, vier Wassergläser und ein großer Topf mit irgendeiner schlammbraunen Paté. Auch drei Messer liegen noch da.

»Marcel!«, schreit Jean-Claude. Über uns wird Rockmusik, die mir gar nicht aufgefallen war, abgestellt. Schritte ertönen auf der Galerie und dann gesellt sich, offenbar gegen seinen Willen, Marcel zu uns. Er und Jean-Claude setzen sich auf die anderen beiden Stühle. Allerdings steht Jean-Claude sofort wieder auf, weil er anscheinend nicht still sitzen kann.

»Was machen Sie damit?«, fragt er Michel und zeigt auf unsere Rechnung. Er entkorkt die Portweinflasche und schenkt uns großzügig ein. Ich trinke nicht gerne Portwein und schon gar nicht an einem warmen Sommerabend. Bevor Michel ihm antworten kann und bevor wir mehr als einen kleinen Schluck von dem lauwarmen Getränk zu uns nehmen können, bekommt Marcel den Auftrag, uns das Haus zu zeigen. Jean-Claude widmet sich wieder unserer Wasserrechnung und Odile telefoniert offenbar noch. Wer auch immer am anderen Ende der Leitung sein mag, kann bestimmt nicht viel sagen, denn sie redet unablässig.

Meine Neugier wächst. Was sind das für merkwürdige Leute? Geführt von Marcel gehen wir durch alle Zimmer, die genauso spärlich möbliert sind wie der Wohnraum.

»Seid ihr auch vor kurzem erst eingezogen?«, frage ich.

»Nein. Warum?«

In jedem der acht Schlafzimmer liegen Schlafsäcke auf dem Boden, außer im Elternschlafzimmer, das mit gelb-blau gestreiften Vorhängen, Einbauschränken, Schwenklampen, deckenhohen Spiegeln und einem vergoldeten Schminktisch eingerichtet ist. Das war bestimmt die selbe Firma, die auch die Küche gebaut hat.

»Das Zimmer deiner Eltern?«, frage ich, um Konversation zu machen.

»Ja, aber sie schlafen nicht hier.«

»Warum nicht?«

Ob sie wohl in Särgen schlafen? frage ich mich insgeheim. Michel gibt mir einen leichten Stoß. Er findet, dass ich meinen ständigen Drang, Fragen zu stellen, besser unterdrücken sollte, aber die Frage ist mir einfach so herausgerutscht. Marcel scheint sie jedenfalls nicht weiter impertinent zu finden.

»Sie schlafen mit den Hunden im Wohnmobil«, erklärt er.

Selbst mich bringt er mit dieser Antwort zum Schweigen. Nachdem wir das Haus ausführlich besichtigt haben, kehren wir gerade in dem Moment in den Salon zurück, als auch Odile wieder auftaucht. Ihr folgt ein zweiter Hund: ein Rottweilerwelpe, der jetzt schon so gemein aussieht wie sein erwachsener Gefährte.

»Whisky«, bittet sie. Jean-Claude schenkt ihr ein und füllt auch unsere Portweingläser noch einmal nach, sodass wir jetzt beide mit einem Drittelliter Portwein versorgt sind. Marcel packt das Brot aus und beginnt Butter auf die anämisch aussehenden Scheiben zu streichen. »*Santé!*« Wir heben unsere Gläser und trinken einen Schluck. Das Telefon läutet. Marcel geht hin.

»Amsterdam!«, ruft er seine Mutter. Odile zündet

sich eine Zigarette an, seufzt erschöpft und verschwindet wieder.

»Trinken Sie aus!«, ruft ein herzlicher Jean-Claude. Aber genau das will ich eigentlich vermeiden. Wir sind jetzt schon fast eine Stunde hier, es ist unser letzter gemeinsamer Sommerabend und wir wollen nach Hause gehen. Aber jetzt wird verkündet, dass wir essen sollen, wenn Odile zu Ende telefoniert hat. Michel wirft ein, dass zu Hause etwas zu essen auf uns wartet, aber davon will Jean-Claude nichts hören. Wir können das Essen bestimmt auch noch später zu uns nehmen, aber jetzt müssen wir erst einmal die Paté probieren, deren Bestandteile er selber geschossen und zubereitet hat. *Sanglier.* Ich frage mich, wo er hier in der Gegend ein Wildschwein hergeholt hat. Dieser kleine Hügel mag ja eines der letzten unentdeckten Paradiese in den Alpes-Maritimes sein, aber schließlich sind wir nur zehn Minuten von Cannes entfernt. »Über unseren Garten haben sich noch keine Wildschweine hergemacht«, scherze ich.

»*Mais si, si*, auf der anderen Seite des Hügels«, erklärt er mir. »Da sind ganze Familien.«

Jean-Claude kommt mir nicht so vor, als ob er Witze macht. Prüfend blicke ich ihn an, aber in seinem Gesicht sehe ich nicht die Spur von Humor.

»Wirklich?«, krächze ich.

»Natürlich nicht, *chérie*«, sagt Michel.

»Doch. Und Schlangen und Skorpione«, beharrt Jean-Claude.

Ich trinke einen großen Schluck Portwein. Während Odile des Langen und Breiten mit Marseille, Paris und schließlich Genf telefoniert, hat Jean-Claude Marcel gezwungen, sich ans Klavier zu setzen. Auch wir werden dorthin genötigt und in einen peinlichen Singsang verwickelt, bei dem schließlich auch Odile auftaucht. Sie liebt Musik (Musik!), teilt sie uns mit, schenkt sich ein weiteres Glas Whisky ein und zündet sich noch eine Zigarette an. »*Le boulot est fini!*«, jubelt sie. Ihre Arbeit ist für heute Abend beendet.

Das Weißbrot und die Wildschweinpaté werden in der Zwischenzeit von den Hunden vertilgt, die auf die Stühle gesprungen sind und sich über das Chaos auf dem Tisch hergemacht haben. (Und diese Leute haben sich über die arme, gierige Pamela aufgeregt!) Es scheint jedoch niemanden zu kümmern. Mittlerweile sind Michel und ich völlig betrunken. Ich sehe sechs Jean-Claudes im Zimmer, alle dröhnend und trompetend wie eine Herde Elefanten. Wenn ein Lied vorüber ist, schlägt er krachend aufs Klavier und füllt den gesamten Raum mit seiner monströsen Glückseligkeit. In meinem gegenwärtigen Zustand steckt mich seine Energie geradezu an.

Also bleiben wir.

Als wir schließlich in unsere Einfahrt schwanken, ist es Mitternacht. Es ist zu spät, um noch was zu essen und wir sind auch zu betrunken, um zu kochen, also bleiben wir noch ein Weilchen draußen, schwimmen, um wieder einen klaren Kopf zu bekommen, und sinken dann auf unsere Sonnenliegen, um den Geräuschen der Nacht zu lauschen.

»Worüber hat Odile so ernsthaft mit dir geredet? Über die Wasserrechnung?«, lalle ich, ohne Michel den Kopf zuzuwenden.

»Nein, davon hat keiner von beiden ein Wort gesagt. Sie hat mir nur ihre Arbeit beschrieben«, erwidert Michel.

»Und was macht sie?«

»Sie ist Wahrsagerin. Ihre Kunden rufen aus ganz

Europa an, bezahlen mit Kreditkarte und sie sagt ihnen eine halbe Stunde lang die Zukunft voraus. Seltsam.«

»Also habe ich mit meiner Vorstellung von Jean-Claude als Zauberer gar nicht so daneben gelegen«, sage ich.

»Jean-Claude? Oh nein. Der ist Immobilienmakler.«

Verkatert und mit Kopfschmerzen fliegt Michel früh am nächsten Morgen nach Paris. Eine seltsame Leere legt sich auf mich. Auch die Jahreszeiten wandeln sich. Ein erster Hauch von Herbst liegt in der Luft. Die Schwalben fliegen tief, dicht am Haus vorbei, und bereiten sich auf ihre Reise nach Afrika vor. Die Farben verändern sich, werden matter. Ich konnte noch nie mit Verlusten umgehen, aber dann rufe ich mir ins Gedächtnis, dass es ja nur eine zeitweilige Trennung ist. Wir haben unser Leben noch vor uns und das Haus gehört uns noch nicht einmal. Herausforderungen warten auf uns und Michel kommt am Freitag zurück. Meine Laune hebt sich.

Ich lenke mich von meiner Einsamkeit ab, indem ich schon einmal die Tapete von den Wänden in meinem Arbeitszimmer reiße. Das Rascheln ist immer noch da und von Zeit zu Zeit ertönt ein Quieken. Fast bin ich versucht, die Verkleidung von der Wand zu lösen, um nachzusehen, aber ich fürchte mich vor dem, was ich dort entdecken könnte. Vielleicht ist es ja nur ein Gecko, der durch unseren Einzug gestört worden ist, ein furchtsames kleines Geschöpf, das sich am liebsten im Dunkeln versteckt.

Die Sonne geht unter. Mein erster Abend allein. Ich wässere den Garten mit dem Schlauch. Über mir kreisen zwei Bussarde. Ich lege den Kopf in den Nacken (was mir wegen des Ports immer noch schwer fällt) und sehe ihnen zu. Einer der beiden stößt einen Schrei aus. Es ist ferner Schrei, der in der stillen Luft widerhallt. Und dann plötzlich ertönt ein anderes Geräusch: schwere Schritte. Jemand kommt von hinten auf mich zu. Ich erstarre, als ich schweres Atmen höre. Mir wird eiskalt. Wie soll ich mich in dieser Einöde mit einer Hand gegen einen Einbrecher zur Wehr setzen? Ich blicke auf den Schlauch. Natürlich könnte ich ihn auf den Eindringling richten, ihn durchnässen und für ein paar Sekunden verwirren, während ich das Weite suche. Ich hole tief Luft und drehe mich langsam um. Auf der Terrasse ein paar Meter hinter mir steht ein gewaltiges *sanglier*.

Zweifellos ist es ein Weibchen, was gefährlicher ist. Wahrscheinlich sucht sie hier nach Futter für ihre Jungen, sonst hätte sie sich nie so weit in bewohntes Gebiet vorgewagt. Ich weiß aus Erzählungen, wie gefährlich Wildschweine sein können, wenn man sie reizt oder erschreckt. Wenn ich mich bewege, fällt sie mich sicherlich an und sie könnte mich allein schon durch ihr Gewicht zermalmen. Ich bleibe stocksteif stehen. Fast wünschte ich, es wäre doch ein Einbrecher gewesen. Mit einem Menschen hätte ich ja vielleicht noch vernünftig reden können, aber nicht mit diesem haarigen Ungeheuer. Ganz langsam drehe ich den Schlauch zu, lasse ihn im Zeitlupentempo zu Boden gleiten und mache einen ersten Schritt aufs Haus zu.

Das riesige Wildschwein bleibt stehen und beobachtet mich. Was es wohl denken mag? Jean-Claude mit seinem Gewehr mag ihm ja gewachsen sein, aber ich nicht. Ich blicke zum Hügel hinauf, ob noch ein anderes Tier oder vielleicht Frischlinge dort stehen, aber ich kann nichts sehen. Offenbar muss ich nur mit der Wildsau fertig werden. Ich schaffe es zum Haus, schließe rasch die Tür und lehne mich von innen dagegen. Mein Herz rast. Sogar die liebe alte Pamela hätte das Wildschwein verjagt. Ich muss zugeben, dass mir der dicke Schäferhund fehlt. Ich brauche selbst einen Hund, rede ich mir ein. Einen Wachhund, der mir auch an den langen, einsamen Abenden Gesellschaft leisten kann.

Michel kommt. Wir fahren direkt zum Tierheim und suchen einen lebhaften, drahthaarigen Kerl namens Henri aus. Er sieht ein bisschen wie ein zu groß geratener Setter aus, nur dass sein Fell pechschwarz ist. Ich frage mich, warum man ihn ausgesetzt hat. Sein Fell glänzt und offensichtlich hat man ihn gut gepflegt. Er ist erst drei Jahre alt und auf der tierärztlichen Bescheinigung steht, dass er bei bester Gesundheit ist. Als ich frage, gibt die Frau, die sich um die Tiere kümmert, zu, dass er unkontrollierbar sei. In welcher Hinsicht? frage ich. Er läuft ständig weg.

Oh.

»Ja, aber Sie sagen doch, Sie haben ein großes Grundstück«, beruhigt sie uns. »Dort kann er all seine überschüssige Energie los werden. Er ist ideal für Ihre Bedürfnisse geeignet und sie für seine.«

Michel ist nicht überzeugt. »Lass uns noch mal darüber nachdenken, *chérie*. Wir haben noch keinen Zaun«, murmelt er.

Aber Henris Gesichtsausdruck bricht mir das Herz. Er sieht mich an, als wolle er sagen, bitte, lasst mich nicht hier, und er hechelt so voller Vorfreude, dass ich es nicht fertig bringe, dieses arme Geschöpf wieder in den Käfig zu schicken.

»Könnten wir fünf Minuten mit ihm spazieren gehen … damit wir uns sicher sind?«

Sie schüttelt den Kopf. Das ist gegen die Regeln. Dadurch werden in dem Tier vergebliche Hoffnungen geweckt.

Die Frau appelliert an mein weiches Herz. »Sie haben einen Monat Zeit. Wenn es nicht funktioniert und Sie ihn innerhalb eines Monats wieder zurückbringen, dann nehmen wir ihn wieder auf. Aber ich bin sicher, das wird nicht nötig sein. Er wird sich bei Ihnen gut einleben.«

Henri hechelt eifrig.

Wir bezahlen die Gebühr, unterschreiben das Genehmigungsdokument, kaufen ihm Halsband und Leine und gehen mit ihm zum Auto. Beziehungsweise, er zieht uns dorthin. Ich kann ihn kaum halten. Er ist stark wie ein Grizzlybär.

An diesem ersten Abend besteht Michel darauf, dass wir Henri an einer langen Leine an der Magnolie anketten. So kann er bei uns sitzen, während wir das Abendessen vorbereiten und einnehmen, und sich zugleich daran gewöhnen, dass er da bleiben muss. Er muss ein wenig Disziplin lernen, erklärt Michel. Henri legt schmollend den Kopf auf die Pfoten.

Den ganzen Samstag über bleibt er so liegen.

»Ich glaube nicht, dass er besonders glücklich ist«, sage ich.

»Er muss sich ja erst an uns gewöhnen.«

Henri blickt mich aus seinen schwarzen Augen schmerzerfüllt und anklagend an. »Du hast mir die Freiheit geschenkt, nur um mich wieder gefangen zu halten«, scheint er zu sagen. Ich kann es nicht ertragen. Ich streichele ihn stundenlang und rede mit ihm, aber er gibt nicht nach. Er weigert sich sogar zu fressen. Was für ein Kontrast zu Pamela!

Zum Abendessen haben wir Gäste. Ein italienischer

Künstler und seine dänische Frau. *Très chic*. Ein trend-bewusstes Paar, das sehr darauf achtet, auf den richtigen Partys und in Gesellschaft der Reichen und Berühmten gesehen zu werden. Er ist klein und dick und ein schrecklicher Casanova, der auch mich schon einmal bedrängt hat, aber unter diesem Gehabe verbirgt sich ein warmherziger, großzügiger Mann.

Ich habe die beiden Anfang der achtziger Jahre kennen gelernt, als ich an einem Theater in Kopenhagen auftrat. Jetzt haben sie sich hier in Südfrankreich, in Biot, ein Haus gekauft, und damit sind wir sozusagen Nachbarn geworden. Wie gewöhnlich kommen sie zu spät, bewaffnet mit Sambamusik, die sie sich gerne beim Abendessen anhören. Wartet nur, bis ihr unseren armseligen kleinen Kassettenrecorder seht, denke ich, als ich die Kassetten breit lächelnd entgegennehme.

Er ist, wie immer, von Kopf bis Fuß in Schwarz gekleidet. Sie, die Dänin, ist groß und gertenschlank. Im Gegensatz zu ihm trägt sie ein langes, fließendes, makellos weißes Leinenkleid. Er, der Künstler, mag keine Hunde, obwohl sie selber zwei haben.

Henri, der immer noch angeleint ist, erhebt sich neugierig, um sie zu begrüßen. Zum ersten Mal seit über vierundzwanzig Stunden wedelt er mit dem Schwanz und jault.

»Warum habt ihr ihn festgebunden?«, fragt unser Künstlerfreund.

»Wir haben ihn erst gestern aus dem Tierheim geholt und damit er nicht wegläuft …«, erzähle ich den beiden, während sie die Flasche Champagner öffnen, die sie mitgebracht haben.

Michel steht am Grill. Rauch, der nach provenzalischen Kräutern und Holzkohle duftet, steigt in die Luft.

»Er wird sich erst eingewöhnen, wenn ihr ihn frei lasst. Er muss doch erst die Grenzen seines Territoriums kennen lernen.« Was Olga sagt, ergibt Sinn. Auf jeden Fall bin ich froh für jeden Vorwand, ihn von der Leine lassen zu können. Ich laufe zu Michel und erzähle ihm, was Olga gesagt hat.

»Wenn du meinst«, erwidert er. Der Zweifel in seinem Tonfall ist nicht zu überhören.

Sofort laufe ich die Treppe zu Henri hinauf und binde ihn los. Er ist überglücklich und sein Schwanz wackelt hin und her wie ein Pendel.

»Na komm, mein Junge«, locke ich ihn, wobei ich erwarte, dass er mir auf die untere Terrasse folgt, wo unsere Gäste Champagner trinken und die Aussicht genießen. Er wedelt immer heftiger mit dem Schwanz. Ich beginne, das für ein schlechtes Zeichen zu halten, aber bevor ich meinem Instinkt folgen kann, springt Henri mit einem gewaltigen Satz unsere Gäste an. Beide fallen in den Staub unseres nicht vorhandenen Rasens. Gott sei Dank zerbrechen die Gläser nicht, aber der Champagner durchnässt sie und Olgas Kleid ist voller Flecken.

»Was für ein freundliches Kerlchen«, sagt der Künstler, als er aufsteht und sich den Staub abklopft. »Ich werde meine Geliebten ermuntern, mich auch so zu begrüßen.«

Am Freitag darauf erhalte ich ein Telegramm von Mme B. Der Kaufpreis ist falsch berechnet worden. Mir wird ganz kalt. Ich wusste es! Den ganzen Sommer über habe ich auf so eine Nachricht gewartet. Und dann lese ich weiter. Dadurch, dass die zweite Hälfte des Grundstücks ein Drittel Hektar größer bemessen wurde als der Teil, auf dem das Haus steht – die Hälfte, die wir erst noch erwerben müssen –, erhalten wir eine Rückzahlung von mehreren tausend Francs. Ich breche mitten auf der Straße in Jubel aus. Rasch eile ich zur nächsten Telefonzelle, um Michel im Büro in Paris anzurufen.

Das heißt, jetzt können wir ein Bett kaufen, sagt er.

Ja!

Innerhalb einer Stunde bin ich in Cannes und bestelle das größte Bett, das sie auf Lager haben. Ich lasse eine Anzahlung da, den Rest werden wir bezahlen, wenn das Bett in acht Wochen geliefert wird. Ganz aufgeregt komme ich aus dem Geschäft. Wir haben die gesamte Rückzahlung in ein einziges Möbelstück gesteckt.

Wenn Henri das Moped des Postboten die Straße entlangknattern hört, setzt er sich an die Kurve, um guten Morgen zu sagen. Sobald der Postbote um die Ecke biegt, springt Henri auf und bellt wütend. Seine überschwängliche Begrüßung erfreut den Postboten leider überhaupt nicht.

Ich höre Geschrei und Bellen und laufe herunter, um nachzuschauen, was los ist. Der arme, dicke Kerl kriecht auf allen vieren zitternd vor Entsetzen auf dem Asphalt herum und sammelt seine Briefe und Päckchen ein. Henri knurrt ihn an und schnappt nach ihm. Der Postmann ist nur noch ein bibberndes Wrack und das Vorderrad seines Mopeds ist jämmerlich verbogen.

Henri genießt seinen Triumph.

Unter Verwünschungen und Drohungen des Postboten, mich anzuzeigen, zerre ich den Hund weg. *»J'avais presqu'une crise cardiaque!«*, schreit er mir wütend nach.

Ich fahre über die Küstenstraße durch Antibes an der Baie des Anges vorbei, um den Antikmarkt in der Altstadt von Nizza zu besuchen. Er findet im alten italienischen Viertel statt, in dem die Häuser ockerfarben und in einem dunklen Sienagelb gestrichen sind. Es gibt dort Stände mit Kopfkissen aus altem Leinen und Spitze. Sie sind groß und quadratisch, und sie sind billig und so gut wie neu. Manche sind, weiß in weiß, mit Initialen bestickt. Ich frage mich, wer sie so sorgfältig bestickt hat. Was mag wohl aus ihren ursprünglichen Besitzern geworden sein? Warum ist diese schöne Wäsche nie benutzt worden? Ist der Geliebte untreu geworden? Ist er gestorben? Voller Vorfreude auf unser großes Bett würde ich am liebsten alle kaufen. Ich träume davon, in frisch gestärktem, lavendelduftendem Leinen zu schlafen. Kühl, weiß und einladend. Sonnendurchglühte Nachmittage, an denen wir zusammen im Bett liegen. Winternächte, in denen wir eng aneinander gekuschelt dem Prasseln des Kaminfeuers lauschen.

Die Standbesitzerin, eine winzige Frau, sitzt mit einem Mann und einem Kind hinter ihrer Bett- und Tischwäsche. Sie essen gerade. Zu ihrem Mittagessen gehören unter anderem Hühnchen in einer dicken Tomatensauce, ein paar Flaschen Rotwein, Obst, zwei Baguettes und verschiedene Käsesorten. Bemerkenswert für einen Marktstand, denke ich, aber dann rufe ich mir ins Gedächtnis, dass ich schließlich in Frankreich bin. Essen ist das Allerwichtigste. Wir schließen einen Handel, der uns beide erfreut. Sie packt die Leinenbettwäsche und eine Tischdecke in mehrere Plastiktüten, zählt die bescheidene Summe, die sie dafür in Empfang nimmt, und kehrt wieder zu ihrer Mahlzeit zurück. Wo ich schon einmal auf dem Markt bin, schaue ich mich nach Glastöpfen oder Karaffen um, in die wir später unser Olivenöl füllen können. Ich finde zwar nichts, aber nächste Woche ist ja wieder Markt.

Als ich wieder zu Hause bin, pflücke ich Blumen im Garten. Margeriten, Gänseblümchen, Eukalyptusblätter und Palmwedel. Ich binde Sträuße daraus und arrangiere sie dekorativ in Marmeladegläsern neben unserer Matratze auf dem Boden und am Kamin.

Heute Abend kommt Michel nach Hause. Ich kann mich nicht erinnern, wann ich das letzte Mal so aufgeregt war. Voller Vorfreude stopfe ich ein Hühnchen. Plötzlich höre ich Henri wild bellen. Hoffentlich nicht schon wieder ein Wildschwein. Ich blicke aus dem Küchenfenster zum Pinienwald und sehe zu meinem Erstaunen ganze Horden von Menschen dort. Ich laufe den Hügel hinauf und stelle mich vor. Sie suchten Pilze, erklären sie. Ich teile ihnen freundlich mit, dass sie sich auf einem Privatgrundstück befänden. Sie erwidern, sie hätten ihr ganzes Leben lang hier Pilze gesucht, und sie hätten nicht vor, jetzt damit aufzuhören.

Verwirrt und gedemütigt kehre ich zum Haus zurück und lasse sie weitersuchen. Nächstes Jahr werde ich selber dort Pilze sammeln, aber im Moment würde ich noch riskieren, uns beide zu vergiften, weil ich die einzelnen Arten nicht voneinander unterscheiden kann.

Als ich später am Nachmittag in den Ort gehe, um frisches Brot zu kaufen, sehe ich im Schaufenster der Apotheke große Farbtafeln, auf denen die einzelnen Pilzarten erklärt werden. Das ist offenbar ein lokaler Service. Jeder kann mit seinen Pilzen hierhin kommen und sich vom Apotheker erklären lassen, welche essbar und welche giftig sind.

Beim Abendessen am Feuer berichte ich Michel von Henris Übergriffen. Er findet es nicht komisch. Und was noch schlimmer ist, der Postbote hat Wort gehalten und sich beschwert. Am Samstagmorgen bekommen wir eine offizielle Warnung von der Postbehörde, dass unser Hund eingeschläfert würde, wenn wir nicht dafür sorgten, dass er keinen Schaden mehr anrichtet. Ich starre entsetzt auf das Schreiben, während Henri fröhlich neben mir hechelt.

»Er muss wieder weg, *chérie*«, sagt Michel.

»Aber seitdem Henri da ist, war kein Wildschwein mehr im Garten und er leistet mir Gesellschaft. Bitte, lass ihn uns behalten.«

Michel runzelt die Stirn. »Wir müssen ernsthaft darüber nachdenken«, erwidert er.

An diesem Nachmittag bringt der letzte Tropfen das Fass zum Überlaufen: Jean-Claude taucht auf und erzählt uns, ein Beamter von der Polizeiwache in Cannes habe ihn angerufen und ihm mitgeteilt, ein großer, schwarzer Hund, der laut Halsband auf den Namen Henri höre, terrorisiere die Gäste am Privatstrand des Hotels Majestic. Michel dankt Jean-Claude für seine Mühe. Er fährt nach Cannes, holt den Hund ab und bezahlt eine saftige Strafe.

Ich gehe mit einer Flasche Wein zu Jean-Claude und entschuldige mich wortreich für mein Eindringen. Sein dröhnendes Lachen versichert mir, dass alles in Ordnung ist. Er lädt uns sogar wieder zum *apéro* ein. Da ich mich noch nicht vom letzten Mal erholt habe, mache ich kein festes Datum aus, sondern vereinbare mit ihm, ihn anzurufen. Außerdem sollten sie bei der nächsten Gelegenheit zu uns kommen. Beim Abendessen bespreche ich das Problem mit Michel und muss traurig zugeben, dass es für alle Beteiligten das Beste ist, wenn wir den Hund zurückgeben.

Als wir am Montagmorgen die Verantwortung für

das arme Tier wieder abgeben, merkt man der Frau im Tierheim deutlich an, wie verärgert sie ist.

Ich weine heftig, als wir uns von ihm verabschieden, und Henri lässt sich verwirrt zu seinem Käfig zurückbringen. Das war dieses Mal wohl eine übereilte Entscheidung. Wenn wir nächstes Jahr besser organisiert sind, sage ich mir, komme ich Henri wieder holen.

Schatzinseln

Es ist ein kristallklarer, sonniger Herbstmorgen. Gestern hat es zum ersten Mal seit über zwei Monaten geregnet, und heute liegt etwas in der Luft, das mir sagt, dass die langen, trockenen Sommertage nicht ewig dauern. In ein paar Tagen müssen wir das Haus abschließen, weil Michel und ich nach Australien fliegen, um den Film zu drehen. Er basiert auf meinem Roman, und ich spiele die Hauptrolle. Es ist eine aufregende Herausforderung. Und trotzdem wird es mir schwer fallen, mich von Appassionata loszureißen. Australien, die andere Seite der Welt. Von dort kann man nicht kurz übers Wochenende nach Hause fliegen.

»Wenn meine Geschichte hier gespielt hätte …«, murmele ich, während ich Leinenwäsche falte, die ich zusammen mit Lavendelsäckchen in einem Schrank in der vorderen Halle verstaue.

Trotz allem, was zu tun ist – ich muss meine Arbeit und meine Papiere einpacken, mein Gepäck sortieren und wir versuchen immer noch, einen Notar für den endgültigen Kaufvertrag zu bekommen –, verkündet Michel: »Lass alles stehen und liegen, wir gehen auf die Jagd.«

»Was?«, lache ich.

»Wir nehmen die Fähre zu den Inseln, um nach Schätzen zu suchen.«

Bereitwillig stimme ich zu. Die Aussicht auf eine Bootsfahrt erfüllt mich immer mit kindlicher Freude, und Schatzsuche klingt unwiderstehlich. Außerdem war ich noch nie auf den Îles de Lérins. »Und was für einen Schatz suchen wir?«

»Du wirst schon sehen. Wir fahren zuerst zu der Insel, die am weitesten entfernt ist, dann zu der, die näher liegt. Dort können wir auch zu Mittag essen, und danach fahren wir mit dem Schiff am Spätnachmittag wieder zurück.«

Wir kaufen unsere Tickets im alten Hafen von Cannes. Während wir auf das Schiff warten, spazieren wir an der Mole entlang, von wo aus wir auf den Tour du Suquet blicken, den alten Turm, der auf der Spitze des Felsens steht, auf dem die Altstadt von Cannes erbaut wurde. Hier entstand das ursprüngliche Fischerdorf, das früher Canois hieß, »Schilfhafen«, nach dem Schilf, das die ganze Küste bedeckte. Heutzutage kann man sich das nur noch schwer vorstellen. Ein Blick zum Meer bringt uns wieder ins zwanzigste Jahrhundert zurück. Ein leichter Wind geht und strahlend weiße Yachten gleiten geräuschlos über das Wasser.

»Wem mögen die wohl alle gehören?«, frage ich nachdenklich. Ich kann mir gar nicht vorstellen, dass jemand so reich sein kann, um sich Schiffe zu leisten, von denen manche so lang sind wie ein Eisenbahnwaggon und sicher mehr kosten, als ein durchschnittlicher Arbeitnehmer in einem Jahr verdient.

»Hier gibt es eine Menge ausländisches Geld. Und auch viel Korruption. Einer der ersten Bürgermeister von Nizza musste zum Beispiel nach Uruguay fliehen.«

»Warum?«

»Wenn er in Frankreich geblieben wäre, wäre er wegen Korruption und Steuerhinterziehung ins Gefängnis gekommen. Offenbar hat er städtisches Geld unterschlagen und nach Südamerika verschoben, um seinen Ruhestand vorzubereiten.«

»Ja, das stimmt! Jacques Médecin, natürlich!« Ich lache ungläubig. »Sie haben ihn aber letztendlich geschnappt, nicht wahr?«

»Ja.«

Mir fällt ein, dass Graham Greene, der in Antibes lebte und dem ich ein paar Mal begegnet bin, 1982 ein Buch veröffentlich hat, in dem es um die Korruption in Nizza und die Verbindungen Jacques Médecins zur italienischen Mafia ging. Es gab damals auch einen Casino-Skandal. Greene vertrat die Ansicht, dass ein beunruhigend hoher Prozentsatz der Polizei und der Justiz in dunkle Geschäfte mit dem *milieu*, der kriminellen Unterwelt, verwickelt war. Später floh Médecin aus dem Land.

»Glaubst du, dass mit seiner Flucht und seiner späteren Verhaftung die Machenschaften hier an der Riviera ein Ende genommen haben?«, frage ich Michel.

»Das bezweifle ich irgendwie.«

»Könnte es sein, dass Mafiamillionen irgendwo auf den Inseln vergraben sind?«

»Wer weiß?«

»Und dann graben wir sie aus und bezahlen Mme B. damit?«

»Nein.« Michel muss lächeln. »Das ist nicht der Schatz, hinter dem wir her sind.«

»Was sonst?«

»Du wirst schon sehen.«

Ich lächle. Das Spiel gefällt mir. Um uns herum arbeiten gebräunte junge Männer, hübsch anzusehen in ihren Shorts, auf den Yachten. Einige klettern wie Affen die Aluminiummasten hinauf, die anderen schrubben

die Teakholzdecks und spritzen die imposanten Schiffs-
körper aus Fiberglas mit dem Schlauch ab.

»Wir gehen jetzt besser los«, sagt Michel und ergreift
meine Hand.

Die Turmuhr im Suquet schlägt zehn und die Fähre
ist bereit zum Ablegen. Doch da kommen noch Nach-
zügler winkend und rufend angerannt. Der Kapitän
grinst und lässt das Schiff warten, bis alle an Bord sind.

Während der kurzen Verzögerung blicke ich mich
um. Ich muss zugeben, dass dieser alte Hafen großen
Charme besitzt. Das Hotel Splendid zum Beispiel mit
seinen bunten internationalen Fahnen und der ein-
fachen weißen Fassade. Aber dann fällt mein Blick auf
ein Schild mit großen, schwarzen Buchstaben, »Jim-
my'z Club«, über dem langweiligen Beige des Palais
und den blauen Plastikbuchstaben »Casino«. Man
kann sich kaum etwas Hässlicheres vorstellen.

Jetzt verlassen wir den Hafen. Ich lehne mich an die
Reling und bin ganz aufgeregt. Da ich von Natur aus
ein Wassergeschöpf bin, fühle ich mich auf dem Wasser
am glücklichsten. Über uns kreisen Möwen; in der Ferne liegen die Hügel des Estérel im Dunst und die Fähre
stampft durch die ruhige See. Wir fahren an einem lu-
xuriösen Fünfmaster vorbei, auf dem »Club Med 2«
steht, und an einem überdachten Vergnügungsdamp-
fer voll mit Rentnern.

Vom Meer aus betrachtet gelingt es Cannes immer
noch, den Anschein von Vornehmheit aufrecht zu erhalten, aber ich muss bei diesem Anblick immer an eine
verzweifelte, alternde Hure denken. Mir fällt eine lange
vergessene Gruppe von Transvestiten ein, mit denen
ich in Brasilien einmal zusammengearbeitet habe. Mit
vierzig oder fünfundvierzig Jahren hatten sie ihre beste
Zeit alle schon hinter sich, aber perfekt geschminkt und

aus der Ferne sahen sie immer noch gut aus. Ich lächle bei der Erinnerung an das Zusammensein mit ihnen. Wahrscheinlich hat auch Cannes viele Gesichter.

Das Carlton, das in der Mitte der Croisette steht, beherrscht die Bucht. Der Blick fällt sofort auf seine kühle, weiße Eleganz. Von der hektischen Geschäftemacherei merkt man aus dieser Entfernung nichts. Ich beschatte die Augen mit der Hand und blicke zu dem Observatoriumsturm hoch über der Stadt. Ich betrachte die *Fin de siècle*-Villen, deren Fenster im Licht blitzen. Die Hügel sind schon herbstlich gefärbt, während sich an den Stränden immer noch Scharen von Badegästen tummeln. Die Fahrt mit dem Schiff ist wunderbar. Es sind kaum Passagiere an Bord, und die meisten scheinen zudem noch Einheimische zu sein, die im Morgengrauen aufs Festland gefahren sind, um einzukaufen.

»Wie viele Menschen leben auf den Inseln?«, frage ich Michel.

»Die Île Ste. Marguerite ist bewohnt. Ich weiß nicht genau, wie viele dort leben, es gibt vielleicht zwanzig Haushalte. Die andere Insel, Île St. Honorat, ist unbewohnt, abgesehen von einem Zisterzienserkloster und einem viel zu teuren Restaurant an der Küste.«

»Wer geht dahin?«

»In das Restaurant? Die Yachtbesitzer. Es gilt als schickes Wochenendziel. Während der Saison legen dort sogar Yachten aus Monte Carlo oder St. Tropez an. Sie werfen zwischen den beiden Inseln die Anker und fahren dann mit dem Dingi von einer Yacht zur anderen, um die anderen Gäste abzuholen, und essen dann gegrillten Hummer in dem Restaurant.«

»Das klingt ja nicht so schrecklich.«

»Der Kanal ist dann so voll, dass du dich kaum bewegen kannst«, lacht Michel.

Wir nähern uns Ste Marguerite.

»*Pour St Honorat, la deuxième île, vous restez abord*«, ruft eine Stimme aus dem Lautsprecher. Mein Blick wird von einer Bastion auf einem Felsen, der anscheinend die östliche Spitze der Insel bildet, angezogen. »Ist das eine Festung?«

Michel grinst spitzbübisch. »Das ist das Fort Royal. Ich wusste, dass es dich interessiert. Richelieu hat es bauen lassen, um die Insel vor den Spaniern zu schützen. Sie sind aber trotzdem einmarschiert. Aber davon erzähle ich dir später.«

»Liegt da unser Schatz? Oder dort, in diesem Gebäude am Strand? Was ist das, ein verlassenes Hotel?«

»Wir heben uns alles für später auf. Nach dem Mittagessen.«

Michel weiß, dass ich meine Neugier nicht im Zaum halten kann, bis wir zurückkehren, und er genießt die Momente, in denen er mich auf die Folter spannen kann. Ich lächle. Soll er doch seine Geheimnisse für sich behalten, ich werde nicht drängeln. Jedenfalls noch nicht. Er legt mir den Arm um die Schultern und gibt mir einen leichten Kuss auf die Wange.

»*Je t'aime.*«

»*Moi aussi.*«

Alle Passagiere außer der Mannschaft und uns steigen aus. Auf dem hölzernen Anlegesteg warten ein paar Touristen. Sie kommen jedoch nicht an Bord, offenbar wollen sie nach Cannes. Also haben wir jetzt das Schiff für uns allein. Es setzt zurück und fährt wieder aufs offene Meer hinaus. Dingis tanzen auf dem Wasser und kleine gelbe Bojen hüpfen auf und ab. An der Westküste der Insel stehen Schirmakazien und ein paar verlassene Bunker aus dem Zweiten Weltkrieg. Die Luft ist klar und duftet.

Hier bin ich zu Hause, denke ich. Ich drehe mich um und blicke zu Michel, der mir, tief in Gedanken versunken, das Profil zuwendet. Selbst auf dieser kurzen Fahrt hat die Sonne seine Haut gebräunt. Er wird schnell und gleichmäßig braun. Seine lockigen Haare sind vom Wind zerzaust. So ein starkes, gut aussehendes Gesicht. Ebenso wie ich ist Michel abenteuerlustig, liebt das Geheimnisvolle und Unbekannte. Wir sind vom Glück gesegnet.

Zwischen den beiden Inseln drängen sich zahlreiche Yachten in der schmalen Durchfahrt. Schlanke Schiffe mit genauso schlanken Frauen an Bord, die eingeölt ohne Oberteil in der Sonne liegen. Dickbäuchige Männer blicken müßig auf unsere Fähre und trinken Whisky. Ich blicke auf meine Uhr. Es ist halb elf. Wir fahren an dem »angesagten« Restaurant vorbei, das verlassen wirkt. Vielleicht hat es ja schon geschlossen oder es ist mit den Vorbereitungen für die lukrative Mittagszeit beschäftigt.

Die Fahrt zur zweiten Insel dauert nicht lange. Wir umschiffen ein paar große, gefährlich spitze Felsen und dann legen wir sicher im Hafen an. Michel ergreift meine Hand und geleitet mich an Land. Dort umfängt mich pinienduftende Stille, sanft wie ein menschlicher Pulsschlag. Der Ort strahlt Harmonie und Frieden aus. Ich atme tief ein und drehe mich um. Nichts ist zu sehen außer Pinienwald, Strand und dem klaren Mittelmeer. Ohne die Fähre, die jetzt ablegt, hätte ich das Gefühl, auf einer einsamen Insel gestrandet zu sein. Es ist kaum zu glauben, dass wir so nahe an zu Hause sind und dass man dieses Paradies von unserer Terrasse aus sehen kann. Ich erblicke eine Statue der Muttergottes. Mit ausgestreckten Armen ragt sie zwischen den Bäumen hervor und blickt über den Kanal.

»Komm, wir besichtigen das Kloster, die Abbaye des Lérins, kaufen Lavendelöl, spazieren ein bisschen über die Insel und fahren dann mit der nächsten Fähre zurück nach Ste Marguerite.«

An Weinfeldern vorbei schlendern wir zum Kloster, das nur fünf Minuten vom Strand entfernt im Innern der Insel liegt. Es gibt eine Kirche und einen Kreuzgang, der zu dem Laden und den Gärten führt. An strategischen Stellen stehen Steinbänke, die zum Nachdenken und zum Gebet einladen. Ich möchte mich am liebsten für eine Weile hier niederlassen, aber Michel zieht mich weiter.

Als wir uns dem Kloster nähern, gibt er mir einen raschen geschichtlichen Abriss. Die beiden Inseln waren früher die stärksten religiösen Zentren im Süden Frankreichs. Die Insel, auf der wir uns befinden, wurde im fünften Jahrhundert von dem Eremiten St. Honorat (daher der Name) in Besitz genommen, den der Bischof von Fréjus aufgefordert hatte, hier ein Kloster zu bauen, in dem Novizen zu Priestern ausgebildet wurden und das als Schule für das Studium christlicher Philosophie diente. St. Honorat, später Bischof von Arles, starb 429, aber das Kloster hat bis zum heutigen Tag überdauert, abgesehen von einer kurzen Periode Ende des achtzehnten und Anfang des neunzehnten Jahrhunderts, als der Staat sich die Insel aneignete und sie an eine Schauspielerin der Comédie Française verkaufte.

Ich kichere entzückt, als er erwähnt, dass sie einer Schauspielerin gehört hat. Mlle Alziary de Roquefort war laut Michel eine Freundin des Malers Fragonard. Ich würde schrecklich gern mehr über sie erfahren. War sie so bezaubernd wie ihr exotischer Name vermuten lässt?

1869 wurde die Insel an die Zisterzienser zurückgegeben – aus welchen Gründen, weiß Michel auch nicht – und seitdem bewohnen sie das Kloster wieder.

»Aber sieh es dir selbst an, wir sind da.«

Die Zisterzienser sind ein Schweigeorden. Überall hängen diskrete Hinweise, dass wir uns nur flüsternd unterhalten sollen, auf passende Kleidung achten und den Ethos der Mönche achten sollten. Merkwürdig wirkt in dieser historischen Umgebung eine öffentliche Telefonzelle, die an einer Kreuzung der von Pinien gesäumten, staubigen Pfade aufgestellt ist. Kurz darauf erblicken wir vor uns eine Gruppe von Amerikanern, ohne Hemden und nur mit Shorts bekleidet, die sich vor den Klostertoren versammelt haben, fotografieren und sich mit lauten Zurufen gegenseitig auf die Sehenswürdigkeiten aufmerksam machen. Können sie nicht lesen? frage ich mich verärgert, oder denken sie einfach nur, die Schilder würden für sie nicht gelten? Aber dann fällt mir auf, dass ja die Schilder auf Französisch sind und vielleicht verstehen sie nur einfach die Sprache nicht.

Vor den Klostermauern säumen hohe Palmen den Weg. Sie hängen voller Trauben mit dunkelroten Früchten. Auch Agapanthus und Ficus Indica-Kakteen, die so hoch wie Bäume sind, stehen in den Blumenbeeten. Auch sie sind voller terrakottafarbener, reifer Früchte.

In das Kloster und die Klosterkirche gelangt man durch Eisentore, die von blühender Bougainvillea überwuchert sind. Auf einem Eckstein ist eingraviert, dass der heilige Patrick hier unter Anleitung von St. Honorat studiert habe, bevor er nach Irland gezogen ist. Als irische Katholikin amüsiert mich diese Information. Patrick ist in Irland gelandet und ich hier.

Der Klosterladen wird von zwei ältlichen Damen geführt, von denen eine uns Lavendelöl sowie ein Kilo-glas Rosmarinhonig verkauft. Im Hintergrund ertönen leise gregorianische Gesänge, die man auf CD erwer-ben kann. Die Amerikaner betreten den Laden. Sie kaufen zahlreiche Flaschen des Klosterlikörs. Einer der Männer schraubt eine Flasche sofort auf und trinkt durstig einen Schluck. »Jesus!«, dröhnt er. »Ganz schön stark, das Zeug!« Die Flasche wandert von einem zum anderen und wird geleert.

Die beiden Damen sehen verwirrt zu. Eilig verlassen wir den Laden.

An der äußersten Spitze der Insel steht das befestigte Kloster. Wettergegerbt, einsam, trotzig. Ein hohes stren-ges Monument aus großen Steinblöcken über dem Meer.

Der Ort ist windumtost, was den zarten Pfirsichton des Steins noch bezaubernder macht. Aus den Mauern unten am Wasser sprießt Meerfenchel, und rote Blu-men drängen sich durch die Ritzen. Hier, an der offe-nen Küste, schlagen die Wellen unermüdlich und mit gewaltiger Kraft an die Felsen. Für fünfzehn Francs pro Person kaufen wir unsere Eintrittskarten zu der Ruine bei einer einsamen Studentin, einem blonden Mäd-chen, das friedlich auf einem rostigen Eisenstuhl sitzt und liest.

Während wir die Treppen hinaufgehen, schaue ich mich neugierig um und werfe verstohlene Blicke auf die Quartiere des Klosters, in denen die Mönche leben. Kein Mönch ist in Sicht. Was hatte ich denn erwartet? Dass sie um die Ecke spähen wie neugierige Nachbarn? Ich bin entsetzt darüber, wie schmutzig ihre Fenster sind, bis ich merke, dass die Entfernung mich ge-täuscht hat. Es sind lediglich die gleichen dunklen Moskitonetze, wie wir sie auch bei unserem Haus vor-gefunden haben. Alles hier ist still. Ich stelle mir vor, wie einsame Mönche ins Gebet versunken in ihren Zellen knien, und die Tiefe der spirituellen Reflektion, die Andacht, die hinter diesen Mauern gepflegt wird, fasziniert mich. Das sind Geheimnisse, zu denen ich keinen Zugang habe. Ein solches Leben werde ich nie führen. Der Zisterzienserorden wurde am Ende des elften Jahrhunderts gegründet, um zu einem strengeren, disziplinierteren Gehorsam Gott gegenüber zurückzukehren. Die Regel des heiligen Benedikt, des Ordensgründers, rät *Ora et labora*, bete und arbeite. Spricht man es laut aus, hört es sich eigentlich ganz einfach an.

Ich wende meine Aufmerksamkeit wieder dem befestigten Kloster zu. Wie anders es hier auf der Insel gewesen sein muss, als es gebaut wurde, um seine Bewohner gegen räuberische Sarazenen zu schützen. Innen gibt es wenig zu sehen abgesehen von den Mauern, die aus dem elften und zwölften Jahrhundert stammen. Der Kapitelsaal ist ein dunkler, modriger Raum mit kaputten Holzstühlen und einem gesprungenen Holzbild von der Muttergottes mit Kind. Es gibt ein paar schöne Säulen aus Marmor und Stein und eine Marmortreppe, aber alles in allem besteht die Majestät des Gebäudes lediglich in der atemberaubenden Aussicht. Leider kann man sie nur selten genießen, weil die meisten Öffnungen verschlossen wurden. Warum man das wohl gemacht hat? Damit sich Touristen nicht zu Tode stürzen? Oder um die Mönche, die ihre selbst gewählte Einsamkeit nicht mehr ertragen können, davon abzuhalten, Selbstmord zu begehen?

Vom *salle du chapitre* wandere ich zum *cloître du travail*. Mitten darin steht etwas, was ich zuerst für ein Taufbecken halte, bis ich hineinblicke und entdecke, dass es ein tiefer Brunnen ist. Zunächst vermute ich, dass er Meerwasser enthält, aber das bezweifle ich dann doch. Er sieht so still und ruhig aus. Ich blicke mich nach Michel um, aber er ist nirgends zu sehen.

Schließlich finde ich ihn vor den Tafeln mit den historischen Fakten und Daten, die innen an einer Wand hängen. 1073 wurde mit den Arbeiten an diesem befestigten Kloster begonnen. 1635 wurden die Inseln von den Spaniern besetzt und 1791 wurde die Insel in einer öffentlichen Auktion an die Schauspielerin Marie-Blanche Sainval verkauft, in deren Besitz es bis 1810 war. Und wer war dann Alziary de Roquefort? Vielleicht war diese exotische Schöpfung ihr Künstlername. Natürlich musste sie dann den Kaufvertrag mit Marie-Blanche Sainval unterschreiben, aber ich denke doch lieber als Alziary an sie. In meiner Vorstellung war sie eine lebhafte, temperamentvolle Rothaarige; *une femme d'un certaim age*. Der Himmel weiß warum.

Im obersten Stockwerk betreten wir den Gebetsbereich, *le cloître de la prière*, dessen Mauern aus dem zwölften und dreizehnten Jahrhundert stammen. Man hat also hundert Jahre gebraucht, um ein weiteres Stockwerk zu bauen. Im gleichen Stock befindet sich auch die Chapelle St Croix, die 1088 geweiht wurde. Das bringt meinen Sinn für Logik durcheinander.

In der Kapelle stehen Holzbänke vor dem Steinaltar, über dem ein Gemälde von Christus am Kreuz hängt. Wieder lädt die Umgebung zur Kontemplation ein. Also setze ich mich auf eine Bank und lausche dem Rauschen der Wellen, die drei Stockwerke unter mir gegen die Felsen donnern. Ich blicke zum offenen Himmel. Die Bläue ist beruhigend und erfrischend, visueller Balsam.

Unsere Schritte hallen von den Wänden wider, als wir die schmale Wendeltreppe zum Turm hinaufsteigen. Von dort haben wir eine herrliche Aussicht in alle Richtungen.

»Gott hat seine Propheten immer auf Berge steigen lassen, wenn er mit ihnen sprechen wollte. Ich habe mich oft gefragt, warum er das getan hat, aber jetzt kenne ich die Antwort. Wenn wir hoch oben sind, erscheint alles andere klein.« Das hat der Schriftsteller Paulo Coelho geschrieben, der seine Jugend in einem Priesterseminar verbracht hat und mit dem ich einmal in Rio zu Abend gegessen habe. Alles andere ist klein, ja, sogar man selber. Wo könnte man Gott näher sein?

Die leichte Brise in dieser Höhe ist sehr willkommen. Ich trete ans Metallgeländer. Obwohl ich normalerweise nicht unter Höhenangst leide, läuft mir beim Anblick der Felsen im Wasser ein eisiger Schauer über den Rücken. Und doch würde ich am liebsten ins Meer springen und mich dort tummeln.

»Eine tolle Location für einen Film«, bemerke ich und blicke über das Mittelmeer zu den fernen Hügeln der Provence. Im Gemüsegarten der Mönche stehen zwei Solarzellenanlagen.

»Wenn du hier leben würdest, würde es dir dann gefallen, wenn eine Filmcrew in diese Ruhe einbräche? Das wäre doch fast das Gleiche wie ein Überfall der Sarazenen.« Die Uhr auf dem mit Terrakottaziegeln gedeckten Turm läutet zwölf Mal. »Wir sollten weitergehen.« Lächelnd nicke ich.

Unser Spaziergang über die Insel ist herrlich romantisch. Wasser leckt an unseren Füßen und wir ziehen unsere Schuhe aus, damit sie nicht nass werden. Fische, so groß wie Lachse, gleiten unter Felsen und spielen Verstecken mit unseren Schatten. Wir klettern von der nach Eukalyptus duftenden Bucht in den lavendelfarbenen Schatten, graben unsere Zehen in den Sand, jagen Miniaturkrabben, halten uns an den Händen, berühren uns. Wir bleiben stehen, küssen uns, lecken uns das Salz von der Haut. Heute sind wir im Paradies.

Der Rundgang um die Insel ist ungefähr drei Kilometer lang und mit einer Pause zum Schwimmen brauchen wir etwas weniger als anderthalb Stunden. Wir hatten eigentlich vorgehabt, nackt zu baden, oder zumindest war das meine Absicht gewesen, weil ich es immer tue, wenn sich die Gelegenheit dazu bietet. Aber obwohl hier kein einziger Mönch zu sehen ist, werde ich das Gefühl nicht los, dass sie uns sehen können. Offenbar ist ihre Spiritualität allgegenwärtig.

Die Insel atmete Frieden und Harmonie. Das rhythmische Geräusch des Wassers, das leise Schlagen ferner Segel, der Wind und das Zwitschern der Vögel. Möwen und Schwalben gleiten über den Himmel, Sperlinge zirpen wie winzige Glasglocken und ein strahlend blauer Kolibri sirrt an uns vorbei. Die Schauspielerin aus Paris fällt mir wieder ein und ich denke über die siebzig Jahre nach, als die Insel nicht in den Händen der Mönche war. Hat Mlle de Roquefort Künstler und Freunde hierhin eingeladen, damit sie sich mit ihr an der Schönheit der Natur freuen konnten? Hat sie die Schwingungen gespürt, die Jahrhunderte von Gebet und Meditation hier zurückgelassen haben? Vielleicht hat Alziary ja auch davon geträumt, aus St. Honorat das zu machen, was wir so gerne aus Appassionata machen wollen? Unseren Dschungel roden und ihn wieder so nutzen, wie er ursprünglich gedacht war, als Olivengut. Ihr Gut wäre natürlich weit größer gewesen als unseres. Es gibt Weinfelder auf dieser Insel, süß duftende Lavendelfelder und Bienen zur Honigproduktion. Ob diese Insel wohl ihre Zuflucht war, ihre Flucht vor der Welt des Dramas und der Illusion? Kannten die Leute in Cannes Alziary (oder Marie-Blanche) überhaupt? Haben sie entsetzt die Augen verdreht, als sie hier ankam? Schauspieler! Hat sie das gleiche Interesse erregt, das zum Beispiel Catherine Deneuve zuteil geworden wäre, wenn sie die Insel kaufen würde? Das bezweifle ich, aber trotzdem mache ich mir im Geiste eine Notiz, mehr über diese Dame herauszufinden, die einfach das Eigentum der Mönche erworben hat. Ob sie, genauso wie ich, von einem anderen Leben träumte. Hat die Liebe sie in den Süden verschlagen? Lassen sich so ihre zwei unterschiedlichen Namen erklären?

»Wenn wir aus Australien zurück sind, möchte ich noch einmal hierher kommen und auf dieser Grasbank am türkisfarbenen Wasser picknicken.«

In Gedanken bin ich wieder bei der Schatzsuche, als die Fähre uns in Ste Marguerite zum Mittagessen ablädt. Wir haben Hunger und gehen eilig an Land.

»Das Restaurant ist direkt dort drüben.« Michel zeigt auf eine weiß gestrichene Veranda mit Blick aufs Meer ein paar hundert Meter entfernt. Dahinter stehen ein halbes Dutzend Häuser mit türkisfarbenen oder blasslila Fensterläden zwischen Bäumen versteckt. Wieder wird mein Blick von der königlichen Festung auf dem Hügel angezogen, die ich bis vor einem Moment völlig vergessen hatte.

»Mittagessen!«, grinst Michel.

Aber das Restaurant hat leider geschlossen, und unschlüssig stehen wir auf der Straße und überlegen, was wir tun sollen. »Es gibt noch eins«, sagt Michel. »Ich habe leider den Namen vergessen. Am Strand hinter dem Fort. Wir müssen den Hügel hinauf und dann auf der anderen Seite wieder hinunter. Es ist nicht weit, aber wir sollten uns beeilen, es wird langsam spät. Wir können es oben vom Hügel schon sehen, und wenn es auch geschlossen ist, dann gehen wir erst gar nicht hinunter. Sie halten die Lokale oft nur während der Saison geöffnet.«

Wir laufen los und kommen an dem verfallenen Gebäude vorbei, das ich heute früh schon vom Schiff aus gesehen habe. Auf einem verwitterten Schild steht »Hotel du Masque de fer«. Das Hotel zur eisernen Maske. Ein faszinierender Name. Ich trete an die hohen Glastüren und spähe hinein, überzeugt, dass es leer ist. Aber drinnen geht eine untersetzte Frau mit gebleichten Haaren durch einen schwach beleuchteten Speisesaal mit hoher Decke. »Da ist jemand.«

Michel will unbedingt zu dem Restaurant. Er streckt die Hand nach mir aus. »Wir können es uns später ansehen.«

»Ich glaube, es hat auf. Vielleicht gibt es ja hier etwas zu essen.«

Er tritt neben mich und späht ebenfalls hinein. »Willst du hier wirklich essen?«

Verfallene Gebäude ziehen mich magisch an. »Lass uns doch mal fragen.«

Wir öffnen die Tür und hinter einem uralten Pizzaofen tritt ein alter Mann hervor. Zuerst ist er zögerlich und erklärt uns, es gäbe kein Essen mehr, aber als wir uns schon zum Gehen gewandt haben, fährt er fort: »Wenn Sie jedoch mit dem Wenigen, was ich habe, vorlieb nehmen wollen, dann kann ich …« Das Haus ist mehr als schäbig, aber es wirkt so pittoresk. Wir bestellen die Pizzas, die er vorschlägt, dazu einen Salat und einen Rosé, der, wie unser Gastgeber erzählt, aus St. Honorat kommt. Perfekt. Dann setzen wir uns an einen der Tische am Fenster und blicken auf die Bucht. Die Aussicht auf den Strand von Cannes ist überwältigend. Unser Wein kommt.

»Wenn wir nicht schon Appassionata gefunden hätten, dann würde dieses Haus hier auch eine Herausforderung bedeuten. Zwar kein Gut, aber … Warum heißt es eigentlich Hotel zur eisernen Maske?«

»Weil in dem Fort auf dem Hügel Verliese sind und in einem solchen unterirdischen Verlies hat man den Mann mit der eisernen Maske gefangen gehalten.«

Meine Augen werden so groß und rund wie die Pizzas, die gerade gebracht werden. »Die Romanfigur von Alexandre Dumas?«

»Seit dreihundert Jahren lassen sich Schriftsteller von ihm inspirieren.«

»Er hat wirklich gelebt? Das wusste ich nicht.«

»Man hat ihn hier elf Jahre lang gefangen gehalten und nicht ein einziges Mal wurde sein Gesicht enthüllt.«

»Erzähl mir von ihm. *Bon appétit.*«

»Es heißt, er war der Zwillingsbruder oder der uneheliche Halbbruder von Louis XIV.«

»Also hat Louis XIV. ihn einsperren lassen? Wie enttäuschend. Ich habe immer geglaubt, er sei ein guter König gewesen. Schließlich war er verantwortlich dafür, dass der Botaniker Plumier auf die Suche nach neuen Pflanzenarten geschickt und dass das Rhônetal gesäubert wurde. Ohne ihn hätten wir keine *Magnolia Grandiflora*.«

»Was war mit der Rhône?«

»Der Fluss versandete langsam. Wegen der Pest wurden ganze Städte ausgelöscht. Viele der Städte am Fluss waren nur noch kleine, fieberverseuchte Weiler, also hat Louis eine Untersuchung der Region angeordnet und danach hat er beschlossen, die Uferbefestigungen zu verstärken. Ich habe ihn deswegen eigentlich immer ziemlich bewundert. Dann hat er also seinen Bruder hier eingesperrt, was?«

»Es gibt viele Theorien. Manche behaupten auch, der Mann mit der Maske sei Molière gewesen. Andere meinen, es sei eine als Mann verkleidete Frau gewesen. Sicher scheint jedoch zu sein, dass er berühmt war.«

»Warum?«

»Das ist Logik. Warum sollte man sich sonst so angestrengt bemüht haben, sein Gesicht zu verstecken? Als er in der Bastille in Paris eingesperrt war, durfte noch nicht einmal sein Arzt sein entblößtes Gesicht sehen.«

»Wie hat er sich rasiert?«, frage ich. Unsere Wasserkaraffe wird gebracht und ich schenke uns ein, ganz fasziniert von der geheimnisvollen Persönlichkeit.

»Il vous plaît, le déjeuner, Monsieur, Madame?«

»Köstlich, danke.« Wir nicken begeistert, obwohl das Essen eigentlich kaum mehr als mittelmäßig ist. Der Teig ist ziemlich durchweicht und der Salat, der in einer angeschlagenen Schüssel angerichtet ist, sieht so lebendig aus wie das Seegras, das auf der anderen Insel am Strand angespült worden war. Aber eigentlich ist es uns egal. Wir verbringen einen wundervollen Tag und Michel weiß, dass er mit seiner Geschichte meinen Appetit geweckt hat. Auf einmal fällt mir ein, dass ich ja auch von diesem Hotel ohne Gäste fasziniert bin.

»Ist das Hotel geschlossen?«, frage ich unseren Gastgeber.

»Es soll verkauft und in ein prächtiges neues Carlton mit einem kleinen Hafen für Privatyachten umgebaut werden«, erwidert Monsieur und blickt sehnsüchtig nach Cannes hinüber. Mein Herz sinkt, als ich mir das Ergebnis vorstelle. »Es gibt nur ein kleines Problem«, fügt er hinzu.

»Und welches?«

»Die Bewohner der Insel haben eine Petition unter-

schrieben. Sie wollen verhindern, dass ich eine Genehmigung für einen Helikopterlandeplatz bekomme.«

Klug von ihnen, denke ich, sage aber nichts. In diesem Augenblick öffnet sich die Tür und ein großer,
dunkelhaariger Herr Anfang vierzig in einem Cerruti-
Anzug und glänzenden italienischen Lederschuhen
tritt ein. Er ist in Begleitung von acht oder neun anderen Männern, offensichtlich Bodyguards, wie es aussieht. Der Hotelbesitzer verlässt uns sofort, schlurft
durch den Raum und macht fast einen Kniefall vor
dem Neuankömmling. Aus irgendeiner dunklen Ecke
taucht auch Madame auf und begrüßt ihn genauso so
beflissen. Wir sind hingerissen. Tische werden zusam-
mengeschoben und Stühle gerückt. Papiertischdecken
werden ausgebreitet und mit den Händen glatt gestrichen. Weinflaschen werden herbei geschleppt. Rosé,
Rotwein, Weißwein, gefolgt von Schüsseln voller Oliven und aufgeschnittener *saucisson*. Auberginen in Öl
und Kräutern werden auf den Tisch gestellt. Karaffen
mit Wasser und Gläser gelangen fast wie von selber aus
der Küche dorthin. Nichts macht zu viel Mühe für die
Männer, die mit Appetit essen und trinken. Uns hat
man völlig vergessen. Alles dreht sich um den Dandy,
der mich an einen zweitklassigen Filmstar erinnert:
alles was er tut, jede Geste, die er macht, kommt mir
einstudiert und übertrieben vor.

»Ob das wohl die lokale Mafia ist?«, flüstere ich Michel zu, wobei ich hoffe, dass das stimmt und ich vielleicht irgendwelche grässlichen Gespräche über die
Korruption hier belauschen kann. Ich beobachte den
Mann aufmerksam, wobei ich versuche, diskret zu
sein, was mir aber nicht gelingt. Wie gebannt präge ich
mir seine manierierten Gesten ein, vielleicht kann ich
sie ja später auf der Bühne einmal wiedergeben: die

Art, wie er sich ständig die öligen Haare zurückstreicht oder seine Manschetten zurecht zupft, die Tatsache, dass er seinen Wein nie anrührt, selbst wenn ein Toast ausgesprochen wird. Er hebt das Glas an die Lippen, trinkt aber nichts, sondern stellt es wieder zurück. Immer auf der Hut, denke ich und in diesem Moment blickt er in unsere Richtung und gestattet sich ein leichtes Kopfnicken. Er merkt, dass wir ihn beobachten und sonnt sich offenbar in der Aufmerksamkeit, die er erregt. Michel will jetzt gehen, weil er das Fort und die Kerker besichtigen will, aber ich kann mich von dieser *commedia*, die sich vor unseren Augen abspielt, nicht losreißen. Und wir haben sowieso keine andere Wahl. Der *patron* hat uns so gründlich vergessen, dass die anderen Gäste ihre Mahlzeit beendet haben und bereits aufbrechen, während wir immer noch auf unsere Rechnung warten.

Der Besitzer und seine Frau stehen geduldig da wie Hunde, die auf eine Belohnung warten. Der Kunde schüttelt ihnen die Hand und bedankt sich bei ihnen. Sein Lächeln wirkt wie in einer amerikanischen Fernsehserie und auch seine Zähne sind genauso perfekt. Die beiden verbeugen sich und danken ihrem geschätzten Gast, dass er sich die Zeit genommen hat, bei ihnen zu essen. Dann schütteln alle anderen Männern dem alten Mann und seiner Frau die Hand und schließlich sind alle verschwunden. Zufrieden machen sich unsere Gastgeber daran, den Tisch abzuräumen. Jetzt endlich kann Michel ihre Aufmerksamkeit auf sich ziehen und um die Rechnung bitten. Ohne ein Wort der Entschuldigung nickt Monsieur und schlurft davon, um sie fertigzumachen.

»Hast du das gesehen?«
»Was?«

»Die Typen haben nichts bezahlt.«

Michel grinst mich an. »Du hast Recht. Vielleicht haben sie ein Konto hier.« Wir müssen beide kichern. Als der Hotelbesitzer wiederkommt, kann ich nicht widerstehen, ihn zu fragen, wer denn der große, gut angezogene Herr gewesen sei. Unser Gastgeber blickt uns stolz an, als er erwidert: »*Mais, c'est Michel Mouillot.*«

Unisono erwidern wir: »*Qui?*«

»Er wird der nächste Bürgermeister von Cannes und er hat mir die Baugenehmigungen versprochen, die wir brauchen. Mit den Genehmigungen können wir einen viel besseren Preis für das Hotel erzielen.«

In der Ferne die dunstigen blauen Hügel. Gesättigt und in der Absicht, unser kleines Abenteuer fortzusetzen, schlendern wir Hand in Hand in der Nachmittagssonne den grünen Hügel hinauf. In Gedanken sind wir wieder bei dem Mann mit der eisernen Maske.

»Victor Hugo hat von ihm gesagt: ›Der Gefangene, dessen Name niemand weiß, dessen Gesicht nie jemand gesehen hat, bleibt ein lebendes Geheimnis, schattenhaft, rätselhaft und problematisch.‹«

»Wie mag er wohl im Gefängnisregister beschrieben sein?« Mein Blick fällt auf ein schönes altes Boot. Man hat es für die Winterreparaturen auf den Strand gezogen, der direkt unter uns liegt. Vier majestätische Palmen umstehen es wie Wachen. Wir bleiben einen Augenblick stehen, um wieder zu Atem zu kommen und die Aussicht zu genießen.

»Wenn der unbekannte Gefangene wirklich eine Frau gewesen wäre, dann hätten das Gefängnispersonal und auch der Arzt in Paris das bestimmt herausgefunden. Ich glaube, diese Hypothese ist ein bisschen weit hergeholt, aber es würde mich doch interessieren, wie er gegessen und sich rasiert hat. Wenn die Maske abgenommen werden konnte, dann muss jemand den Schlüssel dafür gehabt haben. Also muss zumindest einer über seine Identität Bescheid gewusst haben. Heutzutage würde er seine Geschichte bestimmt an eine Illustrierte verkaufen.«

Wir erreichen die Mauern der Festung. An einem Holzhäuschen hängt das Schild »*Billets*«, aber es ist geschlossen. Die Saison ist vorbei. Wir gehen einfach weiter, über eine gepflasterte Straße, an der Reihen zweistöckiger, verwitterter Steinhäuser mit roten Fensterläden stehen, und gelangen an einen offenen Platz, auf dem die Eidechsen das einzig Lebendige sind. Anscheinend sind wir hier völlig allein. Die Ansiedlung wirkt wie aus einer anderen Zeit und völlig verlassen, aber ich spüre trotzdem, dass sie bewohnt ist.

»Wofür wird dieser Ort heute genutzt?«

Unsere Schritte hallen. Die Luft ist klar und rein und das Licht scharf. Der Wind trägt Geräusche vom Meer herüber, Vogelgeschrei.

Michel weiß es nicht. Wir kommen zu einem Schild, das uns zu einem ozeanographischen Museum weist. Dort sitzt hinter eine Tisch voller Prospekte eine Frau mit einer Brille auf einem Stuhl und strickt. »Es tut mir Leid, wir haben geschlossen.«

»Können wir nicht rasch mal einen Blick hineinwerfen?«, bitte ich sie, aber sie schüttelt nur unerbittlich den grauen Kopf.

»Können Sie uns denn dann wenigstens zu den Kerkern führen?«

»Sie sind auch nicht offen. Sie werden nur selten für die Öffentlichkeit geöffnet. Für gewöhnlich nur für Gäste.«

»Gäste?«

Mit steinernem Gesicht wendet sie sich wieder ihren Stricknadeln zu und antwortet nicht. Jetzt sind wir nicht klüger als vorher. Mir fällt plötzlich die Figur ein, die dauernd strickt … in welcher Geschichte war das nur? *The Scarlet Pimpernel?* Wir treten den Rückzug an und hören plötzlich Musik, das Hämmern entfernter Rockmusik. Ich bin dankbar für die normalen Töne.

»Hörst du das?«

Wir beschließen, uns auf die Suche danach zu machen und gelangen in einen riesigen Garten mit gelbblühenden Alpenpflanzen und süßduftenden Kräutern. Ein angenehmer Anblick in dieser trockenen Landschaft, und doch spüre ich eine ungreifbare Gefahr, die mich umschließt und der ich mich nicht entziehen kann.

»Die Musik kommt bestimmt von einem Radio oder einem Kassettenrecorder.«

Die Gitarrenklänge führen uns zu einer Sackgasse. An ihrem Ende ist nur eine verfallene Mauer und Gras. Verwirrt blicken wir uns um. Woher kommen die Töne nur? Wir drehen um und wandern, immer noch innerhalb der Mauern der Festung, durch eine breitere Gasse, parallel zum Museum. Dort gelangen wir zu einer Holztür, die uralt aussieht. Ich drücke dagegen, aber sie ist verschlossen. Mit weißer Farbe hat jemand daraufgeschrieben: »*Plongée*«.

»Hier muss irgendwo eine Tauchstation sein.« Die Musik ist immer noch zu hören, bleibt aber quälend und unerklärlich fern. Wir laufen der geisterhaften Melodie hinterher und kommen nur von einem leeren Haus zum anderen. Obwohl der Ort verlassen wirkt, habe ich das Gefühl, dass wir beobachtet werden. Plötzlich steigt eine ganze Wolke kleiner dunkler Vögel, Spatzen wahrscheinlich, wie aus dem Nichts auf und löst sich wie Rauch am klaren, blauen Himmel auf. Ich zucke bei der unerwarteten Bewegung zusammen und beginne zu zittern.

Als ich Michel gegenüber mein Unbehagen erwähne, legt er nur lächelnd den Arm fester um meine Schultern. Er hat sich mittlerweile an meine dramatischen Interpretationen, die man vielleicht auch als meinen sechsten Sinn bezeichnen könnte, gewöhnt.

Links von uns steht eine mächtige Eisenkanone. Sie zielt über die Mauern der Festung aufs offene Meer. Als sie noch im Einsatz war, konnte sie unwillkommene Gäste bestimmt aus dem Wasser pusten und mit ihren Kugeln in Stücke reißen. Ich lehne mich über die Mauer und sehe Gräser und Farne, die aus den verwitterten Steinen wachsen. Das Meer liegt ruhig in der Sonne, nur wo sich die Wellen an den Felsen brechen, tost es unaufhörlich, als ob wir in einem Sturm wären. »Es sieht so aus, als gäbe es dort unten einige gefährliche Strömungen.«

Weiter unten stehen windgepeitschte Bäume mit verkrümmten Ästen und auf den Felsen wachsen überall Gräser. Hier oben jedoch gibt es kaum Vegetation. Ich beuge mich noch ein bisschen weiter vor und sehe einen offenen Spalt in der felsigen Mauer unter mir. »Sieh mal, das ist bestimmt eins der Kerkerfenster.« Es ist so schmal, dass nicht einmal ein Kind hindurchkäme. Von hier kann man nicht fliehen. »Wie viele Jahre war der geheimnisvolle Mann hier eingesperrt, hast du gesagt?«

»Elf.«

Ich denke darüber nach. Während die Mönche freiwillig bei Arbeit und Gebet auf der Nachbarinsel eingesperrt waren, wurde ein anderer Mann hier gefangen gehalten und sogar seiner Identität beraubt. Eingesperrt in eine dunkle Zelle, in die nur durch einen Schlitz frische Luft drang. Mitleid für dieses unbekannte menschliche Wesen, das seit drei Jahrhunderten Schriftsteller und Filmemacher inspiriert hat, überwältigt mich. Wie mag er die Einsamkeit ertragen haben? Ob er wohl bei einem Mönch von der Nachbarinsel die Beichte ablegen durfte? Hat er die Mönche gebeten, ihn in ihre Gebete einzuschließen, ihm zu helfen, die Last zu tragen, die sein Leben für ihn geworden ist? Mir geht durch den Kopf, dass es auch heute noch in vielen Teilen der Welt solche barbarischen Strafen gibt.

»Vielleicht hat der arme Kerl ja auch irgendein grässliches Leiden gehabt und man hat ihn eingesperrt, weil er sich nicht in der Gewalt hatte, wie den Elefantenmenschen, weißt du?«, sage ich.

»Willst du nicht eine Geschichte schreiben, die hier spielt?«

Ich lache über Michels Vorschlag. »Ich glaube, das haben schon talentiertere Autoren als ich getan.«

»Nein, eine moderne Geschichte. Eine Fernsehserie für Kinder. Wenn du sie teilweise hier spielen lässt, kannst du von zu Hause aus arbeiten. Schreib für dich auch eine Rolle hinein und dann kannst du zwei Mal von zu Hause aus arbeiten.«

Mit dieser Karotte fängt er mich. Ich überlege, wie viel Arbeit und Zeit es erfordern wird, unser Olivengut zu restaurieren. Wenn erst einmal die Renovierung angefangen hat, wird einer von uns beiden regelmäßig hier sein müssen.

»Siedle die Geschichte zwischen Deutschland, England und Frankreich an. Dreizehn Episoden, bitte.«

Ich lächele ihn an. »Dann waren wir also auf der Jagd nach einer Geschichte?«

»Ja. Wenn es dich inspiriert hat. Aber selbst wenn

134

nicht, dachte ich mir, dass dir die Inseln gefallen werden.«

Das haben sie auch. Aber diese Insel hier hat mich ganz besonders fasziniert. Und verängstigt. Und, ja, mich auch inspiriert.

Mit der letzten Fähre, die die Insel um sechs Uhr verlässt, fahren wir zurück. Während der kurzen Überfahrt wird das Licht unter dem hellblauen Himmel durchsichtig. Die Wolken sehen aus wie weiße Muster auf Teetassen. Die italienischen Farben der Häuser an der Küste … Meine Gedanken werden vom Schrei eines kleinen Mädchens unterbrochen, dem gleich darauf eine aufgeregte Männerstimme folgt. »Regardez, là-bas!«

»Où?«

»Dans la mer!«

Ich fürchte schon, dass ein Kind über Bord gegangen ist. Als wir uns umdrehen, sehen wir die Mannschaft und die wenigen Passagiere, die mit uns auf dem Schiff sind, an der Reling stehen und aufgeregt auf etwas zeigen.

Was ist da los? Rasch gehen wir hinüber und mir krampft sich der Magen zusammen beim Gedanken an den Anblick, der sich mir möglicherweise bietet. Keine zwanzig Meter von der Fähre entfernt springt ein schlankes, graues Geschöpf im ruhigen Meer. Und dann noch eins. »Dauphins!« »Oui, ce sont les dauphins. Regardez comme ils jouent.« Eine Gruppe von Delphinen begleitet das Schiff und übernimmt dann die Führung, als wollten sie uns zur Küste bringen. Einer von ihnen bricht aus der Gruppe aus, reitet auf einer Welle, wobei er sich so dreht, dass er uns seinen dicken, weißen Bauch zeigt, und springt dann wieder kopfüber ins Wasser. Was für ein Anblick! Die schiere Lebensfreude!

Während ich den mythischen Geschöpfen zuschaue, erzähle ich Michel die Geschichte eines außergewöhnlichen Amerikaners, Charlie Smithline, den ich vor vielen Jahren in der Karibik kennen gelernt habe. Bei ihm habe ich Tauchen gelernt und wir sind häufig zusammen mit Flaschennasen-Delphinen getaucht, die normalerweise Menschen nicht so nahe an sich heranlassen. Aber Charlie kannten sie und sie vertrauten ihm.

Einer der Delphine beschleunigt und dreht sich zu uns um. Er sieht uns an und dann springt er hoch in die Luft und biegt sich wieder ins Wasser.

»Seht ihn euch an!«

»Sie können mit einer Geschwindigkeit von dreißig oder vierzig Meilen pro Stunde aus dem Wasser springen«, erklärt der Kapitän uns.

Das verblassende Licht spielt auf Michels Gesicht. Er sieht belebt und entspannt aus. Lachend wirft er den Kopf zurück. Ich lache auch. Um uns herum applaudieren die Leute. Kameras werden gezückt. Selbst die Mannschaft und unser alter, erfahrener Fährenkapitän sind fasziniert. Es ist unmöglich, beim Anblick dieser Geschöpfe keine Freude zu empfinden. Jeder Sprung bezaubert einen, da er aus reiner Lebensfreude erfolgt. Was für ein Finale, mit dem die Natur den perfektesten, aber zugleich auch erschreckendsten Tag in diesem vollkommensten aller Sommer zu Ende bringt.

Eine haarsträubende
Erwerbung

Mit Jetlag von meinem Flug von Australien, wo ich die letzten neun Wochen verbracht habe, lande ich in London. Die Stadt ist im Einkaufsfieber und die Temperatur scheint um den Gefrierpunkt zu liegen. Die Buchmacher nehmen kurzfristig Wetten an, ob es weiße Weihnachten gibt oder nicht. Nach der glühenden Hitze Australiens und den anstrengenden Dreharbeiten möchte ich nur noch sofort aus der Stadt heraus und in den Süden in die Villa fahren. Unser erstes Weihnachten möchte ich zu Hause verbringen. Wochenlang habe ich von meiner Hotelterrasse aus auf den pazifischen Ozean gestarrt, immer das Drehbuch vor mir, mich nach Michel gesehnt, der wieder in Paris war, und die Surfer beobachtet. Und die ganze Zeit über habe ich von gegrilltem Truthahn über offenem Feuer geträumt. Die einzige Wolke, die dieses mentale Idyll trübte, war die Tatsache, dass wir immer noch nicht die rechtmäßigen Besitzer des Hauses sind, und langsam werden wir beide äußerst misstrauisch. Der Kauf geht nicht glatt vonstatten, und während wir warten und uns Sorgen um das Geld machen, das wir bereits investiert haben, sinkt der Pfundkurs in den Keller.

Nach dem, was wir in Erfahrung bringen können, liegt die Verzögerung am *bureau des impôts*. Die französösische Steuerbehörde stellt offenbar das Recht von M. und Mme B. infrage, über den Besitz zu verfügen, und sie stellen Nachforschungen über die Erbschaftsverhältnisse an. Die belgischen Besitzer haben über den französischen Notar ihre Verhältnisse offen gelegt und auch Briefe von der Tochter beigebracht, für die sie das Haus ursprünglich erworben haben. Offensichtlich haben sie alles Notwendige getan und jetzt können wir nur noch warten.

Falls nicht der arme, leidende M. B. sterben würde, was die Angelegenheit noch zusätzlich komplizieren würde, hat man Michel und mir versichert, dass mittlerweile alle Hindernisse aus dem Weg geräumt sind und dem Verkauf nichts mehr im Wege steht. Wir brauchen jetzt nur noch die offizielle Anerkennung des Ausländerstatus mit Wohnrecht der Belgier und dann einen Termin, an dem alle drei Parteien – der Notar, M. und Mme B. und wir – den Vertrag unterschreiben können. Da in Frankreich und Belgien nicht wie in England über die Weihnachtszeit alles zwei Wochen geschlossen ist, hat Michel jetzt den 28. Dezember vorgeschlagen. Die Sekretärin des Notars hat ihm zurückgefaxt, dass sie sich melden werden. Es wird spannend.

Spät in der Nacht nehmen wir die Fähre nach Calais. Wir fahren direkt nach Paris weiter, wo Michel ein paar Stunden in seinem Produktionsbüro verbringen muss, und dann rasen wir los, um vor dem Morgen des nächsten Tages im Haus anzukommen. Mir machen diese Nachtfahrten nicht so viel aus, weil meine biologische Uhr noch auf Sydney eingestellt ist.

Vor ein paar Tagen hat Michel einen Araber angerufen, den wir im Sommer kennen gelernt haben. Er besitzt ein provenzalisches Gartencenter – er scheint seine Finger in vielen Dingen stecken zu haben – und Michel hat ihn gebeten, uns einen Weihnachtsbaum zu besorgen. Am liebsten hätten wir eine Blautanne, aber es muss nicht unbedingt sein. Als wir weit nach Mitternacht ankommen, steht ein Baum an der Hauswand auf der oberen Terrasse. Größe und Umfang nach ist er eher für den Trafalgar Square geeignet und wir müssen einen großen Teil der Spitze absägen, bevor wir ihn durch die Terrassentüren zerren können. Lachend und schwindlig vor Erschöpfung und der Freude, endlich wieder zusammenzusein, sägen und hacken wir nachts um drei an dem Baum herum. Wir haben Christbaumschmuck von Bon Marché, dem Harrods von Paris, den ich gekauft habe, während Michel von einer Konferenz in die andere sauste. Ich schlage vor, dass wir die ganze Nacht auf bleiben, um unseren Baum zu schmücken, aber Michel empfiehlt ein bisschen Schlaf.

»Wir haben doch unser neues Bett«, erinnert er mich.

Das hatte ich ganz vergessen. Wir taumeln in unser Schlafzimmer, finden aber dort nur unsere alte Matratze, die voller Staub und Spinnweben ist. Ach, was soll's. Wir schlafen sofort ein.

Am nächsten Morgen fährt Michel zum Markt, während ich zur Telefonzelle gehe, um das Möbelgeschäft in Cannes anzurufen. Eine hochnäsige Verkäuferin teilt mir mit, dass ihr Fahrer das Bett termingerecht geliefert habe, es aber wieder mitnehmen musste, da niemand auf dem Gut war. Unsere Nachbarn Jean-Claude und Odile, die versprochen hatten, die Lieferung in Empfang zu nehmen, sind verschwunden. Wir können sie auch telefonisch nicht erreichen.

Ich entschuldige mich weitschweifig und versuche, das Problem zu erklären, aber die Verkäuferin bleibt unnachgiebig und *froide*. Die Angelegenheit entziehe sich ihrer Verantwortung, sagt sie. Sie haben ihren Teil der Vereinbarung eingehalten. Die Lieferung, die uns beim nächsten Mal vierhundert Francs kostet, kann erst im Neuen Jahr erfolgen. Der Termin, den ich ihr schließlich abringen kann, liegt Wochen nach unserer geplanten Abreise. Also kein neues Bett zu Weihnachten. Aber wir sind nicht allzu enttäuscht. Es ist so erfrischend, endlich wieder hier zu sein. Ich wandere durch die Zimmer, nehme sie wieder in Besitz und atme tief den Duft nach Pinien und Zitrus ein, der in der warmen Luft liegt. Im Kamin prasselt ein großes Feuer aus Pinien-, Eichen- und Olivenholz. In der behelfsmäßigen Küche kocht eine Suppe: ein ganzes Hühnchen in einer Brühe, die ich mit provenzalischen Kräutern, Lauch, Zwiebeln, Karotten und Lorbeerblättern gewürzt habe. Randy Crawford erschallt von einer Kassette; hohe, klagende Töne schwingen durch die fast leeren Zimmer.

Händchenhaltend schlendern wir über unser Grundstück und staunen darüber, wie das Unkraut gewachsen ist, obwohl wir es im Sommer so gelichtet hatten.

Ich blicke zum Haus. Durch die offene Terrassentür sieht man unseren hoch aufragenden Weihnachtsbaum, der mit silbernen Lichtern geschmückt ist. Auf einem Tisch steht eine strahlend blaue Vase, die ich in der Altstadt von Nizza nach einem Besuch der Matisse-Ausstellung in Cimiez erworben habe, und Michel hat die langstieligen gelben Gladiolen hineingestellt, die er heute früh auf dem Markt gekauft hat. Die Vase funkelt in der Wintersonne.

»Es gefällt mir hier so gut«, sage ich zu Michel. »Diese Kombination von Gut und Natur auf der einen Seite und dem verblassten Glanz einer vergangenen Ära andererseits.«

Meine träumerischen Gedanken werden unterbrochen von einem erstickten Schrei, der irgendwo vom Parkplatz kommt. Wir rennen hin und entdecken eine Katze in einer dunklen Ecke in einem der Ställe. Als ich näher trete, faucht sie mich warnend an. Michel drückt meine Hand und zieht mich zurück. Das feindselige Geschöpf ist klapperdürr. Eine weißrote Katze, die ihren gerade erst geborenen Wurf beschützt. Sie könnte gefährlich werden, also trete ich einen Schritt zurück und betrachte sie und ihre Jungen. Was sollen wir tun? Katzen sind gute Mäusefänger und hier gibt es viele Ratten und Mäuse – zumindest nehme ich das an, denn ich habe noch nie eine gesehen. Lediglich ihr Kot liegt auf den Terrassen und Treppen. Sollen wir versuchen, ob wir ein oder zwei der jungen Kätzchen zähmen können? Als ob sie auf meine unausgesprochenen Gedanken antworten wollte, faucht die Katze wieder böse. Nein, wir überlassen die Pelzknäuel wohl besser ihrem Schicksal. Außerdem könnte ich nach dem lieben, so sehr vermissten Henri sowieso keine Verantwortung mehr für ein Tier übernehmen.

Auf einmal fällt mir unser Teich mit dem prähistorischen Karpfen ein und in mir keimt die Gewissheit, dass die Katze dort geräubert hat. Als wir die Fische jedoch hastig zählen, sind es elf und nicht mehr sieben wie im Sommer. Wir holen zwei der ausgebauten Moskitonetze aus der Garage und legen sie über den Teich. Die streunenden Katzen sollen sich von etwas anderem ernähren.

Michel ist zum Fischmarkt nach Cannes gefahren, um Austern zu kaufen. Sie gehören zum traditionellen Essen an Weihnachten und Silvester und sind unglaublich preiswert: Für zwei Dutzend zahlt man nicht mehr als dreißig Francs. Ich sitze an meinem Schreibtisch und versuche, mich auf meine neue Geschichte zu konzentrieren, die auf den Îles de Lérins spielen soll, als plötzlich im Garten ein Auto hupt. Ich blicke aus dem Fenster. In der Einfahrt steht ein Feuerwehrauto. Besorgt eile ich herunter und werde von fünf sportgestählten, gut aussehenden jungen Männern in marineblauen Uniformen begrüßt.

»Gibt es ein Problem?«, frage ich und bemühe mich angestrengt, der Versuchung zu widerstehen, mit ihnen zu flirten. »Bonjour. *Nos meilleurs voeux.*« Jeder schüttelt mir die Hand, und dann hält ein milchgesichtiges Mitglied der Truppe mir eine Auswahl von Kalendern hin und fragt mich, welchen ich haben möchte. Eigentlich mache ich mir nichts aus Kalendern und mir gefällt keiner besonders, aber anscheinend ist das eine lokale Tradition – vielleicht muss man dafür im Gegenzug Geld zu wohltätigen Zwecken spenden? –, also suche ich mir einen aus. Die fünf gebräunten Gesichter hellen sich auf und die Männer bleiben erwartungsvoll stehen, als ich wieder die Treppe hinauflaufe, um mein Portemonnaie zu holen. Es gibt keinen festen Preis, erklären sie mir, also bestimme ich eine Summe, die offenbar ausreichend ist, denn sie schütteln mir alle noch einmal die Hand. Noch einmal äußern sie die besten Wünsche für die Feiertage, dann fahren sie wieder. Ich kehre an meinen Schreibtisch zurück. Aber nicht für lange. Dieses Mal erscheint Monsieur *le facteur* auf seinem gelben Moped. Er hupt, winkt und bleibt stehen. Wieder gehe ich hinunter und wieder muss ich mir einen Kalender aussuchen.

Da ich mein ganzes Erwachsenenleben in der Großstadt verbracht habe, bin ich nie mit Kalendern beschenkt worden. Ob es das wohl in den Dörfern und Kleinstädten in England auch gibt? Freundlich lehne ich das Angebot des Briefträgers ab und erkläre ihm: »*Merci*, aber wir haben schon einen.« Ich hatte angenommen, dass sie die Kalender alle für die gleiche Wohltätigkeitsorganisation verkaufen, aber an der Art, wie er die Stirn runzelt, merke ich schon, dass meine Antwort nicht akzeptabel ist. Bilder des triumphierenden Henri, der den korpulenten Mann und seinen Sack voller Briefe zu Fall gebracht hat, steigen vor meinem inneren Auge auf. Ich mache ihn mir besser nicht zum Feind. Blöde lächelnd suche ich mir einen weiteren Kalender aus und rase wieder nach oben, um meine Geldbörse zu holen. Leider besitze ich nur noch einen Hundert-Francs-Schein, der unseren Briefträger aber zufriedenzustellen scheint. Er wünscht mir frohe Weihnachten, steigt wieder auf sein voll bepacktes Moped und knattert davon.

Als nächstes kommen die Müllmänner. Wieder das gleiche Spiel. Nur habe ich leider jetzt kein Bargeld mehr, was ihnen überhaupt nicht gefällt, also wühle ich eilig unser Gepäck auf der Suche nach meinem Scheckheft durch. Ich nehme mir meinen Kalender, schreibe einen Scheck und winke ihnen fröhlich nach. Die drei Kalender, alle mit den gleichen Ansichten unseres Ortes, werfe ich auf den Küchentisch, dann genehmige ich mir ein Glas Wein und beginne, das Mittagessen vorzubereiten.

Michel kommt wieder, hupend und lächelnd, beladen mit frischem Salat und Clementinen aus Korsika, die noch an Zweigen mit Blättern hängen. Sie sind so verbeult und missraten, dass sie mich an kleine Ugli-Früchte erinnern. Ich drücke meine Nase an die orangegrünen Schalen und atme den würzigen Duft tief ein. »Weihnachten!«, juble ich. Ich packe ein paar Plastikdosen mit provenzalischen Oliven aus. Dunkle, fleischige

Oliven in Salzlake, andere in Öl mit Knoblauch oder Nelken. Und dann unsere Austern, ein Dutzend *chante-clairs* aus der Bretagne. Wir legen sie ganz vorsichtig in die dunkelste, kühlste Ecke unseres kleinen Kühlschranks. Am Weihnachtsabend findet traditionell das Familienessen der Franzosen statt, und da die beiden Mädchen die Feiertage bei Maman in Paris verbringen, freuen wir uns auf unser Essen *à deux*, bei Kerzenschein. Während wir die Einkäufe auspacken, erzähle ich die Geschichte mit den Kalendern. Michel, der gerade eine Flasche jungen Chablis entkorkt, lacht herzhaft und fragt: »War die Polizei denn noch nicht da?«

Die Winterabende sind wunderbar mild. Am Himmel steht der Neumond als schmale Sichel. Ich spinne mit Michel an den Ideen für die Fernsehserie, während wir eng aneinander geschmiegt auf der Terrasse sitzen. Ich nippe an meinem Wein, während ich ihm beschreibe, wie ich mir die Protagonistin vorstelle. Der Duft nach Holzrauch liegt in der Luft. Ein Käuzchen schreit. Fledermäuse fliegen dicht an uns vorbei. Dann hören wir den fernen Ruf eines Muezzin. Die Gebetsstunde der Araber. Schweigend lausche ich.

Obwohl unser Haus und das bescheidene Olivengut in einem Bereich liegen, der als *zone verte* gilt, gibt es ganz am Ende des Tals eine Ansiedlung. Sie ist vor ungefähr dreißig Jahren entstanden, weil der damalige Stadtrat Bauunternehmern aus Marseille gestattet hat, dort für arabische Gastarbeiter zu bauen.

Obwohl es damals noch keine direkten Nachbarn gab, war der Ort in Aufruhr, weil sie das Gefühl hatten, man verletze ihre Rechte, zumal man im Südosten Frankreichs Arabern nicht gerade freundlich gegenübersteht.

Aber wir haben nichts gegen die Araber und wir lieben ihren Aufruf zum Gebet. Er weckt meine Vorstellungskraft. Ich sehe Kamelkarawanen vor mir, wie sie durch die Wüste ziehen, erlebe in Gedanken Ritte durch das mystische Arabien unter der Sichel des Neumondes. Als die Gebete verstummen, kehre ich wieder in den Süden Frankreichs zurück und freue mich auf unser köstliches Austernessen.

Wir erwachen vom fernen I-ah eines Esels – wieder ein neues Geräusch – und von Scharen kleiner, zwitschernder Vögel. Diese Wintermorgen sind prachtvoll, sanft und vom Duft der Pinien getränkt. Die Sonne steht hinter einem Dunstschleier und ist rötlich wie die Blätter im Herbst, und von der oberen Terrasse aus sieht man das silbern schimmernde Meer. Ein Winter, wie ich ihn noch nie erlebt habe. Aber die neue Jahreszeit in unserem zukünftigen Heim deckt auch Missstände auf. Das Wasser im Pool ist während unserer Abwesenheit smaragdgrün geworden. Der Beckenboden ist voller abgestorbener Feigenbaumblätter. Wir dürfen ihn nicht monatelang so vernachlässigen. Er braucht regelmäßige Pflege, sonst waren die technischen Geräte, in die wir investiert haben, herausgeschmissenes Geld. Poolpflege, schreiben wir auf unsere immer länger werdende Liste von Pflichten, die erledigt werden müssen.

Ich beschließe, doch ein bisschen zu schwimmen. Das Wasser ist so eiskalt, dass ich laut keuche. Danach renne ich wie verrückt im Garten umher. Michel kommt kopfschüttelnd vorbei und verschwindet, um Holz für den Kamin zu sammeln. Er macht monumentale Feuer, die meine eiskalte Haut versengen. Sie röhren im Kamin wie sibirische Stürme und röten meine feuchten Wangen.

Unser Winterleben findet im gemütlichen Wohnzimmer statt. Für diese Jahreszeit ist es das Herz des Hauses geworden. Stundenlang sitzen wir hier mit unseren Büchern und Laptops und ich arbeite auf Kissen am Kamin an meinem geplanten Drehbuch. Die Flammen tanzen auf unseren Gesichtern und den Wänden, von denen die Tapete herunterhängt. Die Ruhe und der Frieden, den wir in der Gesellschaft des anderen empfinden, verleihen uns viel Energie für die Arbeit, und die werden wir auch brauchen, wenn wir dieses Haus renovieren wollen. In einer romantischen Anwandlung haben wir uns in diesen Kauf gestürzt, der unter praktischen Gesichtspunkten keinen Sinn macht. Wir bedauern den Schritt nicht – noch nicht jedenfalls –, uns ist nur klar geworden, wie groß die Herausforderung ist. Und so arbeiten wir fieberhaft bis zum Nachmittag, um Geld zu verdienen.

Die Sonnenuntergänge und Abende gehören zu einer anderen Welt, die wir uns auch hier aufbauen wollen, und sie gehören uns.

Ohne Küchengeräte kochen wir unsere Weihnachtsessen über dem offenen Feuer, wie Michel es versprochen hatte. Unser Mahl ist bescheiden: Filetsteaks mit frischem Salat und neuen Kartoffeln, rund und glatt wie Kieselsteine, die ich in einem Kupfertopf auf dem Gaskocher gare. Statt Dessert gibt es Käse, Parmesan und cremigen St. Marcelin in Olivenöl mit Kräutern, und dazu tiefroten Wein. Die Hitze des Feuers, der Bordeaux und das Essen verführen uns. Kein Mahl hat je so luxuriös geschmeckt.

Der Raum duftet nach Nelken, die ich auf die Clementinen aus Korsika gesteckt habe. Sie riechen würzig und süß und rufen Erinnerungen an die Kindheit wach. Wir gehen früh zu Bett und genießen die Freuden der Liebe. Selbst unsere klumpige Matratze, die wir ins Zimmer gezogen haben, damit wir am Feuer schlafen können, kann mir diese Tage nicht verderben. Eng aneinander gekuschelt zählen wir fünf Geckos auf dem Kaminsims.

»Ob sie wohl merken, dass wir hier sind?«, frage ich Michel.

»Bestimmt. Sie sind die Wächter des Hauses und sie wachen auch über uns.«

Daran ist etwas Wahres. Immer wenn man eine Schublade aufzieht oder eine Tür öffnet, taucht ein Gecko auf, der sofort wieder in die schützende Dunkelheit huscht, aber heute haben sie sich in unserem Weihnachtszimmer zu uns gesellt.

»Ich bezweifle, dass wir jemals wieder so glücklich sein können«, flüstere ich. Wir haben die Augen geschlossen und lauschen dem Prasseln der Olivenholzscheite. Es ist ein flüchtiger Satz in einem Moment seliger Zufriedenheit ausgesprochen, aber ich hätte ihn nie sagen dürfen, denn er ist aus einer dunklen Vorahnung entstanden.

Am nächsten Morgen gelingt es Michel endlich, Mme Blancot im Büro des Notars zu erreichen. Leider jedoch sind die Unterlagen von der Steuerbehörde aus Zentralfrankreich nicht eingetroffen und außerdem hätten M. und Mme B. ihnen mitgeteilt, dass sie in dieser Zeit auf keinen Fall hierher reisen könnten. Als Michel den Hörer auflegt, lächelt er ermutigend und ich versuche, fröhlich darüber hinwegzugehen. Es wird sich schon alles lösen, versichern wir uns. Aber unsere Sorgen wachsen.

Die fruchttragenden Olivenbäume stehen zwischen Kräutern, Unkraut und Schlingpflanzen. Ihre Äste hängen voll und die Früchte verrotten. Es schmerzt mich, das anzusehen.

Ich erkläre Michel, dass wir, sobald der Kaufvertrag zustande gekommen ist, einen Fachmann anstellen müssen, der alle Bäume beschneiden muss. Wenn wir uns über den Preis einig werden, dann könnte Amar unser Mann sein. Amar ist ein Tunesier, der seit seiner Jugend in Südfrankreich lebt. Im Gegensatz zu anderen ausländischen Arbeitnehmern, die nur eine gewisse Zeit im Land verbringen und dann zu ihren Familien in Nordafrika zurückkehren, hat Amar hier geheiratet und seine Kinder sind französische Staatsbürger. Er ist ein Schlitzohr, aber er will nicht wirklich jemandem schaden. Sein Gesicht ist rund wie das eines Neugeborenen. Mit seiner dunkleren Hautfarbe erinnert er mich immer an eine polierte Kastanie. Aus diesem unschuldigen Gesicht leuchten allerdings äußerst wache Augen.

Nachdem Michel ihn angerufen hat, kommt Amar noch am gleichen Nachmittag vorbei. Wir müssen lernen, dass alle Ausländer, die in diesem Teil von Frankreich Besitz erwerben, automatisch als reich gelten und deshalb von den Ortsansässigen auch entsprechend ausgenutzt werden. Amar studiert das Grundstück ausführlich, schätzt im Stillen den Wert des Besitzes und zieht dann das zerbeulte Auto, das in der Einfahrt steht, als Zeichen für nicht so großen Reichtum ab. So berechnet er, wie weit er gehen kann, und nennt seinen Preis. Es ist eine astronomische Summe. Als er unser Entsetzen bemerkt, widerruft er sofort. »Das wäre der Marktpreis, *cher* Monsieur. Für Sie würde ich jedoch ein Sonderangebot machen.«

Michel runzelt die Stirn und schiebt mit der Schuhspitze Staub zur Seite. Er scheint sich das Angebot zu überlegen und kontert dann nach einer Weile mit einer neunzig Prozent niedrigeren Summe. Amar grinst wie ein verspieltes Kind. Das Handeln gefällt ihm. Das Ritual hat begonnen. Schließlich werden sich die beiden Männer einig: ein Fünftel der ursprünglich verlangten Summe. Sie schütteln sich die Hände, Amar trinkt einen Saft – als praktizierender Moslem rührt er Alkohol nicht an – und wendet sich dann zum Gehen. Als wir ihn zu seinem Fahrzeug begleiten, dreht er sich noch einmal lächelnd um.

»Ah, Monsieur …«

»Ja.«

»Wir haben den Weihnachtsbaum ganz vergessen.« Das haben wir wirklich. Wir entschuldigen uns.

»Ja, natürlich. Wie viel bin ich Ihnen schuldig?« Michel gräbt bereits in den Taschen seiner Jeans nach Geld, weil solche Geschäfte immer mit Bargeld beglichen werden.

Amar grinst breit und verlangt zweitausend Francs.

Jetzt ist Anfang März. Endlich bekommen wir einen Termin beim Notar in seiner Kanzlei in Grasse, um den Kaufvertrag zu unterzeichnen. Leider bin ich in England zu den Proben für ein neues Stück, das außerhalb der Stadt Premiere hat, drei Wochen auf Tournee geht und dann mindestens drei Monate lang in Londons West End aufgeführt wird. Der Termin, den Mme B. festgesetzt hat, ist ein Montag gegen Ende des Monats, der einzige Termin, den sie in diesem Jahrhundert noch frei hat. Es ist die Woche nach der Premiere in Bromley, wo ich im Moment auch probe.

»Ich kann nicht kommen«, sage ich zu Michel am Telefon. Er ist in Paris. »Ich muss dir eine Vollmacht schicken, damit du für mich unterschreibst.«

»Wäre es dir lieber, wir warten, bis ihr mit dem Stück in London seid?«

»Nein, dann würde es ja noch ein Jahr dauern, bevor das Haus uns gehört.«

»Da hast du wahrscheinlich Recht«, stimmt er mir zu. »Wir organisieren das mit einer anwaltlichen Vollmacht. Du wirst zur Französischen Botschaft in Kensington gehen müssen. Kannst du das mit deinem Probenplan vereinbaren?« Verglichen mit der Bitte um Erlaubnis, nach Frankreich fliegen zu dürfen, scheint mir eine Stunde in Kensington machbar zu sein, und ich versichere Michel, dass eine kurze Fahrt nach London sicher möglich ist.

Zwei Stunden später ruft die Sekretärin des Notars, Mme Blancot, Michel an, um ihm mitzuteilen, dass *le maître* mit diesem Arrangement nicht einverstanden sei.

»Warum denn nicht?«, stöhne ich, als Michel mich anruft.

»Weil wir nicht verheiratet sind und meine Töchter Erbansprüche haben. Der Notar besteht darauf, dass die Unterschrift an Ort und Stelle erfolgt, wenn du hier sein kannst. Mme Blancot hat mir versichert, dass er damit nur deine Interessen schützen wolle.«

»Ich verstehe. Glaubst du, du kannst Mme B. überreden, den Termin vorzuverlegen? Kannst du nicht die Woche vorschlagen, bevor ich in die Produktion gehe?«

»Das kann ich gerne versuchen, aber … *Chérie*, da ist noch etwas anderes, auf das der Notar hingewiesen hat, und was wir übersehen haben …«

»Und was?«

»Unsere *Promesse de vente* läuft Anfang April ab.«

Schlagartig fällt es mir wieder ein. Wir haben in Brüssel unterschrieben, dass wir uns verpflichten, das Haus vor dem 4. April zu erwerben. Kommt der Kaufvertrag nicht vor diesem Datum zustande, verlieren wir unsere Anzahlung sowie das Geld, das wir bereits in das Haus hineingesteckt haben. Und was noch schlimmer ist, wir verlieren auch jeden Vorverkaufsanspruch und das Haus wird wieder angeboten. Ich mag gar nicht darüber nachdenken. »Aber an den Verzögerungen sind doch nicht wir schuld. Die französische Bürokratie macht doch alle wahnsinnig.«

Aber Michel erinnert mich, dass Mme B. uns einen Termin Mitte Februar angeboten hatte, den wir jedoch nicht wahrnehmen konnten, weil wir zu der Zeit beide in Australien waren, also gelten unsere Einwände nicht. Wir laufen Gefahr, alles zu verlieren. Stumm setze ich mich in eine Ecke des verrauchten Probenraums und überlege bei einem Pappbecher mit Kaffee, welche Möglichkeiten ich habe. Wenn der Notar nicht akzeptiert, dass Michel für uns beide unterschreibt, bin ich gezwungen, nach Frankreich zu fliegen. Aber wie?

Auch die Proben laufen nicht gut. Der Regisseur ist bei der neunundfünfzigsten Zigarette an diesem Morgen angelangt. Ich fürchte, der Hauptdarsteller, der einen Psychopathen spielt – das Stück ist ein Thriller –, steht kurz davor, die Grenzen zwischen Rolle und wirklichem Leben zu überschreiten. Der andere Schauspieler (wir sind nur zu dritt), ein freundlicher, umgänglicher Kollege, macht den Eindruck, als hielte er die unkontrollierten Wutausbrüche des Hauptdarstellers nicht mehr lange aus. Wir proben erst seit acht Tagen und die beiden geraten bereits täglich aneinander. Es kann eigentlich nur noch schlimmer werden. Ich bin deprimiert und wünsche mir, ich hätte die Rolle nicht angenommen. Da es ein neues Stück ist, werden wir bis nach der ersten Aufführung in London jeden Tag proben müssen, und bis zu den ersten Rezensionen wird es umgeschrieben werden, wir werden uns auf neue Plots und neue Kulissen und so etwas einstellen müssen. Das ist bei einem neuen Stück gar nicht anders zu erwarten, aber das nützt mir nichts bei meinem Dilemma ... Und es gibt keine einzige Szene ohne mich. Der einzige Grund, warum ich im Moment nicht auf der Bühne stehe, ist eine erneute Debatte der beiden Männer.

Der richtige Zeitpunkt ist entscheidend, im wirklichen Leben wie im Theater. Ich werde einen günstigen Augenblick abpassen müssen, um mit dem Produzenten zu reden, der reizend und vernünftig ist. Ich beschließe, das Problem für den Moment aus meinen Gedanken zu verbannen und mich auf meine Arbeit zu konzentrieren.

In der Mittagspause rufe ich aus einer Telefonzelle Michel in Paris an. »Bestätige den Termin«, sage ich zu ihm, »ich regele das schon.«

»Bist du sicher?«

»Ja.« In Wahrheit bin ich mir keineswegs sicher, aber wir haben keine andere Wahl.

Meine Mittagspause dauert noch fünfzig Minuten, also beschließe ich, über die Hauptstraße zu bummeln, statt mich in den Probenraum zu setzen und meinen Text zu lernen, was ich normalerweise täte. Ich habe meine Jugend in Bromley verbracht, deshalb üben die tristen modernisierten Bauten eine gewisse deprimierende Faszination auf mich aus. Ich laufe herum und versuche, mich zu erinnern, wie es in meiner Jugend war und welche Erfahrungen ich hier gemacht habe. Als ich an einem der Pubs vorbeikomme, sehe ich meinen Kollegen an der Bar stehen. Er sieht niedergeschlagen aus, und obwohl wir uns kaum kennen, da wir uns vor acht Tagen zum ersten Mal begegnet sind, beschließe ich, ihn aufzuheitern.

»Hey«, sage ich. Ich stelle fest, dass er Tonic mit

irgendetwas darin trinkt. Gin? Wodka? Als er sich zu mir umdreht, merke ich sofort, dass das nicht sein erstes Glas ist. Aus blutunterlaufenen Augen blickt er mich finster an. Er wirkt nachdenklich, verletzt und verzweifelt.

»Wie geht es dir?«, frage ich, obwohl die Frage eigentlich überflüssig ist. Ich bestelle mir einen Kaffee. »Möchtest du auch einen?«

Mein Kollege schüttelt den Kopf. »Ich kann nicht mit ihm arbeiten. Er ist ein blödes A…«

Ich verstehe ihn gut, will ihn aber in seiner Meinung nicht noch unterstützen. Schließlich müssen wir drei miteinander auskommen und es liegen noch fünf Monate vor uns.

»Er ist wahrscheinlich nur nervös. Das ist eine große Rolle …« Mein Kaffee kommt, wofür ich dankbar bin, weil ich kein Wort von dem, was ich sage, glaube. Mein Kollege bestellt sich noch einmal einen Doppelten. Ich blicke ihn fragend an, aber er sagt nur: »Willst du nicht einen Einkaufsbummel machen? Wir sehen uns dann gleich wieder.«

Ich nicke, lasse den Kaffee stehen und werfe ein paar Münzen auf die Bar. Dann gehe ich und überlasse meinen Kollegen seiner Angst und seinem Alkohol.

Als ich wieder auf die Probe komme, sitzt unser Hauptdarsteller mit dem Regisseur im Probenraum. Die beiden Männer erzählen sich eine Anekdote nach der anderen. Das machen Schauspieler während der Proben häufig und ich habe es nie ganz verstanden. Es ist so eine Art Aufführung in der Aufführung. Ich konzentriere mich auf meinen Text. Als ich das nächste Mal aufblicke, ist die Mittagspause seit fünfzehn Minuten vorbei und mein Kollege ist noch nicht wieder aus dem Pub zurückgekehrt. Der Hauptdarsteller läuft erregt hin und her. Sein Gesicht ist rot, wahrscheinlich hat er zu hohen Blutdruck. Der Regisseur raucht Kette. Einen Augenblick später kommt die Regieassistentin, eine nette junge Frau Mitte zwanzig, herein und reicht dem Regisseur eine Nachricht. Er liest sie, sein Gesicht verzieht sich wütend. Er knüllt den Zettel zusammen und wirft ihn auf den Boden. »Tony ist nach Hause gegangen. Er fühlt sich nicht wohl.«

Der Hauptdarsteller bekommt einen Wutanfall. Seine Ausdrucksweise verschlägt uns allen den Atem. Der Regisseur steht auf und schlägt vor, dass wir den Rest des Tages mit der Kostümprobe hinter uns bringen sollten.

Als Michel am Abend anruft, erzähle ich ihm nichts von meinen Problemen, sondern behaupte, es sei alles in Ordnung und ich würde zum Notartermin in Frankreich erscheinen.

Als ich am nächsten Morgen zur Probe komme, treffe ich auf finstere Mienen. Noch bevor ich guten Morgen sagen kann, teilt man mir mit, dass Tony gekündigt habe. Ein unprofessioneller Gedanke geht mir durch den Kopf: wenn wir nur noch zu zweit sind, dann bleibt zu wenig Zeit, um das Stück fertigzuproben. Die Produktionsgesellschaft wird es entweder absetzen oder verschieben müssen, und *dann habe ich Zeit, um nach Frankreich zu fliegen*! Allerdings lasse ich mir meine Freude nicht anmerken.

Der Morgen vergeht damit, dass wir einen Ersatz für Tony suchen. Ich mache keine Vorschläge, weil ich niemanden von meinen Freunden für etwas empfehlen möchte, das mir mittlerweile mehr wie eine Strafe als ein Job vorkommt. Unser Star schäumt vor Wut und stößt Flüche aus. Plötzlich dreht er sich zu mir. »Wahrscheinlich bist du die Nächste!«, zischt er leise.

»Wie meinst du das?«, frage ich ruhig.

»Du wirst mich auch sitzenlassen.«

Ich mache mir nicht die Mühe, ihn darauf hinzuweisen, dass es in dem Stück nicht um ihn, sondern um die Mannschaft geht. »Nein, das tue ich nicht«, erwidere ich.

Ich habe noch nie einen Job hingeschmissen, aber in diesem Augenblick hätte ich nichts lieber getan. Aber das wäre aus vielen Gründen dumm von mir. Also bleibe ich, lerne meinen Text und mache mir Gedanken darüber, wie ich die Produktion überreden kann, mir in zwei Wochen den Montag freizugeben, damit ich nach Frankreich fliegen kann.

»Du willst es also aussitzen, was?«

»Bitte«, sage ich, »lass uns von etwas anderem reden.«

Ein Ersatz wird gefunden. Ein netter Kerl, tatkräftig und fröhlich. Ich bemühe mich, mir meine Enttäuschung nicht anmerken zu lassen. Ich brauche den Job und ich mag den neuen Kollegen, mit dem ich schon früher zusammengearbeitet habe. Er bringt mich zum Lachen. Er ist genau das, was wir brauchen, und er lernt seine Rolle erstaunlicherweise in nur zwei Tagen. Die Proben gehen weiter und das andere arme Opfer ist vergessen, als unprofessionell abgeschrieben. Interessanterweise hat unser Hauptdarsteller seinen Meister gefunden. Jedes Mal, wenn er auch nur andeutungsweise bösartig werden will, kontert der Neue mit einem Scherz und der Sadismus unseres Stars verpufft. Da ist es logisch, dass er sich ein neues Opfer sucht und seine Aufmerksamkeit auf mich richtet. Er beschuldigt mich vor der ganzen Mannschaft, völlig ohne Talent und Zeitgefühl zu sein. Allein in meiner Umkleidekabine, vergieße ich ein paar Tränen. Dann rufe ich meinen Agenten an, der mich aufmuntert mit: »O Liebling, dafür ist er berühmt. Als die Soundso mit ihm gearbeitet hat, war sie danach eine Woche lang krank!« Und das erzählt er mir jetzt.

Das einzig Gute in dieser Woche ist die unerwartete Nachricht, dass am Montag nach der Premiere nicht geprobt wird. Alle haben einen Ruhetag verlangt. Ich beschließe, einfach nach Frankreich zu fliegen, ohne es jemandem zu sagen. Das kann mich meinen Job kosten, aber in der jetzigen Phase wäre ich dafür fast dankbar. Da es mir jedoch schwer fällt, etwas so Unehrenhaftes zu tun, beschließe ich, mich der Regieassistentin anzuvertrauen. Sie starrt mich entsetzt an. »Vor London haben wir keine zweite Besetzung für dich!«, keucht sie. »Dann muss ich die Vorstellung absagen.«

»Ich bin rechtzeitig wieder da, mach dir keine Sorgen«, beruhige ich sie. »Der Termin beim Notar ist um neun Uhr dreißig. Spätestens um elf ist alles vorbei und danach gibt es zwei British-Airways-Flüge von Nizza aus. Ich komme rechtzeitig in Heathrow an und fahre mit dem Taxi ins Theater. Ich verpasse die Aufführung auf keinen Fall.« Sie gibt nach, aber ich habe der armen Frau auch keine andere Wahl gelassen. Sie bittet mich nur, falls es zum Schlimmsten kommen sollte, auf gar keinen Fall zu erwähnen, dass sie auch nur die leiseste Ahnung von meinen Plan hatte, weil sie sonst, genau wie ich, ihren Job los wäre.

Am Sonntag erwartet mich Michel, dessen Flugzeug aus Paris früher gelandet ist als meins, am Flughafen von Nizza. Es ist ein prächtiger Frühlingsmorgen. Obwohl ich eine harte Woche hinter mir habe und im Morgengrauen in London abgeflogen bin, stimmt mich die Aussicht auf die Fahrt in die Hügel am nächsten Tag fröhlich. Und hinzu kommt, dass wir endlich rechtmäßige Eigentümer unseres Olivenguts werden. Das Haus, das wir fast drei Monate lang nicht mehr gesehen haben, ist nicht mehr wiederzuerkennen. Amar hat alles zurückgeschnitten und wir blicken auf ein völlig neues Grundstück. Der Dschungel ist gelichtet und überall sind Haufen von Ästen und Gestrüpp aufgetürmt, die später verbrannt werden müssen. Appassionata sieht nackt und verletzlich aus, aber auch wie neu geboren. Es gibt so vieles zu entdecken. Wir zählen vierundsechzig Olivenbäume, zehn mehr, als ich beim ersten Mal gesehen hatte, und auf den oberen Terrassen ist auf einmal Platz für noch wesentlich mehr Bäume.

»Ich dachte, du hättest mit Amar vereinbart, dass er wartet, bis …«

»Ja, das habe ich auch geglaubt«, sagt Michel.

Der Anblick ist erfreulich und besorgniserregend zugleich, weil wir natürlich kein Tor und keine Zäune haben. Darum werden wir uns als nächstes kümmern müssen. Leider gibt es so viel, um das wir uns als nächstes kümmern müssen …

Aber abgesehen von diesen zukünftigen Pflichten gibt es auch eine wunderbare Entdeckung. Die Rodung des Grundstücks hat eine prachtvolle Treppe freigelegt, die vom Fuß des Hügels bis zum Haus geht. Michel vermutet, dass man ursprünglich über sie ins Haus gelangt ist. Der Asphaltweg wurde erst angelegt, als man eine Zufahrt für Autos brauchte. Nach einer Reihe von kleinen, rechteckigen Löchern in den Steinen zu urteilen, sieht es so aus, als sei der größte Teil, ungefähr dreihundert Meter, von einem Rosenbogen überwachsen gewesen. Wenn die Rosen in voller Blüte standen, muss dieser duftende Hauseingang ein eindrucksvoller Anblick gewesen sein.

Als wir näher kommen, entdecken wir an der Einfahrt blassrosa, schon beinahe verblühte Mandelblüten. Die Bäume – Feigen, Kirschen, Pflaumen, Birnen – haben dicke grüne Knospen und die Terrassen sind gesäumt von Hunderten blühender wilder Iris in Weiß und Violett. Blassrosa, hellgrün, weiß, dunkelviolett: eine Farbpalette, die ich nie in Südfrankreich erwartet hätte. Wir fahren langsam die Einfahrt hoch und nehmen den Anblick in uns auf.

Als wollte es bestätigen, dass uns das Gut jetzt endlich wirklich gehört, wartet im Haus unser neues Bett auf uns.

Nach dem Mittagessen auf der oberen Terrasse ziehen Wolken auf.

Wir machen das Beste aus dem kühlen Sonntagnachmittag, indem wir uns durch Arbeiten warm halten. Es ist ein solches Vergnügen, sich draußen aufhalten und körperlich betätigen zu können. Ich jäte Unkraut in den Blumenbeeten und Michel putzt die Treppe, deren Stufen kniehoch mit verrottenden Blättern bedeckt sind, dann bearbeitet er die Gartenstühle, die gestrichen werden sollen. An den Stämmen der abgesägten Orangenbäume, die wir für tot gehalten hatten, entdecke ich frische grüne Triebe. Irgendwo in der Ferne höre ich Schüsse, offenbar jagt jemand Kaninchen oder Vögel. Ich spüre, wie meine Haut, die müde ist und von der Bühnenschminke spannt, anfängt, in der kühlen, klaren Luft zu atmen und zu strahlen. Gegen Abend beginnt es zu regnen. Ich springe in den smaragdgrünen Pool und schwimme in dem eisigen Wasser um mein Leben, während Michel für den Abend das Feuer vorbereitet – Brennholz haben wir jetzt in unbegrenzter Menge. Unser letzter Abend als offizielle Obdachlose, denn morgen werden wir *les propriétaires*.

Später liegen wir auf Kissen vor dem Kamin und lauschen auf den Regen, der gegen die Fensterscheiben und in unseren Eimer in der Übergangsküche prasselt. Aber das macht uns nichts aus. Morgen gehört jedes Loch, jeder winzige Gipsbrocken, der abbröckelt, uns.

Der Regen ist fast tropisch in seiner Heftigkeit. Die ganze Nacht rauscht er auf das flache Dach, und als wir am nächsten Morgen aufwachen, ist aus unserer Einfahrt ein Sturzbach geworden. Solche Wassermassen habe ich sonst nur während der Regenzeit in Borneo und bei einem Hurrikan auf den Fidschi-Inseln erlebt. Wir sind völlig durchnässt, als wir uns ins Auto setzen. Die Scheibenwischer können die Wassermassen kaum bewältigen und sie richten auch wenig aus. Glücklicherweise kennt Michel den Weg. Wir treffen rechtzeitig ein, wenn auch tropfnass wie gebadete Mäuse. Mme B. erwartet uns schon, knochentrocken und tadellos angezogen. Robert ist nicht mitgekommen. Der *notaire* betrachtet uns leicht entsetzt, als wir über seinen beigefarbenen Teppich zu den uns angewiesenen Lederstühlen gehen.

Der Panoramablick auf Grasse, über das ich schon so viel gehört habe, ist durch den dichten Regenschleier verdeckt. »C'est dommage.« Der Notar zuckt mit den Schultern. Er trägt ein Monokel, einen gut geschnittenen, aber ziemlich altmodischen Doppelreiher und ist manikürt und spitznasig wie ein Pudel. Seine Ellbogen liegen wie festgewachsen auf den Armlehnen seines Stuhls und er legt ständig seine Fingerspitzen zusammen, als ob er beten wollte. Er achtet überaus sorgfältig auf alle Details und erklärt jede einzelne Klausel. Die Geschichte von Appassionata steht nicht nur im Vertrag, Seite für Seite, Franc für Franc, sondern er liest sie auch noch laut vor, wiederholt und kommentiert sie.

Die Villa wurde 1904 erbaut. Das war das Jahr, in dem

der große französische Dichter Frédéric Mistral den Literaturnobelpreis bekam. Weil es so lange dauert und ich sowieso nicht alles verstehe, suche ich in Gedanken nach einem Zitat von ihm, das ich einmal auswendig gelernt habe, aber es gelingt mir nicht, weil die Stimme des Notars mich wieder in die Realität zurückholt. Ich versuche, mich wieder zu konzentrieren, habe aber jetzt hoffnungslos den Faden verloren. *Le maître* – alle Notare in Frankreich werden als *maître* angeredet – *le maître* dreht sich mit seinem Stuhl – wir anderen sitzen nicht auf Drehstühlen – und redet eindringlich auf Michel ein. Michel nickt und wirft gelegentlich etwas ein, und ab und zu verstehe ich sogar einen Satz. So weit ich es mitbekomme, diskutiert der Notar mit Michel darüber, dass er in der Nähe von Köln geboren wurde, aber seit seiner Jugend in Frankreich gewohnt hat. Mme B. hört anscheinend gar nicht zu. Sie kritzelt in ihrem Vertrag herum, den sie vor sich auf dem Schreibtisch ausgebreitet hat, als ob er ein Drehbuch sei, das sie dringend überarbeiten muss.

Jedes Mal, wenn der Notar eine Pause macht, wirft Mme B. höflich, aber entschlossen ein: »*Maître, s'il vous plaît* …« Ich habe keine Ahnung, über welche Feinheiten sie diskutieren und Michel kann ich nicht gut fragen. Ich kann mich nur mühsam davon abhalten, nicht auf die Uhr zu blicken, aber in mir steigt leise Besorgnis auf, ob das alles wirklich so lange dauert oder ob es mir nur so vorkommt, weil ich lediglich zuschaue? Wird es etwa den ganzen Morgen dauern? Ich muss das Flugzeug heute Mittag bekommen …

Und draußen rauscht der Regen. Kein Donner, keine Blitze, nur unaufhörlicher Regen.

Ich bin in Gedanken weit weg, als der Notar sich auf einmal mir zuwendet. »Madame Drinkwater?« Alle blicken mich an.

»*Oui?*«, erwiderte ich schwach.

»*Avez-vous compris?*« Was soll ich verstanden haben? Ich werfe Michel, der mich liebevoll anblickt, einen Blick zu. Er spricht für mich und erklärt dem Notar, ich sei mit der Materie nicht vertraut.

»Aaah«, singt der Mann, als ob das meine stumme Unaufmerksamkeit erklären würde, meinen Mangel an Entzücken darüber, dass er diesen heiligen Vertrag Paragraph für Paragraph auseinander nimmt. Er trägt mir die Geschichte meines Lebens vor. Wo und wann ich geboren bin, die Namen meiner Eltern, bei welcher Bank ich in England und bei welcher ich in Frankreich bin, mein jährliches Einkommen (eine Zahl, die ich offenbar willkürlich genannt habe, denn ich habe kein festes Einkommen), mein Beruf, der Mädchenname meiner Mutter, die Summe, die ich zum Kaufpreis zusteuere, die Tatsache, dass ich all meine Schulden bezahlt habe. Ich bin verwirrt. Und dann hält er inne und legt den Vertrag nieder. »Sie sind also aus Irland?« Ich nicke und er nimmt seinen Zwicker ab und redet von Irland und was für schöne Ferien er dort schon gemacht hat. Grün. Das Wort verstehe ich. Ich nicke. Ja, sehr grün. Und nass, *malheureusement*. Ja, Irland ist nass, stimme ich zu. Alle lachen, zucken mit den Schultern und werfen die Hände hoch, wie das Südfranzosen so tun, wenn sie über die Lebensgewohnheiten von armen Unglücklichen reden, die nicht in einem so begünstigten Klima wie sie leben. »*Mais …*« Er weist zum Fenster, vor dem immer noch der Regen hernieder rauscht. Eine Pause entsteht. Ich und meine Geschichte sind einen Moment lang vergessen. Eine Sekunde später nimmt er jedoch den Vertragstext wieder zur Hand und trägt weitere Einzelheiten meines Lebenslaufs vor. Mme B. macht sich Notizen – weiß der Himmel, wie sie

161

mit dem Tempo dieses Mannes Schritt halten kann – und in einer Ecke des Zimmers sitzt stumm, wie ein Aussätziger, M. Charpy, der Immobilienmakler.

Und so geht es weiter. Und immer weiter. Ich werde gefragt, ob ich über die Existenz von Michels Töchtern und seiner Frau informiert worden sei. Langsam komme ich mir vor wie bei einem Polizeiverhör. Dann warnt er mich ernst vor den Risiken, die ich eingehe, indem ich diese Dokumente unterzeichne und einen Besitz mit einem Mann erwerbe, der Kinder hat. Wenn ich besser Französisch verstünde, würde ich wahrscheinlich meine Tasche nehmen und gehen, ohne auch nur eine einzige Seite des neunundzwanzig Seiten dicken Dokuments zu unterschreiben. Wir müssen unsere Initialen auf jede Seite setzen und dazu noch an verschiedenen strategischen Punkten mit vollem Namen unterzeichnen, nachdem wir handschriftlich hinzugefügt haben: »*Lu et approuvé.*« Gelesen und anerkannt. Die Verträge – in fünffacher Ausfertigung – werden um den Tisch herumgereicht. Zuerst Michel, dann ich, dann Mme B. und der Notar sowie seine Sekretärin, Mme Blancot.

Der Prozess ist eigentlich ziemlich komisch, ein Karussell von Papieren und Stiften. Der Einzige, der nichts tut, ist der Immobilienmakler. Später merke ich, dass er nur da ist, um seine Courtage in Empfang zu nehmen, die Mme B. ihm mürrisch in bar zusteckt. Das dicke Bündel Fünfhundert-Francs-Noten wechselt buchstäblich unter dem Tisch den Besitzer. Während dieses Austauschs von Schwarzgeld sehe ich amüsiert zu, wie der Notar ein großes, weißes Taschentuch hervorzieht und sich geschäftig die Nase putzt. Das Taschentuch ist so groß, dass er »nichts gesehen hat«.

Erst nach Mittag können wir die Kanzlei endlich verlassen und uns von Mme B. verabschieden, mit der wir uns ein weiteres Mal treffen werden, wenn wir die zweite Hälfte des Grundstücks kaufen. Der Regen ist noch stärker geworden, soweit das überhaupt möglich ist. Der Himmel ist dunkel und wolkenverhangen. Mme B. verschwindet in ihrer Limousine, die von einem Chauffeur gefahren wird, und wir stehen eng aneinander geschmiegt vor der Tür des Notariats. Eigentlich hatten wir vorgehabt, auf dem Gut noch zu Mittag zu essen und auf unsere neuen Besitztümer, das Haus, den Hügel und das Bett, anzustoßen, aber das ist jetzt nicht mehr möglich. Lächelnd blicken wir einander an.

»Zum Flughafen?«, fragt Michel und ich nicke. Die Fahrt ist grauenhaft; die Straßen sind voller Schlamm und Sturbächen von Wasser. Alle Autos haben die Scheinwerfer eingeschaltet, und man muss höllisch aufpassen. Hinter Grasse stehen wir im Stau, aber noch haben wir Zeit und ich versuche, mir keine Sorgen zu machen. Wir schweigen, weil Michel sich konzentrieren muss. Ich bin traurig, dass ich abreisen muss und nicht vor Ende Juni wiederkommen kann. Im Moment kommt mir das wie eine Ewigkeit vor. Es gibt so vieles, was ich tun möchte.

Als wir auf dem Flughafen ankommen, laufe ich schon einmal vor, um mich einzuchecken, während Michel den Mietwagen zurückbringt. Der Flug soll erst in fünfunddreißig Minuten gehen. Das ist knapp, aber der Schalter ist doch bestimmt noch nicht geschlossen? Sie fangen doch sicher erst gerade mit dem Einsteigen an. Vor dem Informationsschalter der British Airways steht eine beunruhigend lange Schlange und man hört das Murren verärgerter Passagiere. Ich erfahre, dass der Flug wegen der Wetterbedingungen abgesagt worden ist. Es ist, als ob mir jemand mit der Faust in den Magen geschlagen habe. Jetzt wollen alle, ich auch, den nächsten Flug buchen. Sicherheitshalber buche ich Business Class, weil ich mir ausrechne, dass das einen Vorteil bedeuten könnte, falls es wieder Probleme gibt. Michel kommt und ich erkläre ihm, was los ist. Sein Flug nach Paris geht erst in einer Stunde von einem anderen Terminal ab. Er eilt zum Schalter der Air France und bucht auf einen späteren Flug um.

»Na komm, dann lass uns etwas essen und feiern«, sagt er und führt mich in eins der Flughafencafés. Zu weit will ich auch nicht weggehen. Ich muss ein Auge auf die Entwicklung hier haben, auch wenn ich mit dem späteren Flug noch pünktlich zur Vorstellung komme. Aber mir wäre es trotzdem lieber, ich wäre schon unterwegs.

Nach dem Essen nehmen wir noch einmal tränenreichen Abschied voneinander und dann winkt Michel mir nach, als ich durch die Passkontrolle gehe. Wir werden uns erst in drei Wochen wiedersehen. Obwohl uns seit heute das Gut endlich gehört, ist mir das Herz schwer. Ich fühle mich zwischen zwei Welten hin und her gerissen und auch zwischen zwei Ländern: mein Herz und mein Heim sind jetzt in Frankreich, aber meine Arbeit ist immer noch in England. Weil ich so tief in meine Gedanken versunken bin, bekomme ich nur am Rande die Information über Lautsprecher mit. Als sie auf Englisch wiederholt wird, horche ich auf. Wegen des schlechten Wetters hat der Flug Verspätung!

»Nein!«, schreie ich und laufe zum Schalter, wo eine hübsche junge Französin gerade das Mikrofon ausschaltet. »Wie viel Verspätung hat der Flug denn?«

Sie zuckt mit den Schultern. »Das wissen wir nicht.« Wir starren beide auf das nasse Rollfeld. Soll ich im

Theater anrufen? Soll ich mir ein Privatflugzeug mieten? Aber wenn schon eine reguläre Boeing nicht starten kann, wie soll es dann einem kleinen Flugzeug gelingen? Ich beschließe, trotzdem zu fragen. Meine Befürchtungen werden bestätigt: Der gesamte Luftverkehr liegt lahm. Ich kann nichts anderes tun als warten.

Letztendlich starten wir mit einer Stunde Verspätung. Die ganze Zeit über rechne ich mir aus, wie lange ich brauche, bis ich durch die Passkontrolle bin und ein Taxi gefunden habe. Glücklicherweise habe ich kein Gepäck. Soll ich schon jetzt ein Taxi zum Theater bestellen? Aber ich weiß ja gar nicht, wann wir abfliegen. Mein Gehirn verknotet sich. Ich bräuchte ein Wunder … Soll ich die Regieassistentin anrufen? Aber was kann sie schon machen? Es gibt keine zweite Besetzung für mich … Sie werden mich feuern. In den zwanzig Jahren meiner beruflichen Laufbahn habe ich noch nie eine Ausführung verpasst, noch nicht einmal wegen Krankheit und ganz bestimmt nicht wegen eines so unverantwortlichen Akts wie heute. Ich hadere mit mir, als wir schließlich zum Einsteigen aufgefordert werden.

Als die Stewardess mich zu meinem Platz weist, sage ich zu ihr, dass ich Vorstellung habe, und frage sie, ob ich vielleicht als Erste aussteigen kann. »Wir haben alle unsere Probleme«, faucht sie mich an. »Dann hätten Sie einen früheren Flug nehmen müssen.«

So zurechtgewiesen versuche ich, den Rest des Fluges die Augen zuzumachen. Ich bin erschöpft vor Sorge und einem Übermaß an französischer Bürokratie. Eine dicke Frau, eine Amerikanerin aus Texas, die neben mir sitzt, versucht, mich ein paar Mal in ein Gespräch zu verwickeln, aber ich bin dazu nicht in der Stimmung und halte meine Augen fest geschlossen.

Schließlich legt sie ihre Hand auf meine. »Süße«, sagt sie, »ich möchte Ihnen etwas sagen.«

Ich öffne die Augen. »Was?«, frage ich gereizt.

»Sie machen sich bestimmt Sorgen wegen irgendetwas, und ich will Ihnen nur sagen, dass ich es *weiß*.«

»Was wissen Sie?«, frage ich mit schwacher Stimme.

»Ich *sehe* Dinge«, fährt sie fort. »Und Sie brauchen sich keine Sorgen zu machen. Sie werden es schaffen.«

»Ja?« Ich blicke sie erstaunt an. Im Moment greife ich nach jedem Strohhalm. »Nein«, entgegne ich dann. »Ich kann es gar nicht schaffen. Kein Taxi auf der Welt kann mich in der Rush Hour durch ganz London rechtzeitig zum Theater bringen.«

»Oh, mein Gott, sind Sie Schauspielerin? Habe ich Sie nicht schon einmal im Fernsehen gesehen? In einer Serie, die auch in Amerika ausgestrahlt wird?«

Ich wünsche, ich hätte mich nie von ihr ansprechen lassen, aber sie meint es ja nur gut und ich bin diejenige, die schlechte Laune und Sorgen hat. Ich sage ihr, dass ich in *Der Doktor und das liebe Vieh* mitgespielt habe. Sie ist ganz begeistert und außer sich vor Glück. »Ich sage Ihnen, Süße, Sie schaffen es bis zur Aufführung, daran habe ich gar keinen Zweifel.«

Lächelnd danke ich ihr für ihren Optimismus und schließe dann wieder die Augen. Was auch immer sie sagt, es ist einfach nicht zu schaffen, und ich habe bereits beschlossen, gleich nach der Landung im Theater anzurufen und Bescheid zu sagen. Ich hätte schon von Nizza aus unsere nette Regieassistentin bitten sollen, die Vorstellung zu verschieben oder abzusagen. Ich bin auf jeden Fall erledigt. Wir schnallen uns an, als das Flugzeug zum Landeanflug ansetzt. Als wir aufsetzen, macht die Stewardess die üblichen Durchsagen und fügt hinzu: »Miss Drinkwater, melden Sie sich bitte beim Kabinenpersonal ...« Ich drücke auf den Knopf über meinem Platz und die Stewardess kommt auf mich zu.

»Sie steigen als Erste aus«, sagt sie zu mir. »Bitte halten Sie Ihre Taschen bereit.«

Ich nicke dankbar, obwohl ich weiß, dass mir diese Bevorzugung jetzt auch nichts mehr nützen wird.

Meine texanische Freundin streichelt mir über die Hand und wünscht mir alles Gute. Noch einmal versichert sie mir, sie wisse, dass ich es schaffen werde. Sie beschämt mich, weil sie vor Glück darüber, mich kennen gelernt zu haben, strahlt und erklärt, sie werde allen erzählen, ich sei im wirklichen Leben ebenso bezaubernd wie auf dem Bildschirm.

Als ich aus dem Flugzeug steige, wartet schon jemand vom Bodenpersonal von British Airways auf mich. Er hält ein Schild mit meinem Namen in der Hand.

»Miss Drinkwater?«, fragt er.

Ich nicke. »Bitte, folgen Sie mir.« Mit großen Schritten eilt er los. Verwirrt laufe ich ihm hinterher. »Wir machen jetzt eine kurze Autofahrt über das Rollfeld. Sie dauert nur zwei Minuten. Ihr Pilot ist bereit und wartet auf sie.« Beruhigend lächelt er mir zu.

Mein Pilot? Jetzt bin ich völlig durcheinander.

Der BA-Mann fährt mich in einen Bereich des Flughafens in Heathrow, in dem ich noch nie gewesen bin, und hält neben einem großen Helikopter. Als ich aussteige, schüttelt mir der Mann die Hand. »Nett, Sie kennen gelernt zu haben. Viel Glück.« Der Pilot winkt und führt mich an Bord. Ich setzte mich in den Hubschrauber, der Platz für zehn Personen hat, und bereite mich auf einen weiteren Start vor.

»Tut mir Leid, dass er so groß ist«, sagt der Pilot. »Wir hatten gerade nichts Kleineres zur Verfügung.«

Sprachlos schüttele ich den Kopf. »Es ist schon in Ordnung«, murmele ich. Ob das wohl ein Irrtum ist? Ich wage nicht zu fragen.

»Wir fliegen über London und landen in zehn Minuten auf dem Biggin Hill Airport. Wenn alles gut geht, sollte dort ein Taxi auf Sie warten, das Sie zum Theater bringt.«

Das *ist* ein Wunder. Ich kann keinen klaren Gedanken fassen. Hat diese reizlose, oder vielleicht auch nur überarbeitete, Stewardess ihre Meinung geändert und dem Piloten Bescheid gesagt, der dann das Bodenpersonal informiert hat? Sie können sich doch unmöglich so viel Mühe gemacht haben. Oder hat die Frau aus Texas irgendwelche wundersamen Fähigkeiten?

Schließlich frage ich: »Hat British Airways das alles arrangiert?«

»Nein, Ihr Ehemann hat es gebucht.«

»Mein Ehemann?« Ich bin verwirrt. Ich bin doch gar nicht verheiratet. Haben sie mich mit jemandem verwechselt? Aber nein, auf dem Schild stand ja mein Name, und außerdem wartet ein Taxi, um mich zum Theater zu bringen.

Und tatsächlich steht auf dem Rollfeld ein Taxi. Zwar eine alte Karre, aber was kümmert mich das? Dankbar steige ich ein. Es herrscht dichter Verkehr, aber mein Fahrer weiß offensichtlich, dass es sich um einen Notfall handelt. Er fährt wie ein Wilder und hält eine Viertelstunde später vor dem Bühneneingang. Noch fünfundzwanzig Minuten bis zur Vorstellung. Ich habe weiche Knie, bin schweißüberströmt und fühle mich wie ein feuchter Lappen, aber ich bin da. Ich hole meinen Garderobenschlüssel und taumele den Korridor entlang. Dort findet mich die Regieassistentin. Sie ist aschgrau im Gesicht. Offiziell müssen alle Schauspieler eine halbe Stunde vor der Vorstellung im Theater sein, allerdings definiert man seltsamerweise diese halbe Stunde als fünfunddreißig Minuten. Warum, weiß ich auch nicht. Ich weiß nur, dass ich jetzt lediglich zehn Minuten zu spät gekommen bin.

»Tut mir Leid«, murmele ich.

»Gott sei Dank, du bist da«, flüstert sie, schiebt mich in meine Garderobe und schließt die Tür hinter sich. »Keiner weiß etwas, aber du meine Güte, ich habe fast eine Nervenkrise bekommen.«

Ich nicke. Ich kann nicht sprechen. Ich zittere wie Espenlaub.

»Bist du in Ordnung?«

»Ja«, stoße ich hervor.

»Brauchst du was?«

»Notfalltropfen.« Ich weiß, dass sie immer ein Fläschchen mit Bach-Blüten in ihrem Erste-Hilfe-Kasten hat.

»Bekommst du sofort.« Sie öffnet die Tür. »Übrigens«, sagte sie, schon im Gehen, »er hat heute die allergrässlichste Laune.«

Ich nicke. »Dann bring mir auch noch einen doppelten Brandy.« Ich trinke normalerweise nicht vor einer Vorstellung, aber heute würden mich ohne Stärkung meine Beine wahrscheinlich nicht tragen.

Nach der Vorstellung, die erstaunlich gut gelaufen ist, gieße ich mir ein Glas Wein ein und rufe von meiner Garderobe aus Michel in Paris an. »Wie hast du das gemacht?«

Lachend erzählt er. Während er auf seinen Air-France-Flug wartete, blickte er zufällig aus dem Fenster und bemerkte ein Flugzeug der British Airways, das wartend auf dem überfluteten Rollfeld stand. Als er nachfragte, erklärte man ihm, das sei der verspätete Flug nach Heathrow. Er konnte mich zwar nicht erreichen, wusste aber, dass jede Sekunde, die das Flugzeug nicht starten konnte, meine Chancen, noch rechtzeitig im Theater anzukommen, verringerte. Mit der Schnelligkeit und Brillanz eines guten Filmproduzenten, die immer nach dem Motto leben, dass jede Katastrophe in einen Vorteil umgemünzt werden muss, wenn man damit das finanzielle Desaster abwenden kann, erkannte Michel, dass er mir Zeit verschaffen musste. Er sagte seinen Flug ab, kaufte sich ein paar Telefonkarten und begann, bei Hubschrauberfirmen anzurufen, die in Heathrow arbeiteten. Das Hubschrauberunternehmen gab ihm auch den Namen des Taxiunternehmens, das regelmäßig Fahrten von Biggin Hill aus macht.

Wenn die Rechnung kommt, kostet uns diese Angelegenheit wahrscheinlich jeden einzelnen Penny, den ich mit dieser Rolle verdient habe – Geld, das wir in ein Tor oder in die Hecke aus Lorbeerbüschen hätten investieren können –, aber das ist mir egal. Die Vorstellung konnte stattfinden, und mein Ruf ist gerettet.

Vor dem Einschlafen laufen die Abenteuer des Tages noch einmal vor meinem geistigen Auge ab. In all dem nervenzerreißenden Stress hatte ich beinahe vergessen, dass wir heute ein Olivengut im Midi mit Blick auf die Riviera gekauft haben.

Zum ersten Mal spüre ich Stolz und Zufriedenheit. Dann denke ich über die großzügige Geste dieses zärtlichen, liebevollen Mannes nach, nach dem ich mich so sehne, der aber leider im Augenblick auf der anderen Seite des Ärmelkanals schläft. Um meinetwillen hat er all seine Termine für den Nachmittag abgesagt! Wie viele Menschen hätten das wohl für jemand anderen getan? Und während meine Augen immer schwerer werden, umfängt mich die Gewissheit, dass ich jetzt endlich das Haus besitze, das ich so lange gesucht habe, und dabei habe ich auch noch den Menschen gefunden, mit dem ich in diesem paradiesischen Winkel zusammenleben möchte. Jetzt müssen wir nur noch genug Geld zusammenkratzen, um das Haus in ein wohnliches Heim zu verwandeln und, später, in ein Olivengut. Für die nächste Zukunft jedoch muss ich solche Träume beiseite legen. Bis mein Engagement vorüber ist, wird es keine Ausreißversuche nach Frankreich mehr geben.

Melone und Lederstiefel

In dem Moment, als ich aus dem Flugzeug steige, umfängt mich glühende Hite. Wie schön, endlich wieder zurück zu sein. Zu Hause zu sein. Michel, der schon vor ein paar Tagen aus Paris hierher gekommen ist, holt mich ab. Er nimmt meine Tasche, und als wir zum Auto gehen, atme ich tief die nach Eukalyptus duftende Luft ein. Von ferne hört man das Rauschen des Verkehrs, die Palmen rauschen, ich blicke auf die weißen Häuser und den klaren, blauen Himmel und lehne mich zufrieden zurück. Und dann teilt Michel mir mit, in die Villa sei eingebrochen worden. Ich habe das Gefühl, mir hätte jemand einen Schlag ins Gesicht versetzt.

»Wann?«

Michel wusste seit ein paar Wochen von dem Einbruch, wollte mir aber nichts davon sagen, weil ich ja sowieso nichts hätte tun können. Es wäre viel zu quälend gewesen, wenn ich mir aus der Ferne Sorgen gemacht hätte. »Aber ich hätte es lieber gewusst«, erkläre ich. Drei Monate lang habe ich mich auf diesen Tag gefreut und jetzt liegen die Neuigkeiten wie eine dicke Wolke über meiner Freude.

Am Haus lädt Michel den Wagen aus – meine Koffer und den frischen Salat, den er gekauft hat, bevor er mich abgeholt hat –, während ich von Zimmer zu Zimmer laufe, um mir das Ausmaß des Schadens anzusehen. Es ist nur wenig gestohlen worden, aber es gab auch nur wenig zu stehlen. Erleichtert stelle ich fest, dass die Einbrecher unser neues Bett nicht angerührt haben. Unsere Kassetten und der Recorder jedoch sind weg. Jeder Ton hatte hier seinen Platz. Auch mein Arbeitszimmer ist leer geräumt. All meine kostbaren Bücher sind verschwunden. Wörterbücher, Reiseführer, eine Geschichte der Îles de Lérins, Handbücher über Gartenbau, selbst die zerlesenen Taschenbücher. Ebenso eine brandneue Espressomaschine, ein frivoler Kauf, den ich noch getätigt hatte, bevor wir im Neuen Jahr abreisten. Ich hatte sie im Schrank versteckt, und weil ich sie erst so spät gekauft hatte, hatten wir sie noch nicht einmal benutzt. Seltsamerweise ist die Bett- und Tischwäsche vom Markt in Nizza noch vorhanden. Sie ist bestimmt wertvoller als meine bescheidene Bibliothek, aber ich bin froh, dass uns wenigstens noch ein paar Erinnerungen geblieben sind.

Michel findet mich im Salon. »Wie sind sie hereingekommen?«, frage ich. Er weist auf die Fenster, durch die der Dieb eingedrungen ist und die jetzt mit neuen Läden versehen sind, und auf einen neuen Riegel an Eingangstür, durch die er wieder hinausgelangt ist. Wer hat das repariert und wann? Amar, antwortet Michel und blickt mich prüfend an. Er ist sicher erschrocken darüber, wie sehr mich der Einbruch getroffen hat. Obwohl nur geringer Schaden entstanden ist und der Verlust sich in Grenzen hält, würde ich am liebsten weinen. Ich nehme es persönlich. Jemand ist in meine Privatsphäre eingedrungen.

Vor dem Küchenfenster finde ich eine leere Marlboro-Schachtel. Soll ich sie als Beweis aufheben? Ich versuche, mir den Charakter und das Gesicht des Rauchers vorzustellen, aber die Entdeckung dieses Hinweises kommt fünf Wochen zu spät. Ich werfe die leere Schachtel in den Mülleimer. Weg damit.

Die Rodung des Grundstückes hat uns verletzlich gemacht, weil es jetzt von allen Seiten einzusehen ist. Das zwingt uns, Sicherheitsmaßnahmen zu ergreifen. Vielleicht war der Hügel noch nie eingezäunt, aber wir können uns keine romantischen Gefühle mehr leisten. Früher gab es im Umkreis von mehreren Kilometern nichts. Soweit der Blick reichte, war das Land von einer einzigen Familie, den Spinottis, bewohnt. Damals war das Leben sicher weniger gefährlich und zudem gab es auch noch Gärtner und ständiges Hauspersonal, die sich um das Anwesen Tag und Nacht kümmerten. So privilegiert sind wir nicht, also müssen wir eine andere Lösung finden.

Nach dem Mittagessen auf der Terrasse ruft Michel Amar an, der am frühen Abend eintrifft und für die Lorbeerbüsche plädiert, mit denen wir das Grundstück einfrieden wollen. Im Moment müssen wir Gott sei Dank noch nicht das gesamte Terrain einzäunen, weil neben unserem Grundstück auf beiden Seiten immer noch Wildnis herrscht. Wir haben keine Ahnung, wem das Land gehört, aber so unattraktiv das Unkraut und die Schlingpflanzen auch sein mögen, sie schrecken Einbrecher ab.

Ich stehe Amar ambivalent gegenüber. Das hat teilweise etwas mit meiner Einstellung zu tun, aber ich merke auch immer stärker, dass er weiß, wie sehr wir uns auf ihn verlassen, und dass er versucht, seinen Vorteil daraus zu ziehen. Er schätzt eine viel höhere Zahl an Büschen, die wir brauchen, als ich, und das sage ich ihm auch. Schließlich einigen wir uns bei einem Fruchtsaft auf eine vernünftigere Menge und einen Preis.

174

Aber auch nach heftigem Handeln ist es immer noch teuer. Hinzu kommt, dass er uns auf einmal mitteilt, die Summe, die wir ihm für das Roden gegeben haben, reiche nicht aus.

»Wir haben uns auf eine Summe geeinigt und das mit Handschlag besiegelt!«, fauche ich ihn an.

»Erlauben Sie mir, es zu erklären, *chère* Madame.« Und auf irritierend entschuldigende Weise legt er dar, dass er die Anzahl der Stunden, die er und seine zwei Arbeiter gebraucht haben, um das Grundstück zu roden, unterschätzt habe. Diese Zeit müsse er jetzt ebenfalls noch berechnen.

Ich bin sprachlos vor Wut über seine Kühnheit und seine Erfindungsgabe. Hier im Midi finden sich immer Gründe, warum ein ursprünglich vereinbarter Betrag nicht genug ist. In diesem Teil der Welt kann man mit Verträgen und Kostenvoranschlägen auch den Grill anzünden. Aber Michel geht gutmütig auf seine Forderung ein und bestellt die Lorbeerbüsche, weil wir uns die Verzögerung, bis wir einen neuen, weniger fordernden Gärtner gefunden haben, nicht leisten können. Aber wir täten sicher gut daran, vor dem Hochsommer mit all seinen Ablenkungen eine fähigere Person zu finden. Wir haben eine furchterregende Liste von Aufgaben. Die meiste Arbeit bleibt mir, weil Michel wieder nach Paris zurück muss und nur an den Wochenenden hier sein wird. Ich bin erschöpft von meiner Tournee und froh darüber, hier ausspannen zu können. Außerdem muss ich an meinem Roman weiterschreiben. Und dann ist da auch noch das undichte Dach ... Aber nach weiteren abendlichen Berechnungen bei einer Flasche Wein stellen wir fest, dass wir dafür nicht genug Geld haben. Wir müssen uns entscheiden, was wir sofort in Angriff nehmen wollen und was bis später warten kann. Trotzdem sind wir guter Dinge. Meine schlechte Laune hat sich gebessert und ich bin wieder fröhlich und voller Optimismus.

Letzten Sommer haben wir es ja auch geschafft und magische Monate hier verbracht, also besteht kein Grund, warum es dieses Jahr anders sein sollte. Jetzt, wo uns der Besitz gehört, ist ein gewisser Druck verschwunden. Wir können unser Tempo selber bestimmen. Der Einbau einer Küche, überall neue Leitungen, eine Dusche zwischen den beiden Gästezimmern, oben und unten neu verputzen und streichen, die Verwandlung einer ehemaligen Spülküche, einer *souillarde*, mit Steinspüle in eine Sommerküche, Rohre verlegen und zerbrochene Fliesen auswechseln, die Fensterläden und Türen reparieren und Matisse-Blau streichen, Palmen, Obstbäume, Blumen und noch mehr Blumen pflanzen, einen Kräuter- und Gemüsegarten anlegen, die andere Hälfte des Grundstücks kaufen, das Olivengut in Betrieb nehmen … die Liste ist endlos. Aber wir können es mit der Zeit alles schaffen. Wenn ich in der Zwischenzeit die Grundlagen des Olivenanbaus lernen kann und wir das Haus gegen unerwünschte Besucher und Regen sichern können, dann ist schon viel erreicht.

Ich stehe neben M. Di Luzio, unserem kaminkehrenden Klempner, auf dem Dach. Er wird das Flachdach mit Bitumen und Kies belegen. Es ist zwar nur eine zeitweilige Lösung und er kann uns auch nicht garantieren, dass es die Feuchtigkeit abhält, aber er versichert mir, dass es zumindest ein Jahr lang, vielleicht sogar zwei, nicht mehr durchregnen wird. Bis dahin können wir vielleicht die Riesensumme aufbringen, die benötigt wird, um die Arbeit professioneller durchzuführen. M. Di Luzio schreitet auf dem Dach hin und her. Die

Aussicht von hier oben ist atemberaubend, und als er zur Bucht blickt, verzieht er anerkennend das Gesicht. Von ihm ist das ein seltenes Kompliment, da er bis heute wiederholt erklärt hat, der beste Rat, den er uns geben könne, sei, die Villa abzureißen und ein neues Haus zu bauen. Aber die Sonne und die warme Brise scheinen ihn in gute Stimmung zu versetzen, denn er sagt: »*Pas mal, Madame.*«

Ich nicke dankbar.

Er dreht sich um, um unseren Pinienwald zu betrachten. »Sie haben viel Holz.«

Das lässt sich nicht bestreiten, denn überall liegen umgestürzte Baumstämme und abgefallene Äste herum.

»Wenn ich mir erlauben darf, Ihnen einen Rat zu geben …«

Ich wappne mich und erwarte, dass er mir rät, wir sollten uns eine Hütte bauen und alle Hoffnung auf das alte Haus fahren lassen.

»Hier liegt genug Holz herum, um meine Rechnung für die Dacharbeiten zu bezahlen.«

»Wirklich?«

»*Mais oui*, Madame. Verkaufen Sie es und dann können Sie mich bezahlen. Das ist eine *très bonne affaire* für Sie.« Seine Augen blitzen bei der Aussicht auf ein gutes Geschäft, vor allem eins, das *noir* ist und deshalb steuerfrei. Wir schlendern zur Dachkante, um über die Leiter, die ich dort hingestellt habe, herunterzuklettern.

M. Di Luzio bedeutet mir, vorauszugehen. Vorsichtig steige ich auf die erste Stufe, weil es mich nervös macht, rückwärts eine Leiter herunterzuklettern. Er ist ein kräftiger Mann und ich nehme an, er will warten, bis ich den Boden erreicht habe, bevor er selber herunterkommt. Aber er wartet nicht. Ich bin erst zwei Sprossen unter ihm, als die Leiter zu wackeln beginnt. »Ich habe Ihr Geheimnis entdeckt, Madame«, ruft er von oben. Ich wünschte, er würde jetzt nichts sagen. Ich versuche, mich zu beeilen, um so schnell wie möglich festen Boden unter die Füße zu bekommen. »Ich habe es meiner Frau erzählt, aber sonst niemandem. Ich behalte es für mich, Sie wollen ja sicher nicht, dass der ganze Ort über sie klatscht.«

Was auch immer mein Geheimnis ist, es scheint ihn auf jeden Fall zu amüsieren. Ich blicke auf seine Schuhsohlen über mir, versuche jedoch den Anblick seiner haarigen Beine, die in blauen Arbeitshosen stecken, zu vermeiden. Er lacht so laut, dass die Leiter hin und her schwankt. Ich sehe mich schon mit zerschmetterten Gliedmaßen am Boden liegen.

»Sagen Sie es mir gleich!«, rufe ich und klettere eilig herunter. Mit gerötetem Gesicht und wackligen Knien erwarte ich seine Enthüllung. »Was für ein Geheimnis, M. Di Luzio?«

Er blickt mich verschmitzt an. »*Pas un mot.*« Verschwörerisch drückt er einen schmutzigen Finger auf seine Lippen.

»Aber …«

»Schscht. Meine Lippen sind versiegelt.« Wie er diesen dramatischen Moment genießt!

Achselzuckend gehe ich zu den vorderen Terrassen. Ich habe keine Ahnung, wovon er spricht. Doch sicher nicht davon, dass *le monsieur* und ich nicht verheiratet sind? Er zwinkert mir zu und schüttelt mir heftig die Hand. »Sie haben sicher zu tun, Madame, ich überlasse Sie Ihrer Arbeit. Machen Sie sich keine Sorgen, Ihr Geheimnis ist bei mir sicher.« Und weg ist er und knattert mit seinem klapperigen Lieferwagen, der bis an den Rand beladen ist mit alten Waschbecken, Rohren und Kaminbürsten, die Einfahrt hinunter.

Ich bin verwirrt. Aber sein Vorschlag, das Holz zu verkaufen, gefällt mir. Ich weiß nicht nur nicht genau, wie ich einen Käufer dafür finden soll. Ein paar Tage später jedoch komme ich mit meinem alten Renault 4, den ich mir für fünftausend Francs gekauft habe, an einem eingezäunten Feld vorbei, auf dem meterhoch Baumstämme lagern. Ich halte an, um mir das Gelände anzusehen. Hinter dem verschlossenen Tor ist eine kleine Holzhütte. An der Tür hängt ein Zettel. Ich klettere am Geländer hoch, um vielleicht eine Telefonnummer oder die Öffnungszeiten lesen zu können, aber die Schrift ist zu undeutlich. Ich blicke auf meine Uhr. Zwanzig nach zwölf. Wahrscheinlich ist über die Mittagszeit geschlossen, aber da die kleine Firma nur fünf Minuten von unserem Hügel entfernt liegt, kann ich ja später noch einmal hierher fahren. Rasch fahre ich noch in den Ort, um mir ein Oliven-Tomaten-*fougasse* zu kaufen, bevor der Bäcker ebenfalls über Mittag schließt.

Auf dem Dorfplatz treffe ich M. Dolfo, unseren gutmütigen Elektriker. Der arme Mann kämpft verzweifelt mit seinem Lieferwagen, dessen Motor aufheult und jault, während er versucht, in eine meines Erachtens ziemlich große Parklücke einzuparken. Als er mich sieht, gibt er jeden weiteren Versuch auf und stellt einfach den Motor ab. Er steigt aus und begrüßt mich herzlich, wobei er mir die Hand schüttelt, als habe ich ihm gerade mitgeteilt, er habe im Lotto gewonnen. »*Bonjour*«, sage ich und schaue zweifelnd auf sein Auto, das in einem unmöglichen Winkel steht. Außerdem habe ich Angst, nichts mehr zum Mittagessen zu bekommen. Mein Frühstück hat lediglich aus zwei Tassen Kaffee bestanden, ich war zwei Stunden im Studio und habe nichts Essbares im Haus. Ich mache Anstalten zu gehen, aber er greift nach meiner Hand und flüstert verschwörerisch: »Wir hatten ja keine Ahnung, Madame. *Je suis désolé.*«

»Weswegen?«

»*Et enchanté.*«

Das muss M. Di Luzios Werk gewesen sein.

Am anderen Ende des Platzes gehen die automatischen Rollläden der *boulangerie* langsam herunter. »Ich muss g…«

»M. Di Luzio hat *pas un mot* gesagt, und auch ich werde schweigen.« Zwinkernd lässt er meine Hand los und verschwindet winkend und mit verschwörerischem Nicken.

Ich rase über das Pflaster, um noch ein Brot zu bekommen und werde fast von einem Peugeot 5 über den Haufen gefahren, der im letzten Moment dem auf die Straße ragenden Kühler des schlecht geparkten Elektrikerwagens ausweicht.

Ich kann mir nicht vorstellen, welche Geschichte unser Klempner überall herumerzählt.

Bevor M. Di Luzio mit seiner Arbeit beginnt oder Gäste eintreffen, habe ich noch ein paar Tage Zeit, um meinen Sommer zu organisieren. Ich muss Drehbücher schreiben, Gärten erschaffen und Bücher kaufen, um die gestohlenen Titel wieder zu ersetzen. In Buchhandlungen stöbere ich nach den Grundlagen des Olivenanbaus und kaufe alles, dessen ich habhaft werden kann. Ich erfahre, dass manche Kenner der Meinung sind, das Olivenöl aus Nizza und Umgebung haben nur einen Konkurrenten, nämlich italienisches Olivenöl aus der Gegend von Lucca. Andere verkünden, Olivenöl von der Französischen Riviera käme überhaupt nichts gleich. Es gilt als das beste kaltgepresste Öl auf der Welt. Allerdings ist es auch das teuerste. Der Legende nach wurde Adam unter einem Olivenbaum begraben.

Ich weiß nicht, wie man das herausgefunden hat, aber da das Alte Testament im Mittleren Osten spielt, ist es nicht ganz unwahrscheinlich. Meine Lieblingslegende ist die vom Kampf wegen der Namensgebung von Athen zwischen dem Meeresgott Poseidon und Athene, der Göttin der Weisheit. Die Götter nannten die Stadt schließlich nach ihr, weil sie dort in der Akropolis den ersten Olivenbaum pflanzte, als Symbol für Frieden und Wohlstand.

Kehren wir zu den Fakten zurück: Olivenbäume gedeihen am besten im mediterranen Klima. Sie wachsen sowohl auf steinigem als auch auf fruchtbarem Boden und sogar in einer Höhe, in der andere Obstbäume eingehen würden. Einmal eingepflanzt brauchen sie nur noch wenig Aufmerksamkeit und minimal Wassermengen, denn sie trotzen auch den schlimmsten Dürren. Selbst Frost kann ihnen nichts anhaben, wenn er nicht zu lange dauert und die Temperatur nicht unter minus acht Grad sinkt. Diese verkrüppelten, charaktervollen Pflanzen werden Jahrhunderte alt. Es dauert allerdings lange, bis sie tragen. Die ersten Früchte bringen sie erst im Alter von sieben oder acht Jahren hervor und den vollen Ertrag erst, wenn sie fünfzehn bis zwanzig Jahre alt sind. Ein Olivenbaum ist also eine langfristige Anlage. Deshalb ist es in Südfrankreich auch verboten, Olivenbäume zu fällen. Straßen oder Gebäude müssen darum herumgebaut werden.

Ich streife unter strahlend blauem Himmel durch unseren Olivenhain und verarbeite all mein neues Wissen. Jetzt, wo alles gerodet ist, genieße ich jede Minute, in der ich die Bäume genau untersuchen kann. In der Antike galt die Olive als Heilpflanze und ich spüre, wie sie ihre beruhigende Kraft auf mich überträgt und mich gelassener macht.

Nachdem ich mir an meinem Arbeitstisch Notizen über den Olivenanbau gemacht habe, fahre ich noch einmal zu der kleinen Holzfirma. Aber das Tor ist immer noch verschlossen. Unschlüssig bleibe ich eine Weile stehen und überlege, ob ich vielleicht eine Nachricht hinterlassen und wo ich sie am besten befestigen soll. Auf der Wiese nebenan grasen Pferde, und ich gehe hin, um sie zu streicheln. Ich bin schon unzählige Male an ihnen vorbeigefahren, hatte aber noch nie einen Anlass, hier anzuhalten.

Es ist eine hübsche, unbewohnte Landstraße, und ich beschließe, mir ein wenig die Hecken anzusehen, in der Hoffnung, dass der Holzhändler endlich auftaucht. Überall wächst Clematis. An der Straße liegt ein flachgedrückter Milchkarton, der meine Aufmerksamkeit erregt, weil die Schrift darauf arabisch ist. Ich komme an einem Lorbeerbaum vorbei, der so hoch wie eine ausgewachsene Zypresse ist. In der Luft liegt ein pfeffriger Duft, den ich nicht identifizieren kann. Ist es wilder Salbei? Gelbblühender Ginster verleiht dem Gebüsch an der Straße fröhliche Farbtupfer. Um die nächste Kurve liegt ein winziges Weinfeld, dass ich auf meinen Fahrten nach Mougins schon oft gesehen habe. Die Weinstöcke sind uralt; kurz, stämmig und verkrüppelt. Schwer hängen grüne Trauben daran. Auch ein paar Kirschbäume wachsen zwischen den Weinstöcken. Sollte ich den Weinbauern vielleicht einmal um Rat fragen, was die Vorbereitung des Bodens, die Pflanzzeiten, Ernte und so weiter angeht? Ein Jeep fährt vorbei und plötzlich merke ich, wie still es hier ist. Es geht kein Lüftchen und die Ruhe ist schon fast meditativ.

An einem schmalen, schattigen Sträßchen bleibe ich stehen. Michel hat mir den Pfad schon früher ein paar

Mal gezeigt. Er führt zur Rückseite unseres Hügels, sagt er. Weil ich dieses Mal zu Fuß hier bin, stelle ich fest, dass die Straße nach ein paar Metern verbarrikadiert, aber nicht unpassierbar gemacht worden ist. Es steht jedenfalls kein Verbotsschild da.

Ich höre ein Fiepen, oder ist es ein Vogel? Das Geräusch dringt so unerwartet in die Stille, dass ich es zuerst für das Wiehern von einem der Pferde halte. Wieder höre ich es und gehe ihm nach, den Pfad entlang. Als ich unter der Holzbarriere durch schlüpfe, wird das Fiepen lauter. Um mich herum ist dichtes Gestrüpp in dem vereinzelt Mimosen wachsen. Vor mir ist eine kleine Lichtung, an deren äußerstem Ende ein halb ausgebranntes Autowrack liegt. Von dort kommt das Geräusch. Als ich näher trete, sehe ich ein prächtiges Tier mit goldbraunem Fell, das schwer atmend auf der Seite liegt. Es ist ein großer, langhaariger Hund, der entsetzlich dünn ist. Ich knie mich hin, traue mich aber nicht, ihn anzufassen, falls er nach mir schnappt. Einer seiner Hinterläufe blutet schlimm, offensichtlich hat er ihn sich an dem verbogenen Metall aufgerissen. Zögernd strecke ich die Hand aus und der Hund fletscht die Zähne. Es ist ein prachtvolles Geschöpf und offenbar hat er Schmerzen. Ich stehe auf und überlege, was ich am besten tun soll. Zwar bin ich nicht weit von zu Hause entfernt, aber ich kann ihn nicht dorthin transportieren, selbst wenn er zuließe, dass ich ihn anfasse. Und wegen der Wegsperre kann ich nicht mit dem Auto bis hierher kommen. Ich beschließe, nach Hause zu fahren, den Tierarzt anzurufen und mich mit ihm hier zu treffen. Als ich weggehe, hebt der Hund den Kopf und jault erbärmlich. Es zerreißt mir das Herz und so schnell ich kann, laufe ich die Straße entlang zurück zu meinem Auto.

Als ich an meinem Renault ankomme, steht ein Auto vor dem Tor der Holzfirma. Ein kleiner Mann mit silbernen Haaren lädt gerade zwei Kettensägen aus dem Kofferraum aus. Ich spreche ihn an und er dreht sich zu mir um. Sein Gesicht ist gerötet und freundlich. Ich erzähle ihm von dem Hund und bitte ihn um Hilfe. Er legt die Kettensägen wieder zurück und bedeutet mir, ich solle bei ihm einsteigen. Dann fährt er mit mir zu dem Weg, so weit es die Sperre zulässt. Zusammen gehen wir zu dem Hund, der immer noch jault, aber anfängt zu knurren, als er uns sieht. Nach mehreren vergeblichen Versuchen lässt die Hündin – ich sehe jetzt, dass es ein Weibchen ist – schließlich zu, dass wir sie zum Auto tragen und in den Kofferraum legen.

Wir fahren zurück nach Appassionata und ich hole rasch ein paar alte Laken und Kopfkissenbezüge aus dem Haus. Der Hund wird auf unsere alte Matratze in einen der Ställe gelegt, wo wir an Weihnachten die wilde Katze gefunden haben. Mein Begleiter stellt sich mir als René vor. Ich erkläre ihm, dass ich eigentlich auf ihn gewartet habe, weil ich ihn fragen wollte, ob er Holz kaufen wollte. Pinie, Olive, Eiche. »Wären Sie daran interessiert?«

»*Pourquoi pas?*« Seine Augen sind blau und von Lachfältchen umgeben. Ich mag ihn sofort.

Während ich mit dem Tierarzt telefoniere, den René mir empfohlen hat, sieht er sich das Holz an und bietet mir dafür tausend Francs mehr, als die Dachreparatur kostet. Und was noch besser ist, er zieht ein Bündel Banknoten aus der Tasche und bezahlt mir gleich den gesamten Betrag in bar.

»Wollen Sie nicht warten, bis …«

»Nein, nein. Ich komme morgen mit meinem Sohn wieder und wir zersägen das Holz gleich hier, wenn es

Ihnen Recht ist. Dann kann ich es leichter transportieren.« Glücklich stimme ich zu und wir vereinbaren eine Zeit. Er biete mir an, mich wieder zu meinem Auto zu fahren, aber ich möchte lieber warten, bis der Tierarzt da war, und dann kann ich zu Fuß hinuntergehen und es holen. Also fährt er wieder und lässt mich mit einem dicken Bündel von Scheinen zurück.

Der Hund hat kein Halsband, keinen Namen und keine Tätowierung, die in Frankreich obligatorisch ist. Ohne Tätowierung kann der Hund eingeschläfert werden, erklärt der Tierarzt. Oder jeder kann ihn einfangen und für medizinische Experimente verwenden. Ich bin entsetzt und gebe prompt über die Hälfte des Geldes, das René mir gegeben hat, für Medikamente und Behandlung aus. Die Pfote muss genäht werden, zwei Zähne sind gebrochen, die Hündin hat Magenbluten und blutende Schrammen am Hinterlauf. Der Tierarzt ist riesengroß und rundlich, ein gutmütiger, bärtiger Deutscher aus Bayern, ein entzückender Mann, dem die Liebe zu Tieren aus jeder Pore strömt.

»Lassen Sie sie bei mir«, sagt er. »Ich rufe Sie in ein paar Tagen an und sie können sie wieder abholen, wenn sie sich ein wenig erholt hat. Wissen Sie zufällig ihren Namen?«

Wir reden Englisch, weil er die Gelegenheit nutzt, um seine Sprachkenntnisse zu erproben. Ich schüttele den Kopf. »Ich habe noch keinen Namen für sie«, erwidere ich.

Er blickt mich erstaunt an, schreibt dann etwas auf ihr Krankenblatt, wünscht mir einen guten Abend und versichert mir, ich müsse mir keine Sorgen machen.

Ich kehre wieder an meine Arbeit zurück, denke aber die ganze Zeit darüber nach, was ich mit der Hündin machen soll, wenn es ihr wieder gut geht. Ich habe

Henri und mein Versprechen, ihn zurück zu holen, sobald es die Umstände erlauben, nicht vergessen. Kurz entschlossen rufe ich im Tierheim an.

Als ich nach Henri frage, erfahre ich, dass kurz nachdem wir ihn zurückgebracht hatten, ein Heim für ihn gefunden worden ist. Mein Herz sinkt, aber ich gönne es dem armen Henri. »*Il est très, très content*«, teilt mir die Leiterin des Heims mit. Ich danke ihr und lege den Hörer auf, wobei ich mich im Stillen von dem großen, schwarzen Hund verabschiede, der unser Leben ein paar Wochen lang durcheinander gewirbelt hat.

Am nächsten Tag kommt René nicht, um sein bereits bezahltes Holz abzuholen. Auch nicht am Tag darauf. Ich habe weder seine Telefonnummer noch seinen Nachnamen. Verwirrt überlege ich, ob ich vielleicht im Besitz von gestohlenem Geld bin.

Ich sehe M. Di Luzio zu, während er seine Ausrüstung ablädt. Die ganze Zeit über singt und pfeift und grinst er dabei, und jedes Mal, wenn ich in seine Nähe komme, nickt er mir zu und verbeugt sich. Bei einer Gelegenheit schlägt er sich grinsend auf die Schenkel und ruft: »*Pas de bottes, eh!*«

Keine Stiefel? Es ist Juli. Ich laufe in Shorts und Espadrilles herum. Ich habe keine Ahnung, wovon er redet, und ich habe auch keine Lust, ihn zu fragen. Langsam habe ich das Gefühl, er ist vielleicht nicht ganz dicht.

Bis zum Ende des zwanzigsten Jahrhunderts, als auf einmal die Ernährungswissenschaftler mediterranes Essen als das gesündeste in der Welt erklärten, wurden Oliven und die daraus entstehenden Produkte hauptsächlich in südländischen Küchen verwendet. In dieser Region ist Olivenöl so gebräuchlich wie Knoblauch oder Bouillabaisse.

Die Griechen haben vor über zweitausendfünfhundert Jahren die ersten Olivenbäume hier an der Südküste Frankreichs gepflanzt, haben sie allerdings nicht kultiviert, da sie eigentlich kein Bauernvolk sind. Sie waren Seefahrer, Entdecker und Händler. Sie haben Hafenstädte wie Nizza, Antibes und sechshundert vor Christus Marseille gegründet – der ursprüngliche griechische Name war Massalia – und dann sind sie weitergezogen. Für die Griechen war Massalia lediglich ein Erholungsort, bevor sie weiter ins Landesinnere vordrangen. Die Bewohner Massalias sprachen perfekt Griechisch, kleideten und benahmen sich wie die Griechen und hielten sich von barbarischen Stämmen wie den Kelten, die um sie herumlebten, fern.

Ich gebe es auf, weiterarbeiten zu wollen, weil M. Di Luzio über mir auf dem Dach hin und her läuft. Jeder seiner Schritte erschüttert das Haus, als wenn ein Riese darübertrampeln würde. Und er pfeift und singt unermüdlich!

Also schließe ich meinen Laptop und gehe zum Schwimmen. Kaum jedoch bin ich im Wasser, ruft er nach mir und bittet um ein Bier. Er ist sehr durstig, was bei den Temperaturen auch verständlich ist. Als ich tropfnass die Leiter hinaufklettere, um ihm sein Bier zu bringen, muss ich lachen. Der Schweiß läuft ihm übers Gesicht und hat den Ruß in Streifen weggewaschen, sodass er aussieht wie ein Zebra. Glücklicherweise klingelt gerade das Telefon. Ich eile über das Dach, auf dem es glühend heiß ist. Als ich wieder die Leiter herunterklettern will, hält er mir seine Flasche entgegen. »À la votre!«

»Auf Ihr Wohl, M. Di Luzio.« Ich lächle. Er ist wirklich außergewöhnlich fröhlich. Gerade will ich ins

Haus gehen, um den Hörer abzunehmen, als er sich noch einmal über das Dach beugt und ruft: »*Et votre mari, il porte un melon aussi?*« Er brüllt vor Lachen. Und trägt Ihr Mann auch eine Melone? Was um alles in der Welt meint er denn damit?

Ich greife zum Hörer. Es ist die junge Assistentin des Tierarztes. »*Namenlos* kann abgeholt werden.« Ich lächle über den Namen und sage ihr, dass ich sofort komme. Ich habe beschlossen, den Hund auf jeden Fall zu behalten, bis er wieder ganz gesund ist und dann … na ja, darüber habe ich noch nicht nachgedacht. Michel kommt heute Abend und ich werde mit ihm über den Hund reden. Obwohl die Rechnung des Tierarztes sich auf ungefähr fünftausend Francs beläuft, will er keinen Pfennig annehmen.

»Warum?«

»Weil Sie für Namenlos gar nicht verantwortlich waren und weil Sie uns viele vergnügliche Stunden bereitet haben. In Deutschland heißt Ihre Sendung ›*Der Doktor und das liebe Vieh*‹. Wenn Sie uns ein Autogramm geben, bin ich zufrieden.« Ich bin ganz überwältigt von seiner Freundlichkeit und entzückt hole ich den Hund ab, der auch bereits auf Namenlos reagiert. Er ist von der Schnauze bis zum Hals bandagiert, nur die gespitzten Ohren sind ausgespart. Ein weiterer Verband schützt den verletzten Hinterlauf, aber offenbar beeinträchtigt es ihn nicht beim Gehen. Die Hündin wedelt mit dem Schwanz, als sie mich sieht, also kann sie mich nicht ganz vergessen haben. Mit zahlreichen Schachteln Antibiotika bewaffnet, gehe ich zum Auto und sie folgt mir ohne Zögern.

»Kaum zu glauben«, sagte der Tierarzt, der mich begleitet, »dass jemand das Tier ausgesetzt hat. Es ist ein reinrassiger belgischer Schäferhund und ein besonders schönes Exemplar dazu. Wenn Sie sie nicht behalten können, sagen Sie mir Bescheid. Ich habe keine Probleme, sie unterzubringen.«

Als ich zurückkehre, hat unser fröhlicher Klempner seine Arbeit für das Wochenende beendet, aber das Holz ist immer noch nicht abgeholt worden. Ich richte Namenlos ein Körbchen und fahre zum Flughafen.

Michel ist müde. Er wirkt richtig erschöpft und sagt nicht viel, aber ich sehe ihm am Gesicht an, wie froh er ist, hier zu sein. Auf der Fahrt nach Hause erzähle ich ihm, was in dieser Woche alles passiert ist, und er hört mir schweigend zu, während er mir über die Haare und die Schultern streichelt.

Mein Stolz darauf, das Holz verkauft zu haben, der nette Tierarzt … »Ach ja, wir haben einen Hund. und ich habe das doch richtig verstanden, oder? Das Wort *melon* bedeutet doch Melone, oder?«

Michel überlegt. »Hat er nur gesagt, ›Trägt Ihr Mann auch eine Melone‹?«

Ich glaube schon.

»Ach nein, er hat gesagt, *porter*, wie bei Kleidern.«

»Trägst du eine Melone?«, kichere ich. Mittlerweile knien wir beide neben Namenlos, die nicht genau weiß, was sie von diesem fremden Mann halten soll. Aber sie zeigt ihm nicht die Zähne.

Danach zeige ich Michel, was ich im Garten alles eingepflanzt habe, und erzähle ihm selig, dass ich auf dem Dorfmarkt hundert Rosen gekauft habe. Ich habe sie schon im Voraus bezahlt und kann sie beim nächsten Mal abholen. Ohne mich zu kritisieren, weist er mich darauf hin, dass ich wahrscheinlich nicht zwangsläufig die Pflanzen ausgesucht habe, die der Hitze am besten widerstehen können. »Und wo willst du hundert Rosen pflanzen?«, fragt er mich. »Wenn der Kerl überhaupt jemals wieder kommt.«

»Du bist zynisch. Natürlich kommt er wieder.« Ich wedele mit dem Arm. »Da oben setze ich sie hin.«

»Aber, *chérie*, der Boden da ist voller Steine und sie haben keinen Schutz und auch keine ausreichende Wasserversorgung. Es wird glühend heiß sein, was für Rosen nicht gerade ideal ist.«

»Du bist manchmal so schrecklich logisch.«

»Ich habe eben den Überblick«, erwidert er liebevoll.

Michel heizt den Grill an, während ich den Salat zubereite. Wir essen auf der oberen Terrasse mit Blick auf das mondbeschienene Meer. Auf unserem Behelfsgartentisch steht meine Öllampe, die ein warmes Licht gibt. Es ist schon dunkel und der Abend ist, da es noch nicht Hochsommer ist, kühl. In langen Hosen und Pullovern trinken wir unseren Rotwein. Michel serviert die mit Kräutern aus dem Garten gewürzten Lammkoteletts gerade, als ich mit dem Bargeld von René aus dem Haus komme. Ich zeige es Michel, damit er mal einen Blick darauf werfen kann. Die letzten Tage hatte ich es in einer Kiefernkommode unter der Bettwäsche verstaut. Fragend sieht er mich an.

»Warum hast du es nicht zur Bank gebracht?«

Darüber muss ich einen Augenblick lang nachdenken, weil ich das selber nicht genau weiß. »Für den Fall, dass es gefälscht oder gestohlen ist«, sage ich dann.

Michel bricht in dröhnendes Gelächter aus. »*Chérie*, du bist so dramatisch. Das ist zweifellos Schwarzgeld, aber du hast doch bestimmt schon begriffen, dass das meiste Geld hier Schwarzgeld ist? Das ist eben der Modus vivendi. Ich bin mir ziemlich sicher, dass dieser René es an der Steuer vorbei verdient hat.«

»Und warum kommt er dann nicht, um sein Holz abzuholen?«

»Das tut er schon noch. Wir sind hier im Midi und alles passiert zu seiner Zeit.«

Wieder einmal hatte ich vergessen, dass Zeit hier anders interpretiert wird. Morgen bedeutet nicht unbedingt morgen, sondern an einem Zeitpunkt von jetzt an. Und man kann nur gelassen abwarten. Für eine so ungeduldige Frau, wie ich es bin, ist das eine schwierige Lektion. Aber ich nehme Michels Weisheit bereitwillig an und wir verbringen einen wunderschönen Abend.

Wie immer stehen wir bei Sonnenaufgang auf. Seit das Grundstück gerodet ist, machen wir als erstes immer einen Spaziergang. Heute früh gehen wir den schmalen Weg entlang, der sich steil durch den Pinienwald bis zum Gipfel des Hügels schlängelt. Dort lassen wir uns erschöpft zu Boden fallen, atme tief die duftende Luft ein und schauen zu, wie die Sonne aufgeht. Ich habe die Sonne schon an vielen verschiedenen Orten auf der ganzen Welt aufgehen sehen, mit Gefährten oder früheren Liebhabern, aber nirgendwo habe ich es so stark empfunden wie hier. Hier gehört sie zu uns und unserer Intimität. Ich schließe die Augen und atme tief ein. Einen Moment lang jagt es mir Angst ein, so sehr zu lieben.

Am Haus springen wir noch rasch in den Pool und nehmen dann ein warmes Bad. Durch das Fenster des blau gefliesten Badezimmers beobachten wir Kaninchenfamilien, die zwischen den Holzstapeln hin und hoppeln.

Der frühe Morgen ist eine kostbare Zeit für uns, ein Teil dessen, was wir sind und was wir miteinander teilen. Die meiste Zeit des Tages arbeiten wir, auch am Wochenende, denn wenn wir das nicht tun, haben wir keine Chance, das Haus zu halten, geschweige denn zu renovieren. Aber noch genießen wir es, in der Badewanne zu liegen.

Der Tag nimmt seinen Lauf. Das Licht schimmert golden, als die Sonne höher steigt. Und dann explodiert es minutenschnell in glühende Hitze.

»Frühstück!«, ruft Michel. Seine lockigen Haare, die etwas länger geworden sind, sind dunkel vor Nässe. Er ist gebräunt und duftet nach Mandelöl.

Es wird zu heiß, als dass wir weiterhin auf unserer verborgenen Terrasse frühstücken können, deshalb tragen wir Stühle und Tisch vor das Haus, wohin die Sonne nicht vor zehn Uhr kommt. Über Eiern und Kaffee berichte ich Michel von meinen Erkenntnisse über Olivenanbau. »Die Griechen haben die Frucht nach Südfrankreich gebracht, aber sie haben sie auch nach Nordafrika, nach Tunesien, Algerien und Marokko, exportiert. Dort haben die Araber begonnen, sie zu kultivieren. Sie stellten Öl her, legten die Früchte ein, gaben Rezepte und Methoden weiter und brachten sie in ihre Küche ein. Später kamen dann mit arabischen Händlern Olivenbäume auch nach Spanien und Portugal.«

»Wusstest du«, wirft Michel ein, »dass der Koran ihn nicht als gesegneten Baum erwähnt?«

»Nein, das wusste ich nicht. Ich habe mich jedoch gefragt, ob Priester, Seher oder auch die Frauen, die fürs Kochen zuständig waren, seine mythischen Kräfte, seine heilenden Eigenschaften verstanden haben. Die Erkenntnisse wurden zwar von Generation zu Generation weitergegeben, aber irgendwann ging dieses Wissen verloren und es wird erst jetzt wieder langsam entdeckt. Die Heilkraft der Olive zum Beispiel.«

Während wir uns unterhalten, sehen wir den rotbraunen Eichhörnchen zu, die von den Zypressen auf die niedrigeren Mandelbäume springen. Ihre Sprünge wirken äußerst gut organisiert. Immer zwei springen gleichzeitig und die Äste wippen wie ein Trampolin. Dann machen sie Platz für das nächste Paar. Ein Streit entsteht nur, als eine gierige Elster heranrauscht und kreischend an den Ästen rüttelt. Sie ist wohl wütend darüber, dass die Eichhörnchen ihr die Nüsse wegnehmen. Ich weiß, dass viele Landbesitzer Elstern schießen, und ich beginne langsam zu verstehen warum.

Nach dem Frühstück wird gearbeitet. In meinem Arbeitszimmer höre ich, wie Michel geschäftig auf die Tastatur seines Laptops einhämmert. Ich schlage mein Buch über die Geschichte der Olive auf und lese, dass nach den Griechen die Römer nach Südfrankreich gekommen sind. Im Gegensatz zu der kargen Topographie der Griechen war Italien fruchtbar und mit Wald bewachsen und so waren die Römer mehr auf dem Land zu Hause als auf dem Meer. Während ihrer Eroberungszüge in den Norden und ihrer Einnahme der Provence – Julius Caesar taufte die Region »Provincia« – erkannten sie schon bald den Wert der Olivenbäume, die überall auf den Hügeln wuchsen und sie begannen mit der Kultivierung der Frucht.

Die Kultur der Griechen und Römer hat die Provence geprägt. Die Griechen haben die Olive zum ersten Mal in den Süden Frankreichs gebracht, aber es waren die Römer, die sie kultivierten und damit eine blühende Wirtschaft begründeten.

Nachmittags lieben wir uns, vor der Hitze durch die Fensterläden geschützt. Das hundert Jahre alte Haus ächzt und knarrt, als erwache es aus seinem Dornröschenschlaf. Und dann liegt es wieder wie wir in friedlicher Ruhe da. Unser einziger Gefährte ist Namenlos, der es von Stunde zu Stunde besser geht. Danach lese ich oder mache mir Notizen, während Michel schläft.

Bei einem Abendspaziergang entdecken wir, dass die meisten Trockenmauern eingestürzt sind. Sie müssen wieder aufgebaut werden. Es könnte sein, dass die Rodung daran schuld ist, weil die Wurzeln die Mauern festgehalten haben. Oder vielleicht liegt es auch an den *sangliers*, die nach Michels Meinung die Mauern auf ihrer Suche nach Futter niedergerissen haben. Obwohl wir seit der ersten Begegnung kein Wildschwein mehr am Haus gesehen haben, ist es unwahrscheinlich, dass sie ganz aus der Gegend verschwunden sind. Überall stoßen wir auf ihre Spuren und ihre Gruben.

Als wir zurückschlendern, fragt mich Michel, wie ich mit meiner Geschichte vorankomme. Langsam, erwidere ich. Meinst du, du bist am Ende des Sommers fertig?

Lächelnd nicke ich, weil er mich so subtil auf den avisierten Termin aufmerksam macht. Wenn die Drehbücher angenommen und produziert würden, dann würde das unsere Chancen, die zweite Hälfte des Grundstücks kaufen zu können, wesentlich verbessern. Außerdem würde es mir persönlich viel bedeuten, weil ich so mein neues Leben viel besser definieren könnte.

Die Dämmerung bricht herein, die Schatten werden länger und wir schwimmen im mondbeschienenen Pool. Danach grillen wir unser Abendessen. Selbst das einfachste Essen würze ich mittlerweile mit Knoblauch. Olivenöl, Knoblauch, Kräuter. Eine Wonne.

Es wird Montag und wir krabbeln aus dem Bett, noch bevor die Lerche singt. Michel muss mit dem frühesten Flug nach Paris, was bedeutet, dass wir um halb sechs aufbrechen müssen. Am Flughafen geben wir uns in meinem alten Renault einen Abschiedskuss. Ich versuche, das Gefühl von Verlassenheit oder Traurigkeit gar nicht erst hochkommen zu lassen. In drei Wochen sind wir den ganzen Sommer über zusammen.

Als ich nach einem Croissant und mehreren *cafés au lait* in Antibes wieder am Haus anlange, biegt M. Di Luzio in die Einfahrt ein. Wir haben uns kaum guten Morgen gewünscht, als er auch schon verkündet: »Sie sind Schauspielerin, nicht wahr?«

Ich nicke und er lacht triumphierend. Ich weiß nicht, wie er das erfahren hat, aber es bedeutet ihm sicher etwas, da er mir ständig von einem bekannten französischen Pianisten und Sänger erzählt, der nicht weit von uns entfernt wohnt und dessen Rohre er verlegt hat. »Der Klempner für die Stars«, ruft er strahlend. Im Geiste stellt er sich wahrscheinlich schon ein entsprechendes Schild über seinem Laden vor.

Was ich an den Franzosen am meisten liebe, ist ihre Wertschätzung der Künste. Selbst die kleinsten Entertainer gelten in Frankreich als *artistes* und der Begriff »Schauspielerin« oder auch »Schriftsteller« versetzen sie in Entzücken. M. Di Luzio ist da keine Ausnahme.

»Ich habe Sie doch im Fernsehen gesehen, oder?«

Ich zucke mit den Schultern. Möglich, aber ich kann mir nicht vorstellen, was er gesehen hat. Die meisten Fernsehserien, in denen ich mitgespielt habe, sind nicht nach Frankreich verkauft worden, auch nicht *Der Doktor und das liebe Vieh.*

»Ich hatte ja keine Ahnung, dass Sie so berühmt sind.«

Ich eile ins Haus, weil er meinen Ruhm überschätzt, weil ich fürchte, dass dadurch seine Rechnung höher wird, und weil ich mich einsam fühle. Nicht lange jedoch. Amar erscheint mit einer ganzen Armee von Gartenarbeitern, die einen ganzen Wald von Lorbeerbüschen abladen. Es sind ganz entschieden weit mehr, als wir bestellt haben. Dann verschwindet er wieder und lässt seine Leute arbeiten. Ich rase die Einfahrt herunter, wo sie bereits mit Hacken und Schaufeln dabei sind, unsere Grundstücksgrenze zu bearbeiten.

»Stop!«, schreie ich.

Es gibt keinen Anführer, mit dem ich mich auseinander setzen kann. Ich bin lediglich die Irre vom Hügel. Sonnengebräunte Gesichter starren mich an und dann kehren die Männer wieder an die Arbeit zurück, für die sie bezahlt worden sind. Ich wage es gar nicht, mir auszumalen, wie viel Amar uns dafür in Rechnung stellen wird. Hektisch suche ich im Haus nach seiner Telefonnummer. Ich muss der Sache Einhalt gebieten, bevor sich herausstellt, dass wir ein ganzes Gartencenter gekauft haben.

In der Zwischenzeit trifft René ein, gefolgt von zahlreichen Autos mit Anhängern. Unsere Einfahrt ist nun vollständig mit Fahrzeugen blockiert.

René führt seine Leute auf den Hügel und teilt sie zur Arbeit ein. Jeder von ihnen hat eine Kettensäge. Namenlos beginnt zu bellen. M. Di Luzio über mir auf dem Dach schmilzt und verteilt Bitumen und schüttet ganze Kiesberge aus, im Pinienwald kreischen fünf Kettensägen, weiter unter schlagen Schaufeln gegen Steine, Äste krachen und Stimmen brüllen. Ich kann mein eigenes Wort nicht mehr verstehen. Wie eine Irre schreie ich ins Telefon und befehle Amar, sofort hierher zu kommen und das Pflanzen einzustellen.

»Aber der Plumbago wird prächtig zwischen all diesen Zedern aussehen.«

»Wir haben keinen Plumbago bestellt und wir können ihn uns auch nicht leisten. Wir haben ja noch nicht einmal einen Zaun.«

Seufzend willigt er ein, vorbeizukommen. Anscheinend hat das Risiko, sein Geld nicht zu bekommen, ihn wieder zu Verstand kommen lassen. Ich lege den Hörer auf und fahre mir mit den Fingern durch die Haare, die noch nicht einmal gekämmt sind. Ich habe mir nach dem Aufstehen lediglich rasch die Zähne geputzt. Irgendwo in der Ferne, in Le Cannet, wo Pierre Bonnard ein paar seiner schönsten Bilder gemalt und Rita Hayworth die letzten Jahre ihres Lebens verbracht hat, heult die Mittagssirene, und als ob man einen Schalter umgelegt hätte, hören alle Aktivitäten schlagartig auf. Alle Männer suchen sich ein Plätzchen im Schatten und verzehren ihr Mittagessen. Fasziniert sehe ich vom Fenster aus zu.

René und seine Kettensägen-Gang stellen einen Klapptisch auf. Entkorkte Flaschen mit Rosé und Rotwein, Wasserflaschen, Paté, Salat, Teller und Schüsseln für warmes Essen (Wie machen sie das nur? frage ich mich) und Besteck tauchen auf. Dann kommen Gläser und die Männer prosten einander zu. M. Di Luzio hält sich an seine Landsleute und wünscht ihnen *bon appétit*.

Während die Araber bereits schweigend ihr Essen verzehren – jeder von ihnen hat eine Dose dabei, wie Kinder sie in die Schule mitnehmen, mit einem Pausenbrot und einem Stück Obst –, sind die Franzosen noch mit den Vorbereitungen beschäftigt. M. Di Luzio geht zu seinem prähistorischen Kombi und holt eine Kühltasche heraus, aus der er eine Flasche Wasser und zwei Flaschen Bier herausnimmt. Er geht auf dem Parkplatz hin und her, während er durstig hintereinander die Bierflaschen leer trinkt. Das Wasser gießt er sich über den Kopf. Dann tritt er zu René und seiner Truppe und fängt an, sich mit den Männern zu unterhalten. Er redet zwar laut, aber mit einem so schweren Akzent, dass ich kein Wort verstehe. Aber das Thema erfordert offensichtlich zahlreiche Gesten. Die anderen lauschen ihm hingerissen. Ich auch, aber aus einem anderen Grund. Mich fasziniert das gesellschaftliche Schauspiel. Sogar die Araber, an die sich M. Di Luzio ab und zu auch wendet, um sie einzubeziehen, sehen ihm gebannt zu. Di Luzio führt mit großen Gesten gerade etwas vor, das aussieht wie die Darstellung eines Bankraubs. Zwei Finger hält er hoch, so wie ein Kind, das so tut, als habe es eine Pistole. Dann schwingt er mit den Hüften, als sei er eine Frau, und macht eine Bewegung mit dem Fuß, als wolle er Kickboxen. Danach sieht er ehrfürchtig zum Haus.

In diesem Moment dämmert es mir, dass seine Pantomime mich darstellen soll. Hastig ziehe ich mich vom Fenster zurück.

Unser Klempner macht jetzt eine Handbewegung, die hier im Midi sehr verbreitet ist: er schüttelt mit nach oben gedrehtem Daumen die Hand, was Reichtum oder Macht bedeutet. Mittlerweile haben alle aufgehört zu essen, so fasziniert sind sie von seiner Vorführung. Erzählt er ihnen etwa, dass wir eine Bank ausgeraubt haben? Aber ich habe ihn doch noch nicht einmal bezahlt und das Geld, das zwischen unserer Bettwäsche steckt, ist das von René.

Glücklicherweise unterbricht Amars Erscheinen die Show. Er eilt zu seinen Arbeitern und wünscht ihnen *bon appétit*, ebenso wie den Franzosen. Ich trete aus dem Haus und gehe ein wenig verlegen auf ihn zu. René ruft mir zu: »*C'est vous qui jouez dans chapeau melon et bottes de cuir?*«

Alle warten gespannt auf meine Antwort. Ob ich in

Melone und Lederstiefeln mitgespielt habe? Da ich keine Ahnung habe, was das bedeuten soll und was für eine Antwort die Männer von mir erwarten, zucke ich auf südfranzösische Art mit den Schultern. Das deuten alle als bescheidene Zustimmung. René steht auf, kommt zu mir und schüttelt mir die Hand, ebenso wie einer seiner Kollegen, der bereits zu viel Wein getrunken hat und ständig wiederholt: »Enchanté, Madame. Vous êtes charmante, charmante.«

Voller Panik ergreife ich Amar am Arm und ziehe ihn den Hügel hinunter. Nichts, was ich sage, kann ihn davon überzeugen, dass wir dieses Olivengut mit beschränkten Mitteln gekauft haben. Di Luzio hat alles verdorben. Schließlich lässt er sich zögernd darauf ein, die Büsche, die wir nicht bestellt haben, wieder auszugraben. Aber die Säcke mit Dünger und Pferdedung, die schon überall auf die Erde verteilt worden sind, kann er nicht zurücknehmen, dafür müssen wir bezahlen. Als ich ihn frage, wie er zu so einer astronomischen Summe für Pferdeäpfel kommt, erklärt er mir, dass es eine besonders potente Mischung sei, die von einem Gestüt stamme. »Nur von den edelsten Hengsten.« Er lächelt verschmitzt.

Ich kann seine geniale Erfindungsgabe nur schwer würdigen. Wieder einmal ist es ihm gelungen, die vereinbarte Summe beträchtlich anzuheben. Ich danke ihm für seine Kooperation und beschließe, dass dies absolut der letzte Auftrag ist, den wir ihm erteilen. Gott sei Dank habe ich wenigstens die Rosen woanders bestellt.

Als Michel und ich später miteinander telefonieren, sagt er auch, dass wir uns dringend jemand anderen suchen müssen. Wir wünschen uns gute Nacht, schicken Küsse über die Leitung und ich erinnere mich plötzlich, dass ich ihm noch gar nichts von M. Di Luzios Pantomime erzählt habe. Michel findet die Geschichte sehr komisch. »Melone und Lederstiefel«, wiederholt er. »Ja, daran hatte ich noch gar nicht gedacht. Das ist der Titel einer beliebten Fernsehserie in Frankreich.«

»Welche denn?«

»Der englische Titel fällt mir im Moment nicht ein. Ich sage ihn dir morgen.«

»Habe ich darin mitgespielt?«

»Ich glaube nicht. Es fällt mir bestimmt wieder ein, mach dir keine Gedanken.«

Die Geschichte verbreitet sich wie ein Buschfeuer und zum Schluss hat mich die ganze Gemeinde als die Schauspielerin identifiziert, die die Emma Peel in der Fernsehserie *Mit Schirm, Charme und Melone* spielt, eine Kultsendung hier in Frankreich. Der französische Titel besitzt sich auf Mr. Steeds Kopfbedeckung und auf Emma Peels Schuhwerk. Keiner will mir glauben, dass ich in dieser Serie gar nicht mitgespielt habe, im Gegenteil, mein Leugnen überzeugt sie nur noch mehr. Die Einheimischen denken, ich würde es nur abstreiten, weil ich in Ruhe gelassen werden wollte. In Ihren Augen bin ich eine begnadete Schauspielerin. Am meisten amüsiert mich jedoch meine eigene Reaktion darauf.

Seitdem man mich, wenn auch irrtümlich, identifiziert hat, achte ich sorgfältig auf mein Äußeres, wenn ich in den Ort fahre. Ich bürste mir die Haare, lege Lippenstift und Wimperntusche auf, und statt meiner Espadrilles trage ich Ledersandalen mit Absatz, um meine schönen Beine zur Geltung zu bringen. So eine Eitelkeit! Als ob die äußere Erscheinung alles wäre! Ich falle wieder in eine Welt zurück, aus der ich eigentlich geflüchtet bin.

Kurz nachdem die Römer in Frankreich mit der Herstellung von Olivenöl begonnen haben, wurde das System der Kooperativen eingeführt. Kleine Gemeinschaftsmühlen wurden gebaut, zu denen die Einheimischen die Früchte bringen konnten. Es gibt zwar viele Einzelunternehmen, die Olivenbäume anbauen, aber die wenigsten haben eine private Mühle. Die Ernte wird zu den Kooperativen gebracht. Da Appassionata nur ein bescheidener Besitz ist, halten Michel und ich dieses System für das beste. Feinstes Olivenöl ist teuer in der Produktion, weil es einen arbeitsaufwändigen Vorgang erfordert. Die Bäume brauchen zwar nicht viel Wasser, aber sie müssen gespritzt und regelmäßig beschnitten werden, für gewöhnlich alle zwei Jahre in einem rotierenden System. Obwohl ich mir das alles anlese, begreife ich die Herausforderung, auf die wir uns eingelassen haben, erst, als wir schließlich »unseren Mann« finden.

Ruhe kehrt wieder ein. M. Di Luzios Arbeiten am Dach sind abgeschlossen und ich überreiche ihm die vereinbarte Summe in bar. Di Luzio zählt das Geld sorgfältig, verlangt noch ein letztes Bier zum Abschied und fährt dann davon, ein zufriedener Mann.

Die Lorbeerbüsche sind gepflanzt. Mürrisch begleiche ich Amars Rechnung: den vereinbarten Betrag plus noch einigen hundert Francs mehr. Er rät mir, die Sträucher regelmäßig zu wässern. Als er fährt, stößt er noch eine Warnung aus: Für die Lebensdauer der Pflanzen trägt er keine Verantwortung, denn eigentlich sollte um diese Jahreszeit nichts gepflanzt werden, weil es zu trocken ist. Am liebsten würde ich ihm meine Gartengeräte hinterher werfen.

Aus Angst, dass meine kostbaren neuen Sträucher unter meinen Augen verwelken, fahre ich los, um einige Meter Gartenschlauch zu kaufen. René hilft mir dabei, ihn anzuschließen. Ich bin dankbar für seine großzügige Geste, weil die ganze Angelegenheit ziemlich kompliziert und zeitraubend ist. Schließlich haben wir es geschafft, und der Schlauch windet sich wie eine gelbe Schlange den Hügel hinauf.

Während ich im Ort war, hat René die letzten Bäume zersägt. und die verschiedenen Mitglieder seiner Familie haben das Holz abtransportiert. Alle Arbeit ist getan. Als der Abend anbricht, lade ich ihn zum Dank für seine Hilfe zu einem *petit apéritif* ein, den er dankend annimmt. Pastis? Nein, er hätte lieber auch ein Glas Rotwein. Zu der Flasche Wein stelle ich ein paar Oliven und Pistazien auf den Tisch. Schweigend sitzen wir da und lauschen den Fröschen.

»Sind die von Ihren Bäumen?« Er hält eine Olive zwischen den Fingern.

Ich schüttele den Kopf.

»Seit ich pensioniert bin, lebe ich meinen Traum«, erzählt er mir. »Das Holzgeschäft ist eigentlich nicht mein Beruf. Ich helfe nur einem Freund, der sich keinen Assistenten leisten kann.« Er bittet mich, sein Alter zu schätzen. Das ist ein gefährliches Spiel, das ich normalerweise immer vermeide, aber in diesem Fall beschließe ich, aufrichtig zu sein. »Anfang sechzig«, sage ich.

Er setzt sich gerade hin und schüttelt begeistert den Kopf. »Vierundsiebzig«, verkündet er voller Stolz. Und er hat tatsächlich allen Grund dazu, denn ich bin aufrichtig erstaunt.

Die zwei großen Freuden seines Lebens seit er pensioniert und über siebzig sei, seien sein Boot, mit dem er bei schönem Wetter häufig zu den Inseln fährt – ah, die Inseln! –, um dort zu fischen, und die Pflege von Olivengütern. Er überwacht vier davon, und das größte umfasst zweihundert Bäume. Dieser Besitz gehört einem alten Freund von ihm. Sie kennen sich seit ihrer Kindheit, beide sind hier im Ort zur Schule gegangen. Sein Schulfreund, fährt René ohne das leiseste Anzeichen von Eifersucht fort, ist mittlerweile Multimillionär und Besitzer des größten und berühmtesten Baumarktes in Südfrankreich. »Er arbeitet zu viel, hat viel zu viel Verantwortung. Aber ich, ich tue das, was ich liebe. Ich habe über sechshundertfünfzig Olivenbäume in meiner Obhut.« Er hebt sein Glas und spricht einen Trinkspruch auf das, was wir im Leben lieben, aus. Dann fährt er augenzwinkernd und nicht ganz ohne provenzalische Bauernschläue fort: »Sie haben hier eine perfekte Lage. Die Oliven von Ihren Bäumen müssten hervorragend sein. Es wäre tragisch, wenn man sie verderben ließe. Wollen Sie mir nicht erlauben, mich darum zu kümmern?«

Ich bin wie vom Donner gerührt. Das ist viel mehr, als ich mir erhofft hatte. Schade nur, dass Michel nicht da ist, um mit mir diesen Augenblick zu teilen.

Die Flasche vor uns ist fast leer. Ich schenke uns den restlichen Wein ein und wir werden uns einig. Er beschneidet und pflegt die Bäume, erntet die Oliven und bringt sie zum Pressen in die Mühle. Dafür erhält er zwei Drittel des Ertrags und uns bleibt das restliche Drittel.

Ich hatte eigentlich gedacht, dass wir es uns zur Hälfte teilen, aber er bleibt hart. Diese Arbeit erfordert viel Mühe, Kenntnisse und Erfahrung. Das weiß ich aus meinen Büchern, also nehme ich seinen Vorschlag widerspruchslos an. Wir erheben unsere Gläser auf unsere Partnerschaft.

Die Sonne sinkt und der Himmel erstrahlt in Gold- und Rosatönen. Ich habe mein ganzes Leben lang nach meinen Gefühlen gelebt, jetzt versuche ich zum ersten Mal praktisch zu sein, vor allem, was die Renovierung der Villa und des Gutes angeht. Michel beschreibt das immer als die Bildung neuer Muskeln. Ich hoffe, wenn er René kennen lernt, stimmt er mir zu, dass uns das Leben einen Goldklumpen in den Schoß geworfen hat, denn mein Instinkt sagt mir, dass wir unseren Mann gefunden haben.

Unser Wüstenprinz

Mein Vater hat den Krieg in Afrika verbracht. Er war Corporal in der Royal Airforce, aber er hatte nie vor, Flugzeuge zu fliegen, Städte zu bombardieren oder zu kämpfen.

Im Herzen war er immer ein großes Kind geblieben und so vertrieb er sich im Zweiten Weltkrieg die Zeit, indem er sich hochhackige Schuhe und Frauenkleider anzog und sich mit Puder und tiefrotem Lippenstift schminkte. Und das alles in der glühenden Wüstenhitze. Zwischendurch schlüpfte er mit Peter Sellers und Tony Hancock aus dem Lager und die drei betranken sich hemmungslos. Mehr als einmal verbrachten sie die Nacht in der Zelle, wenn sie wieder einmal von ihrem kommandierenden Offizier in Kairo aufgegriffen worden waren. Aber mein Vater ließ sich davon nicht abhalten, er spielte weiter den Narren und bekam begeisterten Applaus dafür, denn er war stolzes Mitglied der bekanntesten Unterhaltungstruppe während des Krieges, der Ralph Reader Gang Shows.

In meiner Kindheit habe ich oft auf seinen Knien oder zu seinen Füßen auf dem Fußboden gesessen und den Geschichten aus dieser Zeit in Afrika gelauscht. Übertroffen wurden sie nur von den ebenso faszinierenden Erzählungen meines Großvaters von der Großwildjagd. Mittlerweile glaube ich allerdings, dass mein

Großvater niemals in Afrika gewesen ist. Die Geschichten meines Vaters aber sind wahr.

Diese Geschichten trugen zu meinem schillernden, farbigen Bild des dunklen Kontinents bei, voll von Arabern und Basaren, den Stränden Südafrikas und den Zulus. Am liebsten hatte ich es, wenn mein Vater vor dem Schlafengehen etwas auf Zulu zu mir sagte.

Aber nichts konnte mit seinen Geschichten über die Araber konkurrieren. Rückblickend erscheinen mir viele seiner Ansichten schockierend rassistisch. »Vertrau nie einem Araber«, riet er mir immer. Wie oft habe ich die traurige Geschichte von der Zugfahrt gehört, als er auf dem Weg zurück ins Camp war, nachdem er ein paar Tage Heimaturlaub gehabt hatte. Er hatte sich in England eine neue Brille gekauft, und kaum hatte der Zug den Kairoer Hauptbahnhof verlassen, wurde sie ihm von der Nase gerissen, sodass er nichts mehr sehen, geschweige denn den Missetäter erkennen konnte. Er war sich jedoch absolut sicher, dass ein Araber ihm die Brille gestohlen hatte.

Frankreich war jahrelang die wichtigste imperialistische Macht in Nordafrika, und wir alle kennen die Gräuelgeschichten aus Algerien. Heute bestreiten Afrikaner, vor allem Araber, die zweitgrößte Gruppe ausländischer Arbeitnehmer in Frankreich. Jean-Marie Le Pen, der rechtsextreme Politiker, der ein stetiges »Frankreich den Franzosen« predigt, schürt die Ausländerfeindlichkeit der Franzosen enorm. Ich habe nie die leiseste Sympathie für Le Pen oder irgendeinen anderen Demagogen empfinden können, aber ich hätte mir auch nie vorstellen können, dass einer der ortsansässigen Araber eines Tages einer unserer engsten Freunde werden und uns helfen würde, die dunklen Tage zu überstehen, die vor uns lagen.

Ich habe mich für den Sommer eingerichtet. Ich habe nicht die Absicht, irgendwo hin zu reisen, sondern will meine Drehbücher fertig schreiben, den Garten pflegen und die Ankunft von Gästen vorbereiten. Ich könnte nicht zufriedener sein. Und dann läutet das Telefon. Es ist Michel.

»Wir haben einen Preis bekommen«, verkündet er.

Mein erstes Drehbuch, das wir letzten Herbst in Australien als Miniserie verfilmt haben, hat bei einem angesehenen Festival in den Staaten einen Preis gewonnen. Ich bin sprachlos. Ich hatte noch nicht einmal gewusst, dass die Serie dort überhaupt vorgestellt wurde.

»Die Australier wollen, dass du für sie eine Werbetour machst.«

»Wo?«

»In Australien.«

»Wann?«

»Am Freitag musst du fliegen.«

Schweigend verdaue ich diese Eröffnung. Schauspieler sind es gewöhnt, ihren Pass immer bereit zu haben, weil jederzeit ein Anruf kommen kann. Aber darauf war ich nicht vorbereitet. Ich weiß, dass ich hinfahren sollte, denn die Werbekampagne liegt zeitgleich mit der Ausstrahlung eines anderen Films in Australien, in dem ich mitgespielt habe, aber ich stecke in der Klemme.

Ich denke an Namenlos. Mache mir Sorgen wegen meiner Pflichten, die keiner anderer übernehmen kann. Aber es stellt sich heraus, dass ich nur für eine Woche verreisen muss. Ich werde noch nicht einmal ein Jetlag bekommen, weil ich schon wieder hier sein werde, bevor der überhaupt einsetzen kann. »Gut«, sage ich schließlich.

Ich beginne, alles Nötige zu veranlassen. Eigentlich muss ich nur das Haus abschließen und René bitten, ob er wohl so freundlich sein kann, zwei Mal am Tag vorbeizuschauen und Namenlos zu füttern. Im Notfall könnte ich auch Amar anrufen, der das bestimmt tun würde – gegen Geld. Glücklicherweise willigt René ein, meinen geliebten Schäferhund eine Woche bei sich aufzunehmen. Namenlos wird liebevoll versorgt werden, darüber brauche ich mir keine Gedanken zu machen.

Es ist Donnerstag. Noch vor Morgengrauen werde ich am Freitag über Paris nach Sydney fliegen. Ich sitze allein in meinem Arbeitszimmer und will gerade anfangen zu schreiben, als ich höre, wie Maschinen angeworfen werden. Verwirrt trete ich ans Fenster und sehe zu meinem Entsetzen drei Männer mit Plastikhelmen, die den Streifen Land roden, der links an unser Grundstück grenzt. Die dichte Vegetation dort war die einzige Abschreckung für Einbrecher. Ich laufe hinaus, um sie aufzuhalten.

Einer von ihnen teilt mir mit, die *mairie* habe sie geschickt. Das Grundstück müsse gerodet werden, da dort ein ernsthaftes Brandrisiko bestehe. Die Nachbarn an der Straße hätten sich beschwert. Ich blicke zu dem Punkt, auf den er zeigt, kann aber noch nicht einmal ein Haus erkennen.

»Was für Nachbarn?«, frage ich. »Wir sind doch viel gefährdeter, wenn wirklich ein Feuer ausbrechen sollte.« Aber mein Protest nützt nichts.

»Haben Sie hier schon einmal ein Feuer erlebt?«, fragt er mich.

Nein, ich muss zugeben, dass das nicht der Fall ist. Das scheint der springende Punkt zu sein. Der Arbeiter zuckt mit den Schultern und wendet sich zum Gehen.

»Können Sie nicht wenigstens noch eine Woche warten?«, bitte ich ihn. Wenn ich wiederkomme, können wir vielleicht das Grundstück auf dieser Seite einzäunen.

Er wiederholt, dass die Gemeinde ihn geschickt hat und dass dies nicht seine Entscheidung sei. Dann ergreift er wieder seine Kettensäge und macht weiter. Steine, Äste, Wurzeln, alles fliegt durch die Luft. Ich kann wohl nichts mehr dagegen machen, also kehre ich ins Haus zurück und rufe Michel an.

»Ich kann nicht fliegen«, sage ich zu ihm.

»Sei nicht albern. Die Werbetour ist arrangiert und du *musst* hinfliegen.« Er hat Recht und ich weiß es. »Wir dürfen uns so eine Gelegenheit nicht entgehen lassen. Außerdem ist ja Namenlos da.« Ich habe ihm noch nicht erzählt, dass Namenlos von René aufgenommen wird. Wir müssen wohl einfach wie geplant weitermachen und das Beste hoffen.

Weil mich das ständige Dröhnen der Maschinen nervös macht, lasse ich das Schreiben sein und fahre in den Ort, um Hundefutter für eine Woche zu kaufen. Als ich um die Kurve biege, versperren zwei Lastwagen die Straße. Ein Grüppchen von Arbeitern steht da und ruft etwas zu einem Mann hinauf, der im Korb eines Krans steht und die Wipfel an den Pinien der Nachbarn absägt, die sich beschwert haben. Zuerst vermute ich, dass das auch eine Maßnahme gegen ein mögliches Feuer sein soll, aber dann stelle ich fest, dass Kabel über die Straße hängen. Anscheinend ist ein Telefonmast durch einen umstürzenden Baum beschädigt worden. Hinter mir stauen sich mit einem ohrenbetäubenden Hupkonzert die Autos. Normalerweise ist die Straße kaum befahren und ich kann mir kaum erklären, wo auf einmal die ganzen Autos herkommen. Vielleicht ist ja anderswo auch eine Straße gesperrt. Geduldig warte ich und lausche den Geräuschen der Kettensäge und dem französischen und arabischen Stimmengewirr im sonst so ruhigen Hinterland.

Plötzlich beginnen zwei Männer vor ihm laut zu schreien. »*Non, monsieur. S'il vous plaît, non.*« Ich blicke aus dem Seitenfenster und sehe ein Auto, das aus der entgegengesetzten Richtung kommt und versucht, an den geparkten Transportern vorbeizufahren. Das ist gefährlicher Irrsinn, weil die Straße hier steil ein paar hundert Meter weit über der Küste abfällt. Alle rufen jetzt »Gefahr«, schwenken die Arme, springen und schreien. Mit den anderen Autofahrern steige ich aus und gehe die Straße entlang, um mir das Ganze anzusehen. Auch in der anderen Richtung hat sich eine lange Schlange gebildet. Ich erspähe den Postboten, der sich auf seinem Moped durch die Wagen schlängelt. Offenbar will er versuchen, zwischen einem Transporter und der Innenseite der Straße hindurchzukommen. Aber entweder hat er seine stämmige Statur unterschätzt oder die Breite der Lücke, denn auf einmal steckt er fest. Ich bin die Einzige, die seine Notlage bemerkt, denn sein Geschrei geht in dem allgemeinen Tumult unter.

Wie ein aufgespießtes Insekt zappelt er herum und versucht, von seinem Moped abzusteigen, aber er kann sich nicht bewegen. Die Versuchung, ihn einfach stecken zu lassen, ist groß, aber ich mache mich auf die Suche nach dem Fahrer des Lieferwagens, werfe jedoch vorher noch einen Blick auf Monsieur *le facteur*, der jetzt mit entsetzt aufgerissenen Augen nach oben blickt.

Erst da begreife ich, was gleich geschehen wird. Der Arbeiter hoch über uns auf dem Kranwagen hat fleißig weitergearbeitet. Ein ziemlich großer Ast der Pinie wird sich jeden Moment lösen und herunterfallen. Und unser Postbote sitzt in der Falle. »*Attention!*«, schreie ich. »*Attention!*« Meine geübte Stimme übertönt den Lärm und alle Männer drehen sich zu mir um. »*Mon Dieu!*«, schreien sie auf und ein halbes Dutzend Männer läuft auf den Postboten zu. Am einfachsten wäre es, den Lastwagen wegzufahren, aber der Fahrer ist die Straße hinuntergegangen, um zu pinkeln, und deshalb zerren jetzt alle an dem Postboten und seinem Moped. Ein paar andere schreien dem Arbeiter auf dem Kran etwas zu und dieser hört auf, den bereits stark schwankenden Pinienast abzusägen. Der Fahrer kommt wieder, pfeifend und seine Hose schließend, aber da haben die anderen Männer den Postboten bereits rückwärts von seinem Moped gezogen. Als er schwitzend und keuchend am Felsen steht und sich das Gesicht mit einem großen, gepunkteten Taschentuch abwischt, weiß ich, dass er in Sicherheit ist.

Mittlerweile fließt der Verkehr wieder und die Arbeiter schlagen sich gegenseitig auf die Schultern. Eine monumentale Krise ist bewältigt worden.

Zufällig fällt mein Blick auf einen der Araber, der mitgeholfen hatte, und der jetzt über die Straße auf das Haus unseres Nachbarn Jean-Claude zugeht. Er sieht mich, nickt und widmet mich wieder seiner Arbeit, dem Heckenschneiden. Ich beobachte ihn einen Augenblick lang. Ich habe ihn schon oft hier gesehen und vor allem sind mir die gepflegten Gärten aufgefallen. Ich gehe zu ihm und stelle mich ihm vor. Er lächelt schüchtern, wobei er einen tabakbraunen Vorderzahn und eine Goldkrone enthüllt. Mitten auf seiner Stirn prangt eine kleine blaue Tätowierung, die an den roten Punkt der Hindufrauen erinnert. Seine Augen sind warmherzig, das Weiße gelb vom Alter. Er weiß, wer ich bin, sagt er. Er hat mich schon an unserem Haus gesehen. Ich frage ihn, ob er Lust hätte, für uns im Garten zu arbeiten. Ohne Zögern willigt er ein und stellt sich vor. »*Je suis Harbckuouashua*«, sagt er. Zumindest hört es sich für mich so an. Wie bitte? Er wiederholt seinen Namen noch einmal und muss lachen, als ich ihn immer noch nicht verstehe.

»Nennen Sie mich Quashia.«

Er will schon morgen früh mit der Arbeit anfangen und ich erkläre ihm, was getan werden muss. Er zählt mir auf, was er braucht, und ich fahre sofort in den Baumarkt, um Maschendraht, Zement und Eisenträger zu kaufen.

Am nächsten Morgen kommt Quashia erst spät. Ich fürchte schon, dass er gar nicht mehr auftaucht. Gerade gebe ich das Warten auf, weil ich Angst habe, mein Flugzeug zu verpassen, als ich ihn die Straße entlang schlendern sehe. Vertrauen Sie mir, versichert er mir. Etwas anderes bleibt mir nicht übrig.

Als ich eine Woche später aus Australien zurückkehre, ist der Zaun fertig. Wie schön, dass Michel und ich endlich den fähigen Mann gefunden haben, von dem wir seit Beginn des Sommers geredet haben. Quashia kann mauern, fliesen, Bäume beschneiden und eigentlich alles andere, was ich ihm auftrage.

Stolz bezeichnet er Michel und mich als »*ma famille française*« und nennt deswegen Michel immer »*mon cher frère*«. Diese Begrüßung besteht aus vier Küssen, zwei auf jede Wange, zahlreichen Umarmungen und Klapsen auf den Rücken, die Michel fast zusammenbrechen lassen. Zuerst bin ich ein wenig misstrauisch gegenüber so viel Herzlichkeit, aber mein Verdacht ist unberechtigt.

Mich allerdings betrachtet er nicht immer nur als seine liebe Schwester, sondern ab und zu als potenzielle Zweitfrau. Wenn Michel nicht da oder außer Sichtweite ist, muss ich aufpassen. »Schlaf doch wenigstens einmal mit mir!«, fleht Quashia und ich fliehe ins Haus. Wenn ich zurückblicke, sehe ich, wie sich ein Grinsen auf seinem sonnengegerbten Gesicht ausbreitet.

Bald wird es Hochsommer und damit kommen die Gäste. Die ersten dieses Jahr werden meine Eltern sein, die zum ersten Mal zu Besuch kommen. Da sie sich so besorgt über den Kauf des Hauses geäußert haben, fürchte ich, dass sie nur schwer zufrieden zu stellen sein werden, und die Aussicht auf ihre Ankunft macht mich nervös. Hinzu kommt, dass Michel nach Paris gerufen worden ist und erst einen Tag nach ihrer Ankunft wieder zurücksein wird. Also muss ich allein wie ein kopfloses Huhn herumlaufen. Ich habe nie behauptet, eine gute Hausfrau zu sein – eigentlich bin ich sogar ein hoffnungsloser Fall –, aber ich tue mein Bestes, um das Haus einigermaßen wohnlich wirken zu lassen.

Eine Stunde, bevor ich zum Flughafen fahren will, um meine Eltern abzuholen, glaube ich, alles im Griff zu haben. Ich lehne mich über die Balustrade der Terrasse, stoße einen tiefen Seufzer der Erleichterung aus und blicke stolz lächelnd auf unseren Swimmingpool. Michel hat Stunden darauf verwendet, und jetzt ist das Wasser kristallklar. Das wird sie bestimmt beeindrucken, denke ich ein wenig zu selbstbewusst. Das können sie nun wirklich nicht die Katze im Sack nennen. Auf einmal sehe ich, wie sich die Plane neben dem Swimmingpool hebt und eine braune Masse darunter hervorkriecht. In zwanzig Minuten werden die Exkremente den Pool erreicht haben. »Nein!«, schreie ich, aber die einzige, die mich hört, ist Namenlos, die sofort hinrennt. Ich rase ins Haus und suche hastig im Telefonbuch die Nummer von M. Di Luzio. Das Problem muss gelöst werden, bevor ich zum Flughafen fahre. Nicht auszudenken, was für Ausmaße die Katastrophe danach angenommen hat.

Aber es ist schon elf Uhr vormittags, er ist bestimmt bereits seit Stunden zur Arbeit gefahren. Hektisch wähle ich die Nummer trotzdem. Offenbar haben die Rohre ein Leck. Wie heißt bloß das französische Wort für »Leck«? Es fällt mir einfach nicht ein.

Mme Di Luzio ist am Telefon. »*Je vous écoute?*«

Ich suche immer noch nach dem richtigen Wort, um zu erklären, dass Exkremente über die Terrasse unter mir auf den Pool zu kriechen. *Truite.* Ja, das ist das Wort, nach dem ich gesucht habe.

»*Allo?*«

»*Truite!*«, schreie ich ins Telefon.

»*Allo?*«

»Hallo? *Madame Di Luzio, c'est Madame …*«

»*Bonjour, Madame.* Ich habe Sie am Akzent erkannt.« Sie lacht freundlich. »Geht es Ihnen gut?«

Ich habe keine Zeit für unverbindliches Geplauder. Das Flugzeug meiner Eltern schwebt bestimmt schon über Lyon.

»Madame, ich habe ein ernstes Problem. Es ist sehr dringend.« Ich rede natürlich Französisch.

»*Oui, Madame?*«

»Bitte, rufen Sie Ihren Mann an und sagen Sie ihm, er muss sofort hierher kommen. Bitte. Es ist äußerst dringend. Irgendwie ist ein großes *truite* in den Rohren und jetzt kommt es über die Terrasse herunter. Es ist wahrscheinlich durch die … die …« Ich finde nicht mehr die richtigen Worte auf Französisch. »*Une truite* … in dem Ding. Ja, und es kommt auf den Swimmingpool zu. *La piscine.*«

Mme di Luzio kichert. »*Une truite, Madame?*«

»Ja, und es kommt auf den Swimmingpool zu.« Ich bin mittlerweile völlig außer mir und schreie gestikulierend ins Telefon. »*Es kommt auf den Swimmingpool zu und wird jeden Moment das Wasser erreichen und in einer Stunde kommen meine Eltern!*«

»Ich rufe meinen Mann an«, lacht sie und legt auf.

Ich stehe wie erstarrt auf der oberen Terrasse und starre auf die Exkremente, die wie Gift über die Terrasse unter mir kriechen. Namenlos macht ein paar zögernde Schritte darauf zu.

»Geh da weg!«, schreie ich. Wenn sie sich darin wälzt … Wieder schreie ich sie an. »Namenlos, weg da!« Sie klemmt den Schwanz ein, mustert mich verstört und schleicht davon. Nach zehn Minuten, die sich wie eine Ewigkeit hinziehen, knattert M. Di Luzio heran. Er steigt aus, wie immer von Kopf bis Fuß mit Ruß bedeckt, und strahlt mich mit seinen weißen Zähnen an. »Na, wo ist der Monsterfisch?«, gluckst er.

»Was für ein Fisch?«, schreie ich entnervt, weil ich glaube, er macht wieder einen seiner schlechten Witze. Dafür bin ich jetzt nicht in der Stimmung. »Sehen Sie! Da! Sehen Sie sich das an!« Ich führe ihn zur Drainage und er lacht so laut, dass sein dicker Bauch wackelt.

»Warum lachen Sie, M. Di Luzio? Mir ist es ernst! Meine Eltern sind auf dem Weg hierhin. Meine Mutter ist sowieso der Ansicht, dass ich keinen gesunden Menschenverstand besitze. Bitte, tun Sie etwas! Helfen Sie mir!«

Und das tut er auch. Er holt kilometerlange Röhren aus seinem Wagen und pumpt in Windeseile den Kanal leer. Dann rollt er seine Schläuche wieder zusammen und erklärt fröhlich, dass er mit Michel am Wochenende einen Preis aushandelt, »für die Entfernung des Fischs«.

Ich bin verwirrt, aber außerordentlich dankbar. Aber ich habe sowieso keine Zeit, mich mit seinen Witzen auseinander zu setzen, weil ich eilig zum Flughafen fahren muss. Ich komme bestimmt zu spät.

Völlig zerzaust erreiche ich den Flughafen. Natürlich nicht rechtzeitig. Das Flugzeug ist bereits gelandet, meine Eltern haben ihr Gepäck schon geholt und warten jetzt vor dem Gebäude lächelnd auf mich. »Hallo, Liebes.«

Wieder in der Villa bringe ich sie in ihrem sauberen, spartanisch eingerichteten Zimmer unter, dass ich mit einem großen Margeritenstrauß aus dem Garten aufgebessert habe, und dann zeige ich ihnen alles. Sie sagen nichts. »Na, wie findet ihr es?«, frage ich schließlich.

»Ich bin froh, dass du so große Fenster hast«, sagt meine Mutter. »Die kleinen, die die Franzosen immer bei uns haben, finde ich gar nicht so schön.«

Mein Vater meint: »Ich fürchte, du hast dir mehr aufgebürdet, als du tragen kannst.«

Während ich mit meiner Familie beschäftigt war, ist meine Geschichte wie ein Lauffeuer durch den Ort gegangen. Ich bin jetzt als die Schauspielerin bekannt, die zwar mit Emma Peel weltberühmt wurde, aber den Klempner anruft, um sich eine riesige Forelle aus ihren Rohren holen zu lassen. In meiner Panik habe ich *fuite*, was Leck bedeutet, mit *truite*, Forelle, verwechselt. Es ist langsam Zeit, Französisch zu lernen, gebe ich zu, als die Geschichte mir zu Ohren kommt. Also schreibe ich mich an der Universität von Nizza für einen Sommerkurs ein.

In den Mittagspausen, die hier in Frankreich zwei, wenn nicht sogar drei Stunden dauern, spaziere ich durch die Straßen und an der Küste von Nizza entlang, um die Stadt richtig kennen zu lernen. Sie ist ganz anders als Cannes. Zum einen ist es eine Universitätsstadt und es herrscht eine ganz andere Stimmung, auch wenn jetzt in den Sommerferien die meisten Studenten und Professoren in Urlaub sind. Es gibt zahllose Buchhandlungen, viele junge Leute, zahlreiche Kinos, hervorragende Museen und Restaurants und eine ganz normale, arbeitende Bevölkerung. Die Stadt sprüht vor Leben.

Hinter dem Hafen, von wo die Fähren nach Korsika oder Italien und sogar in den Norden, bis nach Russland, gehen, liegt die Altstadt, wo die Straßennamen sowohl auf Französisch als auch in Nicoise geschrieben sind, dem Dialekt, der früher hier gesprochen wurde. Die Krönung der *vieille ville* ist sicher der Blumenmarkt, der nur ein paar Schritte von dem berühmten Opernhaus entfernt ist, in dem heute Abend *Rigoletto* aufgeführt wird.

Um mich herum klingt es Italienisch. So wie die Franzosen jede Woche über die Grenze nach Ventimiglia fahren, um Lebensmittel und italienische Kleider zu vernünftigen Preisen einzukaufen, kommen die Italiener hierher, um ihr Geld für Antiquitäten und regionale Delikatessen auszugeben.

In der Rue St. François-Paule, im Dialekt heißt sie Carriera San-Francés-de-Paula, ist eine *huilerie*, ein Ölgeschäft, das der Moulin à Huile d'Olive von Nicolas Alziari gehört, ein bekannter Name in der Ölherstellung. Seine Olivenhaine liegen in den Granithügeln hinter dieser Stadt, und die Früchte sind eine Mischung aus der *cailletier*, den kleinen Oliven, die auch bei uns wachsen, und der *picholine*, die länger und dünner ist. *Picholines* heißen nach M. Picholine, der eine Methode erfunden hat, grüne Oliven mit der Asche von grünen

Eichen zu behandeln, die überall hier in der Region wachsen – wir haben selbst sehr viele davon auf unserem Land. Ich hätte gern ein wenig in dem Laden herumgestöbert, aber er ist über Mittag geschlossen.

Als ich einen kurzen Umweg über die Rue de la Terrasse mache, fällt mir ein Schild auf, auf dem steht: »Cave, Pierre Bianchi & Cie.« Die bemalten Glasfenster des Ladens sind Beweis dafür, wie lange es ihn schon gibt. Stolz verkündet das Schild, *Trois siècles d'existence*. Drei Jahrhunderte schon. Angesichts der Geschichte dieser Stadt ist das wirklich eine Leistung. Das bedeutet, dass es den Laden schon gab, bevor Nizza französisch wurde. Die Stadt fiel erst 1860 an Frankreich.

Ich trete näher ans Schaufenster, um die Öffnungszeiten zu lesen. Amüsiert stelle ich fest, dass das Geschäft um zwei wieder aufmacht, keine festen Ladenschlusszeiten hat und auch am Sonntag nur geschlossen ist, *si grosse fatigue* – »Wenn die Müdigkeit zu groß ist«.

Die Farben und die Architektur der hohen, mit Fensterläden versehenen Gebäude in den Straßen, die so schmal sind, dass man kaum mit dem Fahrrad hindurchkommt, sind italienisch geprägt: leuchtende Ocker- und Gelbtöne, mit blassgrünen oder blasstürkisfarbenen Fensterläden. Manchmal auch ein staubiges Violett.

Bis zum Anschluss an Frankreich regierte das Haus von Savoyen die alte Stadt, die zum Königreich von Sardinien, Piemont und Ligurien gehörte. Kurz nach 1860 wurden diese Provinzen Teil eines neuen, geeinten Italiens. Aber selbst heute noch spürt man das italienische Erbe in Nizza, nicht zuletzt am berühmten Mardi Gras mit seinen Maskenbällen, die auf das dreizehnte Jahrhundert zurückgehen und auch mit ihrem italienischen Namen *veglioni* bezeichnet werden.

Ich spähe durch nur teilweise geschlossene Fensterläden, hinter denen Handwerker in *ateliers*, die kaum größer als eine Briefmarke sind, vor sich hinarbeiten. Ein kahlköpfiger Schuhmacher repariert die Sohlen von Ledersandalen. Vor einer Werkstatt sitzt ein Mechaniker in einem Fiat Cinquecento und verzehrt sein Mittagessen. Ich höre die kreischende Säge eines Schreiners. Anscheinend ist er der einzige Handwerker, der noch arbeitet, denn die Mittagssirene hat geheult und alle Arbeiter haben die Arbeit niedergelegt.

Auch ich bekomme Hunger und eile zum Cours Saleya, dem Marktplatz. Er ist sensationell. Um den zentralen Platz stehen alte, farbige Gebäude, von denen das prächtigste einst der Palast der Herzöge von Savoyen war. Heute beherbergt es die Préfecture des Alpes-Maritimes. Der Blumenmarkt neben den Fisch- und Gemüseständen ist eine einzige Pracht von Duft und Farben. Es ist ein Fest für die Sinne, und ich kann einem Dutzend langstieliger Paradiesvögel nicht widerstehen. Jetzt muss ich mich aber beeilen und mir etwas zu essen besorgen. Ein Stand verkauft hundertdreißig verschiedene Arten von Gewürzen. Alle liegen in Schüsselchen, die mit bunten provenzalischen Tüchern bedeckt sind. Der Name jedes Gewürzes ist mit schwarzer Tinte auf die Schüssel geschrieben: *muscade, poivre concassé, poivre Sichuan, exotique* ...

Ein anderer Händler bietet Oliven an. Unter anderem auch Früchte aus Apulien in Italien, die größten, die ich jemals gesehen habe. Sie ähneln in Form und Größe kleinen, grünen Zitronen. Ich nehme mir eine und stecke sie in den Mund, lutsche daran wie ein Kind an einem Bonbon. Sie ist scharf, pfeffrig und köstlich.

Überall um den Markt herum gibt es Restaurants, deren Tische im Freien stehen. Besteck klappert, Gläser klirren, Gelächter und Stimmen ertönen.

Die Gerichte in Nizza sind nicht die gleichen wie in Cannes, denn auch hier überwiegt der italienische Einfluss. Ich kaufe mir eine *tourte de blea*, eine lokale Spezialität. Sie ist noch warm, der Teig so zart wie *papier poudre*, und ich trage mein großes Stück Kuchen wie eine Trophäe zu einer Bank am Mittelmeer, um es dort zu verzehren.

Die Strände an der Promenade des Anglais füllen sich im Lauf des Tages. In der dunstigen Ferne erkenne ich die Umrisse der Alpen, die den prächtigen Hintergrund der Küste bilden. Nur wenige Gäste sehen jemals den atemberaubendsten aller Anblicke hier – das türkisfarbene Meer an einem klaren Wintertag, der Strand verlassen bis auf einzelne Spaziergänger. Und dahinter ragen die Berge auf, dunstig blau und schneebedeckt.

Als ich zur Universität zurückschlendere, komme ich durch eine Straße, die ich noch nicht kenne. Ich erblicke eine *poissonnerie*, die schon wieder geöffnet hat, und kaufe dort rasch Muscheln, weil ich heute Abend meiner Familie Spaghetti *alle vongole* auf der Terrasse servieren möchte.

In einer schmalen Straße irgendwo mitten in der Stadt komme ich an einer Metzgerei vorbei, die auf Wild und Geflügel spezialisiert ist, und trete näher, um einen Blick durch das Schaufenster zu werfen. Hinter dem Glas ist das reinste Stilleben ausgebreitet. Kaninchen und Hasen, ungerupfte Tauben, Wachteln, Hühner und Enten. Und auf einer ovalen Silberplatte liegen im Vordergrund die Köpfe von zwei Wildschweinen. Obwohl ihre Hauer durch die halb geöffneten Lippen ragen, haben sie so viel von ihrer Bedrohlichkeit verloren. Ich habe aber trotzdem keine Lust, ihren Artgenossen noch einmal auf meiner Terrasse zu begegnen.

Auf Appassionata gehen die Tage sanft ineinander über, und die Musik des Nachmittags ist das Plätschern des Pools. Ich komme mit meinem Drehbuch voran. Namenlos wird jeden Tag gesünder, sie springt wie eine Gazelle von einer Terrasse zur anderen. Während meine Mutter ein Schläfchen hält oder liest und mein Vater – an dessen Seite sich Namenlos ständig aufhält – im Schatten schnarcht oder sich in der Sonne ein rotes Gesicht holt, gehen Michel und ich endlos spazieren und erzählen uns von unseren Plänen. Ich will einen Obstgarten anlegen, Gemüsebeete und Obstbäume pflanzen, auf den Terrassen große Pflanzkübel aufstellen. Ich will von Ruhe und Raum umgeben sein und die Freiheit haben zu schreiben.

Michel geht struktureller an die Dinge heran. Er will den Überblick haben, die Struktur der Anlage erfassen. Er schildert mir die Linien der Terrassen, die Symmetrie der Olivenhaine, die mir noch nicht einmal aufgefallen ist, die Formen und Krümmungen der Mauern. Er entdeckt Risse und Spalte, ein Ungleichgewicht der Fenster, Dinge, die im Lauf der Jahre hinzugekommen sind und die schlichte Eleganz der Form stören. Er entwirft Pläne für ein Bewässerungssystem und überlegt, welche Pflanzen hier am nützlichsten sind und am besten gedeihen. Agaven, Palmen, Yucca, Zitrusfrüchte, Eukalyptus, Oliven. Hundert Rosenbüsche, die in der Sonne welken und die wir Tag für Tag gießen müssen, hätte er nie gekauft. Aber wir reden nicht über meine Rosen oder den Händler, der das Geld genommen hat und nie wieder aufgetaucht ist.

Und er spricht von Künstlern, Filmemachern, Schriftstellern, die in Hütten in unserem Pinienwald arbeiten könnten. In diesem Punkt sind wir uns nicht einig, aber es ist eine liebenswerte Debatte in unserem Idyll. Wir streiten nicht erbittert. Unsere Verbindung beruht auf Harmonie, Leidenschaft, Hitze und Farbe und vollkommener Liebe. Ich, die ich noch nie eine praktische Veranlagung hatte, spüre auf einmal, wo ich herkomme: von den irischen Bauern auf der Seite meiner Mutter. Anscheinend haben sie in mir geschlummert, um mich zu überraschen, denn ich stelle fest, dass mich die *haute couture* in Cannes kein bisschen interessiert. Stattdessen liebe ich Gärtnereien, Baumärkte und die *quincailleries*, die Eisenwarenläden.

Ich mag ja in einem Augenblick voller Panik ein Leck mit einer Forelle verwechselt haben, aber bei meinem Sommerkurs in Nizza verblüffe ich alle mit meinem Vokabular. Während die anderen Studenten sich mit dem Imperfekt oder dem Perfekt abmühen, baue ich Sätze, die ganze Listen von Ausrüstung, Gartengeräten, Baustoffen und Schwimmbadteilen enthalten – Substantive, die ich im Englischen nie gebraucht habe und von denen ich nicht wusste, dass sie mir überhaupt geläufig waren. Die ganze Klasse starrt mich mit offenem Mund an und auch ich staune über mich. Vielleicht bringt mich ja diese Veränderung wirklich irgendwo hin.

Wieder in der Villa fällt mir auf, wie meine Mutter Michel und mich beobachtet. Offensichtlich macht sie sich Sorgen, während mein Vater, immer einen nützlichen Aphorismus auf der Zunge, vor einem Rätsel steht: »Du hast zu Hause einen Beruf, Liebling. Der Spatz in der Hand ...« Er hat sich von seinem Mittagsschläfchen erhoben und spielt mit dem Hund, oder vielmehr, er hat ihn wie einen Welpen auf den Rücken gedreht und untersucht ihn. Ich sehe, wie er an den Zitzen der Hündin herumzupft und sie mit gerunzelter Stirn mustert.

»Was ist los? Ist Namenlos krank?«

Meine Mutter fährt fort: »Du hast ja schon einige verrückte Dinge gemacht, Carol, aber … Wenn du unbedingt einen Swimmingpool willst, warum arbeitest du dann nicht in Hollywood? Du musst groß denken!«

Ich kichere. Es stimmt, im Namen der »Kunst« habe ich schon oft meiner leidenschaftlichen Natur nachgegeben: Ich habe in Rom gelebt, ein bisschen in Cinecittà gejobbt und dabei Italienisch gelernt; ich habe eine Woche lang in einem Vulkan gelebt, bin schon in allen sieben Weltmeeren getaucht, bin mit einem Schlitten und sechs Huskies durch Lappland gefahren, habe mich mit Kopfjägern in einem Langhaus in Borneo betrunken und bin allein den Amazonas hinaufgefahren … oh, die Liste ist endlos und das meiste davon bereue ich nicht (nur das Langhaus war ein bisschen gefährlich – noch ein Glas mehr und mein Kopf hätte vermutlich als Schlüsselanhänger geendet), aber der Erwerb von Appassionata ist mit nichts zu vergleichen. Es ist eine völlig andere Erfahrung, weil hier Bindung und Treue eine Rolle spielen. Die letzten Worte meiner Eltern zu dem Thema sind: »Nun ja, hoffentlich weißt du, was du tust.«

Ich weiß es nicht. Etwas anderes zu behaupten, wäre arrogant. Ich weiß, wo ich herkomme, was ich hinter mir lassen will, die Gewohnheiten und Erfahrungen, die ich ablegen will, aber wohin ich gehe oder was ich suche, weiß ich nicht. Ich nehme alles einfach, wie es kommt. Und neben mir ist ein Mann, den ich liebe. Und – was nach meinen vielen unglücklichen Liebesgeschichten viel wichtiger für mich ist – ein Mann, dem es um mich geht. Wer weiß schon, wohin uns dieses verrückte Unternehmen führen wird, aber es ist doch besser, es zu versuchen, als später im Alter zu sagen: »Hätten wir doch …«

»Der Hund ist schwanger«, verkündet mein Vater und bereitet damit allem metaphysischen Philosophieren ein Ende. Innerhalb von Sekunden stehen wir alle um Namenlos herum, die uns unsicher und verwirrt anblickt. Sie schmiegt sich eng an Daddy.

»Nein, unmöglich«, sage ich und starre auf die geschwollenen schwarzen Zitzen.

»Wir müssen den Tierarzt anrufen.«

»Nein, sie kann gar nicht schwanger sein.«

Wenn Quashia weiter den Zaun bauen soll, dann müssen wir laut Gesetz den Landvermesser bestellen, damit die Grundstücksgrenzen genau festgelegt werden können. Danach wird Monsieur *le géomètre* schriftlich unsere Nachbarn davon in Kenntnis setzen und ihnen den Plan des Katasteramtes zukommen lassen. Haben die Nachbarn innerhalb von achtundzwanzig Tagen keine Einwände, dann werden sie vom Landvermesser gebeten, das durch ihre Unterschrift zu bestätigen.

Und der ganze Aufwand nur, damit wir unser Grundstück einzäunen und Einbrecher fernhalten können!

Damit der *géomètre* auch wirklich unsere Grundstücksgrenzen abstecken kann, müssen das Unkraut und das Dickicht heruntergeschnitten werden. Das bedeutet noch eine weitere Rodung, wobei das Unkraut sowieso schneller wächst, als wir es in Schach halten können. Und dabei sind laut Gesetz alle Landbesitzer verpflichtet, wegen der Brandgefahr die Höhe ihrer Pflanzen zu begrenzen. Langsam habe ich das Gefühl, vor uns liegt ein endloser Kampf, und die Aussicht darauf erschöpft mich.

Quashia kommt. Er und Michel werden sich das Gelände vornehmen. Ausgerüstet mit Motorsägen, Wasserflaschen und Schutzhelmen steigen die beiden den

Steinpfad hinter dem Haus hoch und verschwinden im Pinienwald.

Quashia zeigt uns dünne Triebe, die überall wachsen. Wilder Spargel, sagt er zu mir. Köstlich. Ich pflücke ein Bündel und dünste sie. Ich kann sie ja entweder dem Salat beimischen oder sie als Beilage zu Spaghetti reichen. Am Abend serviere ich sie meiner Familie als ersten Gang. »Sie sind ziemlich bitter, Liebes«, sagt meine Mutter. Ich gebe Zitronensaft, Olivenöl und Pfeffer daran, aber wir finden sie immer noch bitter.

»Das kann ich nicht essen. Was ist das eigentlich, eine Grasart?«, sagt mein Vater. Ich werfe sie weg und beschließe, nichts mehr davon zu ernten.

Während ich fröhlich in Nizza Verben pauke, rufen Michels Eltern an, um ihren Besuch anzukündigen. Sie kommen in zwei Tagen. Meine Eltern wollen noch eine ganze Weile bleiben, und bevor sie abreisen, treffen auch noch Michels Töchter ein. Wir haben nicht genug bewohnbare Schlafzimmer. Während die beiden Männer das Grundstück roden, bietet mir meine Mutter an, mir dabei zu helfen, das so genannte »braune Zimmer« herzurichten. Es ist immer noch in dem Zustand, in dem wir es vorgefunden haben: ein grässlicher, stinkender Raum. Aber wenn wir es erst einmal geputzt und gestrichen haben, wird es bestimmt kühl und luftig, mit einer schönen Aussicht über das Tal. Außerdem liegt es perfekt direkt neben dem Swimmingpool. Früher scheint es die Kinderstube für die Welpen gewesen zu sein. Die Mieterin hatte hier offenbar eine Hundepension und wir sind bereits auf ein oder zwei abschreckende Beispiele ihres Tuns gestoßen. In diesem Zimmer jedoch hat sie sich selber übertroffen. Es ist in acht Boxen unterteilt worden, die alle mit einem fleckigen, stinkenden, dunkelbraunen Teppichboden ausgeschlagen sind. Und der Teppich liegt nicht nur auf dem Boden, sondern sie hat ihn auch an die Wände geklebt. Da das Zimmer nie gelüftet wurde, hat sich der Geruch nach Urin und Kot überall festgesetzt. Sie verstehen sicher, warum wir dieses Zimmer bis zuletzt so gelassen haben, wie es war.

Meine Mutter liebt es, zu schrubben und sauberzumachen, auszumisten und wegzuwerfen. Ich hingegen hasse solche Arbeiten, aber sie spannt mich sofort ein. Sie zieht mich von meinem Computer weg und wir bewaffnen uns mit Schrubbern, Schwämmen, Scheren, Brotmessern, Leitern, Hämmern und heißem Wasser. Als wir die Wandverkleidung herunterreißen, prasseln Gipsbrocken und weißer Staub wie eine Minenexplosion auf uns hernieder. Innerhalb weniger Minuten sehe ich aus wie ein Bäcker. Meine Kehle ist wie ausgedörrt und mir ist ganz schwindlig, weil ich ständig die Luft anhalte. Aber es kommt noch schlimmer. Unter dem Teppich lebt eine ganze Mikrowelt von Insekten und kleinen schwarzen Würmern. Überall um uns herum sind auf einmal kleine Lebewesen auf der Flucht. Der Schweiß läuft mir in die Augen, der Staub legt sich auf meine feuchte Haut. Spinnen und andere Tiere krabbeln mir über die Füße und die Waden hinauf. Ich rufe meiner Mutter zu, dass wir besser aufgeben sollten. »Aber warum denn, Liebes? Wir kommen doch gut voran.« Unverdrossen reißt und zerrt sie an dem Teppich. Offensichtlich amüsiert sie sich großartig.

Spinnen kann ich tolerieren, solange sie nicht zu groß und haarig sind, aber diese kleinen, schwarzen Würmer sind ekelerregend. Wir beginnen, den Bodenbelag abzuheben. Unter dem Teppich sind graue Schlackensteine wie kleine Mauern einzementiert, wahrscheinlich, damit die Welpen nicht von einer Box in die andere krabbeln konnten. Dazwischen tobt das wimmelnde Leben. Ich habe das Gefühl, mich übergeben zu müssen, und schlage noch einmal vor, wir sollten aufhören, aber meine Mutter schüttelt den Kopf. »Wir sind doch fast fertig, Liebes«, sagt sie. Ich muss das jetzt sofort hinter mich bringen, ich kann kein schwarzes, krabbelndes Tier mehr ertragen. Ich laufe zum Geräteschuppen und hole einen Vorschlaghammer. Damit beginne ich, die Steine zu zerschmettern. Keuchend und schwitzend dresche ich auf sie ein. Pelzige Kreaturen fliegen durch die Luft. Meine Mutter schreit mich an, ich solle aufhören. Ich solle diese Arbeit lieber Quashia oder Michel überlassen, »sonst passiert noch ein Unglück«.

Aber ich bin zufrieden. Mit Besen und Plastiktüten räumen wir den ganzen Unrat weg. Erst da fällt uns der Fußboden auf. »Sieh dir das an!« Die Fliesen sind offenbar italienisch. Jede hat eine helle Steinumrandung mit dreieckigem Terrakotta-Muster und in der Mitte eine strahlend gelbe Sonnenblume. Sie sind wunderschön, und soweit wir erkennen können, auch kaum beschädigt. Wie konnte nur jemand, der bei klarem Verstand ist, Steinblöcke darauf einzementieren? Ich kann mir vorstellen, wie dieses Zimmer in Zukunft aussehen wird: kühles, weißes Leinen, sonnenblumengelbe Wände im Schatten unserer Matisse-blauen Fensterläden. Ausgeruhte Gäste erwachen vom Plätschern des Swimmingpools, öffnen die Fensterläden und schauen hinaus. Schwalben segeln am blauen Himmel und auf der geplatteten Terrasse stehen große Terrakotta-Kübel mit üppig wuchernden roten Geranien. Es war die Arbeit und den Kampf gegen die Würmer wert.

Wir treten in den heißen Nachmittag hinaus, um Teepause zu machen. Meine Mutter verschwindet unter die Dusche und setzt schon mal den Wasserkessel auf, während mein Vater mich daran erinnert, dass wir den Tierarzt anrufen sollten. Ich verspreche ihm, dass ich das tue, sobald ich Michel und Quashia auf dem Hügel abgeholt habe. Ich bin zu aufgeregt, um ihre Rückkehr abzuwarten, und außerdem brauche ich frische, saubere Luft.

Der Gipfel des Hügels ist mit einer Vegetation wie im Regenwald bedeckt. Die Sträucher sind doppelt so hoch wie ein ausgewachsener Mann. Selbst hier stehen überall Olivenbäume. Zweige schlagen mir gegen die Arme, während ich mich durch das Dickicht zwänge. Ich rufe alle paar Minuten nach den Männern, aber meine Stimme geht im Lärm der Motorsäge und im Gesang der Zikaden unter. Da erspähe ich Michel. Er hackt sich den Weg mit der Sichel frei. Quashia sägt Wurzeln ab.

Ich bleibe einen Moment stehen, um zu Atem zu kommen und die Schönheit der Landschaft in mich aufzunehmen. Überall stehen Pinien und Olivenbäume, und in der Ferne glitzert das Meer in der Sonne.

Michel richtet sich auf, klappt das Visier des Helms hoch und sieht mich. Quashia stellt die Säge ab, offenbar dankbar, einem Augenblick lang dem ohrenbetäubenden Kreischen entronnen zu sein. Ich erzähle die Neuigkeiten von dem wunderschönen Fußboden. Michel ist entzückt. »Wir haben auch eine Überraschung«, grinst er.

Links von uns, auf einem Teil des Grundstücks, das uns noch nicht gehört, ist eine Ruine. Als wir sie uns genauer ansehen, entdecken wir die Überreste eines pittoresken, kleinen Hauses. Im Wohnzimmer gibt es sogar noch einen Kamin und Bodenfliesen. Daneben befinden sich Ställe und eine fabelhafte, halbkreisförmige Treppe, die zu einer höher gelegenen Terrasse führt, die von einem Feigenbaum und einem mächtigen, uralten Judasbaum beschattet wird. Von hier aus blickt man über unser Land, unsere Terrassen und den Pool, an dem sich meine Familie entspannt, bis hinunter zum Mittelmeer. Perfekt.

Zeit zum Tee trinken.

Quashia und Michel sammeln ihre Werkzeuge ein und wir gehen hintereinander den Steinweg hinunter. In der Hälfte bleibt Quashia stehen, um auf blassgrüne Pflanzen zu zeigen, die ich nicht kenne.

»Was ist das?«, frage ich ihn. Ein aromatisches Kraut. Er nennt mir den Namen auf Arabisch.

»Hervorragend für den Magen. Sie können es aufbrühen.« Die Blätter haben einen durchdringenden Geruch, süß und doch würzig, aber wir können ihn nicht einordnen. »Soll ich welche zum Tee pflücken?«

Ich vertröste ihn auf nächstes Mal. Nach der Erfahrung mit dem wilden Spargel lasse ich es lieber.

Dann sitzen wir alle im Garten, im Schatten der *Magnolia Grandiflora*, und trinken Tee (indischen). Es freut mich, dass Namenlos meinem Vater nicht von der Seite weicht. Obwohl weder er noch Quashia auch nur ein Wort von dem verstehen, was der andere sagt, scherzen sie miteinander. Ich denke an seine exotischen Geschichten über die Nächte in Kairo, über den Araber, der seine Brille gestohlen hat, und ich betrachte die beiden Männer, die wie Schuljungen herumalbern. Mein Vater versucht, sich an ein paar Worte Arabisch zu erinnern, gibt aber dann auf, und bietet stattdessen seine Begrüßungsworte auf Zulu an, worüber Quashia zahnlos und gutmütig lacht.

Feuer!

Ich erwache in der Hitze der Nacht von einem scharrenden Geräusch. Anscheinend kommt es vom Hügel über unserer hinteren Terrasse. Ich stütze mich auf die Ellbogen und spähe hinaus. Wer schleicht da durchs Gebüsch? Mein erster Gedanke ist, dass vielleicht eine Schlange durch die offene Tür kommt. Ich tippe Michel an. Er murmelt etwas im Schlaf, dreht sich um und schläft weiter. Jetzt ertönt ein leises Quieken. Ich greife nach meinem Sarong. Barfuß gehe ich auf die Terrasse hinaus. Der Vollmond scheint durch die Baumwipfel, als hätten wir vergessen, das Licht auszuschalten. Der Himmel ist klar, keine Wolke in Sicht und die Sterne funkeln. Das Rascheln geht weiter, bleibt aber immer am gleichen Ort, am Fuß einer der großen Eichen. Ich kann nichts erkennen, weil um den Stamm hohes Gebüsch wuchert. Weil ich Angst habe, näher heranzugehen, setze ich mich an unseren Frühstückstisch und versuche, mich auf die Geräusche der Nacht zu konzentrieren.

Alles riecht intensiv und wundervoll. Der Duft des Eukalyptus hüllt mich ein. Das Parfüm der vierundzwanzig Lavendelbüsche, die ich gepflanzt habe – der Gärtner in unserer Gärtnerei am Ort, der mich mittlerweile gut kennt, hat mir empfohlen, sie nahe ans Haus zu setzen, weil sie die Mücken abhalten –, weht von der unteren Terrasse zu mir hinauf. Hoch auf dem Hügel zwitschert ein Vogel, obwohl es mitten in der Nacht ist. Ein Käuzchen schreit, und dann ertönt wieder das Quieken. Vielleicht sind es Mäuse. Ich gehe wieder ins Bett und lege mich auf das Laken. Michels schönes Gesicht ist ganz friedlich. Es erstaunt mich immer wieder, wie jemand so tief schlafen kann. Nichts bekümmert ihn.

Das Quieken wird jetzt lauter und regelmäßiger, als ob es sich vervielfältige, und auch das Rascheln hört nicht auf. Wieder stehe ich auf und ziehe Sandalen und ein Schultertuch an. Langsam schleiche ich mich zum Fuß der Eiche. Dort liegt Namenlos, umgeben von wimmelndem Leben. Der Geruch von Blut liegt in der feuchten Luft. Sie blickt mich an, begrüßt mich aber nicht. Als ich näher trete, knurrt sie sogar. Keine wirkliche Bedrohung, sondern eher eine atavistische, mütterliche Reaktion. Sie hat geworfen.

Vorsichtig berühre ich ihren Kopf. Das Fall ist nass und klebrig. Noch ist die Dämmerung nicht angebrochen, deshalb kann ich auch nicht erkennen, wie viele Junge sie hat. Fünf, vielleicht sechs. Ich setze mich auf den Boden und beobachte sie. Stolz steigt in mir auf über meine elegante belgische Schäferhündin. Am liebsten würde ich ins Haus rennen und alle aufwecken. Allerdings würden Michel oder meine Eltern das bestimmt nicht schätzen, schließlich ist es noch nicht einmal fünf Uhr. Aber ich bin viel zu überwältigt, um wieder ins Bett zu gehen, also beschließe ich, hier zu bleiben, über die Neugeborenen zu wachen und mit ihnen den ersten Sonnenaufgang zu erleben. Obwohl sie ihre Augen noch nicht geöffnet haben, möchte ich mit ihnen den wunderbaren Moment teilen, in dem sie das erste Licht und die Wärme des Tages erleben.

Gegen sieben findet Michel mich fest schlafend am Fuß des Baumes. Zweige haben sich in meinen Haaren verfangen und meine Wangen sind ganz staubig. Mein Sarong ist mit Blut bespritzt. »*Chérie?*«, fragt er mich sanft. »Was machst du hier? Ich habe dich überall gesucht.«

Als Namenlos halbherzig knurrt, wendet er seine Aufmerksamkeit dem Lager neben mir zu. Ich werde langsam wach, alles tut mir weh, die Steine drücken mir in den Rücken. Wo, zum Teufel, bin ich eigentlich? Und dann kommt die Erinnerung wieder.

»Hast du die Welpen gesehen?«, schreie ich.

Nach all den tausend Würmern, Spinnen und Raupen, den wilden Katzen und dem Wildschwein sind diese maunzenden kleinen Wesen das erste wirkliche Leben auf dem Gut. Die Welpen von Namenlos.

»Wie viele sind es?«, frage ich schläfrig.

Michel fährt mit der Hand in das Lager, das außergewöhnlich gut hergerichtet ist. Die Hündin muss schon seit Tagen daran gearbeitet haben. »Ich glaube, sieben.« Er schiebt die pelzigen Bündel beiseite, um zu sehen, ob sich vielleicht noch ein weiterer Welpe darunter versteckt. »Es ist schwer zu sagen, aber ich glaube, sie ist noch nicht fertig.«

»Woher willst du das wissen?«

Er schüttelt den Kopf. »Sieh doch.«

Außer den nassen Hündchen kann ich nichts erkennen. Auf den zweiten Blick entdecke ich ausgestoßene Plazenta und etwas, das wie eine Plastiktüte mit schmutzigem Wasser aussieht. Und Namenlos bewegt sich nicht.

»Wir sollten meinen Vater wecken.« Ja, das sollten wir tun.

»Wie viele sind es jetzt?«

»Zehn.«

»*Zehn!*«

»Ja, aber mehr werden es nicht.« Mein Vater erklärt das mit solcher Bestimmtheit, dass niemand seine Aussage anzweifelt. Er versteht etwas von Hunden. Schließlich hat unser großartiger Tierarzt seine Vermutung, dass der Hund schwanger sei, bestätigt.

Also sind es zehn Welpen. »Seht doch nur, wie sie sie mit der Zunge sauber leckt.« Die Welpen sind jetzt rund und pelzig wie Nerzbälle. Michel fotografiert sie, während mein Vater und Michels Mutter, Anni, sie bewachen, wobei sie sich mit Zeichensprache verständigen. Meine Mutter kocht Tee und Michels Vater sitzt am Tisch und wartet auf sein Frühstück. Er macht eine Liste der Zutaten für den Kuchen, den er heute backen will. Und ich, ich stelle mir vor, wie elf Hunde über unser Gelände tollen.

Am Abend sind es nur noch neun Welpen. Allgemein wird angenommen, dass wir uns verzählt haben oder dass Namenlos entweder eins gefressen oder es irgendwo verscharrt hat, nachdem es eingegangen ist, aber so viel ich weiß, hat sie den ganzen Tag ihren Posten nicht verlassen. Jeden Tag erwarten wir jetzt Clarisse und Vanessa. Sie werden hingerissen sein, allerdings bin ich mir nicht ganz sicher, wie Pamela reagieren wird. Dann sind acht Leute, zwei Hunde und neun Welpen auf dem Gut, ganz zu schweigen von dem prähistorischen Karpfen in unserem schlammigen Teich. Unsere Menagerie wächst. Es ist genau die Art von Heim, nach dem ich mich in meiner Kindheit gesehnt habe: sorglos und spielerisch, mit vielen Tieren und Menschen, überall Bücher und Gäste, die einfach so hereinschneien. Es ist himmlisch – solange ich mich von Zeit zu Zeit davonstehlen und in meinem kühlen Zimmer in Frieden arbeiten kann.

Auch Michel ist begeistert. Er redet davon, Wein anzubauen, einen Esel, Ziegen und Bienen zu kaufen. »Denk doch nur, unser eigener Honig! Und die Ziegen können alles abgrasen! Dann sparen wir uns die Kosten für das ständige Roden.«

Leider sind seine Vorschläge unpraktisch. Oliven brauchen keine ständige Pflege, Tiere aber schon. Und dazu sind wir beruflich zu viel unterwegs. Irgendwann nach dem Sommer fängt unser anderes Leben wieder an, was wir nur zu gerne vergessen, wenn sich ein heißer Tag an den anderen reiht. Aber an Pensionierung ist noch nicht zu denken, auch nicht, wenn wir Olivenöl produzieren wollen. Ich denke an den alten Bauern, der jede Woche seine Produkte in der *crémerie* abliefert, und in der Rolle sehe ich mich noch nicht, auch wenn ich nach der im Freien verbrachten Nacht so ähnlich aussehe wie er.

Was mich amüsiert, ist eine Veränderung der Persönlichkeiten. Ich war nie besonders praktisch veranlagt, wohingegen Michel äußerst bodenständig ist, aber jetzt verschiebt sich das Gleichgewicht. Wir tauschen die Rollen. Er beginnt zu träumen, während ich mit beiden Beinen fest auf der Erde stehe.

Spät am Nachmittag erhalten wir einen Anruf von den Mädchen, die uns ihre Ankunft mitteilen. Mit anderen Worten, sie kommen morgen, und bitte, bitte, Papa, können wir Julia und Hajo mitbringen. Das sind ihre Kusine und ihr Vetter.

»Wo sollen die denn alle schlafen?«, schreie ich.

Die Rohre ächzen und das Wasser, das aus der Leitung kommt, ist herbstlich braun – wir finden nicht heraus, woran es liegt – und das halbe Haus bricht zusammen. Das Cottage haben wir noch nicht angerührt und die Renovierung des »braunen Zimmers« hat kaum Fortschritte gemacht, seit meine Mutter und ich uns darüber hergemacht haben. Außerdem haben wir, wie immer, kein Geld. Zimmer bei Monsieur Parking gibt es nicht mehr, selbst wenn wir sie bezahlen könnten, denn er hat seine *petite affaire* an einen Restaurantbesitzer aus New York verkauft, der das Haus erst einmal gründlich renoviert, bevor er es zum Filmfestival im nächsten Jahr wieder eröffnen will.

»Sie bringen Zelte mit und schlafen im Garten. Du brauchst gar nichts zu sagen, sie wollen es so. Für ist es ein Abenteuer.«

Und tatsächlich kommen Zelte und mit ihnen vier Teenager. Wie ist es nur möglich, dass sich die beiden pubertierenden Mädchen von letztem Sommer in zwei atemberaubende junge Frauen verwandelt haben? Die Franzosen haben dafür das perfekte Wort: *pulpeuse*. Ich finde es wunderbar: saftig, reif. Ihre Körper und ihre Sinne sind erwacht. Natürlich bringt das neue Bewusstsein auch Risiken mit sich. Julia, mit ihrer geschmeidigen Figur, zauberhaften blauen Augen und langen, blonden Haaren ist zwei Jahre älter als die Zwillinge und schon eine richtige Verführerin. Hajo, ihr jüngerer Bruder, ist der Jüngste von allen und wirkt dadurch, wie das oft bei Jungen in dem Alter ist, fünf Jahre jünger. Er ist der reinste Pfadfinder. Er hilft Michel und Anni im Garten, sammelt Holz und behandelt seine Großeltern mit außergewöhnlicher Liebe und Respekt. Abends geht er zwar mit den Mädchen in den Ort, merkt aber gar nicht, was sie eigentlich im Sinn haben: *les mecs*. Jungens.

Die Tage vergehen. Zufriedene Gäste liegen in der Sonne und tun nichts Besonderes oder helfen uns bei irgendwelchen Pflichten, während ich wie eine Getriebene schreibe. Meine Drehbücher sind fertig, oder zumindest der erste Entwurf. Michel liest sie und ich mache mich an die Arbeit für meinen Roman. Und dann gibt es eine willkommene Unterbrechung. Ein Möbelwagen hupt in der Einfahrt. Auf diese Lieferung haben wir alle gewartet, ich noch fieberhafter als die anderen. Endlich habe ich meinen riesigen, alten Holztisch hier. Wir haben ihn vor Monaten in erbarmungswürdigem Zustand in einem exzentrischen Trödelladen in Paris, in der Nähe von St. Sulpice, gekauft. Der Ladenbesitzer hat ihn für uns bei einem Künstler in Mougins restaurieren lassen. Als jedoch der Schreiner, der ihn bringt, die vielen Stufen und Terrassen sieht, erklärt er seine Arbeit für beendet. Er und seine zwei Partner laden unseren kostbaren Teaktisch ab, stellen ihn auf den Parkplatz und verschwinden.

Wir brauchen mindestens sechs Männer, um ihn in Haus zu tragen. Quashia macht sich auf die Suche nach Helfern und seine arabischen Kollegen erscheinen und rufen sich gegenseitig Sätze zu, die keiner von uns versteht. Höfliche Männer mit schlechten Zähnen, schäbiger Kleidung und schüchternem Gesichtsausdruck, die bereitwillig mit anpacken, wenn sie dafür ein paar Francs bekommen. Sie strömen den Hügel hinauf, schütteln sich gegenseitig die Hände, schütteln uns die Hände und wuchten dann wie unser Raupenzug den Tisch über die Stufen bis hinauf unter die *Magnolia Grandiflora*. Dort bleibt er hoffentlich die nächsten hundert Jahre stehen. Schwitzend und resolut die Augen von den drei knapp bekleideten Bikinischönheiten abwendend, die sich am Pool sonnen, lehnen die Männer jede Erfrischung ab.

Michel reicht jedem von ihnen fünfzig Francs, die sie dankend annehmend, und dann wandern sie zufrieden wieder die Einfahrt hinunter.

Pamela legt sich als erste unter den Tisch. Sie watschelt dorthin und richtet sich wie eine rundliche Bienenkönigin darunter ein. Innerhalb weniger Augenblicke hat sie sich auf die Seite gedreht und beginnt zu schnarchen.

Nach und nach tauchen die Welpen auf. Einer hebt sein Bein am Tisch und ich jage ihn schreiend weg. Wie ein Haufen erschreckter Kaninchen suchen sie alle das Weite und purzeln übereinander in ihrer Eile, vor mir zu fliehen. Sie sind noch so unsicher auf den Beinen und richten ständig Unfug an. Sie kauen an Füßen, klettern an gebräunten Beinen hoch, reißen Blumen aus und buddeln im Garten. Ein kleiner Missetäter stiehlt Annis Sandale, was sie zum Lachen bringt, aber als sie ihre Aufmerksamkeit wieder ihrem Buch zuwendet, schleppt der Welpe den Schuh zum Teich und lässt ihn einfach hineinfallen. Wir finden ihn erst wieder, als ein Karpfen mit einem Riemchen über der Nase auftaucht. Zur Fütterungszeit jedoch sind sie alle vereint: neun hungrige Mäuler saugen an den Zitzen ihrer Mutter, die das geduldig über sich ergehen lässt.

Mein Vater verwöhnt sie maßlos. Wann immer ich das Unvermeidliche erwähne – wir müssen Besitzer für sie finden –, bietet er an, alle neun mit nach England zu nehmen. Meine Mutter kreischt dann und erinnert ihn daran, dass sie erst in Quarantäne müssten. Vanessa hat sich ebenfalls erboten, einen zu nehmen, ein Kerlchen mit goldbraunem Fell, das sie Whisky getauft hat. Die anderen acht werden wir wohl weggeben müssen, so niedlich sie auch sein mögen.

Die Mahlzeiten sind ein einziges Vergnügen. Unser lang erwarteter Tisch ist der Mittelpunkt unseres täglichen Lebens. Jeden Mittag steht eine große Schüssel Salat darauf. Das ist Michels kulinarisches Meisterwerk, Blattsalat, Kräuter, Olivenöl, Zitrone oder Limone und Knoblauch. Dazu wird eine Flasche Wein geöffnet und Obst wird auf den Tisch gestellt. Ganz gleich, was wir gerade alle tun, zu den Mahlzeiten findet sich jeder ein. Hajo kehrt aus dem Ort zurück, beladen mit frischem Brot.

Wir essen und trinken, reden und schweigen, und im Laufe der Zeit werden die Mahlzeiten immer ausgedehnter und fröhlicher. Wir unterhalten uns in drei Sprachen: Französisch, Englisch und Deutsch. Am Abend werden Kerzen entzündet und ihr warmer Schein tanzt über unsere Gesichter. Die Fledermäuse fliegen tief über unsere Köpfe. Miles Davis spielt *Sketches of Spain*.

Als Michels Eltern ankamen, fragte mich meine Mutter, welche Sprache sie sprechen.

»Deutsch«, erwiderte ich geistesabwesend, weil ich in meine Arbeit vertieft war.

»Um Gotteswillen, sag das bloß nicht deinem Vater!«

Zerstreut blickte ich auf. »Warum nicht?«

»Wir haben im Krieg gegen sie gekämpft.«

Hier am Tisch gibt es solche Grenzen nicht. Michel ist der Dolmetscher, denn er spricht alle drei Sprachen fließend. Ein Blick nach links, und er redet Englisch. Nach rechts und ich verstehe kein Wort. Seine französischen Töchter und deren deutsche Verwandten Julia und Hajo können sich in jeder Sprache ganz passabel unterhalten, aber wir Angelsachsen und Iren haben so unsere Probleme. Ich beschließe, auch noch Deutschunterricht zu nehmen, und mein Italienisch und Spanisch etwas aufzupolieren. Deutsche Wörter machen die Runde, *Essen* zum Beispiel. Auch *Schnecken* wird häufig wiederholt, aber das Wort kenne ich nicht. Was sagt Anni da gerade? Ich frage Michel.

»Sie redet über die Schnecken.«

»Ach so.« Ich seufze. Ja, die Pflanzen sind voller Schnecken. Ich habe sie schon ein paar Mal frühmorgens abgesammelt, aber am Abend sind sie wieder da und es sind sogar noch mehr geworden.

»Sie hat gesagt, sie weiß eine Lösung, und ich muss morgen früh mit ihr einkaufen fahren.«

Ich blicke Anni an und sie nickt weise.

»Was denn?«

»Du wirst schon sehen.« Ihr fröhliches Lachen hallt über das ganze Tal.

Am nächsten Tag ist es heiß und trocken. Unheimlich still. Die stille, tiefe Hitze, mit der sich häufig Mistral ankündigt. Mein Vater und ich kehren vom Tierarzt zurück, wo wir die Welpen haben untersuchen lassen. Alle sind gesund und, soweit der Tierarzt in diesem Stadium sagen kann, reinrassig. Namenlos muss bereits schwanger gewesen sein, als ich sie gefunden habe. Der Tierarzt will versuchen, sie unterzubringen. Namenlos läuft unruhig herum, besorgt über das Verschwinden ihres Nachwuchses. Da kommt Michel mit Anni vom Einkaufen zurück. Sie haben die üblichen Lebensmittel gekauft, die man bei so vielen Menschen braucht, aber auch zwanzig Pakete schwarzen Pfeffer. Das ist Annis Antwort auf die Schnecken. Sie können Pfeffer nicht ausstehen, erklärt sie mir.

Verwundert schüttele ich den Kopf. Woher weiß sie das? Reagieren sie nur auf schwarzen Pfeffer allergisch oder auf jeden Pfeffer? Was ist mit Salz? Ich ziehe mich in mein Arbeitszimmer zurück.

Gegen Mittag blicke ich müßig aus dem Fenster und beobachte unsere Gäste bei ihren Urlaubsaktivitäten. Mein Vater liegt schlafend am Pool und die Welpen krabbeln über ihn wie die Fliegen. Die Mädchen sitzen am Rand des Swimmingpools, lassen die Beine ins Wasser baumeln und flüstern und kichern miteinander. Ich bemerke, dass Wind aufgekommen ist. Es sieht so aus, als würde sich das Wetter ändern. Hajo und meine Mutter beschäftigen sich auf ihre Weise. Er schnitzt an einem Ast herum, während sie so tut, als lese sie. In Wirklichkeit aber starrt sie stirnrunzelnd auf ihre Füße und macht sich über irgendetwas Sorgen. Robert, Michels Vater, kann ich nicht sehen, aber ich höre Töpfe und Pfannen in der oberen Küche klappern, wo er bestimmt wieder Kuchen backt. Er verstreut dabei immer reichlich Mehl und Zucker, sodass die Küche hinterher immer aussieht wie ein Skiparadies.

Aber wo sind Michel und Anni? Ich trete näher ans Fenster und da erblicke ich Anni, die Pfeffer auf die Blumen streut. Hinter ihr steht Michel mit einem Tablett voller Döschen. Die Hälfte ist schon leer. Sie reicht ihm eine weitere leere Dose und er gibt ihr eine volle. Ich bin gespannt auf die Wirkung. Wahrscheinlich bläst der Wind den Pfeffer weg, bevor er die Schnecken überhaupt erreicht.

Ich kehre wieder zu meinem Roman zurück. In meiner Fantasie bin ich auf einer Zuckerrohrplantage auf den Fidschi-Inseln, und ein junger Mann hat die Pflanzungen in Brand gesteckt. »Feuer!«

Später, ich habe keine Ahnung, ob nur Minuten später oder Stunden, steht auf einmal Michel in der Tür. »Carol! *Chérie!*« Geistesabwesend blicke ich auf.

»Mmm?«

»Es brennt. Wir sollten uns vorbereiten.«

Das klingt zu unglaublich, um wahr zu sein. »Es brennt?«, wiederhole ich. Michel hat ja keine Ahnung, was ich gerade schreibe. »Wo brennt es?«

»*Chérie*, auf der anderen Seite der Hauptstraße ist ein Feuer. Hörst du nicht die Flugzeuge?«

Ich habe nichts gehört. Ich stehe auf und gehe ihm nach, laufe dann aber noch einmal zurück, um meine Arbeit im Computer zu speichern und das Gerät auszuschalten.

»Die anderen ziehen sich gerade an.«

Es ist Samstagnachmittag. Als ich aus dem Haus trete, schlägt mir windige Hitze und das Dröhnen von Flugzeugmotoren, die direkt auf uns zukommen, entgegen. Direkt über unsere Köpfe hinweg fliegt ein rotes Flugzeug so niedrig über das Flachdach unseres Hauses, dass der Kies, den M. Di Luzio dort aufgeschüttet hat, aufgewirbelt wird. Überall ist Staub, die Blätter werden von den Bäumen rasiert. Es kommt mir vor wie ein Luftangriff.

»Ich denke, wir sollten herunterfahren und nachsehen, was los ist.«

Unsere kleine Straße ist von den Feuerwehrleuten gesperrt worden. Niemand kann durch. Gruppen von Menschen stehen zusammen und debattieren erregt. Viele sehen aus wie Pariser, schick gekleidet, mit teuren Uhren oder Schmuck behangen, wahrscheinlich die Sommergäste aus den Villen am Hügel. Ich frage einen der Feuerwehrmänner, wie groß die Wahrscheinlichkeit ist, dass das Feuer über die Straße zu uns kommt. Er zuckt mit den Schultern. »Solange sich die Windrichtung nicht ändert, sind Sie in Sicherheit.«

»Und wenn sie sich ändert?«

»Dann springen Sie in Ihren Swimmingpool und

warten Sie darauf, dass Sie aus der Luft gerettet werden.«

Wir bräuchten uns keine Sorgen zu machen, versichert er uns. Sie wissen, wo wir sind und wie viele wir sind. »Wie viele sind Sie?«, fragt er dann noch einmal.

»Zehn, und dazu noch zwei Hunde und neun Welpen.« Ein ziemlich fetter Hund, denke ich, der bestimmt nicht um sein Leben rennen kann. Wenn es zum Schlimmsten kommt, wird einer von uns Pamela tragen müssen. Und was wird mit den Welpen? Wahrscheinlich würde ich sie dann am besten wieder in den Pappkarton packen und versuchen, sie ruhig zu halten.

Wir eilen die Straße zurück zu unserem Haus. Rußflocken fallen wie schwarze Schneeflocken vom Himmel und legen sich auf die Wasserfläche im Pool. Der Himmel verändert die Farbe. Alle stehen eng beieinander und halten Taschen mit ihren Habseligkeiten umklammert. Sie starren zum Himmel. Man kann sich unmöglich auf etwas anderes konzentrieren als auf das Feuer. Der Wind trägt die fernen Schreie von Menschen herüber. Er ist so stark, dass ein Handtuch in den Pool geweht wird, wo es sofort untergeht.

Michel läuft hin und her und beobachtet die Windrichtung. Er rollt alle unsere Schläuche auf und schließt sie an strategischen Punkten im Garten an. Hajo baut die drei Zelte ab und trägt sie ins Haus. Unwillkürlich suche ich Anregungen für meinen Roman in der Szene. Die Angst, die Ungewissheit und der bedrohliche Himmel. Man kann kaum sein eigenes Wort verstehen, weil die Löschflugzeuge einen solchen Lärm machen. Sie sind überall, und ihre Anwesenheit gibt dem Feuer, das wir immer noch nicht sehen, Realität. Das Dröhnen ihrer Motoren macht uns Angst.

»Ich glaube, es wäre keine schlechte Idee, wenn wir

den Garten unter Wasser setzen würden«, schlägt Michel vor. Hajo und ich wollen ihm gerade dabei helfen, als Quashia auftaucht. »Ich dachte mir, Sie könnten vielleicht Hilfe brauchen.«

»Wie sind Sie durchgekommen?«, ruft Michel.

»Ich habe die Flammen vom Ort aus gesehen und bin den Fluss im Tal entlang gegangen. Die Brücke ist gesperrt. Überall sind Löschfahrzeuge.« Ich bin erleichtert, dass unsere Eltern ihn nicht verstehen können, es würde sie sonst in Angst und Schrecken versetzen. »Außerdem frischt der Wind auf.«

Wir blicken zum Meer, das mittlerweile weiße Schaumkronen trägt.

»Wie viel Wasser ist noch im *bassin*?«, fragt Michel Quashia.

Ich habe auf dem Weg hier herauf die Pumpe eingeschaltet.«

Michel nickt erleichtert und verteilt Schläuche. »Wir schaffen das schon, *chérie*. Du solltest bei der Familie bleiben.«

Ich ziehe mich zurück, als die Männer beginnen, den Garten zu wässern. Das Plätschern des Wassers hat eine beruhigende Wirkung, für die ich dankbar bin, denn obwohl ich mir den Anschein von Gelassenheit gebe, zittere ich vor Angst.

Wir können nur noch warten und zum auberginefarbenen Himmel starren. Schweigend sitzen wir da und lauschen auf das Knistern des Feuers, das im Moment noch auf der anderen Seite der Brücke ist. Ab und zu macht einer einen blöden Witz, um die Angst zu bannen. Die Raucher rauchen zu viel, wir anderen bemühen uns, ruhig zu bleiben. Quashia ist den Hügel hinaufgestiegen. Michel wollte ihn zwar davon abhalten, aber er behauptet, von dort oben könne er uns besser warnen.

Es hängt alles vom Wind ab, der immer stärker wird. Die Bäume schwanken hin und her. Und dann kommt er auf einmal aus einer anderen Richtung. Innerhalb von Sekunden springen die Flammen über die Brücke an der Straße und sind jetzt direkt hinter uns. Rasch breiten sie sich zum Gipfel unseres Hügels aus. Alle springen auf.

»*Feuer! Feuer!*« Das ist Quashia.

Wir rennen hinter das Haus. Oberhalb der nicht eingezäunten Grenze unseres Grundstücks, wo wir die Vegetation nicht so rigoros zurückgeschnitten haben, erhebt sich eine riesige Feuerwand, die bis an die Wipfel der höchsten Pinien reicht. Es ist das Grauenhafteste, was ich je in meinem Leben gesehen habe. Wie erstarrt sehe ich zu, wie die Flammen zum Himmel schlagen.

Unter uns rumpeln die ersten Löschfahrzeuge in die Einfahrt.

Michel sagt uns, wir sollten unsere Pässe holen und bereit halten. Clarisse gesteht, dass sie Angst hat und fasst mich um die Taille. Ich liebe sie für ihr Vertrauen. Pamela winselt vor Angst. Robert, der noch an einem seiner Kuchen kaut, ist immer noch mit Mehl bedeckt. Anni, robust und furchtlos, leert die letzte Pfefferdose über einem Rosenstrauch und zündet sich noch eine Zigarette an.

»Die Hügel brennen und Sie sind abgeschnitten«, verkündet der Chef der vier *pompiers*, die aus dem Löschfahrzeug gestiegen sind. »Jemand hat drüben auf der anderen Seite des Hügels den Wald in Brand gesteckt. Wir hatten das Feuer fast unter Kontrolle, aber der Mistral wird immer stärker und kommt aus unterschiedlichen Richtungen.«

Ich weine mittlerweile, was sowohl am Rauch als

auch an seinen Worten liegt. Die Hitze ist unerträglich geworden und es regnet Asche. Überall liegt sie wie grauer Schnee. »Sollen wir in den Pool springen?«, frage ich kläglich.

»Nein, verhalten Sie sich so wie immer. Wir halten Sie auf dem Laufenden.«

Uns so wie immer verhalten?

Männer springen aus den roten Fahrzeugen und laufen den Hügel hinauf. Jeder hat eine Art Rucksack auf dem Rücken. Insgesamt sind es um die hundertzwanzig Feuerwehrleute. Ich habe noch nie so viele gut aussehende junge Männer auf einen Haufen gesehen. Julia und unsere beiden Mädchen haben ihre Angst vergessen. Kichernd posieren sie vor den Scharen von Feuerwehrmännern in ihren marineblauen Uniformen.

Der Pool wird leergepumpt und das Wasser auf die Hügel gespritzt. Die Hunde hören nicht auf zu bellen. Um uns herum herrscht ein einziges Chaos. Und wenn der Pool leer ist, was dann? Es ist bestimmt nicht genug Wasser da, um die Flammen aufzuhalten.

Plötzlich tauchen drei oder vier kleine Löschflugzeuge auf. Sie fliegen tief, kaum zehn Meter über den Baumwipfeln und werfen tonnenweise rotes, in Wasser aufgelöstes Pulver in die Flammenwand ab. Dann fliegen sie wieder zurück, nehmen Meerwasser auf und kommen erneut. Es ist ein faszinierendes Schauspiel, höchst dramatisch.

Ich würde gerne den Hügel hinaufgehen, um besser sehen zu können, aber Michel und Quashia halten mich zurück. Das rote Löschmittel kann einen umbringen, wenn man davon getroffen wird. Also bleibe ich stehen und sehe weiter zu. Was für ein Schicksal mögen wohl die Feuerwehrleute erleiden, wenn ein Flugzeug mal sein Ziel verfehlt? Ich habe mir immer einen kindlichen, romantischen Blick auf Feuerwehrleute bewahrt, und heute bekommt er wieder neue Nahrung.

Gegen Abend sind die Flammen zurückgedrängt. Nach und nach verschwinden die Fahrzeuge aus unserer Einfahrt. Wir bleiben mit einem leeren Pool zurück, völlig erschöpft und erleichtert. Vorsichtig kehrt wieder Ruhe ein.

»Morgen kommen wir wieder zurück«, sagt der Chef zu uns, »und dann füllen wir Ihren Pool wieder. Ein paar Männer bleiben oben auf dem Hügel, für den Fall, dass der Wind das Feuer neu entfacht. Dazu braucht es nur ein glimmendes Stück Holz …« In der Nacht hört der Mistral immer auf. Ganz gleich, wie stark er am Tag geweht hat, gegen Abend wird es ruhig. Mir ist es immer merkwürdig vorgekommen, woher der Wind weiß, wann die Sonne untergeht, aber es ist so. Und wir haben eine Aussicht, die so klar und rein wie frisches Wasser ist.

Michel und ich steigen den steilen, steinigen Weg hinauf, um uns das Ausmaß des Schadens anzusehen. Vier junge Männer stehen oben. Ihre Augen leuchten blau und hell aus ruß- und schweißverschmierten Gesichtern. Wir schütteln uns die Hände und laden sie zum Abendessen ein. Aber dankend lehnen sie ab, sie dürfen den Hügel nicht verlassen. Aber sie sind gut versorgt, sie haben Wasserkanister und auch genügend zu essen. Überall sind verkohlte Baumstümpfe, aber bis auf unser Grundstück ist das Feuer nicht vorgedrungen. Nicht ein Baum, noch nicht einmal ein Grashalm ist angesengt. Jetzt verstehe ich endlich, warum die Gemeinde so streng darauf besteht, dass die Vegetation kurz gehalten wird. Das Feuer hat keine Nahrung gefunden und ist deshalb nicht auf unser Grundstück übergesprungen.

Überall jedoch riecht es schrecklich verbrannt. Es ist so heiß, dass mir die Wangen glühen. Überall ragen schwarze Skelette in den Himmel. Unser Wasserbecken ist voll mit rotem Pulver.

»Sie sollten es abdecken«, sagt einer der Feuerwehrleute.

Das stimmt. Quashia hat uns schon den ganzen Sommer lang darauf hingewiesen. Ich steige die Eisenleiter an der Seite hinauf und spähe hinein. Das Wasser hat sich rosa gefärbt und ein paar tote Vögel schwimmen auf der Oberfläche. Auf dem Grund des Beckens liegen Piniennadeln.

»Wir reinigen es morgen für Sie«, beruhigt uns einer der Männer.

Hier und da steigt noch Rauch auf und die Bäume, die das Feuer verschont hat, liegen, von der Wucht des Löschwassers entwurzelt, herum. Es sieht aus wie auf einem Baumfriedhof.

Wir lassen die Männer jetzt lieber allein.

»*Bonsoir*. Wenn wir noch etwas tun können …«, sagt Michel.

Sie zucken schüchtern mit den Schultern, aber dann tritt ein ernster, dunkelhaariger Junge Anfang zwanzig auf Michel zu. »Monsieur?«

Michel dreht sich um.

»*Nous avons vu les chiots … ils sont à vendre?*«

Er fragt, ob wir die Welpen verkaufen.

Ich sage ihm, dass wir acht abgeben wollen.

Noch zwei weitere Männer versichern uns eifrig, dass sie bei ihnen ein gutes Heim hätten. *Sans doute.* Wir kommen überein, dass jeder von ihnen einen nimmt. Morgen früh, wenn ihr Dienst hier beendet ist, können sie sich ihren Welpen aussuchen.

Am nächsten Morgen, einem Sonntag, passiert fast genauso viel wie am Tag zuvor. Ein riesiger Tanklastwagen fährt vor und der Pool wird neu gefüllt. Hinter ihm biegt ein silbergrauer Renault in die Einfahrt, in dem ein Beamter von der Stadtverwaltung sitzt. Ein kleiner, stämmiger Mann mit einem dunkelgrauen Schnurrbart, der anmarschiert kommt wie eine königliche Hoheit. Als ich auf ihn zueile, fragt er nach dem Herrn des Hauses, was mich wütend macht. Typisch für das Macho-Gehabe der Männer hier an der Küste.

»Er hat zu tun«, erwidere ich. »Kann ich Ihnen behilflich sein?«

Achselzuckend ergibt er sich in die wenig erfreuliche Aussicht, mit einer Frau verhandeln zu müssen. »Ich muss das Gelände inspizieren«, teilt er mir knapp mit.

»Den Brandschaden?«

Er nickt ungeduldig. Aber natürlich! Er kneift die Augen zusammen und blickt sich um. Abschätzig verzieht er den Mund angesichts der »Ruine«. »*Beaucoup de travail*«, teilt er mir seine Meinung mit. Ich muss lachen, weil es genau die gleichen Worte sind, die M. Charpy, der Immobilienmakler, geäußert hat. Ich mache mir gar nicht erst die Mühe, ihm zu erklären, dass die Renovierung uns Freude macht. Stattdessen biete ich ihm an, ihn auf den Hügel zu begleiten. Wir gehen hinter das Haus, wo er stehen bleibt und zum Himmel blickt. Offensichtlich hat er so viel körperliche Anstrengung nicht erwartet. Seufzend blickt er auf seine Armbanduhr und beginnt mit dem Aufstieg.

Die jungen Männer, die die Nacht über Wache gehalten haben, sehen müde und zerknittert aus, aber sie sind noch genauso fröhlich wie am Abend zuvor. Wir schütteln uns wieder alle die Hände und sie führen den Beamten von der Stadtverwaltung durch das verbrannte Gelände. Ich bleibe stehen und sehe mich um. Der Beamte lässt sich Zeit, bevor er endlich wieder zu mir zurückkommt.

»Man muss Ihnen gratulieren«, verkündet er.

Ich zucke erschreckt zusammen.

»*Vous, votre mari, vous êtes des bons citoyens,* und Sie sind in unserer Gemeinde herzlich willkommen.« Freundlich schüttelt er mir die Hand. »Ich möchte gerne Ihren Mann kennen lernen.«

Als wir den Hügel wieder hinuntersteigen, komme ich mir vor, als sei ich in Begleitung eines völlig anderen Mannes. Er pfeift, blickt sich um, zeigt auf dieses und jenes und weist mit dem Kopf auf die Ruine und auf unsere Oliventerrassen. Die jungen Männer kommen ebenfalls mit zum Haus. Michel bietet allen Kaffee an, aber die Feuerwehrleute möchten lieber nach Hause und fahren, nicht ohne zu versprechen, dass sie später wieder kämen, um sich ihre Welpen auszusuchen. Bei einem Glas Rotwein – es ist noch nicht einmal zehn Uhr und unsere beiden Eltern sehen ganz entsetzt zu – fragt der Beamte von der Stadtverwaltung Michel, womit wir unser Geld verdienen. »*Ah, les artistes, maintenant je comprends!*« Hätten wir etwas dagegen, wenn ein Fotograf vom *Nice Matin* bei uns vorbeischauen würde? Natürlich nicht, um uns zu fotografieren, fügt er hastig hinzu, sondern um den Schaden des Waldbrands zu dokumentieren. Unsere Privatsphäre bleibt natürlich gewahrt. Michel willigt ein.

Den restlichen Sonntag über herrscht ein ständiges Kommen und Gehen. Die Feuerwehrleute kommen wieder, um die Brandstelle zu inspizieren, und beschließen, dass noch zwei weitere Männer bei uns postiert werden müssen. »Es geht ein leichter Wind und man weiß nie.«

Der Fotograf erscheint, ein unrasierter, ungepflegter Kerl, der weitaus mehr an den Mädchen in ihren Bikinis interessiert zu sein scheint. Sie genießen seine Aufmerksamkeit. Und dann, am Spätnachmittag, kommt der krönende Moment des Tages: die vier jungen Feuerwehrleute fahren in einem alten, zerbeulten Wagen vor. Sie haben mittlerweile beschlossen, dass sie alle einen Welpen haben wollen. Die Mädchen laufen herum wie aufgescheuchte Hühner, kämmen sich, ziehen sich um, legen Lippenstift auf und posieren dann wieder auf ihren Sonnenliegen im Garten. Wobei sie vorher dafür gesorgt haben, dass alle Welpen sich in ihrer Nähe befinden.

Allgemeines Bücken, Streicheln und Herzeigen von hilflosen, süßen Geschöpfen und dabei werden vermutlich Vereinbarungen getroffen, sich später noch in Cannes auf einen Kaffee zu treffen. Schließlich haben sie sich vier gähnende Welpen ausgesucht. Natürlich können sie sie noch nicht gleich mitnehmen. Sie müssen noch eine Weile bei ihrer Mutter bleiben, weshalb die jungen Männer auch versprechen, regelmäßig vorbeizukommen, um ein Auge auf sie zu halten.

Nach dem Abendessen machen sich die Mädchen, begleitet von dem lieben Hajo, zu den hellen Lichtern von Cannes auf, während wir Alten es uns auf der oberen Terrasse unter dem sternenübersäten Himmel gemütlich machen. Nach einem Mistral ist die Sicht immer so klar, als sei die ganze Natur frisch poliert worden. Wir können jedes Detail auf den Hügeln erkennen, nur was die Mädchen in Cannes anstellen, können wir glücklicherweise nicht sehen.

Morgen reisen sowohl meine als auch Michels Eltern ab. Wir haben eine aufregende Zeit miteinander erlebt. Wie immer erfüllt mich der Gedanke an den bevorstehenden Abschied mit Wehmut, und die Tränen steigen mir in die Augen, als Michel die letzte Flasche Wein öffnet, die wir in diesem Sommer gemeinsam miteinander leeren. Schweigend sitzen wir da und lauschen den leisen Geräuschen des Abends. Plötzlich jedoch ertönt ein Laut, den keiner von uns identifizieren kann. Kurz, scharf und mehrmals hintereinander.

»Was ist das denn?«, fragt Anni.

Aufmerksam hören wir alle zu. Ich betrachte die verwirrten Gesichter der anderen und kann einfach nicht widerstehen. »Es sind die Schnecken, Anni. Die Schnecken.«

»Was ist mit ihnen?«

»Sie niesen.«

Den Oliven auf der Spur

Der Sommer vergeht. Alle sind abgereist und wir sind alleine. Die Schwalben sammeln sich, der Herbst kommt, es wird kühl und regnerisch. Das Land wird wieder grün und erholt sich von der Hitze des Sommers. Überall wachsen auf einmal wieder Gänseblümchen. Ich schlendere über die Terrassen und mustere die reifenden Oliven, die mittlerweile hell violett sind, und pflücke Wildblumen.

Es ist Samstagmorgen. Ein würziger Duft liegt in der klaren Luft. Michel ist irgendwo am Fuß des Hügels und pflanzt dort eine ganze Schubkarrenladung voll roten und weißen Iris ein, die wir auf den Terrassen ausgegraben haben, wo sie sich üppig vermehren. Er will damit unsere neue Lorbeerhecke begrenzen.

René erscheint mit zwei Plastiktüten voller kleiner, schwarzer Trauben.

»*Framboises*«, verkündet er. Ich blicke ihn verwirrt an.

Er lacht über meinen Gesichtsausdruck. »Diese Trauben hier werden Erdbeeren genannt.«

»Warum?«

»Probieren Sie mal.«

Und überraschenderweise schmecken sie wirklich wie Erdbeeren.

René will uns abholen, damit wir ihn auf eins seiner

Olivengüter, die er verwaltet, im Hinterland begleiten (wir hatten ihn zwar schon vorgestern erwartet, aber was soll's). Wir machen es uns auf der oberen Terrasse gemütlich, um *un verre* zu trinken, während wir darauf warten, dass Michel mit seiner Gartenarbeit fertig wird. Ich blicke auf die Uhr, als René uns beiden ein eisgekühltes Bier einschenkt, und muss insgeheim lächeln. Es ist noch nicht einmal halb elf. Jahre voller Zwänge, voller aufgegebener Diäten, gefolgt von unerträglichen Schuldgefühlen, schlaflosen Nächten und einem Gefühl der Unzulänglichkeit, und das alles nur, damit ich in zu enge Kostüme hineinpasste, die irgendwelchen obskuren Idealen entsprachen, und jetzt sitze ich hier am Samstagvormittag, gekleidet wie ein Bauarbeiter in Stiefeln und Shorts und trinke Bier. Ich lerne langsam, mit dem Genießer in meiner Seele umzugehen.

»Die Arbeit macht Durst«, erklärt René und hebt sein Glas. Eine Sekunde lang glaube ich, er habe meine Gedanken gelesen, aber dann stelle ich fest, dass er zu dem armen Michel hinübersieht, der fleißig pflanzt.

René erzählt Geschichten aus seiner Zeit als Lastwagenfahrer. Er kennt ziemlich viele Geschichten aus den Jahren der deutschen Besatzung hier an der Küste, als er mit seinem Lastwagen für die Résistance Lebensmittel nach der Sperrstunde ausgefahren hat, damit die französischen Familien nicht verhungerten.

Dann beschreibt er mir mit lebhaften Gesten detailliert, wie man einen Igel häutet und isst. Er ist nicht kompliziert zuzubereiten, versichert er mir. Zuerst muss man ihn in einer *bouillon* kochen, und dann den Bauch mit einem Messer aufschlitzen, »so wie man ein Kissen aufschlitzt«. Danach kann man die Haut abziehen wie einen Taucheranzug.

»Was ist mit den Stacheln?«

»Ach, die fallen nach dem Kochen einfach heraus.«

Ich glaube nicht, dass ich dieses Rezept in mein Koch-buch aufnehme, aber ich hüte mich, ihm das zu sagen. Ein anderes beliebtes Nahrungsmittel während der Be-satzung im Zweiten Weltkrieg war Meerschweinchen, *cochons d'Inde*, weil sie viel Fett enthalten, was damals knapp war. Deswegen schmeckt das Fleisch auch so gut, erklärt er. Langsam kommt mir die strenge Diät einer Schauspielerin gar nicht mehr so schlimm vor. René schenkt sich eine weitere Flasche Bier ein und be-schreibt, wie die Deutschen die Grand Hotels und die *maisons particulières* an der Küste beschlagnahmt haben, wie Bomben explodiert sind und das Maquis sich auf die Befreiung vorbereitet hat. Hier unterbricht er sich: »Wissen Sie eigentlich, warum die Résistance oder die Widerstandskämpfer Maquis genannt wurden?« Er wartet gar nicht erst auf meine Antwort. »Das ist der Name des Buschlandes am Mittelmeer und an der kor-sischen Küste. Und man hat sie Maquis genannt, weil sie sich in die Büsche schlugen, in den Untergrund gin-gen. Sie waren hier in der Provence sehr aktiv und ohne sie hätten die Alliierten 1944 mit ihrer Invasion nicht so viel Erfolg gehabt.«

Das weiß ich, aber ich heuchele trotzdem Überra-schung und René zuckt auf seine typisch provenzalische Art mit den Schultern. Er liebt es, Geschichten zu erzäh-len, und ich bin anscheinend das perfekte Publikum für ihn. Er erzählt von den Nächten, die sie im Bunker ver-bracht haben – es war nicht immer nur schlimm – und das bringt ihn auf seine Kriegsromanze mit einer Nacht-clubsängerin in Marseille. »*Diable*, sie hatte tolle Beine!« Grinsend beschreibt er ausführlich Länge und Aussehen der Beine, aber dann besinnt er sich plötzlich und wirft mir einen verlegenen Blick zu. Er wechselt das Thema und erzählt, wie er einem Mädchen aus dem Ort den Hof gemacht hat. Er erinnert sich an Liebesnächte am Strand, während ihnen die Kugeln um die Ohren flogen. Sie war zehn Jahre älter als er, und damals, sagt er, war ein solcher Altersunterschied gewagt und romantisch. Später ist sie seine Frau geworden.

Michel kommt mit der Schubkarre die Einfahrt hinauf und winkt uns.

René wendet seine Aufmerksamkeit dringenderen Themen zu: Pflanzen und Pflege der Olivenbäume. Das Beschneiden und die Pflege im Allgemeinen und von Olivenbäumen im Besonderen gehören genauso zu seinen Lieblingsthemen wie die gute alte Zeit. Während ich ihm zuhöre und ihn beobachte, entdecke ich ein Funkeln in seinen blauen Augen.

»Na, Sie waren wohl ein ziemlicher Frauenheld, René, was?«, necke ich ihn.

»Ach, was, ich hatte nur viel Glück«, murmelt er und trinkt einen Schluck Bier. »Sie kennen ja noch nicht einmal die Hälfte aller Geschichten.«

Als Michel fertig ist, brechen wir auf. Die erste Etappe auf unserer kleinen Oliven-Pilgerfahrt. Heute früh fahren wir über gewundene Sträßchen ins einsame Hinterland. Immer wieder bietet sich die Aussicht auf spektakuläre Buchten. Es wird kühler, als wir höher klettern und in eine ländliche Gegend gelangen, in der es, abgesehen von ein paar Lastwagen und Traktoren, nur wenig Verkehr gibt. Alle Bäume, mit Ausnahme des Olivenbaums und der Zypresse, färben sich ocker und rot. Die Luft ist unglaublich still. Zwanzig Minuten sind wir erst unterwegs und schon haben wir die Uhr ein halbes Jahrhundert zurückgedreht.

Ein verborgener Pfad führt zu dem Olivengut, das wir besuchen wollen. Das Tor ist baufällig und wird nur noch von einem verrosteten Riegel und einer Kette zusammengehalten. Dahinter müssen wir über einen steilen Steinpfad die Terrassen der Olivenhaine hinaufsteigen. Er führt direkt zum Gutshaus, das ähnlich wie unseres halb in den Hügel eingelassen ist. Das lachsfarbene Haus mit seinen verblichenen grasgrünen Fensterläden ist eine ehemalige *bastide*, die in dieser Einöde in Vergessenheit geriet. Sie liegt in der felsigen Region der Voralpen von Castellane mit Blick auf den Ort Gourdon. Der Pariser Eigentümer, der schon weit über achtzig ist, kommt nur einen Monat im Jahr hierher, im Hochsommer. Die anderen elf Monate lang ist das Haus unbewohnt. Niemand außer René kommt hierher, was mich traurig macht, weil ich daran denken muss, wie vernachlässigt Appassionata war, als wir sie es erste Mal gesehen haben.

Links vom Haus liegen Ställe, in die ein zweites Badezimmer eingebaut worden ist, damit sich der alte Herr morgens in Ruhe rasieren kann und nicht von seinen Enkeln gestört wird. An der Terrasse wächst Wein mit grünen Trauben.

Das Gut umfasst hundertdreißig Bäume, von denen dreißig sehr alt sind und seit zweihundertfünfzig oder dreihundert Jahren hier auf diesen Terrassen stehen. Ihre Stämme sind runzlig und verkrümmt wie Elefantenhaut. Die jüngeren Bäume, die der abwesende Eigentümer gepflanzt hat, sind kaum fünfundzwanzig Jahre alt, tragen aber gut. Während die alten Bäume *cailletier*-Oliven sind, die auch wir geerbt haben, sind die neuen von einer anderen Sorte, bekannt als *tanche*.

René pflückt eine Olive und reicht sie mir. »Die *cailletier* ist für ihr reichhaltiges, goldenes Öl und ihre hervorragende Qualität bekannt. Es ist ein robuster Baum, der lange Dürreperioden überstehen kann, und früher war sein Öl bei den Parfümunternehmen, vor allem in Grasse, äußerst begehrt, weil das Öl dem Parfüm einen goldenen Schimmer verlieh.« Es ist die typische Nizza-Olive, die überall hier an der Küste angebaut wird. Die Bäume werden größer als alle anderen Olivenbäume, aber die Früchte sind besonders klein.

Wir schlendern von Terrasse zu Terrasse und sehen René zu, der die Reife der Früchte prüft. Plötzlich bleibt er stehen und zupft ein gesprenkeltes Blatt von einem der jungen Bäume. Stirnrunzelnd betrachtet er es.

»*Paon*«, sagt er düster.

»*Paon?*«, wiederhole ich überrascht und blicke mich nach einem Pfau um.

Er nickt und erklärt es uns. Auf vielen Gütern in Südfrankreich war der Pfau ein Haustier. Die Olivenbaumkrankheit *Cyclocodium Oleaginum* wird landläufig *oeil de paon* genannt, Pfauenauge, weil der Pilz runde, schwarze Stellen wie auf einer Pfauenfeder auf den Blättern hervorruft. René reicht uns das Blatt, damit wir es uns selber ansehen können. »Halten Sie auch bei den anderen Bäumen Ausschau danach.«

Selbst als Laie erkennt man, dass das Blatt von einer Krankheit befallen ist. Es ist gelblich und mit dunkelbraunen Flecken gesprenkelt. Ich mache mir Sorgen um die Früchte, aber René versichert uns, dass dieser Pilz den Oliven nichts ausmacht. Wenn man ihn jedoch ignoriert, fallen alle Blätter ab und der Baum wird kahl. Nach der Ernte – vorher würde es die Früchte vergiften – muss er jeden Baum spritzen.

Natürlich ist es naiv von mir, aber ich hatte noch gar nicht daran gedacht, welche Krankheiten Olivenbäume befallen können, und entsetzt erfahre ich, dass es neun entweder von Insekten oder Pilzen hervorgerufene Krankheiten gibt, auf die man achten muss. Manche kann man sogar selber hervorrufen, weil sie durch die Geräte übertragen werden, mit denen die Bäume beschnitten werden. René lacht über meinen Gesichtsausdruck und versichert mir, dass dies hier nur selten vorkomme.

Auf der Heimfahrt mache ich eine Bemerkung über die zahlreichen Orte, die in Südfrankreich auf Hügeln liegen, und Michel erklärt mir, dass sie meistens an strategischen Aussichtspunkten gebaut wurden, an denen die Sarazenen ursprünglich ihre Festungen errichtet hatten. Nachdem die blutrünstigen Eindringlinge vertrieben worden waren, wurden auf den Ruinen dieser Festungen Dörfer gebaut, um die Bevölkerung vor zukünftigen Angriffen zu schützen.

Die Sarazenen, die von der Geschichtsschreibung immer nur als plünderndes, mordendes Volk dargestellt werden, haben auch einiges zu den lokalen Traditionen beigetragen. Sie brachten dem provenzalischen Volk viel über Naturheilkunde bei und lehrten sie, wie man aus der Rinde der Korkeichen Kork macht. Außerdem brachten sie ihnen das Tamburin-Spielen bei.

Je näher wir dem Meer kommen, desto milder wird das Klima. Immer häufiger sehe ich mit Körben bewaffnete Leute, die über die Wiesen wandern.

»Es ist *funghi*-Saison«, erinnert mich Michel. Ach ja, jetzt fallen mir wieder die Pilzsucher ein, die ich letztes Jahr von unserem Hügel vertreiben wollte. Ich schlage Michel vor, wir sollten selber auch einmal Pilze sammeln.

Und an einem Sonntag, einem milden, sonnigen Morgen Ende Oktober, ziehen wir los. Wir tragen Gummistiefel, damit uns die Dornen und der nasse Boden nichts anhaben können, und steigen auf unseren Hügel. Ich sehe und höre einen Specht, und der Duft feuchter Pinien durchdringt die Luft. Überall sind Pilze, kaum verborgen wachsen sie aus dem feuchten Boden, der von Piniennadeln bedeckt ist. Ich muss aufpassen, dass ich sie nicht zertrete. Allerdings weiß ich nicht, welche ich pflücken soll. Ich bin keine Expertin und habe keine Ahnung, welche essbar sind und welche giftig. Michel ist kaum besser informiert als ich. Trotzdem stampfen wir fröhlich durch den Wald und haben schließlich einen ganzen Korb voll gesammelt. Wieder im Haus ordnen wir sie nach Aussehen, Größe und möglicher Art. Es sind ziemlich viele und ich fürchte schon, dass wir einen Teil davon wegwerfen müssen.

»Nein, wenn sie alle essbar sind«, erwidert Michel, »kochen wir welche in Essig als Antipasto.«

Wir legen ein Exemplar von jeder Sorte auf ein Tablett und fahren in den Ort. Die Apotheke, in die wir sonst immer gehen, ist Sonntags geschlossen, deshalb gehen wir in eine andere. Der Apotheker blickt misstrauisch auf unsere Sammlung.

»Ich würde keinen davon anrühren«, verkündet er.

Enttäuscht blicken wir ihn an.

»Sind Sie sicher? Keinen einzigen?«

Mit den Fingerspitzen hebt er jeden Pilz an, betrachtet ihn mürrisch und schnalzt dann mit der Zunge.

»*Faux, faux*«, erklärt er und lässt dann den Pilz wieder auf das Tablett fallen. »Sie können sie gerne essen, wenn Sie wollen, aber ich täte es nicht.«

Michel ergreift ein gesprenkeltes Exemplar und hält es dem Apotheker hin. »Ich dachte, das könnte vielleicht *un lactaire* sein, *non*?«

»Vielleicht, vielleicht aber auch nicht.«

Michel dreht den Pilz um, um den Apotheker zu überzeugen. Die Lamellen sind rötlich. Er bricht den Pilz auseinander und auch das Fleisch ist rötlich.

»*Oui, peut-être ca c'est de la variété lactaire*«, äußert der Apotheker ohne rechte Begeisterung. »Den können Sie vielleicht probieren, aber die anderen besser nicht. Das sind Giftpilze.« Und mit diesen Worten verschwindet er.

»*Merci, Monsieur*«, rufen wir ihm hinterher.

Wir kehren nach Hause zurück zu unserem Tisch im herbstlichen Garten, der sich unter der Last der Pilze biegt.

»Wir riskieren besser nichts.« Geduldig sammelt mein lieber Michel die Ergebnisse unseres morgendlichen Spaziergangs ein und wirft sie in die Mülltonne. Zurück bleiben nur acht essbare *lactaires*. Aber wir lassen uns die Laune nicht verderben, schneiden sie in Scheiben und dünsten sie in Olivenöl, würzen mit Salz, Pfeffer und Kräutern aus dem Garten und überbacken sie mit Parmesan. Dazu trinken wir eine Flasche Chateauneuf-du-Pape. Und das alles auf unserer Terrasse in der Herbstsonne.

Später erfahren wir von unserem Apotheker, dass die Pilze, die wir gegessen haben, *lactaires délicieux* waren. »Sie wachsen unter Pinien und schmecken hervorragend.«

Wir denken an ihren köstlichen, nussigen Geschmack und erklären, wir hätten sie auf unserem Hügel im Pinienwald gesammelt.

»Die Russen machen sie mit Salz haltbar.« Er zeigt uns die Tafeln, die er für solche Ignoranten wie uns bereit hält, und wir erkennen darauf mindestens noch eine Sorte, die wir gesammelt und weggeworfen haben. Auf dem Heimweg fahren wir, immer noch in

Pilzlaune, beim Gemüsehändler vorbei und kaufen ein halbes Kilo Pilze für unser Risotto.

Es ist ein perfekter Abend am Ende eines ruhigen, ereignislosen und zu kurzen Tages. Die Sonne sinkt bereits und es wird kühl. Auf den Hügeln gehen die Lichter an. Michel zündet das Feuer im Kamin an, während ich nackt in den Pool springe. Ein gelbes Feigenblatt, das vom Baum gefallen ist, treibt im Wasser. Meine Haut prickelt vor Kälte und ich schwimme zügig, um warm zu werden. Danach renne ich durch den Garten und heule wie eine indianische Squaw. Die Hunde bellen und Michel kommt auf die Terrasse gerannt, um nachzusehen, was los ist. Ich lache fröhlich.

»In den Pilzen war wohl irgendein Rauschmittel«, ruft er, als er wieder ins Haus geht, um sich weiter dem Feuer zu widmen.

Sintflutartiger Regen setzt ein. Tag für Tag sind die Hügel wolkenverhangen und man kann nicht mehr unterscheiden, wo die Trennlinie zwischen Meer und Horizont verläuft. Die Tage sind düster.

Wir sind aufs Haus beschränkt, auf unsere Bücher und Projekte. Auf Wein und Essen, auf einander. Ich arbeite wieder an meinen Drehbüchern, aber ich komme nur langsam voran, verliere den Mut und stehe stundenlang an den beschlagenen Fenstern und starre auf die Wolken, die über dem Tal liegen. Wir haben kaum noch Geld und ich muss mich beeilen, wenn wir nächsten Sommer die zweite Hälfte des Grundstücks dazu kaufen wollen. Der Regen rauscht, Blitze zucken und der Strom fällt aus. Wir laufen durch den Regen in die Garage und legen den Schalter wieder um. Das Licht geht flackernd an und dann wieder aus. Wir leben bei Kerzenschein. Der Donner grollt. Die Hunde jaulen und sind verschreckt. Wir holen sie an den Kamin, um sie zu beruhigen und zu trocknen. Überall im Haus riecht es nach nassem Hund.

Der ausgetrocknete Boden heißt den Regen willkommen, aber wir sind weniger dankbar dafür, weil wir auf einmal überall Risse und Spalten entdecken, von denen wir nichts gewusst haben. Der Regen dringt unter den Türen durch, unter den Fenstern. Gott sei Dank hält das Dach stand.

Endlich hört der Regen auf und sofort wird der Himmel wieder blau. Verführerisch strahlt er uns an, als hätten wir uns die dunklen Wolken nur eingebildet. Die Sonne scheint hell, es wird wieder warm und meine Laune hebt sich. Die klugen Männer in der Olivenwelt sagen, dass die Septembersonne über die Qualität der Frucht entscheidet, aber wesentlich ist der Regen im Oktober und Anfang November, weil er den Oliven die letzte Reife verleiht.

Dieses Jahr hat es überreichlich Regen gegeben. Wir gehen über die Terrassen, um uns den Schaden anzusehen, den das Wasser angerichtet hat, und betrachten fasziniert das Wachstum, das in nur einer Woche stattgefunden hat. Die Orangenbäume, die wir eigentlich für abgestorben hielten, als wir das Haus bezogen haben, tragen wahrhaftig kleine grüne Früchte. Winzige Orangen.

Etwas links von den Orangenbäumen, wo im Gras die Wurzeln der uralten Olivenstämme sind, entdecke ich winzige, harte, rote und grüne Kügelchen. Ich stelle fest, dass es unreife Oliven sind, die der Regen von den Ästen geschlagen hat. Ich rufe Michel, der gerade ein Meer von winzigen Narzissen fotografiert, die über Nacht aus den Zwiebeln gewachsen sind.

»Wir sollten die Bäume vor der Ernte mit Netzen

schützen«, schlägt er vor, »sonst verlieren wir zu viele Früchte.«

Ich versuche, René zu erreichen, aber er ist nicht zu Hause. Seine Frau verspricht, ihm auszurichten, dass ich angerufen habe. Aber er ruft weder an diesem noch am nächsten Tag zurück.

Eine weitere Inspektionsrunde ergibt, dass, aus welchen Gründen auch immer, überall Früchte abgefallen sind und wir beschließen, dass Netze unumgänglich sind.

Ich glaube, dass wir das auch ohne René bewerkstelligen können und schlage Michel vor, zur *Coopérative Agricole* zu fahren. Ich steige in meinen klapprigen Renault, um die Netze zu besorgen, während Michel sich die letzten Seiten meines Drehbuchs durchliest. Natürlich geht der Netzkauf doch nicht so glatt vonstatten, wie ich gehofft hatte.

Der Chefgärtner in der Kooperative, ein rotwangiger junger Mann mit Brille, bedient mich, die Ausländerin, die versucht, eine Einheimische zu werden. Offensichtlich hat er nicht allzu viel Geduld mit einem so seltenen Wesen.

»*Oui?*«

»Ich hätte gerne Netze für unsere Olivenbäume «

»Welche Farbe?«

Farbe? Auf Preis, Qualität, sogar Größe, war ich irgendwie vorbereitet, aber nicht auf Farbe.

»Spielt das eine Rolle?«, frage ich. Er seufzt theatralisch und stampft davon. Ich bleibe zögerlich stehen, bis er sich umdreht und mir bedeutet, ihm zu folgen, was ich gehorsam tue. Wir gelangen an eine riesige Rolle, auf der hellrotes Netz aufgewickelt ist.

»*Rouge*«, sagt er.

Da kann ich ihm nicht widersprechen.

»Möchten Sie das?«

»*Oui, peut-être.*« Ich tue mein Bestes.

»*Deux francs vingt*«, erklärt er mir, als ob selbst für eine Ignorantin wie mich der Preis der entscheidende Faktor sei. Ich finde ihn jedoch relativ moderat.

»Pro Meter?«, versuche ich, die gute Nachricht zu bestätigen.

»*Par six, le longeur.*«

Sechsfach in der Länge. Endlich kommen wir weiter. Klingt gut, sage ich zu ihm. Enttäuscht und leicht ungeduldig blickt er mich an und zieht an dem roten Netz, bis sich ein kleiner Streifen ablöst.

»*Eh voilà!*«

Ich nehme an, er will mir damit demonstrieren, dass das Netz nicht schwierig zu zerschneiden ist, aber nein.

»Sehen Sie, wenn Sie sich für das grüne entschieden hätten ...«

»Ach, das grüne ...?«

»Zwei Francs neunzig.«

Ganz hinten in der Ecke einer riesigen Halle ist das grüne Netz. Ähnlich aufgerollt, unwesentlich länger, aber ansonsten, jedenfalls meiner Meinung nach, identisch. Er tritt darauf zu, entrollt ein paar Meter und beginnt, daran zu ziehen. Nichts geschieht.

»*Costaud*«, bestätige ich mit der Miene eines Menschen, der weiß, was er sagt. Es ist fester, widerstandsfähiger. Es wird nicht reißen, wenn jemand – ich – zufällig darauf tritt. Ich verstehe und er ist zufrieden mit mir. Zumindest glaube ich das, weil er grunzt und mehr aufzurollen beginnt.

»Wie viele Meter möchten Sie gerne?«

Ich lächle charmant. »Nun, ich weiß nicht genau.«

Das Netz fällt zu Boden. Ein anderer Gärtner ruft von irgendwoher: »Frédéric!«

»J'arrive!«

Meine Zeit wird knapp und ich rede rasch auf ihn ein. »Wir haben vierundsechzig Bäume, also bräuchte ich …«

»Wie hoch, wie ist die Spannbreite der Äste? Wie alt sind die Bäume? Stehen sie nach Süden? Haben Sie den Wurzelumfang gemessen? Was für eine Sorte?«

Auf keine Frage habe ich eine Antwort.

Der arme Frédéric regt sich langsam auf und ich schäme mich.

»Ich sage Ihnen was«, schlägt er plötzlich mit einer Wärme vor, die ich in diesem Stadium nicht erwartet hatte. »Kaufen Sie eine ganze Rolle. *Pourquoi pas?* Das ist wesentlich billiger und so können Sie es zu Hause ausmessen und dann entsprechend abschneiden.«

Das klingt vernünftig und ich stimme erleichtert zu. Er weist mir den Weg zur Kasse und fragt mich nach meinem Auto. Ich zeige ihm das Wrack, das ich in der Nähe des Tors geparkt habe, und eile an die Kasse. Auf dem Weg dorthin nehme ich noch Öl für die Kettensäge, Olivenölseife und Hundekuchen mit. Dann ziehe ich mein Scheckheft heraus. Auf dem Display der Kasse erscheint ein Betrag knapp unter fünftausend Francs.

»Fünftau…?«

Erst da erfahre ich, dass ich gerade tausend Meter grünes Netz gekauft habe. Ich wage es nicht, die Ware zurückzugeben und schreibe mit gequältem Lächeln einen Scheck aus, der mein Konto komplett leert.

Draußen finde ich Frédéric und seinen Kollegen vor meinem Auto. Sie haben, was nicht verwunderlich ist, die Rolle weder in den Kofferraum noch ins Wageninnere bekommen, deshalb haben sie sie durch die offenen Scheiben quer hinten hineingeschoben. Auf jeder Seite ragt ein großes Stück heraus.

»Ist das nicht ein bisschen gefährlich?«, murmele ich. Das interessiert Frédéric jedoch nicht; er bedient bereits einen anderen Kunden. Ich starte den Wagen und fahre los, wobei ich mich bemühe, nicht das Tor mitzunehmen.

Als ich in die Einfahrt biege, bin ich in Schweiß gebadet. Die halbe Provence hat mich angeschrien und gehupt, und in einem Kreisverkehr hat mich ein Mann überholt, dem ich mit meinem Netz offensichtlich den Außenspiegel abgeknickt habe. Gott sei Dank bin ich jedoch jetzt heil zu Hause angekommen, und was noch wichtiger ist, wir haben unsere Netze. Michel bricht in lautes Gelächter aus. Namenlos und ihre drei restlichen Welpen springen mir bellend um die Beine, weil sie den Hundekuchen riechen, aber wir versuchen erst einmal erfolglos, die Rolle aus dem Auto zu zerren.

Wir sind völlig erschöpft, als es uns endlich gelingt, René zu erreichen. Als er kommt, blickt er erstaunt auf die Rolle. »Warum haben Sie denn kein weißes Netz gekauft?«, fragt er.

Wie schwierig kann es sein, ein Netz um den Fuß eines Baumes zu legen? Ist es möglich, dass diese Arbeit drei Männer und mich und ebenso viele Tage in Anspruch nimmt? Es erfordert Fähigkeiten, die ich nicht geahnt habe. Zuerst einmal muss um den Fuß jedes Baumes im Umkreis von sechs Metern alles frei geschnitten werden, damit sich das Netz nicht in irgendwelchem Gestrüpp verfängt. Nachdem Michel und Quashia das erledigt haben, ist der erste Tag fast vorüber. Die Luft riecht wunderbar frisch nach Zwiebeln. Wahrscheinlich liegt es daran, dass die Männer nicht nur Gras geschnitten haben, sondern auch wilden Knoblauch und provenzalische Kräuter.

Als schließlich das erste Netz ausgelegt werden kann, erklärt René, dass der Boden bedeckt sein muss, soweit die Äste reichen. Wir sollen keinen Meter Netz verschwenden, sondern immer gleich passend für jeden Baum abschneiden und am besten auch nummerieren, damit wir die Netze nächstes Jahr mühelos zuordnen können. Gleichzeitig müssen wir uns dabei aber auch den Kopf darüber zerbrechen, wie wir die Welpen am besten von den Netzen fernhalten. Also bekomme ich von den Männern die Aufgabe zugewiesen, mich um die Hunde zu kümmern.

Renés weißes Netz ist fester als unseres, aber auch weniger flexibel, ohne dabei haltbarer zu sein. Und es passt nicht so gut zu den Farben der Natur, wie ich finde. Ich behalte das allerdings für mich, und als das erste Mal die Sonne auf die Netze scheint und die silbrigen Blätter der Olivenbäume hindurchschimmern, muss ich meine Meinung auch revidieren.

Gegen Abend des dritten Tages, als alle Netze angebracht sind, beschweren wir sie mit Steinen und Stöcken, sodass nichts davonfliegen kann. Ich lege einen großen Stein auf ein Netz und richte mich auf, auf gesunde, positive Weise fühle ich mich erschöpft. Eine Terrasse unter mir arbeiten die drei Männer im goldenen Herbstsonnenschein. Es sieht so aus, als bereiteten sie eine Bauernhochzeit vor, weil der letzte Rest des Netzes wie ein Schleier wirkt. Ja, wenn die Ernte und das Pressen des Öls vorbei ist, wird es ein großes Fest geben. Ein Straßenfest in den Orten, ein Erntedankfest am Mittelmeer.

Die Arbeit, die wir hier tun, verbindet uns mit der Vergangenheit. Seit tausend Jahren wird sie ausgeführt. Der Olivenbaum ist ein edler Baum. Er hat sogar die Sintflut überlebt. Die Taube brachte Noah einen Ölbaumzweig, um zu verkünden, dass der große Regen aufgehört hat. Schon damals war der Baum hoch geachtet. Er gilt auch als göttlich. René hat mir erzählt, es gäbe kein anderes Handwerk, in dem mit Werkzeugen gearbeitet wird, die mehrere hundert Jahre alt sind. Aber für den *oléiculteur* gilt, je älter, desto besser. Es ist eine würdige Arbeit, die Demut verlangt. In einem meiner vielen Bücher über Gartenbau habe ich gelesen, dass der Olivenbau seinen Anfang im Iran genommen hat. Im Land des Alten Testaments. Die Perser brachten die Olive nach Griechenland, aber erst die Phönizier, die einen schmalen Küstenstreifen an der Grenze zu Syrien bewohnten, brachten die ersten Bäume 800 v. Chr. nach Frankreich. Also ungefähr dreihundert Jahre, bevor die Griechen hierher kamen. Oder ob doch die Griechen die ersten Olivenbäume mitgebracht haben? Tatsache ist, dass die Geschichte der Olive so tief in der Vergangenheit begraben ist, dass niemand genau weiß, wann sie eigentlich begonnen hat. Wir wissen nur, dass heute immer noch Öl gepresst wird.

Olivenöl pressen

Der lang erwartete Moment ist da. Wir beginnen mit unserer ersten Ernte: *la cueillette des olives*. Es ist eine kritische Zeit, weil die Früchte genau zum richtigen Zeitpunkt und auf bestimmte Art und Weise gepflückt werden müssen. Sind sie noch zu grün, ergeben die Oliven ein minderwertiges Öl. Wenn die Früchte allerdings zu lange am Baum bleiben, beginnen sie nach der Ernte zu oxidieren und das Öl bekommt einen bitteren, unangenehmen Geschmack. In unserem ersten Jahr als Olivenbauern haben wir eine überreiche Ernte und wir werden Früchte verlieren, wenn wir sie nicht innerhalb von achtundvierzig Stunden ernten und bei der Mühle abliefern. In Anbetracht unserer geringen Erfahrung rät uns René, Hilfskräfte einzustellen. Wir befolgen seinen Rat, und am nächsten Morgen erscheint er mit einer Schar von Erntehelfern. Alle fünf Personen – eine Frau und vier Männer – werden uns vorgestellt und sie treten einzeln vor und nennen ihren Namen und ihren Beruf. Sie behandeln uns ehrerbietig, vermutlich mit dem Respekt, der jedem Besitzer einer großen *domaine* entgegengebracht wird. Es ist ein komisches Gefühl und wir sind ein bisschen verlegen. Solche Klassenunterschiede haben wir bisher noch nicht erlebt. Uns wäre ein weniger förmliches Verhältnis lieber, und ich bringe ihnen Wasserflaschen, weil es warm ist und ich die Stimmung ein wenig auflockern möchte.

»*Nous avons. Nous avons tous*«, versichern sie uns höflich und machen sich daran, ihre Wagen auszuladen, die am Fuß des Hügels geparkt sind. Es ist ein wunderschöner Morgen Ende November. Die Vögel zwitschern und es ist richtig heiß. Wir überlassen die Erntehelfer ihrer Arbeit, um oben auf dem Grundstück selber mit dem Pflücken anzufangen, versprechen aber, später wieder zu kommen und uns anzusehen, wie die *récolte* voran geht. Vermutlich hat uns René deshalb in diese zwei Gruppen eingeteilt, damit die Oliven, die Michel und ich ernten, nicht mit den anderen vermischt werden, falls wir sie mit unseren ungeschickten Fingern beschädigen.

Der Gedanke an den Geschmack der ersten Pressung erregt mich. Ich habe gelesen, dass es über fünfzig verschiedene Olivenarten gibt und ich habe mit zahlreichen Ölen gekocht. Unseres wird aus einer einzigen Sorte, exklusiv aus unserer *cailletier* kalt gepresst werden. Vielleicht habe ich ja irgendwann in meinem Leben schon einmal Öl hier aus dieser Gegend benutzt, ohne es zu wissen. Allerdings war es dann bestimmt nicht von *unserem* Hügel. Wir sind voller Vorfreude. Wird unser Gut erstklassiges Öl hervorbringen? Wir können nur abwarten und bis dahin liegt noch viel Arbeit vor uns.

Die Ernte ist Knochenarbeit. Und dauert lange. Laut René müssen wir jede Olive einzeln abpflücken. Wir müssen auf Leitern klettern oder zwischen den Ästen herumkrabbeln und uns nach jeder Olive einzeln recken, denn sie wachsen nicht in Büscheln.

»Aber ich habe gelesen, man kann sie gut mit einem Holzrechen abernten, wie sie auf vielen Gütern verwendet werden«, protestiere ich.

Unerbittlich schüttelt er den grauhaarigen Kopf. »Nein. Ganz gleich, was die anderen sagen, mit Rechen richtet man Schaden an. Wenn zwei oder drei Oliven nahe beieinander wachsen, dann verletzt man mit dem Rechen zumindest eine. Nein, wir klettern lieber in die Bäume. Carol, du kannst eine Leiter nehmen.«

Und so hänge ich jetzt zwischen den Ästen, versuche, das Gleichgewicht zu halten und muss aufpassen, dass ich die Oliven nicht zu fest drücke, wenn ich sie pflücke. Und ich darf auch die Netze nicht zerreißen, die am Fuß des Baumes liegen. Langsam beginne ich mir zu wünschen, wir hätten einen Weinberg gekauft, da erntet man zumindest vom Boden aus.

Unser erster Besuch in der *moulin*. Wir fahren mal wieder mit René in die Hügel, um zwei Mühlen zu besichtigen. René möchte, dass wir uns aussuchen, wo unsere Früchte gepresst werden. Zuerst fahren wir zu der Mühle, die er uns empfiehlt. Dorthin bringt er auch die Ernte von den anderen Gütern. Es ist ein Familienunternehmen. Einschließlich unserer Olivenhaine betreut René siebenhundertzwanzig Bäume, also ist es nicht verwunderlich, dass er dort herzlich empfangen wird. Zuerst bringt er uns zum Laden, in dem man provenzalische Produkte kaufen kann.

Drinnen werden wir als Eigentümer des Villenguts über der Küste vorgestellt. Nach einer kurzen Führung durch den Laden sehen wir zu, wie andere Familien ihre Oliven zur Mühle bringen. In Wäschekörben oder Säcken werden die Früchte angeschleppt, auf einer großen Metallwaage gewogen und dann vor einer großen Schütte aufgestellt, von der aus die Oliven in die Mühle gelangen.

An der Kasse füllt eine Frau lilafarbene Quittungen

aus, die als Bestätigung für jeden Olivenbauer dienen, welche Menge er abgeliefert hat. Nach der *pression* wird noch die genaue Ölmenge eingetragen.

Es ist faszinierend zu sehen, wie das Öl gemessen wird, aber auch schwierig zu verstehen, weil die Maßeinheiten auf alte Zeiten zurückgehen. Eine Maßeinheit entspricht zwölfeinhalb Kilo, erklärt uns die Kassiererin.

»Warum gerade zwölfeinhalb Kilo?«, frage ich erstaunt. Offenbar entspricht das dem Fassungsvermögen der Behälter in früherer Zeit und zwanzig dieser Behälter entsprachen *une motte*, wörtlich übersetzt, einem Hügel. Die Berechnung übersteigt ein wenig meine mathematischen Fähigkeiten.

Bis heute habe ich immer geglaubt, dass sich die gepressten Oliven in die gleiche Menge flüssiges Öl verwandeln. Michel sieht das auch so, aber René und die Leute aus der Mühle schütteln ernst die Köpfe. »*Mais non*«, sagen sie. »Öl wird nach Gewicht gemessen.« Ein Liter Öl, erfahren wir, entspricht neunhundert Gramm.

Ist die Frucht reif und gesund, hofft man, aus einer Maßeinheit (zwölfeinhalb Kilo) 2,7 Kilo Öl zu gewinnen, was, geteilt durch neunhundert, in etwa drei Litern entspricht. Mit anderen Worten, nach einer furchtbar komplizierten Berechnung, werden aus zwölfeinhalb Kilo Oliven im Idealfall drei Liter Öl.

Puh! Mir dreht sich jetzt schon der Kopf und dabei ist es erst halb neun Uhr Morgens. Ich will gerade fragen, warum das alles so kompliziert berechnet wird, als Michel mich am Ärmel packt und vorschlägt: »Wo wir schon einmal hier sind, *chérie*, lass uns doch von der hausgemachten *tapenade* kaufen.« Das schlägt er nur vor, um mich auf andere Gedanken zu bringen.

René führt uns in das Innere der Mühle, wo ich mir

vorkomme, wie in eine andere Zeit versetzt. Es ist kühl hier drinnen, wir können sogar unseren Atem sehen.

Wir sind wirklich in eine andere Zeit versetzt. Das Dröhnen und dumpfe Schlagen der Maschinen umgibt uns und die Luft ist schwer von dem Geruch der Olivenpaste. Sie steigt mir zu Kopf wie der Rotwein, der uns gereicht wird. Dazu gibt es dicke Scheiben frisch gebackenes Brot, zu dem Schinken gereicht wird. Es ist ein richtiges Bauernfrühstück.

Der Lärm hier unten ist ohrenbetäubend. René redet ununterbrochen, aber wir können ihn nicht verstehen. Ich drehe mich zu dem Müller, der gar nichts sagt. Er ist wieder an die Arbeit gegangen. Er und sein Helfer holen unermüdlich Olivenpaste aus der Mühle und füllen Flaschen mit grünem Öl ab. Um mich herum drehen sich die Maschinen. Hinter einem kleinen Glasfenster brennt ein Feuer. Dort wird die Olivenpaste getrocknet. Der Müller erklärt uns mit Zeichensprache, dass er heute viereinhalb Kilo Oliven braucht, um einen Liter Öl zu pressen. Die meisten der früh geernteten Früchte sind noch nicht reif genug. Nach Weihnachten, wenn die Früchte länger am Baum gehangen haben und dick und schwarz werden konnten, erzielt er bessere Ergebnisse.

Wir werden in eine *cave* geführt, wo beschriftete Flaschen mit Öl in allen Schattierungen von grün bis golden stehen und auf ihre Besitzer warten. Es beruhigt mich zu sehen, wie sorgfältig hier darauf geachtet wird, dass die Oliven der einzelnen Güter nicht gemischt werden.

Es fasziniert mich auch, wie die Rückstände weiter verarbeitet werden. Von den Rückständen der dritten oder vierten Pressung wird Olivenölseife gemacht. Nichts wird weggeworfen. Der letzte Tropfen Öl wird herausgeholt, und erst bevor die Tapenade hergestellt wird, nimmt man den Stein heraus.

Wir schütteln einander begeistert die Hände, bevor wir zu der zweiten Mühle aufbrechen. »Das nächste Mal ist Cristophe auch hier«, wird uns versichert. Er ist der Chef und ist heute auf der Jagd. Allgemeines Schulterklopfen und Küssen bringt zum Ausdruck, dass den Leuten hier die Vorstellung gefällt, dass Ausländer Interesse an ihrem Geschäft haben. »*Beaucoup d'Américains visitent ici*«, heißt es. Sie reiben Daumen und Zeigefinger aneinander, um darauf hinzuweisen, dass die Amerikaner viel Geld hier lassen.

»Und die Engländer?«, frage ich hoffnungsvoll.

Einhellig schüttelt die Familie den Kopf. Anscheinend habe ich ein empfindliches Thema berührt. »*Mais non*«, erwidert Madame in verschwörerischem Tonfall. »Die Engländer haben an nichts Interesse.«

Die zweite Mühle ist ganz anders. Sie liegt auf einem Feld am Ende einer verlassenen Straße. Gegründet wurde sie 1706 und ursprünglich war sie wohl ein Bauernhof mit einer Scheune, die irgendwann einmal in eine Mühle umgewandelt wurde. Mein erster Eindruck ist, dass nichts an diesem Ort besonders einladend wirkt. Wenn man über die Schwelle tritt, steht man sofort in der Mühle, ein riesiger, düsterer, kühler Raum. Auch hier ist der Geruch nach gepressten Oliven überwältigend. Aber wir werden nicht mit Wein und Brot willkommen geheißen, sondern hier geht es nur um das Kaltpressen von Olivenöl.

Das Mühlrad und der Boden bestehen aus massiven Steinen, die im Lauf der Jahrhunderte ganz glatt geworden sind. Irgendwie tragen die schweren Steine zu der winterlichen Atmosphäre bei. Als ich ausatme, steigt mein Atem weiß auf. Vor uns führen zwei Bauern geschäftliche Verhandlungen mit der Müllerin, bei denen es anscheinend um Rechnungen geht. René, der erst einmal hier war, kennt sie auch nicht, und so sind wir alle Fremde, was mir gefällt. Es weckt meine Neugierde.

René lenkt unsere Aufmerksamkeit auf den Mühlstein, mit dem die Früchte zermahlen werden. Er ist imposant, fast monolithisch, und bei dem Gedanken, dass jemandes Finger dazwischen geraten könnten, läuft es mir kalt über den Rücken. Er ist übersät mit dunklen Flecken, die natürlich von der Olivenpaste herrühren. Wir gehen weiter zu einer anderen, unbeschreiblichen Vorrichtung, an deren Fuß Olivenöl im Schneckentempo in ein hölzernes Gefäß (natürlich aus Olivenholz) tropft. Das Gewinnen von Olivenöl ist hier offensichtlich eine leise, diskrete Angelegenheit und geht nicht so geräuschvoll vor sich wie in der anderen Mühle. Um fair zu sein, muss man allerdings sagen, dass hier auch die Maschinen gar nicht laufen. Offensichtlich hat die letzte Pressung für den Tag schon stattgefunden, obwohl es erst halb elf ist. Als wir uns das System genauer ansehen, stellen wir fest, dass hier ungefähr sechs Kilo Oliven für einen Liter Öl gebraucht werden. René schließt die Augen und rechnet rasch nach. Wenn wir zu der anderen Mühle gehen, kann Appassionata im Durchschnitt zweihundertfünfzig Liter pro Jahr erwarten. Hier wären es weniger als zweihundert.

»Ja, aber hier ist es kaltgepresst, extra-virgin.«

»In der anderen auch«, versichert er uns.

»Zweihundert Liter wären aber auf jeden Fall mehr als genug für uns«, entgegne ich.

Michel erinnert mich daran, dass unser Anteil bei der

ersten Mühle dreiundachtzig oder vierundachtzig Liter betragen würde; wenn wir unsere Früchte hier pressen ließen, kämen wir auf ungefähr fünfundsechzig Liter. Ich blicke René an, aber der zuckt nur mit den Schultern. Die Müllerin, die Stiefel, einen Wollrock und ein Samthemd trägt und die grauen Haaren zu einem Knoten geschlungen hat, schenkt uns keine Beachtung. Sie ist mit ihren Kunden beschäftigt. Sie wiegen Schalen mit violetten Oliven und rechnen. Wahrscheinlich geht es um die Kosten für das Pressen. Zum ersten Mal bin ich mir ganz klar darüber, dass es hier um ein Geschäft und nicht um einen Traum geht. Die Leute hier leben davon und sie können es sich nicht leisten, die Angelegenheit zu verklären, wie ich das tue. Ich verlasse die beiden Männer und sehe mich ein wenig allein um.

Hinter der Mühle, jedoch immer noch unter dem gleichen Dach, entdecke ich eine *cave* mit Lagerflächen, die aus dem Felsen herausgehauen sind. Sie ist fensterlos und dunkel. Zwei oder drei Dutzend in Korb gehüllte Gläser stehen dort. Jedes enthält ungefähr fünfzehn bis zwanzig Liter Flüssigkeit.

»Sie heißen ›*bonbonnes à goulot large*‹. Die Römer haben ihr Öl in Amphoren gelagert, die ursprünglich in Spanien getöpfert und dann nach Italien verschifft wurden. Sie sahen so ähnlich aus wie die großen Terrakotta-Töpfe, die wir im Garten verwenden. Diese hier sind sozusagen die moderne Version davon«, erklärt René, der sich mit Michel wieder zu mir gesellt hat.

Ein paar dieser *bonbonnes* sind noch leer, während andere schon mit dem tiefgrünen, frisch gepressten Olivenöl gefüllt sind, das aus der Ferne und in diesem Licht wie Meerwasser aussieht. Der Farbe und der Zähigkeit nach zu urteilen, mit der das Öl aus der Presse heraustropft, ist das Öl hier reichhaltiger und aromatischer.

»Mir gefällt es hier besser«, flüstere ich Michel zu, der lachend erwidert: »*Mais oui, chérie.* Die Frage ist aber, welche Mühle besser zu uns passt, nicht, welche sich besser als Filmkulisse eignen würde.«

»Ich würde diese hier trotzdem vorziehen«, beharre ich.

Draußen ist ein warmer, klarer Tag. Ich schließe die Augen und atme tief die frische Luft ein. Es riecht nach Pinienzapfen. Die Hitze der Sonne ist eine tröstliche Erleichterung auf meinen Augenlidern.

Als wir zum Auto zurückgehen, erfahren wir von René, dass es in Roquebrune einen Olivenbaum gibt, den ich mir gerne einmal ansehen würde. Hier gibt es einige Orte, die so heißen, aber er meint das schicke Roquebrune-Cap-Martin, das an der Straße zwischen Monte Carlo und Italien liegt. Michel kennt den Ort, das wundervolle Restaurant Le Roquebrune, das seit jeher der Familie von Mama Marinovich gehört hat, war jahrelang sein Lieblingslokal. Der Ort ist auch bekannt für seine mittelalterlichen Häuser, die in die Felsen hineingebaut worden sind. In Roquebrune, nur ein paar Kilometer von Menton, dem Tor nach Italien entfernt, wächst ein Olivenbaum, von dem es heißt, er sei tausend Jahre alt. Wer mag ihn wohl gepflanzt haben, frage ich mich. Er ist fünfzehnhundert Jahre zu jung, um im Gepäck der Griechen gewesen zu sein, und fast ein Jahrtausend zu jung, um von den Römern gepflanzt worden zu sein.

Ob er wohl ein Friedensangebot von Rom für die Grafen der Provence gewesen ist? Tausend Jahre nach Christi Geburt, ungefähr um die Zeit, als die Provence an Rom zurückgegeben und ein Teil des Römischen Reiches wurde. Die Sarazenen, die hundert Jahre lang eine Schreckensherrschaft geführt hatten, waren verjagt worden, und die Provence wurde zwar noch von Rom beherrscht, genoss aber relative Unabhängigkeit, ein wenig Frieden und Ruhe nach so vielen unruhigen Jahren. Leider nicht allzu lange, denn nach ein- oder zweihundert Jahren übergaben die Grafen der Provence das Land den Grafen von Toulouse, und die wiederum reichten es an die Grafen von Barcelona weiter, und so ging es immer weiter, bis die Provence im August 1944 von den Alliierten von der Besatzung der Deutschen befreit wurde. Und jetzt wollen wir also zu diesem Olivenbaum fahren, der als der älteste der Welt gilt.

Michel schlägt vor, einen kleinen Umweg zu machen, eine kleine Rundreise von ungefähr hundertzehn Kilometern, um diesen heiligsten aller Bäume Ehre zu zollen. Ich stimme aus vollem Herzen zu. René, der nicht mit uns kommen will, wünscht uns *bon appétit* und verlässt uns.

Weniger als eine Stunde später fahren wir über die Alpenstraße. Die Aussicht ist spektakulär. In endlosen Haarmadelkurven winden wir uns nach La Turbie mit seinen prächtigen römischen Ruinen hinauf. Es geht so steil bergauf, dass man nur hoffen kann, dass die Bremsen nicht versagen. Michel sitzt am Steuer. Er fährt schnell, aber sicher, und ich beuge mich ohne Angst aus dem Fenster und lasse mir den Wind ins Gesicht wehen.

Irgendwo hier in der Nähe hat Grazia Patrizia von Monaco, die frühere Grace Kelly, ihr Leben verloren. Ihr Sportwagen stürzte in den Abgrund, und sie war sofort tot. Die Erinnerung an den Unfall ernüchtert mich einen Moment lang und ich blicke auf den Felsen, der links von uns aufragt. Da erblicke ich den Ort hoch über uns. Er erhebt sich von dem Felsen in den klaren blauen Himmel und sieht aus wie eine Zeichnung in einem Märchenbuch, vor allem, als ich merke, dass ganz oben auf der Spitze ein Schloss mit Turm steht

Wir parken den Wagen vor dem Ort und gehen zu Fuß in die *vieux village*. Wir sterben beide vor Hunger, aber zu unserem Entsetzen haben alle Restaurants geschlossen. Es ist die Zeit der *fermeture annuelle*, 15. November bis 15. Dezember, die Ruhezeit vor dem Ansturm der Feiertage.

Schließlich gelangen wir an einen völlig leeren Platz und mir fällt sofort auf, dass der Ort überhaupt nicht wie eine Geisterstadt wirkt, obwohl keine Menschenseele zu sehen ist. Mitten auf dem Platz steht ein eingezäunter Olivenbaum, umgeben von Bänken. Fraglos ein altes Exemplar und gut erhalten, aber ich bin trotzdem enttäuscht. Der Umfang des Stammes beträgt vielleicht drei Meter, und so dick sind unsere Bäume auch beinahe. Ich trete an den Rand der Mauer um den Platz und blicke aufs Meer, das in der Sonne glitzert, hinüber nach Cap Martin und auf der anderen Seite nach Monaco mit seinen Hochhäusern. Michel tritt hinter mich und schlingt die Arme um mich. »Ich habe ihn mir genau angesehen. Ich glaube nicht, dass das der Baum ist, den wir suchen«, sagt er. »Lass ihn uns mal suchen.«

Wir laufen wieder durch die Altstadt, einen Hügel hinauf, über eine gewundene Treppe, kommen über die Place Ernest Vincent, auf der das Gefängnis steht, und erblicken schließlich ein Hinweisschild auf den *olivier millénaire*. »Sieh mal!«, rufe ich.

Triumphierend beginnen wir den Abstieg. Der Pfad ist von weidenähnlichen Bäumen überwuchert, wahrscheinlich irgendeine Tamariskenart, und es geht steil hinunter. Früher war es bestimmt ein Eselspfad, auf

279

dem Lebensmittel transportiert wurden. Und dann auf einmal, nach zweihundert Metern, sehen wir ihn. Er wächst an einer Mauer am terrassierten Abhang, und er ist nicht eingezäunt. Er ist einfach da. Seine Äste ragen in die Luft wie die Tentakel eines Tintenfischs. Seine Wurzeln breiten sich überall aus und heben Steine und Erde an.

Schweigend blicken Michel und ich staunend auf dieses monumentale Symbol der Schöpfung. Es ist warm, still und ruhig. Wortlos umarmen wir uns, und ich spüre die Wärme der Sonne auf Michels Haut.

»Je t'aime.«

Selten zuvor war ich so im Einklang mit dem Leben. Ich schreite die Entfernung vom Ausmaß der Äste bis zum Stamm ab und messe fünfzehn Meter. In diesem Augenblick kann ich die Verehrung, die dem Olivenbaum entgegengebracht wird, verstehen. Einen Herzschlag lang erscheint alles klar. Die Welt ist rein und das Wunder des Lebens erfüllt mich.

Wir kehren in den Ort zurück, um zum Schloss hinaufzugehen. Wir kommen an offenen Fenstern vorbei, aus denen man eine atemberaubende Aussicht hat. Ich bleibe stehen und lausche auf Wortfetzen, Radioübertragungen auf Französisch und Italienisch. Wir sind an der Grenze zwischen beiden Kulturen, und doch stammt so vieles in diesem Ort aus einer Zeit, als Italien und Frankreich noch nicht getrennt waren.

Die gepflasterten Straßen, die sich den Hügel hinaufschlängeln, sind äußerst sauber. Vom Schloss aus hat man wieder eine wundervolle Aussicht. Wir schlendern herum und ich lese aus einem Prospekt vor, den mir die freundliche Dame an der Kasse gegeben hat. Dies ist das älteste Schloss in Frankreich, das einzige Beispiel für karolingischen Stil. Ein Graf aus Ventimig-

lia, Konrad I., hat es gebaut, um die verfluchten Sarazenen in Schach zu halten. Später wurde es von der Familie Grimaldi umgebaut.

Beachtlich für einen so kleinen Ort, zugleich das älteste
te Schloss in ganz Frankreich und einen Baum zu besitzen, der als der älteste Olivenbaum der Welt gilt. Der
Prospekt informiert uns auch darüber, dass die Bewohner von Roquebrune glauben, die Schöpfung der Welt sei
ein »Gedanke Gottes« und diesen Ort habe Er geschaffen, als Er es besonders gut mit den Menschen meinte.
Aus diesem Grund danken sie jeden Tag ihrem gütigen
Schicksal und achten ihren Ort. Ich finde, mit solch einer
Philosophie haben sie ihre atemberaubende Aussicht
und ihren wundersamen Olivenbaum verdient!

René ruft an, um uns mitzuteilen, dass die Mühle meiner Wahl geschlossen werden soll. Fast dreihundert
Jahre gibt es sie schon und ausgerechnet in dem Winter,
in dem wir Kunde bei ihr werden wollen, macht sie zu!

»Wie ist das denn nur möglich?«, frage ich.

»Sie entspricht nicht den Gesundheitsstandards der
Europäischen Union.«

Er rät uns, unsere Oliven besser in seine Mühle zu
bringen. Sechs Fässer voller Oliven stehen hinten in unserer Garage und wenn wir sie jetzt nicht pressen lassen, dann oxydieren sie. Ich war zwar ursprünglich etwas misstrauisch, habe aber keinen Grund, von der
ersten Mühle enttäuscht zu sein. Der Eigentümer, der
bei unserem ersten Besuch nicht da war, ein Typ mit roten Wangen, kariertem Hemd und einem dicken Bauch
über seiner Jeans, heißt uns herzlich willkommen und
nimmt sich unserer an. Als der lang erwartete erste
Tropfen Öl aus der Presse tröpfelt, ruft er: »*Venez vite,
mes amis!*« Kommt rasch.

Nervös und gespannt sehen wir zu, wie die grüngoldene Flüssigkeit sich im Auffangbecken sammelt. Es ist ein spannender Augenblick.

Michel, Christophe, *le propriétaire* und ich blicken aufgeregt auf den ersten Löffel voll. Ob das Öl uns wohl schmeckt? Ob wir zufrieden sein werden? Alle probieren wir, ich als erste. Es gibt keinen Zweifel. Das Öl ist samtig weich mit einem Geschmack nach leicht gepfefferten Limonen.

»Oh Gott, es ist köstlich!«, jubele ich.

Wir sind mächtig stolz. Christophe taucht einen Brocken Brot in die Flüssigkeit und kaut es nachdenklich. Alle sehen stumm und gespannt zu, auch sein Sohn, der junge Müller, den wir bei unserem ersten Besuch kennen gelernt haben, und ein paar Bauern, die auf ihr eigenes Olivenöl warten. Und dann erklärt Christophe mit seinem schweren provenzalischen Akzent unser Produkt zu *beurre du soleil*. Butter der Sonne, ruft er laut und fügt als Qualitätsbezeichnung hinzu: »Extra!«

Alle jubeln, schütteln sich die Hände, schlagen einander auf die Schultern und natürlich wird auch ein Roter aufgemacht, während Michel und ich vor Stolz und Freude von einem Ohr zum anderen grinsen.

Draußen auf unserem Gartentisch füllen Michel und Vanessa unser Öl aus dem Plastikbehälter, den Christophe uns mitgegeben hat, in zahlreiche Weinflaschen um, die wir das ganze Jahr über für diesen Zeitpunkt gesammelt haben. Wieder steht Weihnachten vor der Tür und wir wollen es hier feiern. Clarisse schreibt Schildchen und ich beklebe die vollen Flaschen und datiere sie, bevor Vanessas Freund Jérome sie in der kühlen Sommerküche verstaut.

In dem kommenden Wochen wird sich das Olivensediment setzen und das klare Öl bekommt einen goldenen Farbton.

Im Radio laufen Weihnachtslieder und eine Blautanne verbreitet ihren würzigen Duft in unserem Haus. Zu Ehren unserer ersten Ernte hat Michel sie mit goldenen Girlanden und Glaskugeln geschmückt.

Dieses Jahr verbringen die Mädchen Weihnachten bei uns und mit ihnen ist Jérome gekommen, ein gut aussehender Achtzehnjähriger. Zwei Mal habe ich ihn gebeten, in der Küche zu helfen, und beide Male hat Vanessa mir ins Ohr geflüstert: »Bitte, *chère* Carol, flirte nicht mit meinem Freund.« In ein oder zwei Tagen werden auch Anni und Robert, Michels Eltern, eintreffen, und an Silvester kommt meine Mutter. Mein Vater und meine Schwester, die beide in der Unterhaltungsbranche tätig sind, müssen an den Feiertagen arbeiten. Das Haus ist also voller Besuch, und es wird sicher lustig werden. Unser Truthahn – wir besitzen jetzt einen Herd, der einsam in der noch zu bauenden Küche steht – wird mit Öl aus unseren eigenen Beständen bepinselt. Es ist ein bewegender und bedeutender Augenblick, den wir mit Champagner gebührend feiern. Zu unserem *apéritif* habe ich Bruschetta mit Tomaten und Kräutern aus meinem Gemüsegarten zubereitet. Noch warm garniere ich das Brot mit frischem Basilikum, gebe dann reichlich von unserem guten Öl darüber und würze mit schwarzem Pfeffer.

Wir essen am Tisch im Garten in der Sonne, wobei wir wissen, dass wir es uns später, wenn die Wintersonne hinter den Zypressen gesunken ist, im Haus mit Büchern und Musik vor dem Kamin gemütlich machen können. Während die anderen den Tisch abräumen und abwaschen, schlüpfe ich rasch in mein Arbeitszimmer, um für Michel die Drehbücher auszudrucken, die er nach Weihnachten mit nach Paris nehmen will. Er hat dort Kunden, die sie lesen möchten. Danach will ich die Arbeit für ein paar Tage ruhen lassen und friedliche Festtage mit meinen Lieben verbringen.

Als es Abend wird und der winterliche Sonnenuntergang den Himmel blassrosa färbt, habe ich alles ausgedruckt und blicke aus dem Fenster. An der Küste ist es dunkel und still. Ich kann weder die Festung noch die Kerker sehen, wo der Mann mit der Eisernen Maske eingesperrt war, ich sehe noch nicht einmal die Umrisse der Inseln, aber die Bilder leben in meiner Erinnerung und haben mich zu meiner Geschichte inspiriert. Dreizehn Episoden, die zum Teil auf Ste Marguerite spielen. Im Haus höre ich Lachen und rieche das Kaminfeuer. Die anderen warten auf mich. Michel und seine Töchter, die plötzlich so erwachsen geworden sind, und Jérome, der erste in einer wahrscheinlich langen Reihe von gut aussehenden, jungen Galanen …

Ich gehe nicht sofort zu ihnen. Ich bleibe noch eine Weile am Fenster stehen. Ich bin in einer nachdenklichen Stimmung und überlege, wo wir angekommen sind. Nach vielen Jahren der Wanderschaft habe ich endlich mein Zuhause gefunden. Wir haben unser schäbiges Haus. Wir produzieren Öl. Wir haben eine Geschichte zu verkaufen und sie wird uns, mit ein wenig Glück, voranbringen. Wenn wir Glück haben, können wir damit unsere Schulden bei Mme B. bezahlen. Das Haus zu erhalten ist ein ewiger Kampf, aber bis jetzt gelingt es uns ganz gut. Es war ein produktives Jahr und ich bin dankbar dafür. Trotzdem gibt es leise Zweifel. Kann das Leben wirklich so bleiben? Kann ich wirklich so glücklich sein? Und wenn alles zerbricht? Ich habe mich auf die Liebe eingelassen. Jemandem vertraut. Der Verlust würde mich zerschmettern.

In diese düsteren Gedanken versunken, merke ich zuerst gar nicht, dass ein Diesel die Einfahrt hinaufkommt. Fast ohne ihn zu sehen, starre ich ihn an und gehe dann in den *salon*, wo die anderen sitzen.

Michel springt auf. »*Jérome, s'il te plaît.*«

»Wer ist das?«, frage ich. »Erwarten wir jemanden?« Die Männer eilen nach draußen und niemand gibt mir eine Antwort. Ich blicke fragend auf die Mädchen. Clarisse zeichnet Vanessa, die konzentriert Russisch vom Band lernt. Whisky, der letzte Welpe, der jetzt auch schon ausgewachsen ist, liegt in Vanessas Schoß gekuschelt. Draußen rufen Männerstimmen etwas.

»Was ist denn da los?«, frage ich noch einmal. Keines der Mädchen antwortet mir. Neugierig gehe ich wieder in mein Arbeitszimmer und blicke von dort aus dem Fenster. Quashia ist gekommen, begleitet von vier arabischen Kollegen. Alle stehen um die Ladefläche des Lieferwagens herum. Michel klettert auf die Ladefläche und sagt irgendetwas zu Quashia. Zwei der anderen Araber werden angewiesen, ein Holzbrett vom anderen Ende des Parkplatzes zu holen, was sie hinten am Lieferwagen anlehnen. Offensichtlich wird irgendetwas geliefert, aber was?

»Wisst ihr Mädchen, was da draußen los ist?«, schreie ich ins Wohnzimmer hinüber.

Sie scheinen mich immer noch nicht gehört zu haben. Ich will gerade böse mit ihnen werden, als aus dem Wagen eine seltsam aussehende Pflanze herausgeholt wird, die in einem riesigen Terrakotta-Kübel steht. Sie muss wohl außergewöhnlich schwer sein, weil sie ganz langsam über das Brett hinuntergeschoben wird. Dann schleppen Jérome und die Araber sie zum Weg neben dem Pool und tragen sie die Treppe zu unserer offenen Haustür hinauf, wo ich sie bereits erwarte.

»Was, um Himmelswillen ...«

»Wo sollen wir sie hinstellen?«, fragt Michel. Unentschlossen blicke ich mich um. Der halbe Raum wird bereits vom Weihnachtsbaum eingenommen. Überall liegen Kissen, Geschenke, Schuhe, Pullover, der übliche Feiertagsmüll. Michel wartet meine Antwort gar nicht erst ab. Die Männer schwitzen und taumeln unter ihrer Last.

»Dorthin«, befiehlt er und dann wird der Kübel auf den Fliesen abgestellt. Quashia und seine Männer verabschieden sich von uns und fahren wieder. Michel bringt sie hinaus und kehrt dann wieder zu seinem Geschenk zurück, oder vielmehr, zu meinem. Denn ich bin ganz klar die Empfängerin, die einzige Person, die nichts davon gewusst hat.

»Frohe Weihnachten, *chérie*«, flüstert Michel und küsst mich auf den Mund. »Er ist nicht so alt wie der *olivier millénaire*, aber er war das älteste, was ich finden konnte.«

Sprachlos blicke ich auf den acht Meter hohen Baum, der einen Stamm so dick wie das Bein eines Rhinozeros' hat. Laut Schild ist es eine *Beaucarnea* und sie ist hundertfünfzig Jahre alt. Was mich jedoch am meisten verblüfft, ist die Tatsache, dass sie in einem relativ flachen Kübel steht. Hat sie keine Wurzeln? Alle blicken mich erwartungsvoll an und die Mädchen grinsen, als ich mich zu Michel wende und ihn küsse. »*Merci*«, flüstere ich. Ich kann kaum sprechen, so überwältigt bin ich von der Verrücktheit der Liebe dieses Mannes zu mir. Alle nagenden Ängste sind verschwunden. Weshalb soll ich mir Sorgen machen? Es war ein großartiges Jahr.

Dunkle Tage

Nach den Feiertagen, irgendwann Ende Januar (der Monat, von dem Matisse geschrieben hat, dass sein »reiches, silbriges Licht wesentlich für den Geist des Künstlers sei«), als auch die letzte Olive abgeerntet ist, beginnt das Beschneiden der Bäume. Leider können Michel und ich nicht bleiben. Quashia, der mit dem Zug nach Marseille gefahren ist, um von dort aus mit dem Schiff nach Constantin in Nordalgerien zu fahren, wo er den restlichen Ramadan mit seiner Frau, seinen sieben Söhnen, einer Tochter und sechzehn Enkelkindern verbringen will, wird zurückkommen, um sich um Namenlos und das Haus zu kümmern. Vanessa und Jérome wollen ein, zwei Tage länger bleiben, um auf seine Rückkehr zu warten. Wenn sie fahren, nehmen sie Whisky mit. Michel und ich müssen arbeiten. Traurig ist nur, dass wir in unserem ersten Jahr als Olivenbauern die *fête des oliviers*, die am letzten Samstag im Januar gefeiert wird, nicht miterleben können. Das Fest, auf dem auch unsere Mühle vertreten ist, findet in Vallauris statt und Christophe und seine drei Söhne werden provenzalische Tracht tragen und *dégustations* der Öle anbieten, die sie produzieren. Sie haben auch ein kleines, funktionsfähiges Modell der Mühle dabei, die die Oliven presst.

Michel und ich jedoch müssen in unsere jeweiligen

Junggesellenwohnungen in London und Paris zurückkehren, und unser Verlangen nach einander in Arbeit
ertränken. Wir werden wieder unser »wirkliches« Leben leben. Aber können wir das überhaupt noch als
wirkliches Leben definieren? Es ist verwirrend. Freunde aus allen Teilen der Welt, die letztendlich in London
gestrandet sind, haben sich oft bei mir beklagt, dass sie
nicht wissen, wohin sie gehören, und langsam beginne
ich das zu verstehen. Mein Herz ist in Frankreich. Hier
wache ich morgens auf und fühle mich zu Hause.

Und doch bleiben meine Arbeit und meine Geschichte in England. Ich stehe am Fenster des Probenraums,
blicke hinaus und träume vom Garten und von dem
Mann, den ich so leidenschaftlich liebe. Abends kaufe
ich rasch etwas ein und bin froh, wenn ich die Tür zu
meiner kleinen Wohnung hinter mir zumachen kann.
Dort bereite ich mir ein einsames Mahl zu oder ich treffe mich mit irgendeiner Freundin, die ich lange nicht
gesehen habe. Und dann gehe ich wieder zur Arbeit
und die Maskenbildnerin schmiert mir Make-up ins
Gesicht, ich achte auf mein Gewicht und mache mir
Sorgen um die Falten, die ich jetzt mit vierzig natürlich
bekomme.

Ich habe Glück, dass ich sowohl das gesellige Leben
einer Schauspielerin als auch das einsame Leben einer
Autorin führen kann, aber manchmal ist es verwirrend
und macht mich nervös. Ich habe oft das Gefühl, keines
von beiden richtig zu führen, aber wenn ich Michel von
diesem Dilemma erzähle, sieht er mich nur verständnislos an. »Ich weiß nicht, warum du glaubst, wählen
zu müssen«, sagt er. »Warum kannst du nicht einfach
alles so laufen lassen? Du bist eben eine Frau mit einer
vielschichtigen Existenz.« Vielleicht ist es ja wirklich so
einfach und ich bin diejenige, die es kompliziert.

Es ist Valentinstag. Michel ist auf dem Fernsehfestival in Monte Carlo, was bedeutet, dass er eine Woche auf dem Gut verbringen kann. Ich drehe in Wales und kann nicht weg. Ich schicke ihm ein Dutzend rote Rosen und bekomme ebenfalls ein Dutzend von ihm. Und dann klingelt das Telefon in meinem Hotelzimmer. Ich höre die Hintergrundsgeräusche des Festivals, das Klirren der Gläser in der Hotelbar und ich höre, dass Michels Stimme aufgeregt klingt. Er fehlt mir so sehr, dass es weh tut.

»Die Engländer sind dabei!«, sagt er. Einen Moment verstehe ich nicht, was er meint, aber dann dämmert es mir. Für meine dreizehnteilige Serie brauchen wir mehrere Partner, und da sich die Geschichte um ein englisches Mädchen dreht, wäre es fast unmöglich, den Film ohne einen englischen Sender zu produzieren. Monte Carlo war Michels erster Versuch, die Produktion zu finanzieren. Mir wird schwindelig.

»Meinst du, du könntest für ein paar Tage hierher kommen und dich mit dem Regisseur treffen?«

Na ja, ich drehe am Wochenende nicht. Ich könnte nach London fahren und den Flieger nehmen … Ja!

Wir sind am Samstag in Appassionata verabredet. Der englische Fernsehdirektor, der froh ist, noch ein paar Tage in Südfrankreich verbringen zu können, freut sich sehr, dass wir ihn zum Mittagessen eingeladen haben.

Der Februar ist traditionell ein nasser Monat an der Côte d'Azur. Deshalb bereite ich das Essen für alle Fälle drinnen vor. Vom Esszimmer aus blicke ich über die großartig beschnittenen Olivenbäume. Sie sehen prachtvoll aus.

Auf Appassionata gibt es immer wieder Überraschungen. Je nach Jahreszeit und Wetter wirkt die Umgebung völlig unterschiedlich. In diesem Monat ist der Himmel grau und wolkenbedeckt und die Bäume sind kahl. Es gibt kein Anzeichen für den nahenden Frühling. Nur der Mandelbaum ist bereits mit pastellfarbenen Blüten übersät. Das Meer ist silbrig grau und die Berge stehen wie eine feste Masse am Horizont.

Schatten und Licht wirken härter als in den warmen Jahreszeiten. Und doch hat auch der Februar seine schönen Seiten, und es ist immer ein wundervolles Gefühl, zu Hause zu sein. Sorgen mache ich mir nur um Namenlos. Sie ist böse auf mich und weigert sich, in meine Nähe zu kommen. Ich weiß nicht, ob das am Verlust ihrer Welpen oder an meiner Abwesenheit liegt, auf jeden Fall lässt sie sich durch nichts trösten. Und das Schlimmste ist, dass sie sich nur mir gegenüber so verhält, während sie bei Michel zärtlich und verspielt ist.

Ich höre Michels alten Mercedes die Einfahrt hinaufkeuchen. Er kommt vom Bahnhof in Cannes, wo er Harold abgeholt hat. Ich kenne Harold bereits und habe sogar schon einmal als Schauspielerin für ihn gearbeitet. Ich eile auf die Terrasse, um die beiden zu begrüßen. Harold freut sich sichtlich, mich zu sehen, und ich muss bei seinem Anblick lächeln, weil er selbst jetzt im Winter einen zerknitterten hellen Leinenanzug und einen Panamahut trägt. Die *Times* hat er sich in die Armbeuge geklemmt. Mich rührt seine Erscheinung, sie ist so wundervoll britisch.

Er hat meine Drehbücher gelesen und sie gefallen ihm sehr gut. Er stottert ein wenig. Wir reden von den Dreharbeiten, als wollten wir am nächsten Tag anfangen. Seine Begeisterung freut mich und er genießt das Essen und den Wein bei uns. Was ihn angeht, können wir uns gleich daranmachen, die richtigen Locations auszusuchen. Sein Budgetvorschlag dafür ist großzügig und reicht sicher bis zur Vorproduktion. Dadurch bleibt Michel reichlich Zeit, die übrigen Finanzierungspartner zu suchen. Die geschäftlichen Angelegenheiten werden zufriedenstellend abgeschlossen und über Käse, Apfelkuchen und Dessertwein wenden wir uns dem neuesten Klatsch und Tratsch aus der britischen Fernsehindustrie zu.

Gegen Abend fährt Michel ihn wieder zurück. Er winkt mir noch lange durch das Wagenfenster zu.

Als Michel und ich später allein am Kamin sitzen, reden wir über die Themen, die uns beschäftigen. Ich erzähle ihm von meinen Sorgen um Namenlos. War es gedankenlos von uns, all ihre Welpen wegzugeben? Hätten wir einen behalten sollen? Whisky war monatelang ihr Gefährte und jetzt ist sie allein und traurig. Und dann reden wir über meine neue Serie. Sobald meine Dreharbeiten in Wales beendet sind, will Michel einen Regisseur suchen, und mit etwas Glück können wir im Sommer mit der Produktion meiner ersten Serie als Drehbuchautorin beginnen.

Wunderbarerweise kommt das Geld mit Leichtigkeit zusammen. Im April steht die Finanzierung. Es gibt einen französischen Sender, unseren Engländer, das polnische Nationalfernsehen und einen angesehenen deutschen Sender. Ich bin aufgeregt und überwältigt zugleich. Den ganzen Sommer über werde ich mit dem Produzenten und dem Ausstatter in die verschiedenen Länder reisen, die Verantwortlichen bei den Sendern treffen und das Drehbuch nach ihren Vorstellungen umarbeiten. Dann später, gegen Herbst, werde ich die Rolle der Mutter in der Serie spielen. Ich habe die Drehbücher so angelegt, dass die meisten Szenen auf Ste

Marguerite spielen, damit ich von zu Hause aus arbeiten kann. Die Zukunft sieht rosig aus.

Michel siedelt das Produktionsbüro in Paris an. Anfang Mai finden wir ein sehr hübsches Mädchen für die Hauptrolle. Zur gleichen Zeit werden auch die anderen Schauspieler unter Vertrag genommen. In drei Wochen werden die Schreiner beginnen, die Kulissen in London zu bauen, von dort aus fährt das Team dann nach Paris. Ich finde dieses frühe Stadium bei Filmproduktionen immer aufregend. Es hat was für sich, hinter der Kamera zu stehen.

Ich fahre mit dem Produzenten nach Warschau, Krakau und Danzig und dann nach Bialystok an der russischen Grenze. Wir brauchen einen polnischen Requisiten- und Schreinermeister. Requisiten müssen gebaut werden, vor allem eine riesige hölzerne Windmühle, die auf einem abgelegenen Feld außerhalb von Bialystok hergestellt wird und die später im Film in Brand gesetzt wird. Die übrigen Requisitenbauer und Kostümbildner sind in London und Paris schon an der Arbeit.

Am Abend vor meinem Flug von Paris aus bin ich in meinem Element und jubele wie eine Lerche, aber bei unserem letzten Abendessen für die nächsten Wochen erwähnt Michel, »es gäbe ein kleines Problem«. Das Geld aus England ist noch nicht da. Laut den Verträgen sollte es als erstes zur Verfügung stehen, gefolgt von dem französischen und dem polnischen Beitrag.

In meiner Naivität begreife ich die Schwere der Lage nicht. Harold und Michel haben schon oft zusammengearbeitet, für einige ihrer Fernsehproduktionen sogar Preise bekommen, und der Sender, den er vertritt, ist solide und reich. Die Verzögerung kann doch wohl nur mit irgendwelchen Komplikationen bei der Bank zusammenhängen? Dann erfahre ich, dass auch der Vertrag noch nicht unterschrieben ist. Darüber hatten wir uns vorher keine Gedanken gemacht, da die Verträge manchmal erst dann kommen, wenn der Film schon ausgestrahlt wurde. Aber in diesen Fällen war zumindest das Geld immer rechtzeitig dagewesen.

Ich lege meine Gabel auf den Teller. »Machst du dir Sorgen?«, frage ich und versuche verzweifelt, ruhig zu klingen.

»Nun ja … nein, eigentlich nicht.«

Ich merke sofort, dass Michel nicht die Wahrheit sagt, schließlich darf ein Produzent niemals Panik zeigen. Wie der Kapitän auf einem sinkenden Schiff muss er die Ruhe bewahren. Erschreckt blicke ich ihn an. »Sag mir, was das Schlimmste ist, das passieren kann«, bitte ich ihn leise.

Das macht ihn wütend, was nicht in meiner Absicht lag. »Warum musst du immer gleich das Schlimmste annehmen?«, fährt er mich an.

»Nicht.« Ich versuche, meine Hand auf seine zu legen, aber er zieht sie weg, steht auf und holt einen Korkenzieher. Ich bleibe sitzen und rechne im Stillen durch, wie viele Leute in wie vielen Ländern schon unter Vertrag stehen. Wer bezahlt sie, wenn das englische Geld nicht eintrifft?

»Offensichtlich verfügen sie nicht mehr über das Entwicklungsbudget …« Meine Zunge ist trocken und die Worte bleiben mir im Hals stecken. Ich kann den Satz nicht zu Ende führen, weil Michel wieder an den Tisch zurückgekommen ist und mich, während er den Wein öffnet, auf eine Weise ansieht, wie er es noch nie getan hat.

»Das französische Fernsehen hat einige hunderttausend Francs vorgeschossen«, erwidert er und schenkt uns ein.

»Dann gibt es also nicht wirklich ein Problem?«, frage ich flehend.

»Nein, wahrscheinlich nicht. Ich hätte es gar nicht erwähnen sollen«, murmelt er und damit ist das Thema für ihn abgeschlossen.

Ich liege wach, während Michel neben mir schläft.

Am nächsten Tag verabschieden wir uns. Ich verspreche, von Warschau aus anzurufen. Er verspricht, mich auf dem Laufenden zu halten. Es ist ein unbefriedigender Abschied und ich hasse es, so wegzufahren.

»Es kommt schon alles in Ordnung«, versichert er mir. Ich nicke und fahre zum Flughafen.

Warschau ist außergewöhnlich. Polen ist eine Mischung aus Wandel, Modernisierung und lange verblasster Pracht. Ich bin fasziniert und angezogen und gelegentlich abgestoßen von dem Gewicht der jüngsten Geschichte. Die hässlichen Gebäude erdrücken mich und am liebsten würde ich weglaufen. Und dann komme ich in die Altstadt, die nach dem Krieg vollständig wieder aufgebaut worden ist, sitze in einem schlichten Café, lausche den Akkordeonspielern und dem Geschnatter der Kellnerinnen, die so höflich und angenehm sind, und ich bin bezaubert. Es gefällt mir, dass wir hier drehen wollen und mit Menschen zusammenarbeiten werden, die so ganz anders sind als wir, Künstler, die mental und in ihrer Kreativität unterdrückt wurden.

Die Arbeit geht gut voran. Unser Team und die polnische Produktionsgesellschaft kommen hervorragend miteinander aus. Lästig ist nur, dass alles zwei Mal so lange dauert, wie ich es erwartet hatte, weil alles übersetzt werden muss. Überall ist unsere Dolmetscherin dabei. Die liebe Gruzna, deren glänzendes, rundes Gesicht unter dicken Schichten von hellblauem Lidschatten und schwarzer Wimperntusche verschwindet, ist uns von der polnischen Produktionsgesellschaft zugewiesen worden. Sie ist ein ziemlich faules Mädchen, das mit unseren westlichen Methoden nichts anfangen kann und sich nach der Sicherheit des alten Regimes zurücksehnt, wo sie um halb fünf nach Hause gehen konnte. Den lieben langen Tag erzählt sie uns, dass sie und ihr Mann nur von Luft und Liebe leben, aber ihre Augen leuchten auf, wenn sie Schmuck oder ausländische Währung sieht, dass sie auf ein Geschenk hofft, ist nicht zu übersehen. Wie alles hier ist auch sie ein merkwürdiges Paradox.

Ein Abends taumele ich nach elfstündiger Autofahrt über holperige Landstraßen erschöpft an die Rezeption meines Hotels, um meinen Schlüssel zu holen. Der Portier reicht mir eine Nachricht, ich solle Michel anrufen. Es dauert lange, bis ich eine Leitung ins Ausland bekomme. Ich merke sofort an seiner Stimme, dass etwas nicht in Ordnung ist, deshalb erstaunen mich seine Worte, »die Engländer haben abgesagt«, nicht allzu sehr. Ich schweige, weil mir darauf keine Erwiderung einfällt.

Warum nur? denke ich.

»Sie strukturieren den Sender um. Es sieht so aus, als müsse Harold vorzeitig in den Ruhestand gehen.«

»Der arme Harold«, sage ich unwillkürlich, ohne zu bedenken, wie wir jetzt dastehen.

Michel ist an diese Achterbahnfahrten bei Filmproduktionen gewöhnt. Falls nicht gerade ein Schauspieler selbst sein Geld in einen Film investiert hat, lässt er sich von solchen Problemen nicht unterkriegen. Schauspieler wissen davon nichts und deshalb ist für mich das Szenario neu und angsterregend, aber ich muss genau wie die übrige Mannschaft damit fertig werden. »Was nun?«, frage ich schließlich.

Michel schweigt eine Weile, dann sagt er: »Ich habe heute mit den französischen und deutschen Sendeanstalten gesprochen. Sie wollen ihre Einlagen erhöhen und früher zahlen als ursprünglich geplant. Das deckt den Ausfall nicht ganz, aber zumindest können wir so die Produktionskosten bezahlen und weitermachen. Ich fliege morgen nach Warschau und treffe mich am Nachmittag mit Agnes.«

Agnes ist die Chefdramaturgin. Es hat mich beeindruckt, dass Frauen in Polen solch verantwortungsvolle Positionen besetzen. Ich freue mich, dass Michel kommt, aber der Grund für seine Reise bleibt betrüblich. Wir sagen gute Nacht und er klingt so müde wie ein uralter Mann. Ich kann nicht schlafen.

Bei einem Drink in der schwach erleuchteten Bar höre ich von Michel und unserem Produzenten, dass das Treffen mit dem polnischen Sender glatt verlaufen ist. Sie bieten an, ihre Beteiligung an dem Projekt zu verdoppeln. Ich, in meiner Naivität, bin begeistert, weil ich glaube, dass wir damit die schwierige Hürde genommen haben. Michel erklärt mir jedoch liebevoll, dass die Polen nicht besonders reich sind, und da ihre Währung auf dem internationalen Markt nichts gilt, haben sie uns lediglich angeboten, sich stärker an den Nebenkosten zu beteiligen.

Ich blicke ihn verständnislos an.

»Das bedeutet, dass die Polen uns hier stärker aushelfen. Mit Hotels, Personal, Verpflegung …«

Die Männer sehen mir an, wie verwirrt ich bin. Ich war noch nie zuvor mit einem solchen Problem konfrontiert, aber ich bin nicht blind und taub und merke natürlich an der gedämpften Laune am Tisch, dass das Problem damit keineswegs gelöst ist. Ich versuche es noch einmal. »Von so etwas haben Schauspielerinnen keine Ahnung. Wir lernen unseren Text, ziehen die Kostüme an und werden zum Drehort gebracht.« Ich sehe die Männer an. »Helft mir doch«, füge ich hinzu.

»Wir werden einen größeren Teil der Geschichte hier drehen, mehr als wir ursprünglich geplant hatten. Das bedeutet, dass wir, oder vielmehr du«, sagt der Produzent, »bestimmte Episoden umschreiben müssen.«

»Umschreiben?«, wiederhole ich verständnislos.

»Die Geschichte wird nicht in London beginnen, sondern in Paris. Und statt zwei Episoden in Polen werden vier hier gedreht.«

»Aber das ist nicht möglich …« werfe ich ein.

»Doch, es muss sein.«

»Gut«, murmele ich. Ich habe keine Ahnung, wie ich diesen unerwarteten Auftrag ausführen soll.

Als ich später mit Michel im Hotelzimmer allein bin, erfahre ich, dass uns immer noch über eine halbe Million Pfund fehlen. Er wird bei Tagesanbruch nach Paris zurückkehren, um eine andere Finanzierungsquelle aufzutun.

»Wäre es nicht besser, das ganze Projekt abzublasen?«, frage ich. Nein. Wir haben schon zu viele Verpflichtungen und Verträge übernommen, die wir bezahlen müssten, sodass es billiger und weniger riskant ist, weiterzumachen.

»Ich verstehe«, murmele ich, aber eigentlich verstehe ich es nicht.

Michel ist wieder weg und ich werde in die Studios gefahren, um mich mit Agnes und einem Lektor zu besprechen, bevor ich mich an die Arbeit mache. Offenbar muss ich einiges an polnischer Geschichte lernen, um es in den Plot einzuarbeiten. Ich wage nicht zu fragen, was polnische Geschichte mit den Problemen meiner kindlichen Protagonistin zu tun hat. Ich bin an dem Punkt angelangt, wo ich es für das Klügste halte, einfach zu tun, was man von mir verlangt. Es sind nur zehn Tage bis zu den Standfotos und von meinen dreizehn Drehbüchern fehlen mir jetzt fünf. Wenn ich nicht vier akzeptable polnische Drehbücher abliefern kann, wird es keinen Film geben, und was dann? Darüber will ich gar nicht nachdenken.

Alles, was ich brauche, wird mir ins Hotelzimmer gestellt. Zwischendurch wird immer wieder Essen gebracht, dazu Unmengen von schwarzem Kaffee. Dann werden Berge von Papier geliefert für einen Drucker, der fast so groß ist wie eine richtige Druckerpresse. In Paris könnte man das Gerät als Antiquität verkaufen, aber hier wird es auf den Boden gestellt, weil kein Tisch in meinem Zimmer stabil genug ist. Überall liegen Kabel herum. Jedes Mal, wenn ich aufstehe, um mich zu recken, stolpere ich.

Achtundvierzig Stunden lang arbeite ich, ohne zu schlafen, und im Morgengrauen des dritten Tages habe ich zwei Drehbücher umgeschrieben. Ich bin ganz zitterig vor Erschöpfung, und um mich daran zu erinnern, dass es auch noch Wundervolles im Leben gibt, greife ich zum Hörer und rufe Quashia an. Seine Stimme und sein Humor entspannen mich.

»Wie geht es dir?«, dröhnt er. Er glaubt anscheinend, dass man bei Ferngesprächen schreien muss.

»Großartig«, lüge ich. »Wie geht es Namenlos?«

Auf dem Gut ist alles in Ordnung. Namenlos ist guter Dinge und hat Ella, den Golden Retriever-Welpen, den wir ihr gekauft haben und der jetzt vier Monate alt ist, problemlos adoptiert. Ich schließe die Augen und stelle mir vor, wie sie sich auf den Terrassen im Sonnenschein balgen. Aus diesem friedlichen Bild versuche ich Ruhe und Kraft zu ziehen. In meiner Welt dort ist alles in Ordnung und ich bin zutiefst dankbar dafür.

In meiner Abwesenheit ist von der Unterhaltung beschlossen worden, dass noch unbedingt eine Flugzeugsequenz und eine Verfolgungsjagd in einer der berühmten polnischen Opalminen in das Drehbuch hineinmüssen.

»Was?«, stammele ich entsetzt. »Das ist doch die Geschichte eines dreizehnjährigen Mädchens, das nach seinem Vater sucht.« Das sei ganz egal, versichert man mir, die Sequenzen würden sich hervorragend in die Geschichte einfügen. Ich bekomme Informationsmaterial (in fehlerhaftem Englisch) über die Minen und werde wieder ins Hotel geschickt, um die Szenen zu schreiben.

Nachrichten von Michel heitern mich auf. Er hat ein unabhängiges Unternehmen in Paris gefunden, das die fehlende Finanzierung übernehmen will. Alles ist wieder im Lot. Voller Optimismus setze ich mich wieder an die Opalsequenz. Vielleicht kann ja meine Heldin ein oder zwei Steine finden. Warum eigentlich nicht?

Am Freitag habe ich das Gefühl durchzudrehen, wenn ich nicht sofort das Hotelzimmer verlasse. Seit vier Tagen habe ich nicht mehr als vier Stunden geschlafen. Ich taumele hinunter zur Rezeption und der Anblick der zahlreichen Menschen in der Hotelhalle erschreckt mich. Ich hinterlasse dem Produzenten eine Nachricht, dass ich vier Drehbücher fertig hätte. Sie können gelesen werden und mir sei ganz egal, was er sagt, ich wolle heute Abend auf jeden Fall essen gehen und bäte ihn und den Ausstatter, mich zu begleiten, weil ich mich nach menschlicher Gesellschaft verzehren würde.

Später an diesem Abend bummeln wir mit dem englischen Regisseur, der am Tag zuvor aus London angekommen ist, durch die Altstadt und bestellen in einem Restaurant Wodka und Fisch. Der Produzent und der Ausstatter erzählen mir, was während meiner Abwesenheit alles geschehen ist, aber ich bin so müde und nach einem Wodka so angetrunken, dass ich es kaum mitbekomme. Der Bürgermeister von Bialystok hat wegen der neu gebauten Windmühle, die er zufällig gesehen hat, angerufen und verboten, dass wir sie niederbrennen, erzählt der Ausstatter lachend. Warum? Besteht Brandgefahr für den Ort? Nein, keineswegs. Er ist so begeistert davon, dass er sie kaufen und als Touristenattraktion behalten möchte. Wir brechen in unbändiges Gelächter aus und bestellen noch eine Runde Wodka. Das Restaurant füllt sich, Akkordeonspieler in Nationaltracht spielen romantische Weisen. Wir reden und lachen hysterisch, weil wir alle müde und gestresst sind. Und langsam geht es mir wieder besser. Das Geld ist da. Der englische Regisseur, ein sanfter, intelligenter Mann, passt hervorragend in unser kleines Team, und wenn meine Drehbücher angenommen werden, kann ich in einer Woche nach Appassionata zurückkehren und die restlichen Drehbücher dort umschreiben. Meine Arbeit in Polen ist dann zu Ende und die Dreharbeiten können beginnen. So schlecht ist das Leben doch gar nicht.

Meine Gedanken wandern zu unserem Garten, zu den Olivenbäumen und den Hunden, und wie gut es mir tun wird, in meinem Arbeitszimmer zu schreiben, umgeben von meinen Büchern, über die die Sonnenstrahlen tanzen. Sollten die Drehbücher allerdings nicht angenommen werden, dann verzögert sich die Standfotografie, das Budget gerät in Gefahr, die Jobs … Heute Abend will ich über so etwas nicht nachdenken. Morgen Nachmittag findet eine lange Drehbuchsitzung in den Studios statt, und danach werde ich es wissen.

Um zwei Uhr morgens kommen wir in die Hotelhalle, wo mich die dringende Nachricht von Michel erwartet, ich solle ihn anrufen.

Auf meinem Zimmer greife ich sofort zum Hörer, und noch bevor er ein Wort sagt, weiß ich, dass etwas Schlimmes passiert ist. »Es geht um deinen Vater«, sagt er.

Schlagartig werde ich nüchtern.

»Du solltest in England anrufen.«

Noch bevor Michel den Satz zu Ende gesprochen hat, habe ich schon aufgelegt und rufe meine Mutter an. Es dauert quälend lange, bis ich endlich eine Leitung bekomme.

»Wir kommen gerade aus dem Krankenhaus«, höre ich ihre atemlose Stimme. Sie ist bestimmt ans Telefon gelaufen.

»Aus dem Krankenhaus?«

»Du kannst nichts tun.«

Mein Vater hat einen Schlaganfall gehabt. Er ist bewusstlos und gelähmt. Er kann noch einen Tag leben oder aber auch noch lange Zeit.

»Er würde es gar nicht merken, wenn du hier wärest, und wir wissen, dass ihr dort Schwierigkeiten habt. Es macht keinen Sinn, dass du deine Arbeit dafür riskierst.«

»Nein.«

Wir sagen gute Nacht und ich verspreche, morgen früh wieder anzurufen. Ich trete ans Fenster, wobei ich wieder über den verfluchten Drucker stolpere, und ziehe mir einen Stuhl heran.

Die ganze Nacht sitze ich dort. Obwohl ich so erschöpft bin, kann ich nicht zu Bett gehen. Ich kann jetzt nicht schlafen. Ich denke an meinen Vater und versuche zu verstehen, was mit ihm geschehen ist. Die Straßen vor dem Hotel sind totenstill. Mein Vater liegt sterbend in einem Krankenhausbett. Er ist Musiker und sein Beruf hat mich zu dem zentralen Thema meiner Geschichte inspiriert. Ich hatte mich so darauf gefreut, mit ihm darüber zu reden, mit ihm zu den Inseln zu fahren und ihm die Festung zu zeigen. Ich schließe meine schmerzenden Augen und stelle ihn mir auf Appassionata vor, wie er nachmittags mit Namenlos an seiner Seite geschlafen hat, wie die Welpen auf ihm herumgekrabbelt sind.

Bei Tagesanbruch gehe ich in den Speisesaal. Keine Menschenseele ist zu sehen. Als der Kellner kommt, bestelle ich Kaffee und starre auf das üppige Frühstücksbüffet. In diesem Moment höre ich innerlich eine Stimme, unzweifelhaft die meines Vaters. »Carol, Carol, Liebling, ich bin es, Daddy.« Und auf einmal weiß ich, dass ich unbedingt nach London fahren muss, ganz gleich, welche Verpflichtungen ich hier habe. Heute ist Samstag. Ich könnte das Wochenende über dort bleiben und dann am Montagmorgen wieder zurückkommen.

An der Rezeption erfahre ich, dass es nicht so einfach ist, aus Polen ins Ausland zu fliegen, wie ich angenommen hatte. Heute Nachmittag geht ein Flug nach London und morgen Abend wieder einer zurück nach Warschau. Beide sind ausgebucht. Und in den nächsten fünf Tagen sieht es bei keinem Flug anders aus. Und wenn ich über Paris flöge? Oder Amsterdam? Oder Frankfurt? Der freundliche und mitleidige Hotelangestellte verspricht mir, sich darum zu kümmern. Ich gehe wieder in den Speisesaal und trinke mehrere Tassen schwarzen Kaffee, bevor ich den Produzenten in seinem Zimmer anrufe.

»Natürlich musst du fliegen«, sagte er zu mir. »Ich fahre dich zum Flughafen.«

Wie durch ein Wunder findet sich ein Flug und ich werde nach London über Berlin gebucht. Der Produzent hat die Drehbücher über Nacht gelesen und scheint ganz zufrieden damit zu sein. Wir essen rasch etwas, oder vielmehr, er isst etwas, und besprechen ein paar Szenen. Er wird an meiner Stelle an den Sitzungen teilnehmen, sich alles notieren, und wenn ich zurückkomme, werden wir gemeinsam die Änderungen vornehmen, sodass ich die Drehbücher Montagmorgen beim Sender abliefern kann. Ich nicke zustimmend. Im Moment kann ich an nichts anderes denken als an das, was mich in England erwartet.

Als ich Sonntagabend wieder in meinem Hotelzimmer stehe und mein zeitweiliges Zuhause betrachte, sehe ich, dass sich in meiner sechsunddreißigstündigen Abwesenheit nichts geändert hat. Nur das Bett ist gemacht worden und die Papiere, die ich überall verstreut hatte, liegen ordentlich gebündelt auf dem Tisch. In fünfzehn Minuten treffe ich mich mit dem Regisseur, dem Ausstatter und dem Produzenten in der Bar. Die Männer haben praktisch das ganze Wochenende in den Studios verbracht. Ich will mir nur noch rasch die Hände waschen und meine Mutter anrufen. Geschlafen habe ich gar nicht, weil ich die ganze Zeit über am Krankenbett meines Vaters gesessen habe. Als ich den Hörer wieder auflege, hat mir meine Mutter gesagt, dass mein Vater vor zwei Stunden gestorben ist. Wahrscheinlich saß ich da gerade im Flugzeug irgendwo zwischen Berlin und Warschau. Ich nehme meine Drehbücher und eile zum Aufzug. In der Bar erwarten mich meine Kollegen mit einem großen Glas Champagner, das hier ein Vermögen kostet.

»Bereit, wieder an die Arbeit zu gehen?«

Ich nicke und beschließe, ihnen noch nichts zu sagen, sondern zuerst die Drehbücher durchzuarbeiten. Um vier Uhr morgens sind wir endlich fertig und gehen zum Aufzug. Ich presse meine Drehbücher an die Brust. Ein Anruf, und das Leben sieht auf einmal ganz anders aus. Die Männer albern herum, machen Witze aus Erschöpfung. Als wir aus dem Aufzug treten, sagen der Produzent und ich den anderen beiden, deren Zimmer woanders liegen, gute Nacht. Er begleitet mich.

»Es ist seltsam. Als du mich am Samstagmorgen angerufen hast, habe ich wach gelegen und gerade an meinen Vater gedacht. Es geht ihm nicht gut und ich hatte mich gerade gefragt, was ich tun würde, wenn ich jetzt einen Anruf bekäme. Du hattest ja sozusagen noch Glück. Meiner ist in Australien.«

Ich blicke zu Boden. Glück?

»Hast du es Michel schon gesagt?«

Ich schüttele den Kopf. »Noch nicht«, murmele ich. »Die Beerdigung ist nächsten Montag. Ich fliege hin.«

»Selbstverständlich. Dann sind wir hier auch bestimmt fertig. Du hast dich gut gehalten. Trotz der widrigen Umstände. Danke.« Verlegen umarmt er mich.

Unterschiedslos reihen sich die Tage aneinander. Wir haben eine Sitzung nach der anderen. Ich bin teilnahmslos und starre ins Leere. Nichts von alledem erscheint mir relevant und doch weiß ich, dass es eigentlich wichtig ist. Es hängt so viel Geld daran. Und eine Geschichte, die ich für meinen Vater geschrieben habe.

Wieder scheint es keine Flüge von Warschau aus zu geben. Dann fahre ich eben. Ohne jemandem etwas zu sagen mache ich mich daran, ein Auto zu mieten. Wenn es sein muss, werde ich bis nach London fahren, aber fahren werde ich auf jeden Fall.

Wunderbarerweise findet sich dann doch noch ein Flug, dieses Mal noch umständlicher. Von Warschau nach Frankfurt, von Frankfurt nach Nizza und von dort nach London. In Nizza habe ich einen Tag Aufenthalt, was bedeutet, dass ich kurz nach Hause kann. Ich bin zutiefst dankbar dafür.

Ich rufe Quashia an, um ihm meine bevorstehende Ankunft mitzuteilen und erfahre, dass Namenlos verschwunden ist. Mitten zwischen Drehbuchsitzungen und Ausstattungs-Konferenzen rufe ich alle Tierheime in Südfrankreich an. Niemand hat sie gefunden. Ich bin außer mir vor Sorge. Ich rufe bei der Polizei und der Feuerwehr an, habe aber auch dort keinen Erfolg. Daraufhin rufe ich den Tierarzt an und frage ihn um Rat. Er hat die Nummer gespeichert, die er ihr ins Ohr tätowiert hat, und er wird die Zentrale anrufen und sie vorwarnen. Als ich ihm mein Autogramm geschenkt habe, habe ich ihm auch ein Foto von Namenlos dazu gelegt, das Michel im Garten aufgenommen hatte. Nun bietet er an, es zu fotokopieren und überall aufzuhängen. Betrübt danke ich ihm für seine Hilfe. »Ich komme bei Ihnen vorbei, wenn ich da bin«, murmele ich und lege auf.

Als ich in Nizza ankomme, schlägt mir Hitze entgegen. Hier, zu Hause, herrscht ein prachtvoller Sommer. Es war wohl auch in Warschau warm, aber weil ich ständig in Sitzungen gesessen und außerdem vor Trauer gefroren habe, habe ich es gar nicht gemerkt. Die tropische Hitze an der Côte d'Azur trifft mich überraschend. Zum ersten Mal komme ich mir angesichts der Palmen und dem regen Treiben an der Riviera vor wie eine Fremde. Als ich jedoch in die Hügel fahre und tief den Duft des Oleanders einatme, beginne ich mich wieder einzugewöhnen. Und als ich in Appassionata ankomme, fällt mir eine Last vom Herzen und ich verspüre tiefen, wenn auch traurigen Frieden.

Bei meiner Ankunft finde ich ein Fax des Produzenten vor, dass alle vier Drehbücher angenommen worden sind. Der Sender ist äußerst zufrieden damit. Wenn ich also meinen Vater beerdigt habe, kann ich wieder nach Hause zurückkehren und das erste Drehbuch, das jetzt in Paris spielen soll, zu Hause in meinem Arbeitszimmer schreiben. Die Änderungen, die die Polen noch in letzter Minute wünschen, kann ich faxen. Die Standfotos sind auch genehmigt, und ich habe meine Aufgabe erfüllt.

Verwüstung

Bald wird das Wetter umschlagen. Die Urlauber sind schon weg und mit ihnen der durchdringende Geruch nach Ambre Solaire, der in den letzten zwei Monaten die Riviera beherrscht hat. Michel und ich essen am Strand. Die Herbstwinde haben eingesetzt und tragen den Duft der letzten Sommerblumen mit sich. Ich streiche mir eine Haarsträhne hinters Ohr und blicke mich um. Am Wasser bellen zwei Setter ununterbrochen ein älteres Paar an, das träge auf dem Rücken im warmen Meer treibt. In der Nähe tummeln sich noch einige Touristen. Michel und ich haben uns seit Wochen kaum gesehen. Wir blicken uns ernst an. Michel wirkt erschöpft, er muss dringend zum Friseur und er braucht Urlaub. Ich bin fassungslos über die Neuigkeiten, die er mir gerade mitgeteilt hat. Wir müssen eine Entscheidung treffen.

»Was wollen wir tun?«, frage ich schließlich.

Die ganze Filmcrew ist auf dem Weg hierher. In einer Woche sind die Dreharbeiten in Hamburg beendet und das bedeutet, dass sich die ganze Karawane in Bewegung setzt, um nach Südfrankreich zu kommen. Das Vorausteam von Ausstattern, Schreinern und so weiter ist bereits in einem kleinen Hotel in der Stadt untergebracht. Die Schnellkopie ist von den internationalen Sendeanstalten gut aufgenommen worden und das junge Mädchen, das die Hauptrolle spielt, ist als »magisch« bezeichnet worden. Wir könnten äußerst zufrieden sein. Und das waren wir auch bis heute früh.

Die französische Produktionsgesellschaft, die uns geholfen hat, das Defizit durch den Verlust des britischen Geldes zu überbrücken, ist pleite gegangen. Und das ist kein Einzelfall. In Paris sind in den letzten Monaten ungefähr zwanzig unabhängige Produktionsfirmen eingegangen, und wenn wir keinen Ausweg aus dieser Krise finden, dann geht es uns genauso. Michel hat das alles vor drei Tagen erfahren. Er hat mir nichts davon gesagt, sondern ist direkt zu seiner Bank in Paris gegangen, die schließlich nach letzten Telefonaten heute früh zugesagt hat, ihm einen Kredit zu geben, damit die Produktion weitergehen kann. Allerdings nur unter einer Bedingung.

»Und die wäre?«, frage ich, während ein Teller mit frisch gegrillten Sardinen vor mich hin gestellt wird.

»Dass wir ihnen das Gut als Garantie geben.«

»Appassionata als Garantie? Nein!«

Ich habe so laut geredet, dass sich an den Nebentischen Köpfe zu mir drehen. Ich seufze. Wir sind beide erschöpft.

Seit ich Michel vom Flughafen abgeholt habe, habe ich ohne Unterlass geplappert. Ich hatte mein Drehbücher schon vor Wochen fertig umgeschrieben und mich nur noch dem Garten und der bevorstehenden Ankunft der Mädchen gewidmet, und jetzt wollte ich alle meine Neuigkeiten unbedingt los werden.

»*Cicadelles*. Das sind kleine weiße Fliegen, noch kleiner als Motten. Sie sind überall und äußerst gefährlich. René sagt, es sei eine Seuche im Ort. Sie haben ihre Eier auf unsere Orangenbäume gelegt, die Blätter haben alle Farbe verloren. Ich habe sie schon zwei Mal gespritzt und Quashia hat sie auch behandelt, aber es hat nichts genützt. Jetzt sind sie auf den Rosen und der Bougainvillea. Die Pflanzen sind ganz klebrig. An die Olivenbäume sind sie Gott sei Dank nicht gegangen. Und gerade, als ich gedacht habe, wenigstens sie sind in Sicherheit, da habe ich *paon* entdeckt – du weißt schon, die Krankheit, die René uns gezeigt hat, als wir diesen Hof in der Nähe von Castellane besucht haben. Er hat uns doch gesagt, wir sollten danach Ausschau halten – die Blätter werden gelb und kriegen runde, braune Flecken. Na ja, jetzt habe ich den Pilz auf unseren Olivenbäumen gefunden.«

»Du bist so still, Michel. Ich rede viel zu viel. Ich freue mich so, dass du hier bist. Geht es dir gut?«

Und dann hat er es mir erzählt.

»Wir können ihnen nicht Appassionata geben«, wiederhole ich. Meine Stimme klingt jetzt ruhiger. Hinter meiner Sonnenbrille brennen Tränen in meinen Augen.

Michel trinkt einen Schluck Wein. Er lächelt die Kellnerin an, die Parmaschinken und Muschelsalat auf den Tisch stellt. »*Merci.*«

Wir beginnen zu essen, aber der köstliche Salat schmeckt wie Pappe.

Michel sagt: »Könntest du bitte nachher die Mädchen vom Flughafen abholen? Dann kann ich noch ein paar Anrufe machen. Mal sehen, was ich erreichen kann.«

»Was zum Beispiel?«

»Ich habe viele Kontakte in Deutschland und vielleicht kann ich die Serie ja an einen Privatsender verkaufen. Ich rede auch mit der Schweiz und einem Kinderkanal in Italien. Ich weiß noch nicht, ich überlege mir was.«

Nach dem Abendessen räumen die Mädchen gerade den Tisch ab, als der Streit los geht. Ich weiß nicht, wie er entsteht. Ich bin zutiefst empört, weil wir beschließen mussten, Appassionata doch als Garantie für die Bank einzusetzen. Aber wir haben keine andere Wahl. Gehälter müssen bezahlt, Hotelrechnungen beglichen werden. Zunächst aber wollten wir die Angelegenheit erst einmal bis Sonntagnachmittag ruhen lassen.

Und jetzt stehen wir auf einmal da und schreien uns an. Vanessa mischt sich ein und schreit mich ebenfalls an. »Nein!«, stammele ich. »Nein, du verstehst das nicht.« Habe ich zu heftig mit dem Mann, den ich liebe, geredet? Benehme ich mich so, als gäbe ich ihm die Schuld für das, was vorgefallen ist, obwohl ich weiß, dass er für die Probleme nicht verantwortlich ist? Die Mädchen schlagen sich natürlich auf die Seite ihres Vaters, und dabei hatte ich uns doch für eine Familie gehalten. Ich wollte es doch so gerne. Aber ich bin nicht ihre Mutter. Wären wir wirklich miteinander verwandt, dann könnte ich die scharfen Worte, die fallen, besser verarbeiten, aber so flüchte ich in die Küche.

Als ich mich mit tränenverschleiertem Blick umdrehe, schnürt sich mir das Herz zusammen. Michel steht mit erstarrtem Gesicht am Tisch, seine beiden Töchter halten ihn umschlungen und haben die Köpfe an seine Brust gedrückt. Ich stelle das Geschirr in das Spülbecken und laufe ins Schlafzimmer, um mich unter den Decken zu vergraben.

Alle schlafen. Die Tautropfen auf dem Gras glitzern in der Sonne wie Kristalle. Meine Fußsohlen sind feucht. Das Blau des Himmels ist weich wie Samt und beschwichtigt meinen inneren Aufruhr.

»Sie haben Anspruch auf das Gut, bis der Film fertig

gestellt ist und wir ihnen den Kredit, mit Zinsen natürlich, zurückzahlen können.« Michels Worte hallen in meinem Kopf nach. Das muss ihm genauso wehtun wie mir.

Ich setze mich auf eine der Trockenmauern und blicke über die hügelige Landschaft, die im Morgendunst liegt. Bis zu diesem Sommer war mir unser Leben so golden vorgekommen. Dieser Ort hier ist magisch, wundervoll, und ich kann den Gedanken nicht ertragen, ihn zu verlieren.

Ella, unser Welpe, stupst mir ihre kalte Nase an den Arm und bettelt um Aufmerksamkeit. Ich streichele sie geistesabwesend. Namenlos haben wir nicht mehr gefunden. Sie ist einfach aus unserem Leben verschwunden. Wir wissen noch nicht einmal, wie sie überhaupt weggelaufen ist. Wahrscheinlich hat sie sich ein Loch unter dem Zaun hindurchgebuddelt. Ich mache mir immer noch Vorwürfe, obwohl nach ihrem Verschwinden etwas passierte, das man fast als kleines Wunder bezeichnen kann.

Es war am Geburtstag meines Vaters, vor zwei Wochen, an einem heißen, stickigen Tag. Ich ging die Einfahrt hinunter, um die Post aus dem Briefkasten zu holen. Als ich die schweren Eisentore öffnete, die Michel genau wie unsere Fensterläden Matisse-Blau angestrichen hat, lag im Schatten der Zedern ein Schäferhund. Zuerst dachte ich, es sei Namenlos, völlig von Schlamm verschmutzt, aber dann stellte ich fest, dass es sich bei dem abgemagerten Geschöpf um einen deutschen Schäferhund handelte. Als ich die Hand nach dem Tier ausstreckte, knurrte es furchterregend und ich musste an meine erste Begegnung mit Namenlos denken. Wie kam dieser Hund hierher? Unwillkürlich ging mir durch den Kopf, dass mein Vater ihn uns als Gesellschaft für die kleine Ella geschickt hatte.

Die Hündin fletschte die Zähne, als ich mich über sie beugte, deshalb beschloss ich, sie in Ruhe zu lassen. Als ich mit der Post die Einfahrt wieder hinaufging, erhob sie sich mühsam und trottete humpelnd in sicherer Entfernung hinter mir her. Rasch eilte ich zu den Ställen, holte den Napf von Namenlos und füllte ihn bis zum Rand. Ich bot ihr das Fressen an, aber sie wich misstrauisch zurück. Also stellte ich den Fressnapf einfach auf die Erde, ging zum Haus zurück und beobachtete sie vom Fenster meines Arbeitszimmers aus. Sie rührte das Fressen nicht an, sondern legte sich einfach hin, als müsse das Fressen zu ihr kommen. Ich fragte mich, ob sie wohl irgendjemandem gehörte. Ihre linke Seite und ein Hinterlauf waren völlig kahl. Sie trug kein Halsband. Kurz entschlossen rief ich den Tierarzt an.

Sie hatte keine Tätowierung. Ich habe sie Lucky getauft. Sie ist immer noch beim Tierarzt. Sie hatte innere Blutungen und eine Magenperforation, weil sie wiederholt in den Bauch getreten worden war. Zwei Rippen sind gebrochen, sie hat Würmer und ist äußerst reizbar, weil sie offenbar ständig misshandelt worden ist. Deshalb ist sie auch immer noch beim Tierarzt, weil er sicher gehen möchte, dass sie sich vollständig erholt hat, bis wir sie aufnehmen, damit sie dem Welpen nichts tut.

Ich wollte Lucky heute abholen und hatte mich schon so darauf gefreut, sie den Mädchen zu präsentieren.

Wordsworth sagt, Vergangenheit, Gegenwart und Zukunft sind durch den Faden des Wunsches miteinander verbunden. Mir geht durch den Kopf, wie zufrieden ich mich hier fühle und welches Glück mir Michel gebracht hat, aber die Zukunft erscheint mir voller Hürden und Gefahren. Und heute früh gebe ich mir die Schuld daran.

Ella wedelt mit dem Schwanz, als sich von hinten Arme um mich legen und mich drücken. Es ist Vanessa. Sie sagt nichts und ich auch nicht, wir halten einander nur umarmt. Die Sonne, die hinter dem Haus aufgestiegen ist, wärmt uns den Rücken und verspricht uns die Verheißung eines neuen Tages.

Das Wetter ist umgeschlagen. Es regnet. Michel ist verreist, um unsere fertig gestellte Serie zu verkaufen. Er arbeitet pausenlos und ist ständig unterwegs. Nie ruht er sich aus, nie nimmt er einen Tag frei. Er tut so, als sei er unbesiegbar, als könne er dieses Tempo sein Leben lang durchhalten. Ich möchte gerne glauben, dass er so viel Kraft besitzt, weil ich mir etwas anderes lieber nicht ausmalen möchte. Und ich denke häufig, wir sollten das Gut der Bank überlassen und uns von den Verpflichtungen frei machen. Aber davon will Michel nichts wissen. »Wir schaffen es schon«, sagt er ständig zu mir, wie eine geheime Beschwörung, die umso wahrer wird, je häufiger er sie wiederholt. Es ist eine schwere Last und ich mache mir große Sorgen um ihn. Und ich sehe zu, wie unsere Träume sich in Staub auflösen.

Quashia fährt nach Algerien. Er will Anfang nächstes Jahr in den Ruhestand gehen und seine Abreise belastet mich zusätzlich. Ich kann mir nicht vorstellen, wie ich ohne ihn zurecht kommen soll, aber ich lüge ihn an und erkläre ihm, ich hätte jemand anderen gefunden, der uns hilft, weil er ein Recht auf sein eigenes Leben und seine Familie in Afrika hat und ich ihn nicht zurückhalten darf.

»Wenn du mich brauchst«, sagt er beim Abschied, »ruf im Dorfcafé an, *comme d'habitude*. Ich melde mich dann.« Ich nicke und wünsche ihm alles Gute. Ich weiß, dass ich nicht anrufen werde.

»Denk daran, wir beide sind eine Familie. Ich werde dich nie im Stich lassen.« Wieder nicke ich und küsse ihn auf beide Wangen. Nur mühsam halte ich die Tränen zurück.

Langsam habe ich das Gefühl, dies ist mein Jahr des Verlustes.

Verlust. Die Angst, die mich immer beherrscht hat. Jeder Abschied scheint mich zu zerreißen. Deshalb habe ich auch nie den Mut gehabt zu lieben, bis ich Michel kennen lernte.

»Richte deiner Frau und den Kindern Grüße aus«, sage ich mit gepresster Stimme. Ich habe sie nie kennen gelernt, aber Quashia erzählt so oft von ihnen, dass ich das Gefühl habe, sie seien alte Freunde.

»Und du sag Michel, er soll nicht so viel arbeiten. Er wird hier gebraucht.«

Ich lächle tapfer und frage mich, ob er wohl eine Ahnung davon hat, wie groß unsere Probleme sind. Er ist ein kluger Mann. Ich sehe ihm nach, wie er die Einfahrt heruntergeht, die Pelzmütze auf seinem fast kahlen Kopf. Unten dreht er sich noch einmal um und winkt mir lächelnd zu.

Ich bleibe alleine auf dem Gut, überlege, wie man Appassionata retten kann, lebe von der Hand in den Mund. Die Bank wird langsam ungeduldig. Man schickt uns Briefe und droht, Appassionata versteigern zu lassen. Ich schleiche durch die sonnigen Zimmer und über die Terrassen wie eine verlorene Seele. In manchen Nächten stehe ich schlaflos am Fenster und blicke zum Mond.

Ich schreibe von morgens bis abends. Alleine in dem alten, ächzenden Haus, in dem Kerzen brennen und das Kaminfeuer knistert. Mit aller Macht versuche ich, unser Schicksal zu wenden.

Und ich suche mir kleine, alltägliche Freuden, um mich aufzuheitern. Ich springe in den eiskalten Pool, um einer Biene das Leben zu retten. Ich rede lange mit einer überraschend großen Zikade, die sich in einen Winkel unseres Badezimmers verirrt hat. Ich sehe zwei Hornissen zu, die auf einem der Blumenbeete kopulieren. Auch Lucky ist ein Wunder. Sie braucht viel Pflege und muss mit Cremes und Lotionen eingerieben werden, aber ihr Fell wächst langsam wieder nach und sie erweist sich treuer, liebevoller Wachhund. Ich sage ihr, wie dankbar ich für ihre Gesellschaft bin, und dann streichele ich auch das flaumige Fell der kleinen Ella und sage zu ihr das Gleiche.

René kommt vorbei, um sich den *paon* anzusehen, den wir im Moment nicht behandeln werden, weil das Mittel, das er mir empfiehlt, die Früchte schädigen könnte. Er reicht mir ein paar Papiere, die ihm Christophe, der Mühlenbesitzer mitgegeben hat.

»Was ist das?«, frage ich desinteressiert.

»Formulare, die ausgefüllt und nach Brüssel geschickt werden müssen. Christophe hat eure Namen besonders erwähnt.«

Ich sehe sie mir gleichgültig an. Sie scheinen kompliziert und langatmig zu sein, deshalb stopfe ich sie in die Tasche meiner Jeans.

»Du solltest sie nicht ignorieren, Carol. Um den Olivenanbau hier in Frankreich zu unterstützen, bietet Brüssel jedem *oléiculteur* finanzielle Hilfe an. Für jeden Liter Öl bekommen wir eine beachtliche Summe.«

Meine Augen leuchten auf. Könnte das die Lösung unserer Probleme sein? »Wie viel?«, frage ich.

»Nun ja, sie zahlen nicht rückwirkend, aber wenn das Gut die gleiche Menge Öl wie letztes Jahr produziert, dann könnten es schon sechshundert Francs sein.« Sechshundert Francs! Das ist nichts. Er sieht mir die Enttäuschung an.

»Es ist nicht viel, aber …« Er zuckt mit den Schultern und macht mir klar, dass es besser als nichts ist.

»Ich fülle sie aus.« Ich lächele ihn an. »Ich vergesse es nicht.«

Bevor er in seinen Renault steigt, der mit den größten, knackigsten Salaten beladen ist, die ich je gesehen habe, erinnert er mich daran, dass wir bald auch wieder die Netze auslegen müssen. Die Erntesaison rückt näher. Ein rascher Rundgang auf den Terrassen zeigt uns, dass die Bäume voller kleiner grüner Oliven hängen. Uns steht eine weitere Rekordernte bevor. »So wie die Bäume tragen, kriegst du vielleicht sogar siebenhundert Francs aus Brüssel«, scherzt er, als wir zu seinem Auto zurückkehren. »Willst du einen Salat?« Ich schüttele den Kopf und erkläre ihm, dass ich heute früh schon Salat auf dem Markt gekauft habe. Trotzdem mache ich eine Bemerkung über die Größe der Köpfe. Seine Augen funkeln vor Stolz, als er mir erwidert, dass er seinen Salat bei jemandem anbaut, der eine eigene Quelle hat.

»Und vergiss nicht«, ruft er noch, als er wegfährt. »Wir schaffen das nicht alleine.«

Das stimmt. Ohne Quashia und Michel brauchen René und ich noch zusätzliche Hilfe. Ich weiß sowieso nicht, wie wir ohne Quashia zurecht kommen sollen und wo ich einen Ersatz für ihn finden soll. Schließlich schreibe ich einen Aushang für die *épicerie* im Ort. Ich habe diesen Laden immer besonders gerne gemocht, weil er mich an die Läden erinnert, in die meine Großeltern mich als Kind in Irland immer mitgenommen haben.

Die stämmige Frau des Besitzers, die wieder schwanger ist, begrüßt mich lautstark, und als sie meinen Zettel sieht, erklärt sie mir, es sei nicht nötig, ihn aufzuhängen. Ich könne ihren Laufburschen nehmen.

»Aber was ist dann mit Ihnen?«

»Der Winter kommt. Und dann gibt es hier nichts mehr für ihn zu tun außer Laub zu rechen und es zu verbrennen. Er heißt Manuel.«

»Und Sie können ihn empfehlen?«

»*Mais bien sûr*, er arbeitet seit sechs Jahren für uns.« Sie sagt mir, wie viel sie ihm in der Stunde zahlen, was mir erschwinglich vorkommt, und ich beschließe, ihm den Job anzubieten.

»*Bon*, wir sagen ihm, er soll sich morgen früh bereithalten. Sie können ihn dann abholen kommen.«

Erleichtert willige ich ein und mache meine Einkäufe. Unter anderem möchte ich sechs kleine Flaschen Bier haben. Madame schüttelt den Kopf. »*Désolé*«, sagt sie. »Wir haben keins mehr.«

Das verwirrt mich, denn vor ein paar Tagen hat sie mir noch erklärt, sie erwarte eine Lieferung. Und schließlich ist es nicht mehr Sommer, also können die durstigen Touristen es ja wohl nicht gekauft haben.

»Haben Sie die Lieferung denn nicht bekommen?«, frage ich unschuldig. Sie blickt mich verständnislos an und reicht mir den Kaffee, den ich ebenfalls dringend brauche.

»Vergessen Sie Manuel nicht!«, ruft sie mir nach, als ich den Laden verlasse.

Als ich am nächsten Morgen zur vereinbarten Zeit ankomme, steht niemand vor dem Laden und ich gehe hinein, um nach ihm zu fragen. Monsieur, der normalerweise herzlich und jovial ist, verschwindet wortlos in seiner Backstube.

»Sehen Sie mal im Holzschuppen nach«, murmelt Madame.

Ich erschrecke ein wenig, als ich keinen Spanier oder Portugiesen vorfinde, wie ich es erwartet hatte, sondern einen schmuddeligen, wettergegerbten Araber, der so winzig wie ein Spatz ist und auf einem Holzstapel schläft. Zu seinen Füßen steht eine kleine, zerrissene Tasche. »Manuel?«

Erschreckt springt er auf. Er blickt mich schuldbewusst an, ergreift die Tasche und reckt den Arm in die Luft.

Erst als er neben mir im Auto sitzt, wo er sich sofort, ohne mich zu fragen, eine Zigarette angesteckt hat, fallen mir seine blutunterlaufenen Augen auf und rieche ich seine Alkoholfahne.

Ich brauche diesen Mann, ich brauche seine Arbeitskraft, denke ich verzweifelt. Wir kaufen seit jeher in dem kleinen Eckladen ein. Madame würde uns doch keinen Trinker empfehlen, oder?

Aber anscheinend doch.

Als wir am Haus angekommen sind und ich Lucky an die Kette gelegt habe, weil Manuel sich weigert, auszusteigen, solange der Schäferhund frei herumläuft, will er sofort sein Zimmer sehen.

»Zimmer?«, frage ich zurück, denn ich hatte ganz gewiss nicht die Absicht, ihm Unterkunft und Logis anzubieten.

»Ich brauche eine Dusche und dann mache ich mich an die Arbeit«, ächzt er.

Ich bin völlig perplex und weiß nicht, was ich tun soll. Soll ich ihn wieder ins Auto setzen und zum Laden zurückfahren? Soll ich Lucky von der Kette lassen und hoffen, dass er dann davonläuft? Ich beschließe, die Sache mit Humor zu nehmen und später Madame anzurufen. Also schlage ich ihm vor, er solle zuerst arbeiten und dann könne er duschen. Missmutig wirft er die Tasche zu Boden und tritt dagegen. »Was soll ich machen?«

Verzweifelt blicke ich mich um. Auf jeden Fall nichts, wo etwas kaputt gehen könnte, denke ich, und ganz bestimmt nicht die Vorbereitung der Olivennetze. »Unkraut jäten«, erwidere ich und weise auf das größte Blumenbeet. Als Manuel nicht hinsieht, lasse ich den Hund los und gehe dann in mein Arbeitszimmer, um die Angelegenheit mit seinen früheren Arbeitgebern zu besprechen.

Als ich nach der Telefonnummer suche, fällt mir jedoch auf, dass wir zwar schon seit unserer Ankunft hier dort einkaufen, ich aber gar nicht weiß, wie die Leute heißen. Das könnte ich nur herausfinden, wenn ich wieder dorthin führe, aber dann müsste ich Manuel hier alleine lassen, und das will ich nicht. Ich ärgere mich über meine Sorglosigkeit. Und dabei gibt es so viel zu tun, jammere ich vor mich hin. Schließlich laufe ich wieder hinaus, um ihm mitzuteilen, dass ich gleich wieder zurück sei, aber er ist nicht im Garten und ich kann ihn nirgendwo finden.

»Manuel!«, rufe ich.

Bellend kommt Lucky auf mich zugerannt.

»Manuel!« Keine Antwort. Schließlich finde ich ihn in der dunklen Garage, in der die Gartengeräte und ein alter, aber nützlicher Kühlschrank stehen.

»Was tun Sie hier?«, frage ich ärgerlich.

»Ich habe eine Hacke gesucht«, erklärt er. Ich deute auf den Lichtschalter, dann laufe ich zum Auto und fahre schnell ins Dorf, bevor der Laden am Mittag schließt. Die *épicerie* gehört zu den kleinen Familien-unternehmen, die um Punkt zwölf zumachen und erst um vier Uhr nachmittags wieder öffnen. Als ich ankomme, ist der Laden bereits geschlossen. Ich klopfe an die Tür und rufe. Niemand antwortet. Ich gehe um das Haus herum und schlage hinten an die Tür. Immer noch keine Antwort. Es ist erst ein paar Minuten nach zwölf, aber das Haus ist völlig verlassen. Wütend fahre ich zum Gut zurück. Manuel ist nirgends zu sehen. Auch seine Tasche, die er auf die Terrasse geworfen hatte, ist verschwunden. Das einzige Zeichen dafür, dass er überhaupt jemals da war, ist die Hacke, die mitten im Blumenbeet zwischen den Tigerlilien liegt. Unkraut hat er offensichtlich nicht gejätet. Ich rufe ein paar Mal nach ihm, spähe in die Garage, aber ich kann ihn nicht finden. Er ist einfach verschwunden. Vielleicht hat ihn der Hund vertrieben. Lucky liegt zufrieden hechelnd auf einer der Terrassen, während Ella mit dem Kopf auf seinem Bauch schläft. Mächtig erleichtert kehre ich in mein Arbeitszimmer zurück. Der Zwischenfall hatte offenbar weniger Konsequenzen, als ich befürchtet hatte.

Michel ist in Paris, und ich habe erfolglos versucht, ihn telefonisch zu erreichen. Ich mache mir schreckliche Sorgen, dass irgendetwas passiert sein könnte. Ich rufe in seinem Büro an und frage seine Sekretärin, wo er ist. Sie hat keine Ahnung.

»Wann haben Sie ihn denn zuletzt gesehen?«, frage ich angstvoll.

»Gestern Morgen.«

»Was? War er seitdem nicht mehr im Büro … Ist denn alles in Ordnung?«

Isobel, eine stabile, ausgeglichene Frau, versteht

nicht, warum ich mir solche Sorgen mache. Wahrscheinlich arbeitet er zu Hause, meint sie. Aber dort habe ich angerufen und niemand hat abgenommen. Michel hat sich nie einen Anrufbeantworter angeschafft, weil er seine kleine Wohnung in Paris als seine Privatsphäre betrachtet. Er verbringt jeden Tag viele Stunden am Telefon, und da wollte er wenigstens zu Hause seine Ruhe haben. Wir sprechen so häufig tagsüber miteinander, dass das noch nie zuvor ein Problem war. Aber jetzt werde ich nervös. Ich bitte Isobel, ihm auszurichten, er solle mich anrufen, wenn er ins Büro kommt. Am Abend habe ich jedoch immer noch nichts von ihm gehört und rufe noch einmal bei ihm zu Hause an. Immer noch keine Antwort und im Büro war er den ganzen Tag über nicht. Wahrscheinlich hat er anderswo Termine gehabt, meint Isobel.

»Glauben Sie nicht, Sie sollten besser zu seiner Wohnung gehen und die Tür aufbrechen?«, dränge ich.

Sie hält mich bestimmt für übergeschnappt. »Ich arbeite für ihn«, erklärt sie mir spitz. »Ich pflege nicht bei meinem Chef die Tür aufzubrechen.«

»Nein, nein, natürlich nicht. Es tut mir Leid, dass ich Sie mit meinen Sorgen behellige.« Ich lege den Hörer auf. Irgendetwas muss passiert sein. Wenn er kurzfristig hätte verreisen müssen, dann hätte er angerufen. Wie kann ich ihn also am besten erreichen?

Ich sitze auf der Terrasse und mache mir Gedanken, als unerwartet René auftaucht. Ich bin so dankbar, ihn zu sehen. Wie so oft hat er eine Kleinigkeit mitgebracht. Ein Glas Feigenmarmelade, die er aus unseren Feigen gekocht hat. Quashia und ich hatten im September und Anfang Oktober, kurz bevor er abgereist ist, fast zweihundert Kilo Früchte von unseren acht Bäumen geerntet. Ich danke meinem silberhaarigen Freund und biete ihm ein Glas Bier an, wobei ich mich bemühe, meine Sorge nicht zu zeigen. Ich stecke in der Zwickmühle. Quashia ist weg, ich habe niemanden, der sich um die Hunde kümmern kann und ich denke, ich muss nach Paris fahren.

»Wein oder Bier, was einfacher ist«, sagt er und setzt sich zufrieden an den Gartentisch auf der oberen Terrasse. Das tut er gerne. Er hat einen Schlüssel für das Tor und kann hierher kommen, wann immer er will, um sich auf die Terrasse zu setzen und den Sonnenuntergang zu genießen.

Ich eile zu dem Kühlschrank in der Garage, um ein Bier und eine Flasche Rosé zu holen. Zu meinem Erstaunen ist der Kühlschrank leer bis auf ein oder zwei Flaschen Wein. Bier ist überhaupt keins mehr da. Verwirrt hole ich die letzte Flasche Rosé heraus. Ich weiß, dass ich zur Zeit nicht ganz bei mir bin, aber ich habe ganz bestimmt im Supermarkt einen Kasten Bier gekauft, nachdem die *épicerie* keins mehr hatte. Aber in meinem momentanen Geisteszustand habe ich vielleicht nur vergessen, die Flaschen in den Kühlschrank zu stellen. Ich versuche, mich zu erinnern, wo ich sie hingestellt haben könnte. Habe ich sie vielleicht im Kofferraum gelassen? Und dann fällt mir Manuel wieder ein. Der Kerl hat sich mit meinem Bier davongemacht! Entschuldigend kehre ich mit einer Flasche Rosé und einer Schüssel von unseren Oliven zu René zurück.

»Du siehst müde aus«, stellt er fest. »Hast du daran gedacht, das Formular wegzuschicken?«

»Welches Formular?«

»Für die Oliven.«

Ach ja, das Formular. Ja, versichere ich ihm, ich habe es ausgefüllt, unterschrieben und an Michel geschickt, damit er ebenfalls unterschreibt und es dann nach Brüssel schickt. Alles ist erledigt.

Wir erheben unsere Gläser, prosten uns zu und trinken einen Schluck.

Ich will ihn gerade darum bitten, die Hunde zu füttern und hier die Stellung zu halten, während ich für ein paar Tage nach Paris fliege, als mich ein lautes Trompeten unterbricht. Erstaunt blicken wir uns um. »Das ist ein Wildschwein«, sage ich.

René schüttelt den Kopf. »Das glaube ich nicht.«

»Was soll es denn dann sein?«

»Wir sehen besser mal nach.«

Wir lassen die Gläser auf dem Tisch stehen und gehen in den Garten, der dieses Jahr wegen des fehlenden Regens nicht so verwildert ist wie sonst. Lucky und Ella folgen uns. Lucky bellt wie ein Wilder, aber da die Geräusche aufgehört haben, wissen wir nicht, wo wir nachsehen sollen. René meint, es sei vielleicht ein Tier, das in einer Falle steckte.

»In was für einer Falle denn?«, frage ich. Ich habe etwas gegen die Jagd, und als das Grundstück das erste Mal gerodet worden ist, habe ich sorgfältig darauf geachtet, dass jede Falle entfernt wurde.

Schließlich stoßen wir auf die Geräuschquelle. Manuel liegt wie ein Toter auf dem Boden und schnarcht zufrieden. Um ihn herum liegen unsere leeren Bierflaschen.

»Diable«, grinst René. »Wer ist das denn?«

»Er sollte uns eigentlich bei der Olivenernte helfen.« Lachend erzähle ich ihm die Geschichte.

Wir ziehen ihn an den Füßen durch den Garten zu Renés Renault, wo wir ihn auf die offene Ladefläche hieven. Er hat eine entsetzliche Fahne.

»Lass uns die Flasche Wein austrinken.« René kichert. »Das haben wir uns verdient. Und dann bringen wir ihn in seinen Schuppen zurück.« Und genau das tun wir. Manuel rührt sich die ganze Zeit über nicht.

Auf unserer Fahrt zur *épicerie* willigt René ein, sich um Haus und Hunde zu kümmern. Ich solle mir keine Sorgen machen, fügt er hinzu, als er mich wieder am Tor absetzt. Als ich die Einfahrt hoch gehe, ruft er mir nach: »Soll ich jemanden suchen, der uns bei der Olivenernte hilft?«

»Ich sage dir morgen Bescheid«, antworte ich. Darüber kann ich mir jetzt keine Gedanken machen.

Im Haus klingelt das Telefon. Isobel teilt mir mit, dass Michel krank sei. Ich wusste es.

Die Hunde sind für heute schon gefüttert worden, also rufe ich René an, der gerade erst nach Hause gekommen ist, um ihm zu sagen, dass ich zum Flughafen fahre und den letzten Flug nach Paris nehme. Ich verspreche ihm, so bald wie möglich wiederzukommen.

In Paris ist es feucht und winterlich. Als ich in Michels Wohnung ankomme, ist es bereits nach elf und Michel liegt schon im Bett. Er hat starke Schmerzen.

Sein Anblick entsetzt mich, aber ich bestürme ihn nicht mit Fragen. Er erzählt mir, dass er gestern bei einem Termin mit seinem Anwalt zusammengebrochen sei. Der Anwalt hat einen befreundeten Arzt geholt, der Michel untersucht hat. Dann hat er ihn nach Hause geschickt und versprochen, ihn anzurufen, sobald er Ergebnisse vorliegen hat.

»Warum hast du mich nicht angerufen?«, frage ich.

»Ich wollte dich nicht beunruhigen.«

Ich sage ihm nicht, dass sein Schweigen in den letzten vierzig Stunden mich wahnsinnig gemacht hat. Stattdessen schlüpfe ich neben ihm ins Bett, lege meine Arme um ihn und wir versuchen zu schlafen.

Früh am Morgen ruft der Arzt an. Er möchte, dass Michel sofort zu ihm ins Krankenhaus kommt. Alles in mir schnürt sich zusammen.

»Hat er gesagt warum?«

Michel schüttelt den Kopf. Ich bestehe darauf, ihn zu begleiten. Zuerst will er davon nichts wissen, aber ich gebe nicht nach. Michel nimmt Erkrankungen nicht ernst, das habe ich ein paar Mal erlebt, als er eine Erkältung oder ein anderes kleineres Gesundheitsproblem hatte. Das wird nicht leicht für ihn werden. Und für mich auch nicht. Ich reagiere genauso, und Krankenhäuser hasse ich. Wenn ich Blut sehe, bin ich der größte Feigling auf der Welt und den Geruch nach Desinfektionsmitteln kann ich kaum ertragen. Aber ich will unbedingt bei ihm sein. Ich habe keine Lust, den ganzen Tag nägelkauend in der Wohnung zu sitzen.

Eigentlich will Michel mit der Métro fahren – er sagt, ein Taxi könnten wir uns nicht leisten –, aber ich bestehe darauf, und er ist zu schwach, um zu widersprechen.

Der Arzt ist ein junger, gutaussehender Mann mit einer herzlichen, wohltuenden Art. Er führt uns in sein Sprechzimmer und teilt Michel mit, dass er sofort ein paar Tests mit ihm machen möchte. Michel hat solche Schmerzen, dass er kaum sprechen kann. Ich verstehe viele der medizinischen Ausdrücke nicht und habe tausend Fragen, aber ich sage fast nichts. Dann wird Michel weggebracht und ich bleibe allein im Sprechzimmer zurück.

Es ist noch nicht einmal sechs Monate her, seit ich am Bett meines Vaters gesessen habe. Ich versuche, die Erinnerung daran zu verdrängen, weil sie einfach zu schrecklich ist. Ich öffne die Tür und spähe hinaus in den Korridor, aber ich habe keine Ahnung, wohin sie

Michel gebracht haben. Plötzlich kommt mir alles so fremd vor und ich beginne zu zittern.

Ich liebe diesen Mann mit jeder Faser meines Herzens und ich könnte es nicht ertragen, ihn zu verlieren. Plötzlich quälen mich Bilder meines Vaters auf dem Sterbebett und bei der Beerdigung. Ich muss mich zusammenreißen, denke ich. Dann kommt der Arzt zurück.

Mit starkem Akzent sagt er: »Es tut mir so Leid, dass ich kein Englisch spreche.« Ich nicke, ohne ihn anzublicken, weil ich Angst habe, jeden Moment in Tränen auszubrechen.

Der Arzt beginnt mir zu erklären, welche Untersuchungen sie bei Michel vornehmen, aber die Wörter sind lang und unverständlich und ich kann ihm nicht folgen, bis ich auf einmal unmissverständlich ein Wort verstehe: Krebs.

Habe ich richtig gehört? Normalerweise wechsele ich ohne Probleme von Englisch zu Französisch und umgekehrt, aber auf einmal habe ich das Gefühl, total blockiert zu sein. Um mir Gewissheit zu verschaffen, wiederhole ich das Wort immer wieder.

»Das ist schwierig für Sie, *n'est-ce pas*?«

Ich nicke.

»Wir glauben nicht, dass es Krebs ist, aber wir müssen es auf jeden Fall untersuchen, *non*? Kommen Sie mit.«

Er führt mich durch endlose Korridore zu einem Automaten, wo man Kaffee, Tee und andere Getränke ziehen kann und kauft mir einen Kaffee. An einem Wagen, an dem es Croissants, *pain au chocolat* oder Schinken- und Käsesandwiches gibt, bestellt er mir etwas zu essen. Dann setzen wir uns an einen der Tische und frühstücken. Danach legt er mir freundlich die Hand auf die Schulter und eilt wieder an seine Arbeit.

Der Tag vergeht unendlich langsam. Als ich nicht mehr beten kann, setze ich mich hin und schreibe für mich eine Liste der schönsten Momente mit Michel.

Warme Abende. Im Abendkleid nach Film und Dinner vom Festival in Cannes nach Hause kommen, unter dem Sternenhimmel zum Gesang der Nachtigallen. Auf der Terrasse tanzen, den Kopf leicht an Michels Schulter gelehnt.

Sommersonntage, die wir alleine verbracht haben, nackt im Pool in dem riesigen blauen Schwimmreifen, den ich Michel geschenkt habe. Die Hitze auf unseren Rücken. Der Geschmack von Chlor auf unseren Lippen.

Kühle Leinenlaken auf unserer sonnenverbrannten Haut.

Die Zettel, die wir uns gegenseitig ins Gepäck gesteckt haben, wenn einer von uns verreisen musste, und wenn es nur für ein paar Tage war.

Liedzeilen, die wir uns vorgesungen haben.

Abschiede auf Flughäfen und leidenschaftliche Küsse, wenn wir uns wieder gesehen haben.

Wie Michel alles in leuchtenden Farben anstreicht, selbst den Rollwagen für den Schlauch. Als Picasso in der Nähe unseres Gutes lebte, war er unglücklich über einen Strommast, der ihm die Sicht versperrte. Das Elektrizitätswerk weigerte sich, ihn zu entfernen, also bemalte er ihn in leuchtenden Farben. Wir haben auch einen, den Michel ähnlich verstecken will.

Eine Tür geht auf. Mittlerweile ist es früher Abend und der Arzt kommt. Ich springe auf. Er schweigt zunächst noch und ich befürchte das Schlimmste. Mein Magen krampft sich zusammen.

»Wie geht es ihm? Wo ist er?«

»Er zieht sich gerade an.«

Michel leidet an einer leichten Form von Divertikulitis, die wahrscheinlich durch Stress hervorgerufen worden ist. Der Arzt versichert mir, dass er mit viel Ruhe und einer strengen, alkoholfreien Diät wieder völlig gesund wird. Falls diese Behandlung doch keinen Erfolg zeigen sollte, muss er allerdings operiert werden. Aber im Moment braucht Michel nicht im Krankenhaus zu bleiben, sondern kann jetzt mit mir nach Hause kommen.

Als wir in seine Wohnung fahren, steigt er widerspruchslos in ein Taxi. Er ist sehr still und völlig erschöpft von den ganzen Untersuchungen.

Beim Abendessen – Hühnersuppe und Evian – reden wir über unsere Zwangslage. Mit seinem üblichen Eigensinn beharrt Michel darauf, dass er sich über das Wochenende ausruht und dann am Montag wieder anfängt zu arbeiten. Ich will nichts davon hören und wir beginnen zu streiten, bis ein erneuter Bauchkrampf uns daran erinnert, dass Michel sich nicht aufregen darf.

Er berichtet mir, dass die Serie nun auf der ganzen Welt angeboten wird. Mit ein paar Verkäufen können wir das Gut auslösen. Ich lächele ermutigend, aber mir geht es jetzt nicht mehr um Appassionata. So magisch dieser Ort auch ist, wir können etwas anderes finden und neu beginnen. Die gemeinsame Reise zählt, nicht der Ausgangspunkt.

Früher einmal habe ich von einem Paradies am blauen Meer geträumt. Ich hatte mir vorgestellt, wie Freunde und Familie in diesem Garten Eden das Leben genossen, die Künstler arbeiteten und Liebende liebten. Aber das war nur ein vager Traum gewesen, bis ich Michel kennen lernte. Dann begann er, Gestalt anzunehmen und wir entdeckten gemeinsam ein neues Leben. Aber unser eigentliches Paradies liegt in unserer Liebe zueinander und geht weit über ein Haus hinaus. Und deshalb ist es auch nicht mehr wichtig, zu welchem geographischen Punkt uns unsere gemeinsame Reise bringt.

Ich glaube eigentlich, dass unsere Chancen, Appassionata zu behalten, gering sind, aber so schmerzlich es sein mag, ich bin jetzt vorbereitet auf den Verlust. Wir haben uns auf einem schmalen Grat bewegt, als wir dieses Unternehmen in Angriff nahmen. Liebe und Hartnäckigkeit haben uns bis hierhin gebracht. Und wenn wir es wollen, schaffen wir so etwas noch einmal. Ich habe mich in dem Prozess verändert: Mein Ehrgeiz, mein Materialismus, mein Bedürfnis, mein Leben zu kontrollieren, sind nicht mehr so ausgeprägt. Ich habe gelernt los zu lassen, und es macht mich stärker. Mein Herz hat ein anderes Herz gefunden.

Poesie oder Liebeslied

Michels Gesundheitszustand bessert sich. Morgens arbeitet er ein paar Stunden in der Wohnung, dann spazieren wir durchs Quartier Latin, bis es Zeit ist für ihn, wieder nach Hause zu gehen und sich hinzulegen. Die Schmerzen haben nachgelassen. Bei unserem letzten Besuch in der Klinik hat uns der Arzt versichert, dass Michel nicht operiert werden muss, wenn sich sein Zustand weiterhin so bessert. In Kürze kann er auch mit der strengen Diät aufhören, und dann kann ich ihn beruhigt wieder allein lassen. In einer idealen Welt würde ich bleiben, aber es gibt viel zu tun, und an Weihnachten kommt auch er auf das Gut.

Ich kann jedoch nicht nach Hause fliegen. Der Flughafen von Nizza ist geschlossen. Jeden Tag rufe ich in Charles de Gaulle an, aber die Situation ändert sich nicht. René hält die Stellung, aber die Olivenernte beginnt und er muss über siebenhundert Bäume versorgen. Ich muss einfach zurückkehren. Was ist in Nizza bloß los? Als ich dort schließlich jemanden erreiche, teilt man mir mit, es läge am Wetter. Aber ich versuche doch schon seit fünf Tagen, einen Flug zu bekommen. Wie schlimm kann denn das Wetter in einem gemäßigten Klima wie dem unseren sein? In den Wetterberichten in den Zeitungen strahlt neben Nizza eine kleine Sonne. Schließlich miete ich mir ein Auto und fahre los.

Ich packe alles ein, was wir über die Feiertage brauchen werden. Kurz vor meiner Abreise erhält Michel ein Fax, dass die Serie nach Griechenland verkauft worden ist. Wir sind überglücklich und es kommt uns äußerst passend vor, dass gerade Griechenland, die spirituelle Heimat des Olivenbaums, uns erlaubt, die erste Rate an die Bank zurückzuzahlen. Das heitert mich auf, denn die Trennung fällt mir nicht leicht. Unsere Tage in Paris waren harmonisch und schön und Abschied zu nehmen, vor allem unter diesen Umständen, tut immer weh.

Ich liebe es, lange Strecken zu fahren. Das Alleinsein und die vorbeiziehende Landschaft machen meinen Kopf klar. Diese Fahrt bietet mir die perfekte Gelegenheit, über alles noch einmal gründlich nachzudenken. Mittags mache ich eine kurze Pause, laufe durch das mittelalterliche Städtchen Beaune und blicke in die Schaufenster der Antiquitätenläden, bevor ich die Fahrt fortsetze. Das Wetter ist kühl und freundlich.

Irgendwo in der Gegend um Montélimar bricht die Nacht herein. Früh, weil wir uns dem kürzesten Tag des Jahres nähern. Der Himmel ist tiefblau und die Sterne funkeln. Zuerst denke ich, das helle Licht hinter mir sei ein Auto und ärgere mich über die Rücksichtslosigkeit des Fahrers. Dann jedoch merke ich, dass es der Mond ist. Ich fahre rechts heran und halte.

So hell habe ich den Mond noch nie gesehen. Alles auf der Welt scheint von ihm angestrahlt zu werden. Ich steige aus dem Wagen und blicke zum Himmel. Der Mond ist so nahe, dass ich das Gefühl habe, ihn anfassen zu können. Fast ist es unheimlich, aber er leuchtet mir den ganzen Heimweg über.

Schließlich biege ich in unsere Straße ein. Es tut gut,

wieder nach Hause zu kommen. Süß duftende Oran-
genhaine und Agaven heißen mich willkommen. Hier
herrscht Frieden. Ich halte vor dem Tor, um nach meinem Schlüssel zu suchen.

Drei Hunde kommen die Einfahrt heruntergelaufen.
Ella, Lucky und wer noch? Namenlos? Nein, das dritte
Tier ist zu klein dafür. Sie jaulen und bellen, tanzen
aufgeregt um mich herum. Ach, es ist so schön, wieder
daheim zu sein. Ich kurbele die Scheibe herunter und
atme tief die duftende Luft ein. Im Wald hoch über uns
krächzt eine Eule. Als ich vor dem Haus aus dem Auto
steige, werde ich von den Hunden stürmisch begrüßt. Der dritte ist ein schwarzweißer Jagdhund mit
hängenden Ohren. Er ist kräftig und muskulös mit
Beinen wie ein Fußballer. »Wer bist du denn und woher kommst du?«, frage ich ihn, aber er weicht schüchtern zurück und beginnt zu jaulen wie ein Country-
und Western-Sänger, was mich zum Lachen bringt. Bevor ich ins Haus gehe, laufe ich noch kurz über die
Terrassen. Tausende von Sternen funkeln am klaren
Himmel, und der Mond scheint taghell. Soll ich das als
Zeichen nehmen, dass unsere dunklen Tage dem Ende
entgegengehen? Dass das Leben bald wieder friedlich
und farbig wird?

Am nächsten Morgen werde ich erst wach, als ich das
Tuckern von Renés Diesel höre. Bellend begrüßen die
Hunde ihn. Ich drehe mich um und blicke auf die Uhr.
Halb acht. Von unten höre ich das Klappern der Alumi-
niumnäpfe, als die Hunde sich gierig über ihr Fressen
hermachen. Ich ziehe mir einen Morgenmantel über
und laufe barfuß auf die Terrasse. Die Fliesen sind kalt
und auch die Luft ist kühl. Der Tag ist merkwürdig
still. René blickt auf und winkt. »*Bonjour! Tu vas bien?*«

Ich nicke und recke mich gähnend, während ich über das Tal zum Meer hinunterblicke, das weiße Schaumkronen trägt. Ein Zeichen für Wind. Anscheinend zieht schlechtes Wetter herein. »*Tu veux un café?*«

Er nickt und holt aus seinem Kofferraum eine Kettensäge heraus. Es ist eine von unseren, die er geschliffen hat, wie er erklärt.

»Übrigens«, rufe ich ihm hinterher, »was ist das für ein Hund?«

»Der Jagdhund? Er ist vor einer Woche aufgetaucht und weicht dem Schäferhund nicht von der Seite. Ich habe versucht, ihn wegzujagen, aber er lässt sich nicht vertreiben. Er ist noch ein Welpe.«

Mit den Kaffeebechern in der Hand mustern wir die Olivenhaine. Vögel zwitschern und über uns zieht ein Bussard seine Kreise.

»Hast du dir die Bäume angesehen?«, fragt er.

»Kurz, heute Nacht. Was ist damit? Der *paon*?«

»Nein, nein. Ich habe ja gesagt, es würde eine Rekordernte werden, aber selbst ich habe es unterschätzt. Wir brauchen Hilfe. Wann kommt Michel zurück?«

Ich erzähle ihm von der Krankheit, und er nickt voller Anteilnahme. Dann stellen wir unsere Tassen auf den Tisch und machen einen Rundgang über die Terrassen. Die drei Hunde bleiben uns dicht auf den Fersen, bis auf einmal der neue Hund wie ein Blitz davonschießt. Die anderen beiden folgen ihm.

»Das Kerlchen ist ein tüchtiger kleiner Jäger.«

»Wo mag er wohl herkommen? Ich muss den Tierarzt und das Tierheim anrufen, um herauszufinden, ob ihn jemand als vermisst gemeldet hat.«

»Ich würde sagen, er ist ausgesetzt worden. Es könnte sein, dass du ihn behalten musst.«

Ich lache, wobei ich mich frage, warum gerade unser

Haus so attraktiv für streunende Hunde erscheint. Ob sie die Hundezucht von früher riechen?

Während meiner Abwesenheit sind die Oliven dicker und ein wenig weicher geworden, aber sie sind immer noch rötlich-grün. Das Gewicht der Früchte zieht die Äste nach unten. Ein paar streifen schon die Netze. René untersucht die Netze, aber es liegt kaum eine Olive darin. »Sie hängen fest an den Ästen und werden einfach nicht reif. Überall das Gleiche. Ich möchte vermeiden, dass die Äste brechen.«

»Wie ist die Wettervorhersage?«, frage ich. »Auf dem Meer sieht es nicht so gut aus.«

»Ich habe nichts gehört. Wir sollten ein paar Früchte schon mal ernten. Natürlich ergeben sie qualitativ nicht so gutes Öl, weil sie noch so grün sind, aber ich habe – ich weiß nicht, ich habe so ein Gefühl.«

»Was für ein Gefühl?«

»Ich weiß nicht genau. Das habe ich in all den Jahren noch nicht erlebt, dass die Oliven nicht reif werden.«

»Liegt es vielleicht am *paon*?«

»Nein, es ist über all das Gleiche, nicht nur hier.«

Der Jagdhund taucht schwanzwedelnd wieder auf, ein totes Kaninchen im Maul. Seine Vorderbeine sind blutig. Ich bin entsetzt und würde ihn am liebsten ausschimpfen, aber was hätte das für einen Zweck? Der kleine Kerl ist eben ein Jäger. Ich nehme ihm das tote Kaninchen ab und werfe es in die Mülltonne. Drei enttäuschte Augenpaare folgen mir, als ich ihr Frühstück verschwinden lasse. Ich tue so, als sei ich böse auf den kleinen Hund, muss aber unwillkürlich grinsen. Sie bilden ein tolles Trio, wie sie schwanzwedelnd dastehen, der Retriever, der Schäferhund und der Jagdhund.

René und ich kommen überein, dass er in ein oder zwei Tagen anfangen wird. Wenn es mir gelingt, eine

Hilfe für ihn zu finden, dann spart ihm das Zeit. Er wird auch versuchen, ein paar seiner Kumpel einzuspannen, aber sie ernten alle schon woanders. Ich verspreche, mein Bestes zu tun. Als René sich ins Auto setzt, sagt er: »Du solltest deine Orangen ernten. Meine Frau kocht hervorragende Marmelade ein und ich mache dir den feinsten *vin d'orange*, den du je probiert hast. Ach, übrigens, hast du im Fernsehen gesehen, dass diese Region nächstes Jahr einen AOC bekommen soll? Das hat natürlich nichts mit dir oder mir zu tun, aber es hebt zumindest die Ölpreise auf dem nationalen Markt an und das ist doch nicht schlecht, oder?«

Ich lächle. *Vin d'orange* habe ich noch nie getrunken.

»*Diable!* Ich mache dir das Zeug flaschenweise. Du wirst begeistert sein.«

Also bekommt dieses Gebiet eine Appellation d'Origine Controlée für die besten Olivenöle. In der nördlichen Provence gibt es bereits ein oder zwei Gebiete mit dieser Auszeichnung. Es wäre großartig.

Nachdem ich die Stellenanzeigen im *Nice Matin* und unserem lokalen Blättchen durchgesehen und ein paar mögliche Kandidaten angerufen habe, gebe ich auf und rufe Quashia in Afrika an. Es dauert mehrere Stunden, bis ich ihn endlich am Telefon habe.

»Was ist los?«

»Meinst du, du könntest zurückkommen? René hat unendlich viel Arbeit und …«

»Und die Oliven müssen geerntet werden. Ja, daran habe ich auch schon gedacht. Ich habe dir ja mein Wort gegeben. Wenn du mich brauchst, dann komme ich.«

»Was ist mit deiner Familie?«

»Mach dir keine Gedanken wegen ihnen. Ist es dringend?«

»Ziemlich. Wann könntest du hier sein?«

»Ich kümmere mich morgen um einen Flug oder ich organisiere mir eine Schiffspassage. Das sollte nicht allzu schwierig sein. Der Verkehr geht in die andere Richtung, weil die Männer zu Ramadan nach Hause fahren. Ruf mich am Samstag an.«

Wir reden noch eine Weile und er erzählt mir die Neuigkeiten von seiner ständig größer werdenden Familie. Ich höre die Hintergrundsgeräusche in dem arabischen Café. Diese Welt, die mir so fremd ist, umgibt ihn. Ich stelle ihn mir vor, wie er sich an den Tresen lehnt und den Hörer ans Ohr hält. Im Hintergrund Plastiktische und -stühle, auf denen Männer mit runzeligen Gesichtern sitzen und schwarzen Kaffee trinken. Wer außer uns ruft schon in einer Bar in Algerien an, um den Gärtner zu bestellen? Ich muss lächeln, die Vorstellung erheitert mich.

»Dann bis Samstag«, sagen wir und verabschieden uns.

»Wenn es irgendwelche Probleme gibt, rufe ich dich morgen an«, ruft er noch, bevor er auflegt.

Am nächsten Tag gegen eins läutet das Telefon. Normalerweise lasse ich es klingeln, bis der Anrufbeantworter anspringt, aber ich habe so eine Ahnung, dass es Quashia sein könnte, und er ist es auch.

»*Bonjour.*« Ich höre, dass er nicht aus seinem Café anruft. Im Hintergrund ist es still, bis auf ein oder zwei Lastwagen, die vorbeifahren. »Was gibt es für Neuigkeiten?«

»Ich bin in Marseille. Mein Zug kommt um fünfzehn Uhr siebzehn in Cannes an.«

»Wann? Heute?« Ich bin sprachlos. »Aber wie hast du …«

»Ich bin über Nacht mit dem Schiff gekommen. Bis später dann.«

Wir reden nicht darüber, dass ich ihn in Cannes am Bahnhof abholen soll, aber natürlich bin ich um viertel vor drei dort und setze mich in ein Café auf der anderen Straßenseite. Von dort aus habe ich alle Reisenden im Blick, falls sein Zug früher kommen sollte. Und dann sehe ich ihn. Er trägt seine schwarze Persianermütze auf dem Kopf und hat nur eine kleine Tüte dabei. Er sieht müde und unrasiert aus. Ich winke und laufe auf ihn zu, um ihn zu begrüßen. Er grinst sein breites Grinsen und wir umarmen uns wie zwei Familienmitglieder, die sich lange nicht gesehen haben. Ein paar Leute werfen uns missbilligende Blicke zu. Schließlich sind wir hier in le Pen-Land und ich umarme einen arabischen Arbeiter.

»Hier, das habe ich dir mitgebracht.« Er reicht mir die Tüte. Darin sind frische, klebrige Datteln. Ich danke ihm und denke an die kleine Blechdose mit getrockneten Datteln, die meine Mutter uns immer zu Weihnachten schenkte. Auf dem Deckel war die farbige Zeichnung einer Karawane abgebildet und das kam mir damals immer so exotisch vor.

»Mein Enkel hat sie im Garten gepflückt, bevor wir zum Hafen gefahren sind. Er hat gesagt, nächstes Jahr müssten du und Michel kommen und sie selber pflücken.«

»Das tun wir«, verspreche ich.

»Meine Familie will dich kennen lernen. Dann fahren wir in die Wüste.«

Arm in Arm drängen wir uns durch das Gewimmel von Fahrzeugen und Fußgängern zu Michels altem Mercedes, der kaum fahrtüchtiger ist als es mein alter Wagen war, und zudem noch wesentlich unhandlicher, weil er keine Servolenkung hat.

»Wo ist der Quatre L?«, fragt er. Quatre L, ausgesprochen »Katrelle« ist der französische Spitzname für meinen schmerzlich vermissten Renault 4.

»Er ist ertrunken«, seufze ich.

»Ertrunken?«

»Bei einem Unwetter in Nizza ist der Flughafen überschwemmt worden und sie mussten ihn tagelang sperren. Als ich endlich hinkam und mein Auto abholen wollte, musste ich feststellen, dass der Parkplatz unter Wasser gestanden hat und alle Autos untergegangen waren. Der arme kleine Quatre L in dem stinkenden, schmutzigen Wasser … Ich brauchte keine Parkgebühren zu bezahlen.«

Quashia bricht in lautes Lachen aus. Dann erzählt er mir von seiner Überfahrt. So kurzfristig hat er keine Kabine bekommen, deshalb hat er die ganze Nacht lang auf dem Oberdeck gesessen und in die Sterne geschaut.

»Du musst ja völlig erschöpft sein.«

Er grinst. »Ja, aber ich reise gerne so. Keine Menschenseele um mich herum, nur der Vollmond und die Sterne und das Rauschen der Wellen.« Ich werfe ihm einen Blick zu. Sein runzeliges Gesicht ist ganz erfüllt von der Erinnerung an die Reise und das Schuldgefühl, das ich verspürt habe, weil ich ihn aus seinem Ruhestand gerissen habe, lässt nach. Er freut sich, wieder hier zu sein. Offensichtlich ist Quashia nicht für den Ruhestand geschaffen. Und sein spirituelles Zuhause ist, genau wie für uns, diese Ecke von Frankreich.

Als wir am nächsten Morgen die Orangen ernten, beginnt Quashia von der Vergangenheit zu erzählen. Er war zwölf Jahre alt, als sein Vater starb und seine Frau mit drei Söhnen und zwei Töchtern, aber ohne einen Pfennig Geld, zurückließ. Das Einzige, was sie besaßen, waren zwei Scheunen. Das war während des Algerienkriegs. Französische Soldaten kamen, die Familie flüchtete und die Soldaten brannten die Scheunen nieder. Quashia ging in die Berge und sammelte Holz, das er verkaufte, um seine Mutter und seine jüngeren Geschwister ernähren zu können. Sein ältester Bruder ging nach Frankreich, wo er Arbeit fand, sodass er jeden Monat ein wenig Geld nach Hause schicken konnte. Mit den bescheidenen Einkünften aus seinen Holzverkäufen baute Quashia seiner Familie eine kleine Hütte, die heute immer noch steht. Allerdings wohnt niemand mehr darin. Er hatte noch nie gemauert, aber es gelang ihm, das kleine Haus zu bauen, indem er sich die Technik bei anderen abguckte. Als er seine Familie sicher untergebracht wusste, fuhr er mit dem Schiff nach Marseille, um zu seinem älteren Bruder hier an der provenzalischen Küste zu gelangen und das Maurerhandwerk richtig zu erlernen. Er war erst eine Woche in Frankreich, als sein Bruder von einem amerikanischen Armeejeep überfahren wurde und auf der Stelle tot war. Es gab keine Gerichtsverhandlung, gar nichts. Quashia ging jeden Tag zur *mairie* und bettelte um Gerechtigkeit, aber da er erst fünfzehn war, war sein Französisch nicht gut genug und niemand hörte ihm zu. Die Amerikaner galten hier als die Befreier, die Araber waren der Feind gewesen und diejenigen, die in Frankreich lebten, waren nur Menschen zweiter Klasse. Der Unfall wurde auf jeden Fall nie untersucht. Ein paar Jahre später erhielt seine Mutter einen Scheck über fünftausend Francs, als Entschädigung für den Tod ihres ältesten Sohnes. Seltsamerweise hegt Quashia deswegen keinen Groll auf die Franzosen und er erzählt die Geschichte so, als habe ein anderer Mann sie erlebt. Es war Allahs Wille, sagt er achselzuckend. Und die Zeit heilt alle Wunden, denke ich.

Das Wetter ist seltsam klar und warm, typisch für die Vorweihnachtszeit, aber auch unnatürlich still. Und ab und zu kommt plötzlich Wind auf. René erscheint, und wir beginnen mit der Olivenernte. »Wenn sie sich nicht von selber lösen, lasst sie hängen«, mahnt er uns. Quashia schneidet sich einen Stecken ab, damit er gegen die oberen Äste schlagen kann, aber René verbietet ihm das.

Ich lasse die beiden allein und fahre zum Flughafen, um Michel abzuholen. Zuerst allerdings jedoch kaufe ich noch die frischen Sachen, die für seine Diät unerlässlich sind.

Fröhlich komme ich mit meiner Einkaufstasche voller exotischer Früchte und Salat auf dem Flughafen an. Michel sieht wesentlich erholter aus als das letzte Mal, hat aber stark abgenommen. Zuerst jagt mir sein Anblick Angst ein, aber dann rufe ich mir ins Gedächtnis, dass wahrscheinlich jeder, der sich lediglich von Hühnersuppe, Mineralwasser und Kräutertee ernährt, abnehmen würde. Händchenhaltend schlendern wir zum Parkplatz. Mir kommt es so vor, als hätte ich ihn eine Ewigkeit nicht gesehen, und ich sehne mich danach, ihn zu umsorgen.

Wieder im Haus finden wir eine Nachricht von René. Er hat unsere Oliven heute Nachmittag zur Mühle gebracht, wo sie sofort gepresst wurden. Sechseinhalb Kilo waren pro Liter Öl erforderlich. Er klingt deprimiert. Wenn die Früchte nicht reif werden und der Ertrag nicht größer wird, dann wird die Saison eine Katastrophe für die ortsansässigen Bauern.

Ich verstehe seine tiefe Sorge sehr viel besser, als ich es noch vor einem Jahr getan hätte. Wir sind zwar nicht vom Ertrag unseres Gutes abhängig, aber auch wir mussten diesen Herbst mit finanziellen Schwierigkeiten kämpfen, die immer noch nicht überwunden sind. Ein nicht zustande gekommenes Filmbudget oder eine schlechte Ernte, wo liegt da der Unterschied? Anscheinend kann das Schicksal jederzeit die ganze harte Arbeit zunichte machen.

»Funny Valentine« ertönt Chet Bakers Stimme aus dem CD-Player. Wir legen Holz im Kamin nach, stellen die Teller vom Abendessen in die Küche und gehen früh zu Bett. Als ich an der Terrasse die Läden schließe, sehe ich, dass das Meer Schaumkronen trägt. Heute Abend ist unheimliches Wetter, so als ob die Natur in Bewegung geraten wäre und ihr Territorium neu beanspruchen würde. Ich muss an Macbeth denken. Warum, weiß ich nicht, aber mir kommt es so vor, als käme der Wald näher.

Im Bett kuscheln wir uns eng aneinander, und ich bin froh, dass ich in einer solchen Nacht nicht alleine im Haus sein muss.

Auf dem Flachdach über mir klappern die Ziegel, und ich bin mit einem Schlag hellwach. Sturm ist aufgekommen. Ich liege ganz still und lausche. Wir haben schon früher Stürme hier erlebt, aber dieser ist besonders heftig. Michel schläft fest. Vorsichtig klettere ich aus dem Bett und gehe auf Zehenspitzen ans Fenster, um hinauszublicken. Draußen ist alles stockfinster, was bedeutet, dass der Strom ausgefallen ist. Ich sehe nur schwarze Umrisse. Die hohen Zypressen schwanken hin und her.

Ich gehe wieder zu Bett und schließe die Augen. Von Minute zu Minute wird der Sturm stärker. Wie eine Banshee, ein irischer Totengeist, heult er ums Haus. Mein Herz klopft heftig und ich stehe wieder auf. Am liebsten würde ich Michel aufwecken, aber er braucht seine Ruhe. Überall klappern die Fensterläden. Ich zünde eine Kerze an, aber sie flackert nur kurz und erlischt dann wieder. Wieder trete ich ans Fenster. Die Hunde haben sich bestimmt im Stall zusammengerollt, sie müssen außer sich vor Angst sein. Gartenstühle fliegen durch die Luft. Ein Tisch versinkt im Pool. Gegen diesen ungezähmten Sturm sind alle Dinge machtlos. Es ist der reinste Hurrikan. Ich presse mich an die Scheibe, und eine Zeile aus Eliots *The Waste Land* fällt mir ein.

Noch nicht einmal in den Bergen ist Stille
Nur trockener Donner ohne Regen.

Die Bäume biegen sich und überall heult und ächzt es. Verängstigt husche ich ins Bett zurück. Michel legt im Halbschlaf die Arme um mich. »Still, *chérie*«, flüstert er und zieht mich an sich. Und von seinem gleichmäßigen Atem beruhigt, schlafe ich irgendwann ein.

Endlich kommt der Morgen. Der Sturm hat nicht nachgelassen. Um sechs Uhr weckt uns ein heftiges Krachen, der Wind rüttelt an der Tür. Wir springen hastig aus dem Bett und schieben Möbelstücke dagegen, damit sie nicht aus den Angeln gerissen wird. Von meinem Arbeitszimmer aus sehe ich, dass der Sturm Bäume entwurzelt hat. Und er ist noch nicht vorbei.

»Wie sollen wir zu den Hunden kommen?«, frage ich.

»Ich gehe durch die Haustür hinaus. Sobald ich draußen bin, musst du die Möbel wieder davor stellen.« Wir machen den Weg frei und Michel öffnet die Tür einen Spalt breit. Sie wird ihm sofort aus der Hand gerissen. Auf der Terrasse liegt wie ein gefälltes Ungetüm unsere schöne Blauzeder. Wir können nicht hinaus.

»Mein Gott, das muss der Krach gewesen sein, den

ich gehört habe. Der Baum hat bestimmt auch Teile der renovierten Wand und der Balustrade mitgenommen.«

Wir können keinen Kaffee machen, weil wir keinen Strom haben. Wir können nur warten. Ich trete wieder ans Fenster und blicke in die tobende Natur. Was ist bloß mit den armen Hunden? Ob sie weggelaufen sind? Und dann sehe ich etwas, was mein Herz wärmt.

»Michel, sieh mal!« Quashia kommt die Einfahrt hinauf. Er stemmt sich gegen den Wind. Als er am Pool vorbeikommt, bleibt er stehen und blickt sich entsetzt um. Ich klopfe ans Fenster, aber er kann mich nicht hören. Als er schließlich doch aufblickt, macht ihm Michel in Zeichensprache unsere missliche Lage klar.

Er versorgt die Hunde und zerrt die Zeder von der Terrasse, sodass wir hinauskönnen. Der Wind ist eine Spur schwächer geworden, aber der Sturm ist noch nicht vorbei.

Wir sehen uns den Schaden an. Soweit wir sagen können, haben wir ungefähr vierzehn Bäume verloren, hauptsächlich Nadelbäume, darunter auch unsere schönen Blauzedern, und wahrscheinlich eine Eiche weiter oben auf dem Hügel. Am Fuß unserer kürzlich entdeckten italienischen Treppe ist eine sehr hohe Tanne entwurzelt worden und hat einen romantischen Steintisch zerschmettert. Am Parkplatz ist eine Zypresse umgestürzt und hat eine Trockenmauer und eine *Opuntia Ficus Indica*, einen großen Kaktus, unter sich begraben. Wir können noch dankbar sein, dass sie auf den Gemüsegarten und nicht auf unseren alten Mercedes, unser einziges Transportmittel, gestürzt ist.

Wir machen uns an die Arbeit und räumen die Verwüstung auf. Ganze Äste voller Tannenzapfen ziehen wir weg. In der Luft liegt ein starker Harzduft, als ob die sterbenden Bäume bluteten und weinten.

Der Wind ist scharf und sticht uns mit seiner Kälte in die Haut. Während wir arbeiten erzählt Quashia wieder von seiner Jugend, von dem langen, kalten Winter nach dem Tod seines Vaters. Er erzählt, wie er manchmal tagelang durch die Berge wanderte, um Holz zu suchen. Hatte er genug beisammen, lud er es sich auf den Rücken wie ein Esel und ging damit zu seiner Familie. Ich stelle mir diesen kleinen, dunkelhäutigen arabischen Jungen vor, seine Entschlossenheit und seine Verlorenheit, und ich fühle mich geehrt, dass er seine Erinnerungen mit uns teilt.

Im Gegenzug erzählt Michel von seiner Kindheit in Norddeutschland, nahe der belgischen Grenze in der Nachkriegszeit. Sein Vater verbrachte die meisten dieser Jahre im Gefangenenlager, obwohl er gar kein Soldat gewesen war, sondern nur Koch. Gerührt höre ich, dass Anni mehrere Tage von dem Ort aus zu Fuß in das Lager gegangen ist, um ihrem Mann den neugeborenen Sohn zu zeigen. Und dann bin ich an der Reihe und erzähle von meiner englischen und irischen Vergangenheit. Ich beschreibe die hügelige grüne Landschaft, den sanften Dauerregen, das Lachsfischen am Fluss mit meinem Onkel, den Geruch der Kartoffeln, die auf dem Holzofen kochten, und wie ich meine kleine Schwester in einem Kornfeld verloren habe, weil die Ähren viel höher waren als wir selbst. Ich erinnere mich an die verbotenen Freundschaften mit protestantischen Kindern. Zögernd erwähne ich auch das Blutvergießen, das ich miterlebt habe.

Und so vergeht der Tag. Bei Sonnenuntergang setzen wir uns an unseren großen Tisch und trinken Pfefferminztee, den wir mit Lavendelhonig süßen. Michel redet davon, dass er gerne selber Bienen und Weinstöcke hätte. Ich lade Quashia ein, bei uns zu übernachten –

wir haben wieder Strom –, aber er lehnt lächelnd ab. Er habe sein Essen schon vorbereitet, sagt er, und dann wünscht er uns gute Nacht und macht sich auf den Weg in sein Cottage, wo überhaupt kein Schaden angerichtet worden ist, weil es geschützt in einer Senke liegt. Sein einsames Leben scheint ihm zu gefallen. Monate in Algerien und dann wieder Monate hier bei uns. Seine zwei Familien.

Wieder wird der Wind stärker, aber in den Nachrichten im Radio heißt es, dass der Sturm nicht mehr so heftig sein wird wie in der letzten Nacht. Wir sind erschöpft von der körperlichen Arbeit, aber auch zutiefst dankbar, unversehrt zu sein, weil der Sturm in den benachbarten Dörfern acht Tote gefordert hat. Er ist mit Spitzengeschwindigkeiten von hundertfünfzig Kilometern pro Stunde durch die Alpes-Maritimes gerast. Alle Straßen sind gesperrt, sogar unsere kleine Seitenstraße. Wir können nicht mit dem Auto zum Einkaufen fahren, sondern müssen über den Saumpfad zu Fuß in den Ort gehen. Dort erfahren wir, dass drei Millionen Familien in Frankreich ohne Strom und noch einmal die Hälfte ohne Telefon sind. Tausende sind obdachlos und die Zahl der Todesopfer steigt stündlich.

Am nächsten Morgen ist der Spuk vorüber. Wir treten in strahlend hellen Sonnenschein und der Himmel ist glasklar. Immer noch liegt ein Hauch von Gefahr in der Luft, und ab und zu rühren sich die Äste.

Überall auf den Hügeln kreischen die Kettensägen und Sägemehl rieselt wie Schnee durch die Luft.

Michel und ich topfen die Yuccas aus den zerbrochenen Kübeln um. Wenn es uns finanziell wieder ein bisschen besser geht, werde ich noch ein paar neue kaufen. Wir schaufeln die Trümmer und Äste auf, fahren unzählige Male mit der Schubkarre zum Komposthaufen und schichten Haufen zum Verbrennen auf.

Den ganzen Tag über arbeiten wir in der verführerisch warmen Weihnachtssonne im Garten. Hoch über uns, am hyazinthblauen Himmeln, zwitschern wieder die Vögel. Und in der *Magnolia Grandiflora* sitzen vier, nein fünf, gurrende Turteltauben.

René kommt vorbei. Er ist sehr deprimiert. All seine Olivengüter haben gelitten. Prächtige, Jahrhunderte alte *oliviers* sind umgestürzt, entwurzelt worden. Es heißt, dass der Mond die Ursache für den Sturm war. Einmal alle hundert Jahren kommt er der Erde so nahe. Was ist mit seiner Olivenernte? Tonnenweise liegen die Früchte auf dem Boden. Jetzt werden sie nicht mehr reif. Wir besichtigen unsere eigenen Haine und entdecken, dass zwei von unseren Bäumen, die nebeneinander wuchsen, vom Sturm in der Mitte gespalten worden sind. Bei beiden steht eine Hälfte noch aufrecht, während die andere wie ein zerschmetterter Vogel am Boden liegt. Die Oliven sind noch intakt, aber sie trocknen bereits und werden runzelig. Es ist eine Tragödie. Wir müssen sie sofort aufsammeln. Die Netze liegen überall im Garten verstreut. In ihnen haben sich die Oliven gefangen, die vor dem Sturm heruntergefallen sind.

Überall müssen die Oliven einzeln von Hand eingesammelt werden. Wir vier verbringen den sonnigen Nachmittag auf allen vieren und füllen unsere Körbe. Es ist eine langwierige und mühselige Arbeit.

Später entspannen wir uns bei ein paar Gläsern rubinrotem Chianti – außer Quashia, der nur *eau citronné* trinkt, mit Zitronen von unserem eigenen Baum. Als es dämmert, ist die Sicht ganz klar und der Himmel färbt sich leuchtend orange. Irgendwo an der Küste muss es

regnen, denn über dem Meer erscheint ein Regenbo-
gen. Das Chaos weicht wieder dem Frieden.

Am nächsten Nachmittag taucht Manuel auf. Er sei zufällig vorbeigekommen, sagt er. Schwitzend taumelt er
die Einfahrt hinauf, schüttelt uns begeistert die Hände
und fragt nach Arbeit. »Soll ich nach dem Wind ein
bisschen aufräumen?« Unsere Antwort ist ein entschie-
denes Nein. Freundlich zuckt er mit den Schultern, und
als er sich zum Gehen wendet, sagt er noch, wie gut es
ihm gefallen hat, für uns zu arbeiten.

Silvester kommt und geht ruhig. Endlich werden die
Oliven reif. Jeden Tag verändern sie ihre Farbe, von grün
zu violett, dann dunkelrot und schließlich tiefschwarz.
Sie sind dick und fleischig und es ist eine Menge, oder
wie die Franzosen sagen, *un vrai paquet*. In der Mühle begrüßt uns Christophe mit einem gespielten Schmollen.
Dieses Jahr ist eine Tragödie, wiederholt er immer wieder kopfschüttelnd. Er späht in unsere randvollen Körbe, ergreift eine Frucht und verzieht das Gesicht, was
nach Art der Provenzalen alles mögliche bedeuten kann.
In diesem Fall heißt es *pas mal, pas mal*. Michel muss ein
paar Telefonanrufe erledigen, deshalb gehe ich mit ihm
einen Kaffee trinken und wir überlassen es René, die
Pressung zu überwachen. Als wir wiederkommen, sind
die beiden Männer ausgelassen wie kleine Kinder. René
packt Michel am Arm und fragt besorgt: »Du hast doch
das Formular abgeschickt, oder?«

Michel ist verwirrt. »Welches Formular?«

Christophe wirft ungeduldig ein: »Ich habe René ein
Formular gegeben, das ihr als *oléiculteurs* ausfüllen soll-
tet. Habt ihr es denn nach Brüssel geschickt?« Würde-
voll entgegnet Michel: »*Mais oui. Pourquoi?*«

Christophe seufzt erleichtert auf. Wir blicken ihn verwirrt an, weil er sich offenbar so große Sorgen macht. »Euer Gut ist dieses Jahr das erste«, erklärt er uns, »das mit weniger als vier Kilo pro Liter Öl produziert. Und die Qualität ist außergewöhnlich hoch.« Er ruft nach Wein und René schenkt uns allen ein Glas ein. Ihre gute Laune ist ansteckend. Die ganze Belegschaft versammelt sich um uns und prostet uns zu.

Noch mehr Weinflaschen werden geöffnet, Kekse werden angeboten. Das ist eine richtige *fête*, die hier auf einmal zu unseren Ehren stattfindet.

»Jeden Moment müssen jetzt die Inspektoren für die AOC-Verleihung eintreffen«, dröhnt Christophe. »Und hätte ich nicht normalerweise angeben müssen, dass kein einziges Gut im Umkreis Öl mit weniger als sechs Kilo Oliven produziert? Und das auch nur von durchschnittlicher Qualität. Da würde mir meine ganze neue Ausrüstung aus Italien nichts nützen, weil das in Brüssel gar nichts zählt. *Rien! Rien du tout!* Wir wären eine Lachnummer geworden!« Mittlerweile übertönt er mühelos seine Maschinen. »*Mais vous, mes chers amis*«, er prostet uns zu, während René milde auf uns herablächelt, als seien wir seine Kinder, »habt bewiesen, dass diese Region sich der Ehrung würdig erweist. *À la votre!*« Alle heben ihre Gläser.

Als wir wieder zu Hause sind, erwartet uns ein Fax aus Michels Produktionsbüro in Paris. Das Geld aus Griechenland ist eingetroffen und weitere Verkäufe sind zustande gekommen. Endlich ist Geld auf der Bank. Wir sollten jubeln und tanzen, Champagnerflaschen öffnen und uns gegenseitig damit übergießen. Jedenfalls habe ich mir den Moment in meinen Träumen immer so vorgestellt. Aber wir tun nichts dergleichen. Stumm stehen wir da und lächeln uns an.

»Sieht so aus, als hätten wir es geschafft«, flüstert Michel.

»Sieht so aus.« Ich lächle.

Wir werden unsere Schulden endlich bezahlen können. Wir werden das Gut nicht verlieren. Unser verrücktes kleines, baufälliges Gut, in dem es immer noch keine Küche gibt und in dem der Putz von den Wänden fällt, das aber dank der Arbeit von Christophe und René und des lieben, treuen Quashia einen AOC-Status für die Qualität seines Olivenöls verliehen bekommt. Wie ist das nur alles geschehen?

Die Mädchen, *les belles filles*, treffen später an diesem Abend ein. Morgen werden wir feiern. Wir fahren mit ihnen nach Menton, wo das Zitronenfest stattfindet, *la fête des citronniers*. Ganz Menton duftet nach den Zitrusfrüchten und alle glutäugigen Latin Lover verdrehen die Hälse nach unseren beiden Schönheiten und kümmern sich nicht die Bohne um die Tonnen von Zitronen und Orangen (die im Übrigen aus Spanien importiert worden sind).

Der Frühling ist eingekehrt. Hinter den Fensterläden lugen Babygeckos hervor. Ein roter Fuchs sitzt in der Sonne auf einer der oberen Terrassen mitten zwischen der wilden Iris, die über die Trockenmauern wuchert. Die Mandeln blühen, und über die Steine huschen Eidechsen. Überall knospen hellgrüne Blätter. Der Duft von Orangenblüten hängt in der Luft. Ich bleibe stehen und betrachte unsere Ruine, die in der Sonne liegt. Der knospende Judasbaum, Pfirsich- und Feigenbäume stehen darum herum, und ich weiß, ich bin in einem Gedicht erwacht.

Bald blüht der Flieder und auch die Pfirsiche und Birnen werden in Blüte stehen, ebenso wie die Apfelbäume in dem kleinen Obstgarten, den ich zur Erinnerung an meinen Vater angelegt habe.

Ein weiteres Jahr entfaltet sich vor uns. Und während ich darüber nachdenke, wo ich am besten eine Sonnenuhr aufstelle, kommt Michel, lächelnd und gesund, auf mich zugelaufen. Wir haben die Serie schon wieder verkauft. Und nur ein kleiner Prozentsatz des Geldes muss an die Bank gehen.

»Ja!«, jubele ich. »Ja! Ich möchte mir gerne eine Sonnenuhr kaufen«, sage ich. »Ich wollte schon immer einen Garten mit einer antiken Sonnenuhr aus Stein.«

»Du bist eine unverbesserliche Romantikerin, *chérie*.«

Wir reden über die Projekte, mit denen wir beginnen wollen, wenn wir von unseren Reisen zurückkehren. Von den jungen Olivenbäumen, die wir pflanzen wollen. Michel sieht Bienenstöcke und Weinreben auf den Hügeln. Ich stelle mir vor, wie ich mit einem Traktor über die Terrassen knattere und Schafsdung auf unsere Bäume sprühe.

Arm in Arm spazieren wir über die Terrassen, drei treue Hunde auf den Fersen, darunter auch den Jagdhund, den wir Bassett getauft haben. Wir halten gerade Ausschau nach den ersten grünen Spitzen unserer Tulpen, als plötzlich aus dem Radio, das auf der Balustrade der obersten Terrasse steht, erschallt: »I'll be with you in Apple Blossom Time.« Ich muss daran denken, dass Liebe zeitlos ist und sich immer wieder erneuert. Wie der Wind hinterlässt Liebe überall ihre Spuren.

DIANA

Das anspruchsvolle Programm

Paolo Maurensig

»Paolo Maurensig gelingt es, den Leser von einem Zuhörer zu einem Träumer zu machen, der einen ähnlich schweren Traum träumt wie Kafkas Galeriebesucher.«
SÜDDEUTSCHE ZEITUNG

»Lesegenuß und zugleich literarische Qualität auf höchstem Niveau.«
IL MATTINO

Spiegelkanon
62/27

Die Lüneburg-Variante
62/50

Der Schatten und die Sonnenuhr
62/135

Sommerspiele
62/271

DIANA-TASCHENBÜCHER